者

黑凝·

遇见

江西高校出版社

JIANGXI UNIVERSITIES AND COLLEGES PRESS

图书在版编目（CIP）数据

黑凝·遇见/黑凝著.－－南昌：江西高校出版社，2022.1（2022.3重印）

ISBN 978－7－5762－2188－6

Ⅰ．①黑…　Ⅱ．①黑…　Ⅲ．①中篇小说—小说集—中国—当代　②短篇小说—小说集—中国—当代　Ⅳ．①I247.7

中国版本图书馆 CIP 数据核字（2021）第 212373 号

出 版 发 行	江西高校出版社
社 址	江西省南昌市洪都北大道 96 号
总 编 室 电 话	（0791）88504319
销 售 电 话	（0791）88522516
网 址	www.juacp.com
印 刷	天津画中画印刷有限公司
经 销	全国新华书店
开 本	787mm×1092mm　1/16
印 张	17.75
字 数	326 千字
版 次	2022 年 1 月第 1 版　2022 年 3 月第 2 次印刷
书 号	ISBN 978－7－5762－2188－6
定 价	68.00 元

赣版权登字 -07－2021－1439

序言

他从濑水河边走来

● 王啸峰

　　五年前创办江苏省电力作家协会的时候，张俊（黑凝）忙前忙后，做了大量认真细致的工作，得到广大电力作家的认可。有一次，开完筹备会后，他送给我一本他的中篇小说集《蝴蝶谷之泪》。阅读书中六篇中篇小说之后，我对他的写作留下深刻印象。

　　这些年来，张俊作为江苏电力作协优秀骨干作家，深入西藏藏中和昌都 500 千伏联网工程等电力建设一线，采写出许多感人的报告文学作品，展现了新时代电力职工的风采。同时，他以家乡濑水河为背景，写出了《乔医生的听诊器》《少年与探照灯》《追飞机的少年》《丢名字的人》等系列优秀中短篇小说，引起文坛关注。2019 年 6 月，他加入中国作家协会，成为常州溧阳第一位本土中国作协会员，我们都为他祝福和骄傲。张俊笔耕不辍，最近，他给我发来十几部中短篇小说，都是近四五年来创作的力作。他以其中一篇《遇见》为书名，结集出版。这是他的第二本小说集，此书的出版是值得祝贺的事情。

　　初夏的南京，天气反复无常，时而闷热，时而阴冷，雷雨过后阳光灿烂。阅读张俊的小说，让我沉静下来，跟随他走进属于他的濑水河边。

　　作家的创作，都可以通过他的作品找到"根"。张俊的"根"，在濑水河边。他是这样深情描绘的："一条濑水河从镇中央潺湲而过，把灯盏镇分成了南街和北街。濑水河上接浣纱湖，下连太湖，直至东海。浣纱湖由天目山脉崇山峻岭间千百条涧溪汇集而成，湖面水光潋滟，干净而调皮。"张俊把读者带入"江南山水尽宜诗"的境地。在这片山清水秀的土地上，张俊规划了以"灯盏镇""濑桥镇""青水镇"等为中心的"文学地图"，塑造了乔医生、保珍、铁把、"我"的父辈和祖辈们等鲜明人物形象。在历史长河中，家族往事、爱恨情仇似乎永远说不完、道不尽。乔医生丢了听诊器，"我爹"丢了名字，保珍丢了秘密等等，牢牢锁住了读者的心。张俊还不满足于此，在设迷、解密的过程中，他把水乡的风土人情一同绘入，形成了独特的叙事效果。这让我想起了孟元老的《东京梦华录》，时间会使人和事变迁，只有书写下来的风土人情才会永续流传。通读本书，穿越时空、穿梭人物，一幅江南小镇风情画卷便会徐徐展开。

张俊是有"野心"的，他并不只是满足于全景描写，而重在寻找自己的精神家园。他回到过去，甚至早于他出生的年代，回忆、回顾濑水河边发生的故事，发出心灵拷问。我认为可以通过他的中篇小说《父亲的远方》来解读他的心灵渴望。小说中，《父亲的远方》是女儿丫丫在父亲去世后，将父亲的诗歌遗稿整理出版的一本诗集。在丫丫父亲、《爱情诗》主角童小兵、曾留学法国的乔医生等人身上，寄托着张俊的理想：即便在"邮票那样大小的"濑水河畔，也能写出锦绣文章，做出一番事业来。因此，好多作品中，张俊都选择了"少年视角"叙事。不管岁时如何更替，小小乡镇少年只要眼中有星辰大海，胸中便有丘壑万千。同时，他的写作充满善意。比如对《出塞》里的"梆子"——一个开违章车闯祸民工的同情；对《亲爱的猪》中的"耙子"——一个与库区居民械斗伤人被判刑的农民的尊敬等，都体现了作家强烈的悲悯之心。

这些中短篇小说，创作时间跨度有四五年，看得出张俊写作风格在改变。记得江苏电力作协成立之初，我们举办了不少培训班，张俊既是组织者，又是积极的学习者。私底下，他跟我探讨读书、写作等方面的问题。我推荐他阅读卡夫卡、鲁尔福、福克纳、伍尔夫等外国作家的经典作品。过了一个阶段，他对我说，这些作品为他打开了新天地。事实证明，他把阅读的体会，转换到了小说创作中。"我老婆和我争论最多的是我什么时候死""我爹就把自己丢掉了。我爹把自己丢了，也把我娘、我姐、我哥都弄丢了""一个民兵上前捂住了小赖皮的梦"，类似句子背后，是张俊对现代小说的理解和阐释。最新创作的短篇小说《遇见》，是张俊小说转型最为成功的一篇。小说情节有点不合常理，叙事有点东拉西扯，结局有点朦胧模糊。可我认为，正是这些特征，使这篇小说异于其他作品，小说在高潮来临的时候戛然而止，耐人寻味，这是一部好作品。

张俊是勤勉的。他每次跟我见面总会聊文学上的事情，关于读书、作家、写作，甚至作家访谈。他曾经说过，灵感来了，一个晚上完成一篇短篇小说。他就这样多年来保持着旺盛的创作热情。我觉得，用张俊喜爱的普希金的诗句，可以概括他对写作痴迷的程度："我记得那美妙的一瞬间：在我的眼前出现了你，犹如昙花一现的幻影，犹如纯洁之美的精灵……我的心狂喜地跳跃，为了它，一切又重新苏醒：有了神性，有了灵感，有了生命，有了眼泪，也有了爱情。"我也实实在在地感受到，张俊从濑水河边出发，正一步步迈向更新、更宽的领域。

2021 年 5 月于南京

王啸峰，著名作家，江苏省电力作家协会主席，中国作协会员，曾获第六、第七届紫金山文学奖，第二届叶圣陶文学奖等。

目 录

短篇小说

爱情诗

今年六月初六，一早起床，太阳很好，是一片耀眼的灿烂。我们这里的坊间兴六月六晒"龙袍"（其实是日常穿戴的衣帽而已）。我在晒自己"龙袍"的时候，突然想起了存放于乡间老宅阁楼的那一捆书。我已经三十多年没读书了，它们寂寞地待在黑暗的阁楼上三十多年，应该落满了灰尘。

——题 记

我读初中时，有一次学校图书馆搬迁，我块头大，力气足，老师就叫我帮忙从一个屋子往另一个屋子搬运图书。我本来不想偷那本书，要怪那个脑袋尖尖、个子矮矮的图书管理员老头，他帮我码了没过脑袋的一摞书，我走路时眼睛都看不清前方。我走到一个花坛边时，被一块石头绊了一下，我打了个趔趄，堆在最上方的一本书犹豫了一下，滑进了花坛月季丛中。我没有第三只手去捡起那本书，我本来想回来的时候再从月季花丛中捡起那本书交给管理员。可是，我当时不知去忙哪件事，忘记了花坛里的书。第二天想起来后，我又担心唠唠叨叨的图书管理员老头会怀疑我故意为之。放学后，我悄悄地溜到花坛边，把它放在了自己的书包里，占为己有。

从此我拥有了一本《普希金爱情诗选》。

我一直认为，我的诗歌启蒙老师是那个叫普希金的情种和疯子，他见到漂亮女人就写诗、赠诗，他写的《给娜塔利亚》《致克恩》《假如生活欺骗了你》《哥萨克》……每一首诗都让我读得泪流满面。有一段时间，我常常一个人步履沉重、满腹心事地徜徉在学校通往村子的濑水河滩大堤上，我抓着自己的头发在濑水滩涂天空自由飞翔，我不知道自己在梦里，还是在现实中，我只知道，这才是我最快乐的时光。

濑水河上古老的石拱桥，濑水滩涂两岸的杉木林，天空中飘浮的白云，校园里高耸的蓄水白塔，阿爹手中牵着的水牛，甚至穿梭在村野之间的三婶母家那条调皮的黄狗，我都认真地给它们写过诗，激情飞扬地赞美过它们。我找不到一个人可以和我分享激情，分享快乐，我曾经将诗稿投寄给南京一家叫《青春》的杂志社，石沉大海后，我再也没有将诗稿投寄给任何一家杂志社。因此，我们学校的师生，我们村上的社员，他们都认为我热爱劳动，尊敬长辈，不偷不抢，是一个最正常不过的孩子，他们又怎么会知道他们身边有一个天才少年诗人。

只有三婶母家的那条黄狗例外。有一回，我在濑水滩涂割青草的时候，看见它在河边溜达，我把它哄到一片荒地上之后，从裤兜里掏出新写的诗，专门为它举办了一场诗歌朗诵会。那次，我读得泪水滂沱，它听得摇头摆尾，甚至眯着眼睛，用鼻尖来回磨蹭我的膝盖，喉咙发着"呜呜"的声音，像是表达共鸣，又像是催我早点回家。后来，三婶母家的黄狗见到我总是扭头便跑，怎么哄也不回头。

读初三时，我们班换了一位姓杨的年轻英语老师，她披垂着大卷波浪发，看学生的两眼波光潋滟，长相特像电影《白莲花》中的女主角吴海燕。她是全校少数几个化着淡妆，敢穿紧身衣，敢祖露胳膊和大腿的女教师。那个年龄，那种时代，我还不懂得性感，但已经知道见了漂亮女人心痒。我的长辈们曾十分严肃地教导过我，见到漂亮女人就心痒的男人不是正派男人，换句话说是下流胚子。我们家族中从未出过下流胚子，所以，我努力想克制自己的心莫痒。可是，我控制不了自己，只要杨老师一走进教室，我就会情不自禁心痒。我对自己很失望，莫非我生下来就是下流胚子？

我想到了一个解决问题的办法，我一首接着一首地给杨老师写诗，从她的眼角眉目写到举手投足，从一笑一颦写到星星月亮……那段日子，我的想象力疯狂滋长，它奔放、热烈，色彩炫丽。我发现自己比天才普希金更有才华，我的灵感像村子后面的濑江水，遭遇丰沛的黄梅雨，泛滥了，一浪高过一浪，汹涌不息，绵延不断。有时灵感突然来袭时，半夜我都会溜出宿舍，匆匆地跑到学校最偏的厕所，在那盏老祖父眼睛一样浑浊无力的灯光下，贴着群蝇飞舞的厕所墙面写着，或者蒙在脚臭味浓烈的被窝里，打开手电筒写……尔后，我会将写在小纸片上的诗句，工工整整地抄在我表姐送我的那本浅蓝色的日记本上，再在每首诗的标题下用破折号隔开，标注"献给女神 MISS 杨"，再配上拙劣的插图。当然，这只是我一个人的世界，我把那本日记本藏在最保密的枕头套内的缝里，宿舍里没人时才掏出来翻翻。休息天，我还会将日记本带到濑水滩，站在密密的杉木林中，充满激情地朗诵几首。

那是一节课外活动，我和同学在操场上愉快地抢着篮球，我刚好将手中抢到的篮球抱在手里，向球筐迈着优美的步伐，我的班主任盛老师把我叫住了。

我赶到他面前时，发现他脸色是褚褐色的，像被陌生人在大街上抽了耳光，十分难看。盛老师是教语文的，因为我的语文成绩一直名列前茅，平日里，同学们都看得出他对我有些偏爱。

盛老师在前面走着，我在后面跟着。走出十来步后，他贴在我耳边嘱咐我，到教导处要主动认错，态度要诚恳，认识错误要深刻。我木讷地跟在班主任后面，不明白究竟发生了什么，他想要表述什么。

余主任正襟危坐在门口的第一张办公桌边，目光像审判长一样犀利地盯着门外每个过往的行人。一路随我而来的一只绿头苍蝇突然加速飞到了余主任那绺油腻腻的头发上。余主任是个秃顶，他的头发属于"地方包围中央型"，他总喜欢自作主张地占用有限的地方资源掩盖中央的荒凉。可能地方也贫瘠，长出的毛发干燥、枯竭，因此余主任常常不得不到食堂揩些菜油抹上，以便聚拢头发。食堂的大厨师傅背后总喜欢叫余主任"揩油先生"。谁都知道，苍蝇喜欢油腻、腥膻的味道。我双脚跨进教导处时，余主任正夸张地挥舞着双手，驱赶着那只可恶的苍蝇。我也想上前帮余主任一把，可是班主任盛老师悄悄地拉住了我。这时，我才发现坐在余主任侧边的杨老师深埋着头，在嘤嘤哭泣着。

我不知道漂亮的杨老师为什么哭，而且哭得如此伤心，几乎下一口气接不上了。难道是她的书没有教好，被教导处余主任批评了？我挪了挪两只脚，很显然，我想上前劝慰杨老师几句，我不愿她如此伤心，但是，盛老师迅速用目光阻止了我。我好奇地环顾着教导处办公室内的空间，那只绿头大苍蝇还在余主任的头顶上低低地盘旋。盛老师轻轻地拉了一下我的衣角，像一个犯错的孩子，用讨好的口气叫了声余主任，并威严地对我说："还不快向杨老师做深刻检讨？"

这时手忙脚乱的余主任才又恢复我们进门时的正襟危坐状。他揩了一下搭到眉毛上的凌乱的头发，将它盘回中央，右手扶着眼镜，眼珠子从眼镜后面跳出来，像子弹一样射了我一梭子。他又将眼镜扶正，询问道："你叫童小兵？"没等我回答，又说："你知道你犯的什么罪吗？"口气相当严厉。我听得清清楚楚，他用的是"犯罪"两字，我当时心里直发怵。我们村上有一个小伙子，曾经恋爱不成，就杀死了那个他追求的姑娘，结果被以故意杀人罪给吃了铁花生米。我做梦都没有做过杀人、放火这样的事，怎么就犯罪了？我的脑袋当时就炸开了。

盛老师抢先一步说："余主任，童小兵同学已经意识到问题的严重性了，他这回就是来向杨老师做深刻检讨的。"又拉着我的衣角，示意我向杨老师认错。

我好奇地看着教导处的三位老师和一只仍在低低盘旋的苍蝇，脑袋嗡嗡作响，一片空白。

余主任突然从办公桌抽屉里掏出一本浅蓝色日记本——没错，是誊写着献给女神杨老师诗歌的那个日记本。我一下惊呆了。没等我反应过来，余主任"啪"地将日记本拍在办公桌上，又用左手的五指在日记本上弹着，以一个掌握确凿证据的检察官的口吻，十分威严地说："童小兵同学，你还有什么可以解释的？"

杨老师的哭泣节奏明显加快，由于过分激动，或者说受到了当面侮辱，哭泣时呼吸不畅，哭后的抽泣声拖泥带水，有点乡下吊丧的味道。

我吓呆了，像被狼掏走了五脏六腑，傻傻地站着，不知所措。余主任显然被杨老师的哭声感染了，他嗖地站了起来，愤怒地拍着桌子，吼道："童小兵，你这是对杨老师的侮辱，你这是流氓行为，你这是犯罪！老师是我校优秀青年女教师，冰清玉洁，又怎能容你乡下胚子的这些流氓诗句的侮辱？"

由于他说话的语速过快，唾沫星子飞溅在离他不到两米的盛老师脸上，盛老师抹脸时，用愤怒的眼神瞪了我一眼，说："看看你这事弄成啥样了？看把杨老师气成这样。还犟着干啥？还不向杨老师道歉，求得她的原谅。"

我不理解，那些干净、美丽、纯洁的语言竟成了咒语，竟成了对别人的侮辱，成了流氓、犯罪的把柄。犯什么罪？我恨恨地瞪了一眼仍在嘤嘤哭泣的杨老师，心里莫名产生了厌恶。突然，不知哪来的勇气，我快速上前，一把抢过被余主任捂着的日记本，飞也似的逃离了教导处。

扑面而来的阳光照在我满是泪水的脸上，光怪陆离，我仿佛看到身后一片惊愕的目光。第二天，做完课间操，全校两千多名师生都齐刷刷地站在操场上，巴巴地盼着一声解散的口令，等来的却是高音喇叭"扑、扑、扑"刺耳的调音声。余主任通过高音喇叭庄严地宣布了对流氓学生童小兵的处理意见，给予童小兵同学行政记大过处分，留校察看。

行政记大过处分、留校察看处理的污点，决定了十六岁的我上不了县里的任何一所高中。

是啊！纯洁的校园怎容得下这种下三烂的学生。

那阵子急坏了我爹，他老人家尽管也因他的下三烂儿子而蒙受耻辱，但他不像我娘只知道整天唉声叹气。他觉得一个十六岁的屁孩子，不读书回到村里能干什么呢？总不能整天坐在濑水滩涂看着流云发呆吧？

我爹就我一个儿子，他对我的忧虑最正常不过了。

我爹想到了他在一所山区农村中学担任校长的战友，他和我娘提了两只生蛋的母鸡，忐忑不安地敲开了老战友的家门。那位头发花白、腰板直挺的校长是个爽快人，他听了我爹向他吐出的一肚子苦水后，竟满口应诺了。

我进高中学校的第一天，校长把我单独叫到他的办公室。他对我说了他和我爹的战友之情，说了他们在部队的艰苦岁月，说了人生的不易和人间正道的走法。后来说的话跟我爹教育我的观点差不多，他十分严肃地说："你一个农村娃娃写诗干吗？那分明是文人骚客做的事嘛。有那时间，不如帮你爹放牛割草，诗能当饭吃？你爹把你交给我了，我就得对你负责，读高中期间，一律不准再写爱情诗。"

我不知道怎样回答他，所以他说话时，我基本保持沉默，我听人讲过沉默是金的道理。不过，校长让我有了再次读书的机会，有点再生父母的感觉。为了表示对他的尊重和礼貌，我始终拿眼睛注视着他，还不时点一下头，让他认为我在认真听他说话，我其实是个可以教育好的乖孩子。而实际上，我却在心里默默数着他的眉毛，我觉得这个游戏很有意思。校长的眉毛长得很粗壮，白白的一撮，匙子一样坚硬地往上翘着，因为他说话老喜欢挥舞手臂，摆动脑袋，我数了好多遍，才数清他左边眉毛352根，眉心毛21根，右边眉毛403根。

看得出校长对我认真谦虚的态度很是满意，我走出校长室时，他甚至像待自己孩子一样友好地拍了拍我的肩。

学校静卧在苏、浙、皖三省交界的天目山脉余脉的繁枝密林和变幻云雾之中，神秘而潮湿。

一条溧水河从学校一侧潺湲而过，溧水河上接锦云水库，下连太湖，直至东海。锦云水库由天目山脉崇山峻岭间千万条涧溪水汇集而成，湖面水光潋滟，干净而调皮。

我很喜欢这个环境怡人的学校，它让我神清气爽，灵魂自由，我一时忘记了初中时的不愉快经历。

我是寄读生，吃过晚饭，如果不用洗衣服，有一段空闲时间，我常常一个人溜到学校背后狮子山的密林里转悠。山上有很多墓碑，一簇簇的，像一个小村庄，多的地方简直就是一个小县城。我有时会挑上一块光洁的墓碑坐到天黑。偶尔会有一只灰色的野兔，从我的背后蹿过，或者一只锦鸡从我眼前茂密的杂草间凌空飞起。如果手边碰巧有石子，我会捡起一块，向锦鸡飞去的方向砸去。不过，我去得最多的地方还是锦云水库，它像密林丛中的一面镜子，光洁、明亮。有一次，我在水库边待久了，回到学校时，第一节晚自修已经结束。值班的老师说我目无纪律，他罚我在黑板前站了两节晚自修。站着的时候，我的上下眼皮老打架，我竟做了一个梦，我梦见自己与普希金同志在狮子山的密林里散步。我们不用翻译，走着说着，谈笑风生。走得好好的，他突然从拐杖里掏出一支枪来，向我连射多枪。我躺倒在一块墓碑边，身上流满了血，我睁着眼睛无助地看着渐渐黑暗的森林，而普希金这个疯子却狰狞地笑着在我的视野里消失了。

高二秋季开学时，从城里重点中学转来一位叫小霞的女学生，个子瘦小。她习惯将长发垂在前额，遮住一张脸，看人时拨开一条缝，发现有人与她对视时，目光中流露着紧张、惊恐，忙躲闪。一时，同学间的猜测、传言很多，有人说小霞高一时跟男老师恋爱，还堕过胎；有人说小霞读过一年高二，转到这里留一级，巩固基础，准备考大学；还有人说小霞有忧郁症，请过一年病假。若不这样说，同学们都很难理解一个女生在县城重点中学读得好好的，为什么非要转到穷乡僻壤的农村中学来。

我不愿打听别人的隐私，也从不向外人透露自己的经历。

一个周六，我没有回家。我心烦爹娘唠叨我的学习。我多备了一周的口粮，对爹娘谎称要留校补习功课。我爹娘自然喜上眉梢，我爹还往我裤兜里多塞了两块钱，我娘也开心地为我多煮了五个鸡蛋。

吃过晚饭，因为没有值班老师管着，我一个人在山里转到很晚才返回教室。我当时多想像梦中一样，能在黑森森的山林中碰到那个疯子普希金，哪怕真的被疯子掏枪打死也心甘情愿。可是，我除了碰见一个守山的老鳏夫外，连一只野鸡也没有碰上。

返回教室时，我很奇怪这么晚教室里还亮着烛光。那个年代，电还是奢侈品，平日里断电是常有的事；节假日，学校是绝对不可能送电的。所以，每个学生都备有蜡烛。我从后门绕进教室，我发现小霞正坐在自己的座位上，双手托着下巴，她前面摆着一台黑色的小收音机，她正在专注地听着收音机里播的由孙道临朗诵的配乐诗《祖国啊，我亲爱的祖国》。我没有惊动小霞，站在教室最后一排，屏住气，静静听着：

我是你河边上破旧的老水车，
数百年来纺着疲惫的歌；
我是你额上熏黑的矿灯，
照你在历史的隧洞里蜗行摸索；
我是干瘪的稻穗；
是失修的路基；
是淤滩上的驳船；
把纤绳深深勒进你的肩膊；

——祖国啊!

……

迷惘的我、深思的我、沸腾的我;

那就从我的血肉之躯上

去取得

你的富饶、你的荣光、你的自由;

——祖国啊,

我亲爱的祖国!

校园的四周一片黑暗,偶有从狮子山豁口吹来的夜风,一阵一阵小心地扑打着烛光。烛光很调皮,左右前后地手舞足蹈,样子有点像大年初一邻家的五岁顽童,欢欢的、傻傻的,跑前跑后。突然听到如此动情的诗朗诵,我沉寂了一年多的心,被点燃了,激活了,随着烛光跳动着、燃烧着……

我再也无法控制自己,我冲出了教室,一口气跑到了锦云水库大坝上,面对深邃黑暗的苍穹,双膝下跪,号啕大哭……现在想来有点荒诞,我真的不知道自己当时为什么要哭。

第二天,我睡到晌午才起床。

我到教室时,只有小霞一个人在看书。我悄悄地坐在自己的座位上,我从课桌抽屉里取出作业做时,却发现里面多了几本书,有一个叫惠特曼的美国老人的诗选,有新月派诗选,还有一本叫《瓦尔登湖》的散文集。我当时又惊又喜,没顾上翻下书,贼贼地看了一眼教室四周,四周空荡荡的,秋日的阳光懒洋洋地洒在窗户玻璃上,一只黑鸟飞来撞击玻璃后,"呜呜"地鸣叫着飞走了。

鼓了很大的勇气,我才向小霞发问:"书……是你放我抽屉里的?"

小霞的座位在我前三张课桌,她抬起头,慢慢扭过身,拨开遮在脸上的头发,冲我莞尔一笑。我第一次看到不遮脸的小霞,那双略显忧郁的眼睛竟清澈如泉,只一个回眸,尽显少女的妩媚,吓得我不敢再看第二眼。我是一个濑水滩涂农民的儿子,一个被余主任和杨老师称作下三烂胚子的贱民,自卑的虫子一直在我身体里蠕动着,啮噬着,我怕自己猥琐的目光会玷污眼前如蝶少女,我怕多看一眼会弄脏她的衣裙。

她说:"是的,我知道你喜欢诗歌。"

我正在犯疑。她笑道:"我是从你的眼神中发现你喜欢诗歌的。"她的笑很干净,很自信。

"你的眼神迷离、飘游,你目空一切,却又分明很不自信。你从不与人对视,但却看着很遥远的一个地方。我说得不对吗?"小霞有点调皮地看着我,三月桃花,满面笑靥。

"你和平常不是一个人。"我疑惑地看着她。

小霞"咯咯"地笑出了声，笑毕又用手捂着嘴，恢复略显忧郁的眼神，轻描淡写地看着教室外，像自言自语，却分明说给我听，她说："我当然还是那个我，只是没有找到与这个世界对话的窗口而已，与自己之外的人交流是一件痛苦而尴尬的事。难道你不是这样？"

我愕然地看着离我不足五米的小霞，满腹疑虑，难道我眼前的是一个才十七八岁的少女？分明是一个银丝飘逸，曾经沧桑的哲人。

我正想说些什么，班里的寄读生已经陆续返回学校。

通过小纸条的交流（她把想说的写在小纸条上，趁没人注意时，夹在我的书本里；我也把想说的写在小纸条上，趁没人注意时，夹在她的书本里。这是三十年前男女同学交流惯用的伎俩），我了解到，小霞的父亲是一名将军，母亲是著名的诗人。她的父母相差近二十岁，他们的婚姻缘于母亲对父亲戎马人生的崇拜。后来，父亲提出与她的母亲离婚。离婚后，她母亲把小霞托付给县城的外公外婆，自己投河自尽了。她送我的书就是她母亲留下的。

小霞的境遇令我唏嘘，难怪她会隔着发帘看人，见到生人的目光会紧张、惊恐、躲闪。更难怪她会说与自己之外的人交流是一件痛苦而尴尬的事。

与小霞交流多了，我也会挑选一些自己写的诗，通过小纸条传给她看。对我写的诗，她从不评论，只是偶尔趁同学不注意时，会从一帘发缝间用眼睛给我传递一个微笑。

一个星期天下午，我和小霞相约到锦云水库去走走。这是我第一次单独和一个女同学约会，心里不免紧张。小霞在前面，我和她保持着约五百米的距离。我走到校门口时，水老师从传达室走了出来。水老师的老婆没工作，他就在传达室开了一家代销店，兼顾门卫。水老师平时只有两大爱好：一是替他老婆向学生兜售代销店里的日用品；二是好管闲事，若有同学夜出校门，他一准会悄悄地跟踪到底，第二天再向校长汇报。所以，夜间出来的男女同学，大都从厕所一侧的围墙翻出去。我和小霞是大白天出去，光明正大，我们干吗要翻围墙？

水老师脸型长得像狐狸，下巴尖尖的，一对三角眼里黑珠子少，白珠子多，看人喜欢斜视着，满眼白光，像灵堂挂的围幛一样，特瘆人。他笑起来两行眉毛往上挑，又媚又阴，一副狐相。他问我："出校门干啥去？"又泛着满眼白光，看了看前面慌张走去的小霞。我平日里最看不起这种似人像狐的老师，我没跟他搭话，只是瞟了他一眼，便昂着头走了过去。我没想到我的无知举动却给我带来终生遗憾。

我和小霞在锦云水库走累后，找了一堆干净的石子坐下。她跟我说得最多的是她的母亲和她母亲的诗。我给她读了我写的几首新诗，也跟她谈了对诗的看法，我没有说我初中时的那件丑事。我们说着的时候，天已近黄昏，湖面吹来的风已经凉得浸润肌肤。我见小霞打了一个哆嗦，就起身脱掉自己的外套，想给小霞披上，小霞推却着。就在这时，水老师带着两名公安已经立在了我们身后。等我发现时，一名公安已经扭着我的胳膊把我拉到了一边。水老师泛了泛瘆人的白光，独自走了。

我和小霞分别被关在了一个房间。我不知道他们怎样提审她，我很担心她的安危。

提审我的公安是一个长得很帅的小伙子，但火气不小。他问了我姓名、出生年月、家庭住址后，又开门见山地问我和小霞什么关系，我答同学关系。他说，同学关系你就可以把她引诱到水库边调戏了？我说没有，我话还没说完，他"啪"一个大耳光子就上来了。

我捂着发烫的脸，又说没有。"啪"又一个大耳光子，他很不耐烦地嚷道："老子可没那闲工夫跟你干耗，我们的眼线已经跟踪你多次了，你在你的作案现场已经多次踩点，你把人家女学生约到偏僻的水库边就是图谋不轨，你正想调戏人家女的，幸亏我们的人及时赶到。"

士可杀不可辱。我双手捂着两边发烫的脸，争辩道："没有就是没有。"谁知道那个公安干脆不审了，他一脚踩上用于提审的桌子，噌地跃了过来，劈头盖脸给我一顿拳脚。要不是那个从水库边扭我来的高个子公安赶到，我非死在他的拳脚下。

当天晚上他们把我扔在留置室，没再审我。

第二天，我听到外面走廊里吵吵嚷嚷的好像是校长和我爹在跟谁交涉着，争论着，场面有点混乱。有一个干部口气的可能认识校长，他向校长解释当前的严打形势。我还听到了我娘绝望的哀叹声，我当时对我娘有点生气，她一辈子遇事只会唉声叹气，没一点出息。后来，不知是他们的声音越来越弱，还是咋天晚上我的耳朵被那个公安打坏了，我一点都听不清他们在说什么。我很着急，很想出去分辩，可是，我实在无能为力。

再次审讯我是第五天上午。其实，那次不叫审讯，应该叫指认。仍然是那个帅公安和高个子公安，他拿来了余主任、杨老师对我写流氓诗给杨老师的书证，并从我家里取来了那本我没舍得扔掉的浅蓝色的日记本作为物证，又拿来了我给小霞披的那件秋衣作为物证以及水老师的书证，他们叫我一一指认并签字。

签完字后，他们便把我扔进了拘留所。

半个月后，我被以流氓罪宣判劳动改造八年。

1992年秋天刑满释放后，我没有直接回家，先去了锦云水库。那天，天空忽而晴空万里，忽而乌云密布，忽而又电闪雷鸣。我一个人静静地站在水库边，狂风吹起的浪花四下飞溅，打湿我的衣裤、我的脸。一片泪光中，我仿佛看到小霞正张开双臂，向我飞奔而来……

看一场电影

那年，我在镇上读初中。我不爱读书，迷上了看电影。

电影院坐落在镇北街，傍濑水河而建，是镇上的标志性建筑。镇上人不叫电影院，叫电影馆。"今天电影馆放打仗片。""今天电影馆演锡剧《五女拜寿》。"明白人一听就知道，电影馆里有舞台，不只放电影，还演戏。

我不爱看戏，只爱看电影，尤其爱看打仗片。电影的诱惑是迷人的，让我茶饭不思、辗转反侧、彻夜难眠。我买不起电影票，便在电影院广场的空地上瞎转，找寻着别人丢弃的废电影票。我捏着已经撕去有效一角的废电影票，心里却像有槌子在敲鼓，慌慌的，我也不敢立即进电影院。挨到电影开场的铃声响了第三遍，趁着人多混乱，我才捏紧撕过票角的一侧，让门庭边站在高凳上的检票员马九炮再撕一次。马九炮也有较真的时候，非要让我摊开捏了一半的票根。露出马脚时，后脑壳总免不了挨马九炮一巴掌，有时他还在我屁股上踹一脚，再骂上一句："细赤佬，不好好读书，整天泡在电影院看大姑娘屁股，小小年纪不学好。滚！不要让老子再见到你。"第二次识破后，他还要补上一句："狗改不了吃屎。"骂一下又咋了？不痛不痒，不掉肉。只要有电影看，被骂成狗也欢心。

马九炮这段时间心情很不爽，他和电影院里面的检票员胡麻子干了一仗。胡麻子向电影院经理告了他一状，说他在外面检票打哈哈，见到漂亮姑娘就挪不开脚，导致电影院溜票的年轻姑娘越来越多，加重他的工作量，影响电影院收入。电影院经理批评了马九炮，还警告他：再发生类似情况，让他滚蛋。经理的批评，马九炮倒没往心里记，关键是说他黏糊镇上大姑娘的事，传到了他老婆耳朵里。马九炮老婆是乌丫山猎户的女儿，是标准的悍妇，镇北街万金巷的邻居亲眼看见马九炮老婆曾两手揪着马九炮耳朵，把马九炮悬在半空打转转。"马九炮"这个绰号的来历也与他老婆有关，马九炮大名叫马红旗，新婚不久，电影院经理见马红旗眼圈泛黑，检票时老打哈欠，就友情提醒他，让他别太贪嘴了，晚上夫妻那事上节制一点，来日方长。马红旗听了电影院经理的劝，一声叹息，说："这哪里是我能省的事？我那婆娘能让我省吗？最多一晚上非让我干她九炮，不干就不让我睡。"马红旗说的是不是事实，也没人去找他老婆核实，谁会吃饱了撑着操那心。但从此"马九炮"这个诨名就传遍了濑水河域乌丫山脉的村村落落。久而久之，以至于连他自己都忘了自己的大名。有一次，投递员小孙在万金巷找一名远方来信的马红旗，问遍半条街，都不知道谁叫马红旗，查无此人，信只能退回原址。多年后，远方亲戚来万金巷探亲，说起旧事，马九炮才拍着脑袋，幡然醒悟自己就是马红旗。

马九炮的老婆来电影院一哭二闹三上吊，马九炮自然是怂了，见了镇上的小媳妇、大屁股姑娘再也不敢嬉皮笑脸。这段时间他特别警觉，站在检票口门庭的高凳上，像警犬一样嗅着鼻子，双目圆睁地盯着每一个过检的观众。谁想蒙混进电影院，除非像孙悟空一样变成一只蚊子或苍蝇，从他头顶飞过去。

混不进电影院，我像一只找不到食物的流浪狗，在影院四周到处闲转。有一次，我在电影院对面的南街玩耍时，发现电影院舞台后台拐角处，有一扇小门向濑水河敞着，供演戏的演员演出间隙透气。因为临河，所以平日这扇小门总不上锁，从河对岸看去，总见门虚掩着在风中打晃。这个发现让我兴奋不已，我沿着电影院砌在濑水河里的那堵墙，蹚水摸到后台拐角处。我进了后台登上舞台后，也不敢贸然去台下，因为影院里检票的胡麻子，正肩挎卡宾枪一样长，两头系了线，装七节电池的手电筒，在台下的座位间走动着。这样的手电筒怕全镇也只有胡麻子有，在黑漆漆的影院打开按钮，那光亮像打仗片里敌人从碉堡里射出来的探照灯。名义上为观众找座位，实际上不过在查逃票的，每个逃票者都会在那束强光下，头皮发麻，浑身战栗。胡麻子是乌丫山上土匪头子胡半天的儿子，当年解放军进驻乌丫山，胡半天弃暗投明，投奔解放军，在协助解放军解放县城的一次战斗中牺牲。胡麻子的娘是胡半天的七姨太太，胡半天死后，她也裹上细软，一走了之。没了爹，走了娘，胡麻子就成了孤儿。胡麻子没有麻子，只是脸上的赘肉长得疙疙瘩瘩，老远看去像是脸上长了星星点点的麻子。胡麻子成年后，政府照顾他让他进了镇上电影院当检票员。镇上的人都说胡麻子遗传了他爹的匪性，被他逮到的逃票者，无论男女，要不脑壳起包，要不耳朵被拧得青紫。

我先躲在后台，裹在舞台的幕布里。等电影开场了，影院的灯光灭了，观众的注意力都集中到射向银幕的那束光柱时，我再悄悄从幕布里翻出身子，贴着舞台有凹弧的那垛墙，爬到台下。我找了一僻静的角落，也不敢一直仰着头看银幕，怕胡麻子那束强光突然射来。

我仰着头看一小会儿，再贴着前排座位，蹲在黑暗处听电影。我也常有听到忘情处，发出笑声，惊起前座一阵骚动，吓得自己出一身冷汗的时候。更多的时候，我只敢躲在幕布里听一场电影。胡麻子是一个怪人，他守着这么好好的电影院，却不喜欢看电影，他一遍一遍地检查着电影院的边边角角，也不找多余的座位坐下，而是挎着他的"卡宾枪"，站到最前排，像看守卫兵一样警惕地守卫着观众。此时，若有一只老鼠从台上溜下去，准会被胡麻子快速而敏捷地一脚踩死，我哪敢动弹？不动不行，刚才涉水时，墙面有一壁青苔，手没扶牢，我一打滑一骨碌滑倒在河里，全身湿透，现在裹在幕布里的身子仍瑟瑟发抖。电影放的是我最喜欢的打仗片《南征北战》，战斗打到关键处，冲锋号已经响起，勇敢的解放军战士正飞越一条条战壕，冲向敌人。枪炮声就像催尿弹，我在幕布里听得想尿尿，战斗越激烈，我越想尿尿。我实在憋不住，干脆一不做二不休，掏出那玩意，冲着幕布一阵欢歌。一连发的炮弹在阵地炸开了花，整个银幕火光冲天，舞台上一片辉煌，战斗仍在激烈进行着。突然，前排有个女观众尖叫了起来："蛇！"本来支撑双臂，倚着前排座位，扭着脑壳，反盯着放映室射出的那束光柱出神的胡麻子，"噌"地跳了起来，一手揉着眼睛，一手端着"卡宾枪"，像哨兵遇到敌情，又不知敌情所在方向，四处张望着。一股尿流像蛇一样在舞台上游动着，胡麻子的探照灯，也随着"蛇"游的方向照向了幕布里发抖的我。轰炸声已经停止，解放军已经大获全胜，胜利的号角正嘹亮地回响在阵地上空。一束追光落在了我头顶，我听到舞台下一片唏嘘声、尖叫声。

我像一只躲藏在粮囤角落里的老鼠，被胡麻子拎着一只耳朵，一路拽到了学校。

学校给了我一个记过处分。教导处于主任说，这个记过处分不是处分你看电影，而是处分你旷课看电影。

处分看电影与处分旷课看电影没有什么区别，一样是处分，一样要挨打。那天，我爹听到公社的高音喇叭后，从生产队秋收的黄豆地里带着一腿的泥，跑到了学校。我的另一只耳朵又被我爹拧了五里多地，从学校一路拧到家。我爹边用锄头杠敲着我的腿，边骂着："再往电影院跑，老子敲断你两条腿。"要不是奶奶前来相救，恐怕我至少要断掉一条腿。

我家乡灇水河域有句俚语：狗挨了打都三天不上粪缸。马九炮却说我狗改不了吃屎的本性。

大约三天后，我当时走路还一瘸一瘸的，我的同桌于小林，也就是给我处分的教导处于主任的女儿，她告诉我，电影院里正放映着打仗片《小兵张嘎》。于小林和我一样，也是电影迷。于小林和我不一样，她家就住在集镇上，离电影院一条巷。镇上来了新片子，她爹于主任都会带她去看。他们看电影都是星期天或晚上，买了票光明正大地对号入座，不用旷课。于小林告诉我，有时她爹还给她买一支冰棍或两分钱一包的茴香豆。想着于小林和她爹看电影时的神气劲，我就会莫名其妙地心生嫉妒。嫉妒我也不放在脸上，只是放学回家把怨气撒在猪圈里的黑猪身上。"为什么于小林放学后可以看电影，我放学后却只能给你割草？"我质问黑猪。黑猪不耐烦地抬起它那张皱巴巴的丑脸，冲我吼着，在猪圈里拱着。我拎起笤帚砸了过去，把黑猪撵得满圈乱窜。

于小林看了新片，第二天总会给我讲片子里的故事。于小林说嘎子用木头手枪缴了胖墩翻译的真枪，还撒了一泡尿熏出了躲在井下的斋藤。于小林又说，嘎子还堵了老百姓的烟囱，被老钟叔关了禁闭。于小林还说，嘎子被敌人抓进岗楼后，用板凳砸死伪军，又用煤油灯点燃楼梯，熊熊的烈火烧得敌人呼爹叫娘，屁滚尿流……我正听得入神，于小林突然扬了扬脖子，换了一下口气，一脸诡秘地告诉我，看的人可多了，电影票不好买，她爹还是托了熟人才买到一张票，让她一个人去看的。可惜啊，今天下午最后一场了。于小林她爹真好。这时，我完全忘记了那个给我记过处分的戴眼镜的糟老头。

下午是劳动课，因为腿瘸，我向班主任老师请了假。

电影院门口的广场上果然人头攒动，买到票的欣喜若狂，没买到票的垂头丧气。电影开场大约半小时，和我一样没钱买票，想逃票的，或有钱买票而没有买到票的，都悻悻地离开了电影院。我正在电影院广场失望地徘徊着，被一个声音叫住了。

叫我的是外婆村上的"小锅铲"。"小锅铲"是外婆村上大人们叫的，我却不敢这样称呼他。我小时候也曾这样叫他，他拧着我的耳朵告诫我：外婆家村上的一条狗都要叫舅舅。虽然他只比我大三四岁，他却要我叫他小公公，因为按辈分，我亲舅舅都要叫他小叔。"小锅铲"是他的诨名，他真名叫谢全生。因为爹娘死得早，他一直跟他哥嫂一起过。哥嫂管不了他，也就索性不管他了。他今天去这家门口站着，讨一锅铲吃的；明天去那家门口站着，讨一锅铲吃的，村上人就给他起了"小锅铲"的绰号。他初中只读了一年，就辍学整天跟镇上的混混在一起。他也是电影院的常客，有一阵子，我特别羡慕他，不像于主任一样拿工资，却经常有钱买对号入座的电影票，还穿着公社干部才穿的两节头皮鞋。

"小锅铲"对我说："嗨！小兔崽子，过来。给你一个大便宜，小公公临时有事，把电影票让给你。"又说，"电影才刚开始，小嘎子与罗金保正在卖西瓜，你进去还能看到小嘎子烧碉堡。"我立在那儿，怀疑自己的耳朵是不是听错了，"小锅铲"已经把电影票在我面前扬了几圈。突然，他停了下来，抓住我的手，在给我电影票前，盯着我说："不过，你要答应小公公一个条件，对谁都不能说电影票是我给你的。"不知道是激动，还是想赶紧进电影院看小嘎子是怎样用木头枪缴获胖墩翻译的真枪，我一个劲地点着头，像鸡吃食时生怕狗来抢一样。"小锅铲"像长辈一样拍了下我的脑袋，表情严肃起来，说："光点头没用，要发誓，对着太阳发毒誓。"我这才意识到自己的举动有点夸张，于是才停住了点个不停的脑袋。像当年加入红小兵宣誓一样，我举起右手，庄严发誓："我，张少华，对太阳公公发誓，我要是对外人说了电影票是'小锅铲'给的，不得好死。"一紧张还是把小公公说成了"小锅铲"。不过，这次"小锅铲"没有恼火，反而笑着又像长辈一样拍了下我的脑袋，把票塞给我，催我赶紧进场。

我进场时，嘎子已经缴获了胖墩翻译的真枪，正在给人民群众宣讲八路军纪律。……第三点，第三点……嘎子想不起第三点的内容，正在抓耳挠腮。我第一次揣着对号入座的票，躲着观众的目光，悄悄地找到票上的座位。电影太精彩了，以至我的到来都没引起前后排观众的注意，只有我的邻座——一位胖胖的中年妇女，在收腿给我让道时，小声地嘀咕："这么好看的电影，都憋不住你一泡尿？"她以为我中场退出去小便了，不知道是埋怨，还是惋惜。

电影正是高潮时，敌人的碉堡已经被英雄少年张嘎子用煤油灯点燃，熊熊的烈火正冲天飞啸，英雄少年张嘎子借着火势，成功地逃离碉堡，留在他身后的是烈火中鬼哭狼嚎的伪军。热情的观众为英雄少年张嘎子拍着巴掌，欢呼着。突然，我听到了前排姑娘的哭声，起初，我还以为她是被英雄少年张嘎子机智、勇敢感动哭了。哭声越来越大，已经影响到四周的观众。她邻座的大嫂小声劝她："莫慌呢，怕是掉地上了。"影院所有的光都集中到了银幕上，座位底下一片漆黑，前排姑娘跪下身子，在座位下方摸索着，找寻着什么东西。估计没有找到想找的东西，姑娘的哭声更大了。

哭声还是惊动了在影院巡逻的胡麻子。胡麻子先用"卡宾枪"打过一束光来，嚷道："姑娘，你不看电影哭啥？"胡麻子的追问和强光的刺激，加剧了姑娘的悲伤，整个电影院的观众的注意力都被哭声吸引了过来。胡麻子拎着"卡宾枪"挤到了姑娘跟前，追问发生了什么事情，姑娘已经哭得上气不接下气，根本无法回答胡麻子的提问。胡麻子急了，要把她拉离座位。姑娘双手紧拽着座位扶手，不愿离席。他们在前排拉扯着，挡住了我的视线，我只好站起来看电影，我一站，我后排的观众不满了，我的座位附近一时出现了小小的骚乱。这时，邻座的大嫂告诉胡麻子："姑娘的皮夹丢了，皮夹里准备办嫁妆的一百八十多块钱也一起丢了。"听到准新娘在电影院丢了一百八十多块钱，胡麻子一下子来了情绪，他一直为镇上老百姓称呼他电影院的卫士而骄傲，如今，在他守卫的电影院丢失一百八十元巨款，这还了得，这不是严重挫伤他的尊严吗？胡麻子打开"卡宾枪"，在座位底下找寻着，"卡宾枪"射出来的强光惊扰着观众，心急的观众纷纷站起来指责。胡麻子索性跳到了座位上，晃着手电筒，指着姑娘前后两排及左右两位，嚷着："你，你，你，还有你，你们，电影结束后都别走。"又让那位嫂子叫来马九炮，嘱他去派出所叫来民警小詹。

　　我实在没想到那个红色的印有伟大领袖毛主席头像的塑料皮夹，会不顾电影院的喧闹，独自静静地躺在我座位和靠垫的缝隙间。塑料皮夹张着嘴，里面却空空如也。

　　在派出所，我孤零零地坐在留置室冰冷的水泥凳上。那个我不知道名字的快要做新娘的姑娘仍在留置室外哭泣。她哭得很伤心，我感觉她的每一滴泪都是失望和悲伤。民警已经问我几十遍了，可是，那钱真的不是我盗的，他们没有一个人相信。他们把我的爹娘都叫来了，在留置室外，他们把事情经过对我爹娘说了一遍又一遍。胡麻子跳着脚对我爹说："你的儿子，啊，你的儿子，上次不只是逃票，还撒了一泡尿淹了一个舞台。啊，你说吧，这次……"从留置室的格窗，我看到胡麻子对我爹很失望，他一直在我爹面前指手画脚。那个叫小詹的民警却很冷静，他把我爹叫到了门外，我不知道他们谈了什么。

　　我爹卖掉了那头我特别讨厌的黑猪，一只快要产崽的羊，还有我弟弟喂养的九只兔。第二天，我走出了派出所留置室。

　　后来，我再没有去电影院看过一场电影。

　　三十多年后的一个秋日的下午，那个少年时代和我一样喜欢看电影的于小林，已经成了我妻子，我们相挽着重返旧时的老电影院。电影院已面目全非，它完成了历史使命，像一位功成不居的老者，静静地泊在濑水河一隅，慈祥地看着广场四周疯长的野草，蓬勃的龙芽草、香丝草、芨芨草，在微风中安静地晃动着。广场中央的那根孤独的旗杆，在岁月的侵蚀中发出"噼啪噼啪"的响声，回旋、悠长。

少年与探照灯

1

亥时过半，在战斗差不多分出胜负的时候，北岸河滩低坡处黑森森的小灌木林间，突然射出两道神秘而耀眼的光。

光线在战场上空交织着，潜入战斗双方的隔离带——濑水河，河面泛起一圈圈蓝幽幽的晕弧，然后晕弧又神秘地跃上南岸，与河堤高坡上的水杉林间散落的星月交相辉映。

整个南岸战场一片影影绰绰。

战场有了明处和暗处，格局也悄然发生着变化。

子弹从暗处密集地飞出来，弹片擦着树梢呼啸而过，快捷而果断。乔木叶、灌木叶、宽的叶、细的叶纷纷掉落。而落在树干和岩石上的子弹反弹后，发出"梆梆"的回响，听了让人头皮发麻。

现在，让我们小心地爬上北岸那座高耸的蓄水白塔。

可以清晰地看到，南岸战士在河堤的光影中呈现出一种惊慌失措的溃退迹象——他们躲到哪，光就追到哪，子弹便飞到哪。南岸的失败已经不可逆转。

撤退后清点人数时，南岸司令铁把发现自己参战的十三名队友中，竟有七名挂了彩。

简直是奇耻大辱！自从濑水河南北两岸少年为争夺河心香瓜岛割草权隔河开战以来，大大小小的战斗已经不下百次，南岸少年战斗队像今天这样溃不成军还是头一回。

大家都把怨气撒在了那两道神奇的光上。

据回忆，当北岸那两道神奇的光，突然穿过水汽氤氲的濑水河面，像两条巨蟒一样无声地扑向南岸时，铁把曾命令他的战士集中火力，灭掉光源。然而，"子弹"暴雨般打向光源时，听到的只是金属般响亮的回声。显然，对方不知什么时候加入了一位深谙战术的指挥员，他们早就有了防备，那些光源处都加罩了坚固的防护铁丝网。

"怎么会败在两道光上？"

这是南岸战士最沮丧的一个夜晚。

矮胖子是南岸战士中最喜欢插嘴的，他跳过一条沟壑，挨着铁把，说："一定是北岸那些小子前几仗打不过我们，才想了怪招，白天用镜子收集太阳光蓄在马桶里，晚上再把光从马桶里放出来咬我们。"矮胖子是镇上向阳红小学四年级学生，他在学校时就喜欢在衣袖里藏一块镜子碎片，时不时地掏出来，迎着太阳，往前排教室同学的脸上或老师板书的黑板上晃一圈。

"亏你想得出，马桶里蓄太阳，还不把马桶烧着了？"铁把瞥了矮胖子一眼，吐出了嘴里咀嚼的盘根草。

一位叫火箭的少年抓了一把泥土，摁在铜扣流血的前额，用脚尖撩了撩矮胖子，说："胖子，要不你用你奶奶的马桶先收一回太阳，咱们明天也放一马桶光到北岸试试？"矮胖子的爷爷以前是濑水滩有名的地主。他奶奶嫁给他爷爷时，是县城和氏南货店大掌柜家的四小姐。当年和氏南货店经营着南北果品、茶食，尤其以自产的春酥、夏糕、秋饼、冬糖揽客，县城的和氏码头客商如织，生意红火。四小姐嫁到濑水滩时，陪嫁的马桶据说是皇家格格用的，两边带扶手，后有靠背，精工细雕着凤衔滴珠。

矮胖子似乎意识到自己说漏了嘴，他没话找话地给自己一个台阶下："也不是非要用又脏又臭的马桶，河北岸的那些小子可能用的是暖水瓶。我爹说太阳光照到地面不过三五十度，暖水瓶一百度的温度都不怕，肯定也不怕太阳光。"

"不过呢……就是体积小了点，不知道能装下多少太阳光？"矮胖子又小声嘀咕着。

小伙伴们都取笑矮胖子异想天开，铁把的眼睛却在暗夜里亮了一下。

铁把把小伙伴们聚拢成一个圈，十几颗脑袋在河堤边一片星光下荡漾。铁把问的问题很简单，除了太阳光，什么光最亮？显然，在问这个问题时，他是认真思考过的，如果能找到一种更强的光，即使装在体积小的暖水瓶里，开战时打开暖水瓶，让北岸战场亮如白昼，那么下一次战斗，战局就会发生逆转。

铁把毕竟是南岸少年战斗队的首领，考虑问题自然要比队友务实、成熟，有远见。

火箭说："电灌站的电发出的光比太阳还亮。我爸说过，生产队打谷场上的灯泡一通电，连蚊子的尾巴都照得清清楚楚。"火箭他爸是濑水滩九排墩村第四生产队队长。

矮胖子表现着能耐，又插话道："电灌站的电力气也大，能一口气把扁担河里的水都吸干，还能一下子拉着大队打谷场上的十几台脱粒机转上一天一夜都不渴，也不叫累。"

火箭白了矮胖子一眼："铁把司令说的是亮，不是力气，亮可以看得见，力气大又看不见。"

矮胖子还想与火箭论理，铁把模仿大队书记在打谷场开会时惯用的动作——把巴掌向空中一扬，又模仿大队书记惯用的口气说："都别扯没用的了，咱们来商量下一步工作。"

南岸生产队的畈田埂上，十几颗脑袋成了十几个小黑点。

2

电灌站离村三四里地，一座四四方方的红墙青瓦房，静静地泊在濑水河支流扁担河滨。四周长满芦苇和蓼蓝，雨水丰沛的季节，疯长的芦苇和蓼蓝能淹没红墙。

电灌站站长叫田富，一个人住在电灌站，是一位真正的战士。他回到濑水河滩电灌站后，村里人都叫他"独眼英雄"，因为他的一只眼睛留在了战场上。就连小孩子也跟着大人屁股后面叫。他也不恼，总乐呵呵地应着，大伙叫久了反而忘了他的真名。只有县里的干部来看他时，才叫他田富同志。县里的干部说，田富同志在战场上是一名光荣的探照灯兵，由于战时娴熟地操作探照灯，多次使战场格局向我方趋好扭转，因而多次立功。一次执行任务时，他不幸被万恶的敌人弹片击中右眼。现在，田富同志没有眼珠的右脸像战场上被炮弹炸出的一个弹坑，半张右脸成了沦陷区。战争结束后，他本来可以留在城市工作，因为没文化，不想拖累国家，他执意要用自己的电工之长，为家乡做贡献。

田富的站长不过是一个名头。电灌站只有一个编制，他既是站长，又是电工，就像镇上佟记油坊的佟掌柜，既是掌柜，又是伙计。田富没有妻儿，也很少与村民来往。只有抗旱排涝，需要日夜值班时，征得大队书记同意，他才会叫了村里的长根、中贵两位社员帮忙。田富是英雄，为了给英雄应有的政治待遇，政府给他配了杆三八大盖。濑水滩涂畈田里劳作的社员，总能看见田富同志像守护军事重地一样，整天戴副墨镜，束根腰带，挎着三八大盖在电灌站配电房附近巡逻。夜半，有捕蛇者路过此处，他会提着三八大盖，突然就从芦苇和蓼蓝丛中蹿出来，大喝："站住，哪个部分？电力重地闲人免闯。"口气仍是前哨战士的口气。他任电灌站站长后，没人见过他的笑容，村里人都说他的脸像杀猪墩上的砧板，粗粝、死板。村里的孩子平日里见他就悚，现在又见他整天挎着三八大盖，更是躲他远远的。

电灌站的电主要保证抗旱排涝、农业生产，保障社会主义建设。照明用电是一种奢望。只有到了腊月二十五傍晚时分，村民才能用上电："独眼英雄"肩挎三八大盖，往村口的大磨盘上一跳，吼一嗓子"电来喽"；各家各户纷纷捏着五分一角的电费，跑向大磨盘，缴了电费从"独眼英雄"手里领了灯泡。"用电先付费，支援社会主义建设"是"独眼英雄"嘱咐村上的富农后代朱先生刷在大队部墙上的标语。电灯泡的瓦数是按家庭人口来定的。铁把家有四口人，领了一只二十五瓦的灯泡，缴五分钱电费。矮胖子家人多，有十一口人，领了一只一百瓦的灯泡，缴了两角钱。领了电灯泡，村里的孩童这才一下子意识到过年了，只有过年才会来电。当天晚上，一家人围在一盏神奇的电灯下，快乐和喜悦无以言表。男人们喝得脸红脖子粗，却喝不出个高低来。媳妇和侄辈们则在一旁嗑着瓜子，吃着糖果，看着热闹。大婶子是妇女中最豪爽的，她喝酒用海碗，一海碗下去，早撂倒了不胜酒力的二叔、三叔。铁把最喜欢听大婶子喝酒后唱花鼓戏，大婶子绯红着脸，找来一只铝盆，双手抡着筷子，"咚咚咚"一阵开场白，戏词便夹杂她满嘴的酒精味喷涌而出。接下来是他爹的传统节目——京剧《甘露寺》，"吱吱咽咽"胡琴开了场，他爹半天才唱出一句"劝千岁杀字休出口"。带着醉意的一嗓门下来，总要将在场的一家子"戏迷"们逗得七倒八仰。

这时，铁把看到矮胖子大过年的不在家，却溜到他家门口鬼鬼祟祟，以为北岸有"军情"，便追了出来。春节战备可马虎不得，铁把想。没想到，矮胖子却指着铁把家的灯泡，怯怯地说："我家的大灯泡跟你家小灯泡差不多亮，怎么你家缴五分钱，我家缴了两角钱呢？"小伙伴们当年还不知道电压不稳。过了正月十五，"独眼英雄"又肩挎三八大盖，往村口的大磨盘上一跳，吼一嗓子"缴灯泡喽"。村子里的小伙伴才明白，年过完了。

当年，村里的孩子对电灌站有两惧：一惧阴雨天气电灌站的变压器"吱吱"冒火花；二惧"独眼英雄"那张受伤的脸和他脸上那只整天眨巴不停的亮眼睛。

铁把不怕"独眼英雄"。有一年夏天，他在电灌站附近的扁担河滨割猪草，不小心掉进河里。本来掉河里也无所谓，濑水河滩的少年哪个不是水鸭子。扁担河宽不足十米，铁把一个猛子都可以扎几个来回。现在情况不同，大队、小队都在大积绿肥，扁担河里放养着沤肥的水葫芦，遇上黄梅雨季，疯狂的水葫芦长了四五层。铁把毕竟年少力薄，滑进河里被水葫芦缠住身，像是猪八戒误闯了盘丝洞，浑身有劲使不上，越折腾滑得越深，身体被水葫芦根茎缠得越紧。眼看他有生命危险，正好"独眼英雄"巡逻路过，他搁下三八大盖跑过来，跳河里把铁把托上岸。后来，铁把有事没事就会溜到电灌站附近割猪草。他也不是单纯地割猪草，更多的是对电灌站和"独眼英雄"好奇。暗中"侦察"多了，铁把发现"独眼英雄"并不像小伙伴眼中那么凶煞可怕，反而有几分可亲。有时，他见铁把一个小屁少年吃力地撅着屁股，担着一篮筐比他人还高的猪草路过电灌站时，会突然冲铁把吼道："铁铜锣家儿子，给我站住。"铁铜锣是铁把他爸。铁把傻愣的一瞬，"独眼英雄"已经把铁把一篮筐猪草移到了自己肩上，然后小心地将猪草送过扁担河的烂木桥。放下篮筐后，"独眼英雄"也不吭气，撅着屁股就往回走。有时他会站在电灌站门口喊："铁铜锣家儿子，给我过来。"语气像是团长命令警卫员，也没什么事，就是送铁把一块洒了胡椒粉的烤熟鱼片。电灌站每次抗旱排涝时，总会抽上来许多打碎了脑壳的白鱼、鲢鱼，"独眼英雄"就用一张网对着泵口网鱼，把收上来的鱼晒成鱼干，他一个人也吃不完，就去村上给每家发一块。村上有几个妇女，收了鱼干，嘴上说谢谢，心里却嫌鱼埋汰。"独眼英雄"还没走远，鱼干便被妇女扔进了潲水缸。

有一回，"独眼英雄"不知因为什么事情心情很好，居然还把铁把领进他的军事重地——电灌站的泵站，指着泵站抽水的电动机告诉铁把，电动机是将电能转变为机械能的一种机器。电动机内部线圈通电产生磁场，驱动转子旋转，带动水泵工作，水就打出来了。

铁把虽然啥也没听懂，但他仍觉得新鲜、好玩。

3

停战以来，北岸的少年战斗队已经在河对岸叫战了几次，他们甚至公开辱骂南岸少年是缩头乌龟。

士可杀，不可辱。南岸少年个个咬牙切齿，摩拳擦掌，他们或跃跃欲试，或蠢蠢欲动，誓与荣誉、阵地共存亡。首领铁把没有贸然采取行动。他没有因北岸的叫骂而动摇信念。没掌握制胜武器，没有必胜把握，他是不会轻易发兵的。他不能像上次一样，让战士们无谓地牺牲。

这天，他佯装割草，来到电灌站向"独眼英雄"试探探照灯的事。他相信那个神秘的武器是制胜的法宝。

铁把想，"独眼英雄"是英雄，当过探照灯兵，经历过战场的硝烟，脑海里一定满是探照灯的故事。

铁把又想，待掌握了探照灯的工作原理后，再指挥他南岸的战士回家抱暖水瓶，想一个法子把"独眼英雄"支开，把电灌站变压器的下桩头解开，让低压电直接流进暖水瓶，再用木塞塞住。战斗时，将木塞拔掉，把从大队脱谷场上偷来的大功率电灯泡装上。铁把是一个聪明的孩子，现在懂了不少电力知识。

电的威力这么大，有了强大的电流做探照灯，还不把北岸的小子们打个稀里哗啦？铁把心里喜滋滋的。

难得有少年来主动打听他浴血奋战的故事，"独眼英雄"的一只亮眼睛已经不眨巴，竟放出异样的光彩。他脱下军装，回濑水河滩担任电灌站站长以来，已经多次被学校邀请去宣讲英雄的故事，每次他都激情四射。这是他一生中最荣光的经历，也是他人生的巅峰。

他坐正了姿势，将三八大盖抱在怀里，那只发绿的亮眼睛盯着远方。他清了清嗓子，从头说起。他说在国内出发前，带兵的连长参加过淮海战役，他问咱有什么特长。咱也不知道什么叫特长，就说当兵前曾在村上做过电工。连长把手一挥，说："那你去探照灯连，那个连需要电工。"就这样他被直接分到了探照灯连。起初他以为探照灯连是为行进中的大部队提供照明的，原来不是。

"独眼英雄"又说："别小瞧咱们探照灯部队是小规模兵种，1951年国庆大阅兵时，咱们探照灯方阵还正步走过天安门城楼。"说到这里，"独眼英雄"的脸上竟有了多彩的云翳。"我们一般跟炮兵行动。"他说，"说起来，我们探照灯连在部队也算是技术兵种，我们连里有机械师、电工、驾驶员、操盘手，都是百里挑一的技术能手。"铁把本来想问：你当兵前只是个村电工，村电工有多大本事？被连长大手一挥去了探照灯连，怎么一下子就成了技术能手？可是，"独眼英雄"谈兴正浓，岂能败了他的兴致。他只好把自己的疑问吞进肚子。"独眼英雄"说："探照灯都是架在大卡车上的，每盏探照灯有五六个志愿军战士操作，样子看起来像是在操作高射炮。平时，大卡车都罩上墨绿色的伪装网，躲在丛林中，只有遇到夜间作战，双方战斗处在难解难分的白热化状态下，我方才拉出探照灯连。面对敌方阵地，一字排开，在炮火的掩护下，启动发电机，突然打开大功率灯泡，照向敌方阵地，这些灯光比打一百发炮弹还管用。一般情况下，面对刺眼的灯光，敌方会不知所措，仓皇逃走，这个时候，我军的火力会在暗处向明处的敌方展开猛烈攻击。一道道寒光在敌方战场上开出一朵朵炫丽之花。炫丽之花在战场上不断绽放着，红遍了半个山坡，红透了半片天空。""独眼英雄"越说越有激情，他仿佛又回到了战场上，那只亮眼睛盯着远方，就像黑夜里射来的一盏探照灯，炫亮炫亮，似乎能把北岸的灌木林燃烧起来。

铁把听得血脉偾张，两眼放光。

他把玩着手中的一束狗尾巴草，小心翼翼地向英雄讨教探照灯的制作方式。"独眼英雄"又正了正身子，把三八大盖往胸前抱了抱，突然闭上那只亮眼睛，一道寒光闪过，天突然暗了一下。

"独眼英雄"一脸铁青地说："小孩子家家，打听军事机密干啥？"

"探照灯咋就成了军事秘密？"少年一脸憬然地盯着眼前的英雄。

"探照灯在战场上就是军事秘密。""独眼英雄"又打开了他的亮眼睛，四周又亮了起来。"军事秘密不可以随便打听，这是《中国人民解放军保密条例》规定的。""独眼英雄"严肃地说。

铁把嗫嚅着说："现在不是不打仗了吗？"

"独眼英雄"噌地站了起来，把三八大盖往左肩一靠，左手虎口顶住枪带，语气坚定地说：

"不打仗不等于没有战争，仍旧要时刻提高警惕。"

"独眼英雄"跨出一步后，正了正肩上的三八大盖，严肃地说："小孩子家家要听毛主席话，做毛主席的好孩子，读好书，将来为建设社会主义祖国多做贡献。"又掉过头来正言厉色道，"记住，不该问的不要问，不该看的不要看，不该听的不要听。"

铁把还想说点什么，"独眼英雄"已经背着三八大盖，雄赳赳地走到了百米开外的配电房。

4

吃了"独眼英雄"的闭门羹，南岸少年没有放弃对探照灯的探索。

那是一个月淡星疏的夜晚。经过缜密计划，小伙伴们分成三路，每路四人，怀抱着从各家偷出来的暖水瓶。第一路四人贴着扁担河堤，藏身于通向变压器的一片小杉木林里，待第三路完成任务后，负责将他们手中的暖水瓶接应回村；第二路是幌子，他们走过烂木桥，躲在电灌站附近葳蕤的芦苇和蓼蓝丛中，好等"独眼英雄"发现情况，走出电灌站时，吸引目标；第三路人马最重要。由铁把亲自带队，四个队员等第二路人马发出安全信号后，每人腰间系上三只暖水瓶，爬上变压器台阶，开始撤除下桩头，向暖水瓶输电。

一切准备就绪，出征的三路队员个个抱着必胜信念，精神抖擞，斗志昂扬。第一路人马已经神不知鬼不觉地藏身于小杉木林，第二路人马也已经悄悄潜伏在电灌站附近的芦苇和蓼蓝丛中，埋伏在变压器台架下的第三路人马将暖水瓶紧紧系在腰间，只等铁把一声令下。

第二路人马已经发出安全信号，是一长两短三声青蛙叫。铁把是个细心的孩子，当第二路人马已经连续发出三次安全信号时，他仍没有采取行动。铁把透过电灌站的窗格，似乎发现站内有一星亮光一闪一闪的。他可以肯定，那不是萤火虫发出的亮光。萤火虫的亮是冷冷的，而这个亮是灼热的。

莫非同伴们在行动中，有什么异样被"独眼英雄"察觉了？又想，不可能，今夜的行动是他临时决定的，没有队员有空告密。要不就是队员过烂木桥时弄出了响声，引起了"独眼英雄"的警觉？也不会，过桥时，他第一个过。他过了桥就对电灌站实行了警戒，他一直严密监视着电灌站内的动静，没有发现任何风吹草动。铁把在脑子里反复过滤了几遍行动过程，觉得应该没有什么差错。

也许"独眼英雄"一个人孤独，抽支烟打发时间。铁把想着，两只眼睛死死地盯着电灌站的窗格。

大约半刻钟后,亮星不见了。铁把的推断看来是正确的,"独眼英雄"只不过抽了一支烟,打发一段无聊的时光。当第二路人马又一次发出安全信号时,铁把这才借了星光,用手势向潜伏在变压器下的队友发出指令。

四名队员刚准备登杆攀上变压器台架,突然,电灌站门前灯光大亮。"独眼英雄"端着三八大盖,蹿上高处,冲天"嘭!"地放了一枪,枪声在静静的夜晚响彻半边天。枪声过后,"独眼英雄"喝道:"小子们,都给老子滚出来。"后来有村民回忆,这一枪还是"独眼英雄"在濑水滩放的第一枪,也是最后一枪。据说因为对孩子们造成恐慌和危险的这一枪,第二天,他的三八大盖就被县政府没收了。

枪声惊了扁担河里夜栖的水鸟,扑腾的水鸟飞进杉木林,在找不到方向的杉木林里乱成一团。

铁把还想从小杉木林一边溜走,"独眼英雄"一个箭步就冲了过去,一只手捏着铁把耳朵,嘟囔道:"就知道铁铜锣家小子弯弯肠子多,整天打探军事秘密,不会有什么好事。老子在这里等候多日了,还不叫你的小伙伴都出来?"南岸少年听到枪声,一个个从藏身的杂草、密林中走了出来。

十二名队员都被"独眼英雄"叫到电灌站屋檐的探照灯下。"哈哈,正好一个班的兵力嘛。""独眼英雄"用亮眼睛扫了一圈少年。他要对少年们进行训话,他让铁把指挥少年们站成两列。"立正,抬头,挺胸,收腹。""独眼英雄"像部队里的老班长,扯着嗓子向少年们发出口令。少年们拿眼瞄着铁把,铁把交叉着双腿,眼睛盯着天空数着星星,嘴里却在嚼着牛筋草根,样子有点像战场上被俘的一员名将,虽身陷囹圄,但仍有负隅顽抗的野心。

风中晃动的探照灯把少年们的影子在地上拖来拖去,像是在电灌站草地上演出一幕精彩的皮影戏。强烈的光线吸引了无数夜行的蚊子、蛾子,它们成群结队地在少年们的眼前尖叫着,飞舞着。

"独眼英雄"也不说话,背着三八大盖在队伍前后绕过来绕过去,足有五六个来回。铁把憋不住了,他一下把身体弹出队列,左脚跨出一步,右脚后跟仍在队列里。"报告……"他不知道应该称呼"独眼英雄"什么,叫叔,叫英雄,叫"独眼英雄"还是叫站长?这几个称呼村上人都叫过。三五秒钟后,他才收回跨出队列的左脚,说:"报告独眼英雄站长叔叔,我们是为了保护南岸领土不受北岸侵犯才贸然借电的。"他本来还想说"士可杀不可辱""要杀要剐随你便"这些带有英雄气概的话,但"独眼英雄"已经蹿到他跟前。"独眼英雄"几乎带着咆哮的口气说:"借电?铁铜锣家儿子,你个细赤佬,你以为电是你家烧的开水呀,亏你想得出来,用暖水瓶装电。"

　　"独眼英雄"又用手指弹了弹铁把脑壳，喝道："你们晓得爬到变压器台架上多危险吗？分分钟就没了命。"

　　听到分分钟就没了命，队伍开始松散，小伙伴们面面相觑，有少年的小腿已经发软，有一个第三路的队员竟吓得"哇"地哭了起来，铁把一脚踹了过去，骂道："没出息，如果在战场上你就是个投降派。"

　　"独眼英雄"站在铁把跟前，亮眼睛睁得像牛眼珠子，他喝道："铁铜锣家细赤佬，你……你这是冒险英雄主义，愚蠢，无知，不可理喻……老子要关你的禁闭！！！"

　　那个晚上，"独眼英雄"肯定搜肠刮肚，穷尽了所有可以用来教训少年们的词汇。

　　听到电灌站的枪声，大队书记带着民兵营长和治保主任赶到电灌站时，十二个少年已经被"独眼英雄"关在电灌站的泵站里面。

　　被缴获的十二只暖水瓶，像十二个被俘虏的士兵，蔫蔫地立在泵站一角，无声无息。

　　三十年后，铁把从部队转业返乡，"独眼英雄"已因病去世。根据他的遗愿，他的墓没有建在县城西郊的烈士陵园，而是埋在了电灌站旧址以北二里多地的高土岗上。他说他要看到电灌站的未来。原来的村级电灌站已经撤除，濑水河上游十公里处，新建成的白浪滩抽水蓄能电站已经并网发电。

　　电站蓄水池一侧高耸的灯塔上两盏能扭脖子的探照灯，仍在暗夜发光，濑水河两岸亮如白昼。

饥饿的小树林

我不知道她是怎样进的房间。

那个时候，星期六的安静笼罩着整个校园。旷野中赤膊蜇尐鸣翅长成，虫声唧唧。我在做一个下沉的梦。一个长发"饿死鬼"向我讨吃的。我明知道自己在梦里，我还是可怜她，偷了食堂的馒头给她，被舅舅发现后，我被绑在一块大青石上，飞速穿越一条黑暗狭长的隧道。

我们这里乡下人都说"饿死鬼"进屋从来没有声音。我没有听到敲门声，也没有听到开门声。门是保守的老式木制门——从村上的旧祠堂上卸来的偏门，散发着某个陈旧家族的气息。门扉的转轴已经干燥，启动时，总会发出"吱扭吱扭"的尖利声响，像被鼠夹夹住的一只垂死的老鼠的叫声。

现在，她就这样悄无声息地站在我床前，长发披肩，窗影瑟瑟。

当时，我正沉在梦境的黑色黏糊状态中，无法自拔。因突然受到某种巨大的惊吓，我整个身子从万丈深渊中一跃而起。我必须从梦中醒来，我挣扎着，就这样我醒了。我双手抱住双膝，头埋在双膝间，像被电流击中。

星期六我没回家。太阳落山前，雾水还没有降落，我吃了舅舅中午留下的剩饭剩菜，一个人在学校操场上百无聊赖地溜了一圈。附近村上的几只老鹅，偷吃生产队的稻子后，扬着圆滚滚的脖子，悠然地迈着步伐，目中无人地一路高歌着，路过操场时，山边还泼洒着金黄的夕阳。我不想这么早就睡觉，又沿山路在食堂后面的杂树林走了一圈。

下山的时候，正好遇到小赖皮赶着牛由水库方向过来。

牛群中已经有两头牛过了学校大门，有一头小牛崽赖在队伍后面的低洼田里偷吃队里的黄豆，小赖皮像将军一样威风凛凛地坐在牛群队伍中间一头牛的背上。见到我，他晃了晃手中用柳枝做的牛鞭，腾出一只手，撑着牛背，做了一个漂亮的凌空倒翻一跃而下。我从小就仰慕身手不凡的人。这个动作太潇洒了。见我羡慕地看着他，他一脸坏笑地说："呀呀呀，这不是学校食堂大厨杨麻子外甥嘛，天黑一个人去杂树林，小心被鬼摸了去。"

小赖皮是离学校三四里的官庄村的人。他是个孤儿，吃百家饭长大。爹娘早年在一场大饥荒中相继饿死，埋在了杂树林的老松树下。因为没有爹娘管教，小赖皮从小就不学好：十一二岁时独自扒运煤的货车去了少林寺学功夫，自诩能飞檐走壁；十四五岁时回到官庄村后，整日游手好闲，惹是生非。大队为了管住他，便把队上的耕牛交他看管。在附近的十里八村，小赖皮也算是个"名人"。

"真有鬼？""住在食堂偏房，我常常半夜听到从杂树林方向刮来的风，呜呜叫，总像有人在哭。"小赖皮这么一说，我的心里不免发怵。

"我倒是没见过。"小赖皮似乎很失望，他耸了耸肩，摊开双手抓了把空气。

"碰上一个鬼倒是蛮有趣的事。"小赖皮勾着眼睛盯着我，说，"村上人都在传呢，杂树林里的'摸壁鬼'来无声去无息、来无影去无踪，经常去镇上的供销社偷糖偷饼，还来学校食堂偷粮食偷肉。"

"'摸壁鬼'又不是'饿死鬼'，干吗光偷吃的？"我很好奇，也很纳闷。

小赖皮似乎很了解"鬼"道，他信口胡诌道："'摸壁鬼'是鬼中侠客，专门偷人间的食品接济'饿死鬼'。"他又凑到我耳根，神秘兮兮地说："你舅舅今晚不在，你一个嫩伢仔可要小心，别被'摸壁鬼'摸去了魂。"

说着挤着眼皮，扮着鬼脸，翻身跃上牛背，他朝我笑了笑。也许他并没笑，我只是感觉他笑了。他扬着手里的柳条枝，赶着牛群消失在乡间的田埂路上。

我嘴上强硬，心底还是战栗了一下。

星期六，学生放学，老师下班回家。校园一角的食堂，隐现在杂树的驳影之中，像原野上的一座荒宅，散发着阴森的气息。

我返回食堂住所时，蓝色的天空变得幽远深沉，夜晚前的光线平易柔和。

舅舅是食堂大厨，他每个星期六下班后都去麻姑山寺庙。他在寺庙做义工已经快一年了。星期六晚上，我一个人住。"我本来想在门扉转轴间滴几滴菜油。"这话舅舅说了半个多月，老是忘记。我讨厌开关门时听到"吱扭吱扭"的尖叫声。这源自我对阴沟里乱窜的老鼠的厌恶。舅舅走的时候，把食堂里的肉、菜油、酱油、味精、食盐、花椒、生姜、醋和老师们交上来的大米，一起锁进了铁柜子。我不知道他是怕食品被"摸壁鬼"盗走，还是怕我偷吃了，或许两者兼有。

我初中二年级没有考取初中三年级。

当年，我们初中阶段，二年级就可以初中毕业，升初中三年级要像今天中考一样通过考试。成绩好一点的农村孩子，初二填报志愿，直接考中专或中师，解决户口，离开农村。还有一部分学生，特别是城镇户口的同学，考了初三，准备念高中考大学，进更高学府深造后，留在更大的城市。

我这么一说，你就明白了，我是一个差生，不是每门功课都差的差生。我语文总是考年级第一，可这决定不了什么。英语考试时，坐我前排的张有才不愿给我抄，我在他屁股上踹了两脚，他只回过头来厌恶地瞪了我一眼。考试前我用橡皮擦做的骰子老是掷到 C 面。我英语只考了 13 分，连掷骰子的概率分都没达到。比我还差的同桌祁小红运气真好，她掷到了 51 分，考取了中师，后来做了老师，成了张有才的老婆。当年英语只是参考分，考 50 分就能过关。

14 岁的少年回到农村能干啥呢？

我特别崇拜村头濑水桥下的过路铁匠马三锤。他左手握铁钳，从旺旺的火炉中取出一块燃烧的铁疙瘩，右手抢铁锤，"噼噼啪啪"，溅起的火花像过年的烟火，一派炫丽，让人眼花缭乱，目不暇接。三下五除二，一把明晃晃的铁锹就摆在了面前。马三锤曾答应给我打一把长剑，他说，男人就要仗剑走天下。我觉得这样的人生特威风。

我娘没同意我跟马三锤学铁匠。也不是我娘不同意，是我舅舅——我娘的亲哥哥不同意。舅舅是家族中唯一的公家人，在家族中说话很有分量。舅舅是个芝麻烧饼脸。烧饼店的老板小气了点，撒芝麻时，手抖了一下，没撒均匀，三五成群的芝麻点在脸上熠熠生辉。舅舅笑起来一副丧气脸，看上去十分诡异，黑夜中能吓死一头耕牛。我生下来就没见他露过笑脸。舅舅上过战场，因为没文化，复员后向上级打报告执意要求回家乡一所农村中学的食堂当了大厨。

舅舅来之前，学校食堂经常闹"鬼"，老师寄存在食堂的一袋大米、一块肉或一罐烧菜的红糖时不时被偷走。这在缺吃少穿的年代，可是不得了的事。听说这个"鬼"还真调皮，有一次居然搞恶作剧把一对睡熟的厨子夫妻绑了，头上蒙了麻袋，耳朵里、嘴巴里、鼻孔里塞满了茅针草，差点让这对中年厨子夫妻窒息而死。这样的传说令人毛骨悚然，公社曾派民兵昼夜埋伏在食堂附近，可是这个"鬼"是个精明的鬼，来无影去无踪，民兵忙了半年多，连个"鬼"影都没发现。谁料民兵撤离的当晚，食堂的一块肉又不翼而飞。舅舅一直想捉住这个"鬼"。打心眼里说，舅舅是个疾恶如仇的人。遗憾的是，舅舅来食堂后，"鬼"只是在附近几个镇子的供销社晃悠，一直没光临过学校食堂，这让舅舅有点失落。

舅舅把我领到了校长办公室。大厨舅舅的大是给学校近三百学生蒸饭的大，是气势上的大，不是烹小鲜的大。舅舅只是在上边来人的时候，才偶尔给校长室炒一盘青椒肉丝或西红柿炒鸡蛋，根本没有大厨的技术含量。因为舅舅是校治安委员会主任，校委会成员之一，用书面语言表述，是校领导班子成员。校长给了舅舅面子。

我便在这所离家五十多公里的农村中学初二（3）班做了插班生。

窗外半个月亮亮光光的，照在床前像泼进来的水帘。她把头埋在起伏的胸间，我看不清她的脸，她告诉我，她叫伏小霞，是韦老师的表妹，帮哺乳期的韦老师带孩子。星期六，韦老师带着孩子回家了，她一个人住在教工宿舍害怕，看到操场角落的食堂亮着灯，就来了。她说话声音有点嘶哑，不像女人的声音，像是消磁的旧唱片。

我迅速套上潮湿的内衣，再找那个自称伏小霞的人时，伏小霞跟空气一样消失在夜色中。半个月亮倒挂在食堂前的池塘里，四周一片寂静，微风在食堂远处的麻姑山杂树林里吹拂着，偶尔有两三团蓝色的"鬼火"在风中飘荡。我沿食堂四周找了一圈，还是没发现刚才的伏小霞，初秋夜晚湿润清新的露珠在四野的草地上闪烁着光芒。

我手脚冰凉，恍恍惚惚。莫不是还在梦中？

星期天对于一个无所事事的离家少年来说，是漫长难挨的一天。

舅舅要到下午三四点钟才返校，给同样返校的老师们做晚饭。

来到新学校的第三周，我已经熟悉了周边环境。学校沿山麓坡地而建，没有围墙，像一个庞大的露天戏场。沿着食堂西墙边的一条碎石子路，向北是一片宽阔的坡地，坡地上栽了一垄垄稀疏的红薯，红薯垄间低洼处的湿地里，还能见到一簇簇神采奕奕的黄豆。过了红薯地是一片平坦的杂树林。杂树林再往上走就是麻姑山、半斗山和金牛山，三山合围着一座叫龙虎坝的小型水库。杂树林间隐隐可见隆起的不规则的无主小坟包。代课老师董老师说，在他们少年时代，那片杂树林曾是县里的一个刑场，经常有荷枪实弹的警察押死囚犯来这里执行枪决。附近村子里那些一时想不开喝农药、上吊、跳河自杀，进不了祖坟的冤尸也埋在杂树林里。遇到阴雨天气，杂树林里常常会冒出一团团蓝色火焰，随风升腾。山地里劳作的农民说，那是"鬼火"。化学老师说，那是磷火。我不关心什么"鬼火"还是磷火。我只盯着那片红薯地。我不同意舅舅的观点，我认为一个有血性的男人首先应该填饱肚皮。铁匠马三锤也曾说过类似的话，我记得他说过吃饱饭才有力气抡铁锤。

一早，浓雾迷离。雾是麻姑山一带秋天常见的矮脚雾。从麻姑山、半斗山和金牛山的半山腰下来，一团一团翻滚涌动。整片红薯地和杂树林在雾气中若隐若现、似梦似幻，有点像进入了电影《天仙配》中的仙界。

这是绝好的一次机会。我曾听老师们议论过，麻姑山出现矮脚雾的天气，是"鬼"最容易出没的时候。我从厨房别了把菜刀，随着细密的雾潜入了红薯地。小赖皮说碰到鬼是一件蛮有趣的事，要是能捉住一个鬼岂不更有趣？我这么想着就有一种钟馗捉鬼的英雄气概。不过捉鬼前，我还是先把肚子填饱。我准备先偷个红薯充饥。我计划着在离食堂远一点的红薯地里先刨几个红薯填填肚子，倘若离食堂太近了，我怕精明的舅舅发现后没完没了地絮叨，舅舅最忌讳别人占公家便宜。雾水太重了，像下过一场透雨，红薯叶子都是晶莹的水珠子。我在红薯地凹垄间匍匐前进不到百米，整个身体已经浸湿。一阵微风吹来，我冻得一阵哆嗦。就在我愣神的一刹那，我意外发现有个影子在杂树林的雾气中晃动。"鬼！"我浑身一激灵，揉掉眼睫毛上的雾水，仔细看时，又像被风吹动的附近农民育苗用的塑料薄膜，一晃，又被浓浓的雾气给罩住了。我像一个偷袭碉堡的战士，继续匍匐前进。突然，林中有小鸟惊飞，那个影子又闪现了一下，杂树林里的雾气被那个影子带动形成一股气旋，像舅舅打开学校食堂蒸笼的那一瞬间，笼里的蒸汽因巨大的排风气流旋转着，逃逸着。难道有赶早下地的农民在杂树林出恭？我赶紧把撅起的屁股埋进红薯垄间，双眼紧盯着杂树林。那股气流突然像邻家淘气孩童嘴里吹出的调皮泡泡，忽左忽右，忽上忽下，竟爬到了树梢，惊得一树过夜的山鸟在林间扑腾乱飞。我潜伏着，盯着杂树林的风吹草动，时间久了，冻得牙根发痒。不知道过了多久，太阳慢慢地出来了，短命的矮脚雾渐渐消失，再看杂树林，一片平静。校园、校园里长满青草的操场、食堂、食堂前的小池塘、红薯地、远处的村庄，大地上的一切渐渐清晰地呈现在我的眼前，干活的农民已经陆续下地。我没有返回食堂，而是以田垄两旁的长茅草为掩体，顺着沟壑，弓着腰走到杂树林。我挑了一棵高耸挺拔的松树，爬树是我的拿手好戏。我爬到一根粗枝的岔口上，双脚踩着树冠，两臂交叉，用手拨开茂密的松叶，我在找寻刚才雾气中的影子。不管你信不信，当时，我的内心特别渴望能碰到一个"活鬼"。

微风轻拂，艳阳高照。太阳光透过树叶间的缝隙射向大地，我看到龙虎坝水库的湖面上栖息着一群群爱干净的白鹭，它们在用长长的嘴壳清洗着羽毛，几缕炊烟从乡间农舍草屋的烟囱上袅袅升起，三三两两干活的农民去了低洼处的黄豆地。这时，杂树林里又传来的"窸窸窣窣"的响声，听上去像是警惕性很高的野兔胆怯地踩在松软的落叶上发出的声音。

我发现一个披着长发的人影，蹲在离我不到十米的一棵松树下刨着什么。她用小铲子迅速地刨开表层落叶，树林里的土质可能有点坚硬，她看上去十分吃力，挖土时双肩在不停地抖动。她瑟瑟发抖的样子让我想到了伏小霞。我屏住气，眼睛死死盯着下面。我看不清树下那人的脸，我只能靠那一头遮肩长发来判断性别——那肯定是女孩，一个充满活力的年轻女孩。这么一分神，一条松枝从我的手中脱落，又反弹到我脸上，我的眼皮被尖尖的松叶抽了一下，疼痛难忍。听到响动，树下那个人影甩了一下长发，揪住头顶的一根枝条，做了一个漂亮的凌空倒翻，跳了上去，转移到更浓密的枝叶里，像一只野猴从一棵树轻盈地跳到另一棵树，消失得无影无踪，连一片松叶都未掉下来。

这一切，对我来说太不真实了，好奇、惊悚、恐惧……"是不是真的有'摸壁鬼'？"我攥紧手里的菜刀，在树杈间待了四五分钟，终于理清了思路，我一定要捉住那个神秘的长发鬼。我发现自己骑着的松树与一棵出众的栎树相邻，栎树在高处，两树的树冠头碰头，栎树有点谦卑俯身的感觉：栎树的一枝伸到离松树的树冠不到半米处。我双手抓住栎树的树枝，双腿使劲在松树的树冠上一蹬，像秋千一样荡到栎树上，爬到更高的一根树枝上。

现在我已经站到了杂树林最高处。因为我身材消瘦，树枝虽然还不够粗壮，木质不够坚硬，但还是承受住了我的体重。我的到来惊动了树洞里的一窝灰林鸮，老鸟先飞离了鸟窝，它的孩子们扑打着稚嫩的翅膀也飞出了鸟窝。小鸟先飞到相邻的一棵树上，稍做停留后，又扑起了稚嫩的翅膀。一群鸟飞走了，又一群鸟飞走了。整个杂树林就有了树倒鸟惊飞的景象，一群一群的鸟跟着灰林鸮飞向了水库方向的密林里。杂树林四周一度寂静无声。

什么都不见了，树下原本被刨开的落叶表层也被风吹得恢复了原样，树林一片安静，像根本没人来过。

我在树冠上待了足足半个时辰，什么也没发现。莫非产生幻觉？我失望地滑下树冠。

这个时候，我发现地面成了最不忠实的依靠，我落到地面时双腿不住发抖。

我饥肠辘辘，失落而沮丧地返回食堂。

我惊奇地发现窗台上多了一个荷叶包，荷叶包里有三块面包，两只苹果。荷叶是新鲜的，折断的叶茎间流出的乳白色汁液滴在窗台上。面包已经干瘪。我环顾四周，老师们都还没返校，耕作的农民在远远的低洼地薅草，小赖皮骑在他的牛背上，牛在龙虎坝水库边悠闲地走着，周围一个人影也没有。饥荒的年月，谁家会有多余的粮食，把面包、苹果放在学校食堂窗台上？我感到十分蹊跷，转念一想，会不会是附近哪家村民家办丧事给舅舅的回丧礼？我们这一带的农村回丧礼时兴送面包、苹果一类的食品、水果。舅舅是个热心人，村里哪家有红白喜事，舅舅总会下班后拎着大勺去帮忙。

我没有禁住诱惑，吃了一块干面包。面包有一股香薰味，也许是存放时间长了，已经发硬，像是风干的鱼片。我娘曾说，祭祀用的食品是先人食过的，有一股香薰味。面包下肚后，我有点后悔。舅舅说过，一个有血性的男人就要扛得住饿。要是让他知道我扛不住饿，偷吃了人家送他的礼品，会被他唠唠叨叨取笑好几天。舅舅取笑我也不是说他小气，而是嫌弃我没有血性。我不希望自己在舅舅眼里是个没有血性的男人。

我把食品重新用荷叶包包好，用麻线扎实后，放在了舅舅的枕头底下。我这样做是为了让舅舅觉得人家送来的食品原封不动。

舅舅回来后还是说到了面包和苹果，是自言自语说的。他说这段时间寺庙里老发生怪事，好端端地摆在佛像面前的供品竟会不翼而飞，也不见有盗贼进来。舅舅说的供品无非就是香客上供的面包、糕点一类食品和苹果、香蕉一类水果。更令人感到诡异的是，舅舅做晚饭时，发现锁在铁柜里面的一块肉居然不见了，铁柜门却完好无损。

我木然地看着同样木然地看着我的舅舅，我从没有发现有陌生人来过食堂，况且一把大铁锁怎么会看不住一块肉？

"昨天晚上，韦老师的表妹伏小霞来了。"我突然想起一件事，看了一眼舅舅，又说，"她说她是给哺乳期的韦老师带孩子的，晚上一个人害怕就过来了。"吃过晚饭，舅舅正在灶间准备第二天早上老师们的早餐，我怯怯地跟舅舅说起韦老师的表妹。

舅舅没有抬头，继续切着他的萝卜丝。舅舅会在切好的萝卜丝上撒些盐，倒些醋，焐一夜，第二天给老师们当早餐吃的小菜。

"伏小霞只是晃了一下，我出门就找不见了。"我又说。舅舅好像是从鼻孔里发出的声音，他说："难怪你写字（舅舅把与学习相关的诸如做作业、学习成绩、聪明等都说成写字）不好，都来学校三个礼拜了，不知道学校根本没有哺乳的韦老师。"

我一下怔在那。舅舅又说："没有韦老师怎么会有韦老师表妹？"

"那，那个伏小霞会是谁？"

半晌后，他突然抬起头来笑了一下，整张脸一下子夸张地变了形，眉头打结处的几颗血色芝麻点在油灯下闪了几下。他说："我终于等到她了。"我傻傻地站在一旁，不明白舅舅在说什么。

舅舅喜欢睡觉，他总是在忙完第二天早餐的准备工作后，像母鸡一样天黑就上床睡觉。他有时候看我写字时站着就睡着了，他说这是他在战场上练成的。他站着睡觉时，一只手握着另一只手，醒来的时候仍保持这样的姿势，以至于他睡着了还是醒着，别人难以察觉。

今天，舅舅没有把学校总务送来的一坨肉锁进铁柜里，而是挂在了灯亮处，似乎有点显摆。为了不影响我写字，他在厨房临窗处，用竹帘子围了一个角落，架了一块木板，作为我的书房。他在看我写字时，站在我边上就睡着了，居然还打起了呼。

不知道过了多久，昏暗的煤油灯下，我眼皮下沉，不经意间，突然看到窗玻璃上的树木重影中多了一个衣着长裙（也像长袍）的人影，她正向厨房东张西望。她与我对视了一下就迅速收回了目光，因为长发遮脸，我看不清她的脸。但那双眼睛似乎在哪里见过，明亮而狡黠。只对视了一眼，我几乎觉得目光照耀下的奇形怪状的树木从窗户扑上来，刺向我，但是树木没有动作，只是寂然地望着我。星星围绕着偷窥的月亮聚集过来，像一片零乱的眼睛。窗外突然"嗷"的一声，又"嗷"的一声，像是受惊后的恐惧。紧接着，我听到急促的声音迎面而来，是奔跑在黑暗路上的脚步声。那个人影风一样"飞"向了杂树林方向。也许是吓傻了，我都忘记叫醒舅舅，我一直用目光追随着人影"飞"去的方向，当我发现第二个人影紧追向杂树林方向时，我想起了舅舅。

舅舅早没了人影。

辽阔的寂静笼罩下来。远方的森林在轻声地无穷无尽地呜咽。

杂树林一派光怪陆离，听说舅舅把"鬼"逼到杂树林了，附近村民提着马灯，打着手电，抢着锄头、耙子纷纷聚拢到杂树林来增援。

我随着村民赶到杂树林时，小赖皮已经被民兵绑在一棵栎树上，树枝上挂着的"伏小霞"的长发迎风飘曳。

舅舅接过一个村民递上的耙子，在一棵松树下刨着，只几下就刨出了一块肉、一荷叶包面包。

在赃物面前，小赖皮似乎很着急，他挣扎着，嚷着："杨麻子，求求你，你给我爹我娘留着点，他们托梦给我，在那边饿呢。"

舅舅没有抬头，继续刨着。一个民兵上前捂住了小赖皮的梦。

亲爱的猪

1

我老婆和我争论最多的是我什么时候死。这不奇怪，我老婆一直认为我活得像一头猪，不如早点死了，早死早超生。

有一次，我认为我应该凌晨三点一刻左右死亡。我非常准确地听到，马路上开始车声杂沓，就像四月卧枕原野，繁花悄然开放。先过去的是菜农的三轮车，劣质柴油燃烧时发出的"扑扑嘭嘭"的轻微爆炸声，贴着街面传来，到了耳朵里，有点灼人。后面跟着的是电瓶车在人行道上嗖嗖的奔跑声，慌乱而紧张，两只轮胎左突右撞，像醉汉走在死胡同里，始终走不到一条线上。一辆垃圾清运车跟在后面开过街面，泔水桶内的秽物晃荡欲出。

这个时间点也正是我赶往郊外屠宰场的时间。

可是，我老婆非说那个时间点是凌晨五点十分。她用一贯固执而霸道的口气说："你都活着当成死了过，哪有我清醒？我为了记住时间而特意看了时间。"她很自信，墙上那面猫头鹰造型的挂钟，当时正指着五点十分，分秒不差。

我老婆一贯自信。

只有我知道，那面挂钟肚子里的两节电池，多天前的下午五点十分被我掏了出来。当时，我刚从乡下农民那里收了两只猪回来，很累，我躺在床上睡觉。我的耳边总有无数杂音在萦绕，搅得我无法进入睡眠。我抬头瞥见墙上不停晃动着蓝眼睛的猫头鹰。我十分讨厌那两只阴郁的蓝眼睛，还有蓝眼睛晃动时，发出的"嘀嗒嘀嗒"的响声。我把从猫头鹰肚里取出的两节五号电池装进了剃须刀肚里。

2

你可能已经看出来了，我在人世间只是一个低贱的杀猪匠。

我爹就是个杀猪匠。不同的是我爹曾在镇上食品站杀猪，是公家杀猪匠。当年，我爹骑着那辆公家给他配的长征牌载重自行车，一路飞飚在乌丫镇上吉庆街的那条青石街面上时，一街的目光也跟着我爹的背影和身后欢腾的尘埃，在街面飞飚。那样的目光甚至追随到了我的学校，因为我可以不用肉票，从食品站的后门为馋嘴的老师取回一副猪心，或者半片猪肝。我是班上唯一可以放学后不用留下来背诵课文、默写生词的学生。

可是，好景不长，还没等我年满十八岁，可以到食品站去接我爹的班，我爹就因为生活作风问题被开除了公职。我当年还不知道生活作风问题究竟是什么问题，有多严重。我正喜欢着隔壁班上一个叫小姿的女生，我难得烦我爹的事。和我一起的玩伴五皮告诉我，生活作风问题就是搞女人的问题。我爹搞的那个女人是她自愿的，我不愿意把男女关系说成搞女人，这话很难听。我把他约到濑水河对面的小树林里狠狠地捺了他一顿。那一顿可能打狠了，五皮断了两根肋骨，在医院里躺了半个月。我也被学校开除学籍。

上学有什么好玩的，又不能上乌丫山上的老槐林掏鸟窝，又不能下濑水河捉虾捕鱼。实际上要不是因为天天想见到小姿，我根本就不想上学。所以，学校的开除，对我来说是件好事。小姿的家在离集镇十多里的沙溪水库库区家属院，她对我似乎也有那么一点意思。她说我身上总有一股猪膻味，我说她身上总有一股库区的鱼腥味。我们走到一起总要相互闻一下各自身上的味道，我们都喜欢闻彼此身上的味道。那段时间，无所事事的我，几乎天天躲在学校通往库区必经之路的六十亩居的竹林间，等待着小姿骑着她的飞鸟牌自行车路过。

那是我十七岁那年最迷恋的一件事。

我后来娶的妻子不是小姿。一条街的人都知道，我和小姿没成，问题不在于小姿，也不在于我，在于猪。因为猪也不是因为猪，而是因为我爹。我这么绕你可能有点不习惯。是这样，我爹是杀猪匠，他跟猪有关系，后来我爹生活作风有问题，其实也跟猪有关系。与我爹相好的是北街紫月裁缝店里的紫月姑娘，她是个跛子，身边还带着一个五岁女娃，原先在离乌丫镇三十里远的外桠溪镇上做裁缝，被老公抛弃了才来乌丫镇开裁缝店。她在乌丫镇上无亲无戚，我娘是一个菩萨心肠的女人，她情愿自己危机四伏，也见不得别人受难。我娘把紫姨当成自家妹妹。见紫姨娘俩生活艰难，我娘就在枕头边给我爹吹风，让他捎些猪下水给紫姨母女。

镇上的街坊都说我爹是个勇于奉献的家伙，我娘让他捎猪下水给紫姨，可他却把自己的猪下水也一并捎给了紫姨。

本来，这事以开除公职处理应该是一个十分严重的结果了。可是，第二天，乌丫镇的大街小巷到处贴满了黄纸黑字的告示，内容大致是"坚决打倒流氓强奸犯林福海"。一桩你推我搡、男欢女爱的情事，到了告示上，就变成了流氓强奸的大事。告示竟一路贴到了库区。后来，小姿就不见我了。五皮给我捎话，说她见到我就想到我们家里的"流氓强奸犯"，就恶心。我不甘心，去过几次库区家属院。小姿跟她外公、外婆住在库区家属院的专家楼。库区有四台 4X10MW 装机容量的发电机组，小姿的外公、外婆是 1958 年响应党的号召，从北京来沙溪水库参加水电建设的专家。小姿的爹妈出国留学后，就把小姿寄养在了她外公外婆在库区的家。小姿外公是个凌厉精瘦的小老头，他见我老趴在小姿窗前学鸟叫，便悄悄地拿根竹竿，也不打，只是高高地举着，恼怒地训斥着："小子，你要成仙哪？"我不知道这个成仙究竟意味着什么。他前脚一走，我后脚又从附近的小树林里潜到了小姿的窗前。后来，他叫来库区保卫科的保卫人员，将我堵在家属区的一条死胡同里。我被带到库区保卫科的一间黑屋子滞留了一夜。第二天，我娘急吼吼地从乌丫镇上赶到库区保卫科把我领走了，路上，她也莫名其妙地说了一句："细赤佬哎，你要成仙了。"

有一段时间，我真的像传说中成了仙的乌丫山的赤脚大仙一样，天天静坐在学校通往库区必经之路的六十亩居的竹林间。直到有一天，五皮告诉我，小姿被她外婆送回了北京。

3

乌丫镇一条主街叉出两条支巷，像一个大姑娘卧在崇山峻岭间。学校就坐落在两条支巷的交汇处，笔直的旗杆挺挺地立着，旗杆上的旗帜"噱噱"作响。

被学校开除后，我常常无所事事地坐在旗杆下，听着朗朗的读书声，突然会想起读书的种种好处，但也就一念而过。念头过了，又开始烦读书的沉闷。

现在，铁箍、锁扣、五皮、撅子、铜钹——我在乌丫镇上的发小，都开始躲着我。尤其是撅子，他本来每天放学要从我家门口经过，现在居然走弯路，从乔医生诊所西侧的羊肠子巷绕着走。见我在巷口转悠，他会故意躲进乔医生诊所，半天不出来。

有一天，我躲在羊肠子巷拐角处把撅子堵了。我嘴里叼着一支从我爹那里偷来的丰收牌香烟，一脚立正，一脚踩着墙根，两只手交叉在胸前，后背靠着一堵墙。一缕阳光正从巷角的屋檐，斜照在撅子的脸上。我的目光紧盯着撅子。撅子有点慊，把肩上的挎包往后挪了挪，退了两步，窸窸窣窣的阳光碎片掉了一地。看着撅子紧张得脸色发青，我心里就好笑。

我抹了一下头上的阳光，冲撅子吹了一口烟，说："嗨，撅子，你脸上好多麻点点，像北街黄麻子烧饼店里的芝麻烧饼。"

一见撅子抹了一下脸，我就笑着把踩着墙根的那只脚收下来，向前跨了一步，说："哥们托你一件事。"

撅子收住了脚步，也不接话，直勾勾地等着我的下文。

我凑近了撅子，神情严肃地对他说："今晚帮哥把铁箍、锁扣、五皮、铜钹叫到乌丫山上的麻姑庵，哥有重要的事要告诉他们。"又说，"对了，你也要来，最好叫上你哥哥耙子。"耙子自称是乌丫镇上的老大，手里有一帮小喽啰。

撅子迟疑了一下，也没问我去麻姑庵干啥，转过身，消失在羊肠子巷。

撅子算讲信用，晚上大约七点钟，撅子带着他的哥哥耙子首先赶到麻姑庵。显然，耙子是被撅子拽来的。他们还没到麻姑庵，我就听到耙子在嚷嚷："撅子，你有毛病吧，这黑灯瞎火的把哥拽到麻姑庵，不嫌瘆。"耙子想回去。

我从麻姑庵一侧的老槐树后"噌"地跳了出来。

耙子没有思想准备，他尖叫一声"鬼！"，吓得抱头就往山下跑。撅子一把将他拽了回来，说："哪有鬼？是猪尿泡。"

猪尿泡是我，乌丫镇上的老少爷们都管我叫猪尿泡。因为我爹杀猪，他们用猪身上的零部件的下作名称来叫我，其实是想臊我爹。

我开门见山地说："耙子，就你这怂包样，还自称乌丫镇上的老大？"

耙子跳起来叫着："猪尿泡，乌丫镇上的老少爷们都传麻姑庵的老槐树成了精。黑咕隆咚的，你像鬼一样从老树精后面跳出来，能不吓人？"耙子说他不怕人，但是怕鬼。其实，耙子也没见过鬼，他只是小时候夏天纳凉时，在镇东的观莲桥坞头听镇上老人讲的鬼故事多了，从此鬼由心而生。

我扔了一支从我爹那儿盗来的烟给耙子，让他压压惊。耙子比我和撅子大两岁——十九岁，矮墩结实，一双大脚踩得乌丫镇的青石街生痛。两年前他因为打架被学校开除后，也不找事干，打服了几个初中生，就在乌丫镇上自诩为老大，整天在镇上的主街——吉庆街上将那双大脚踩得尘土飞扬。

耙子点烟的时候，我说："耙子，今天给你一个扬名的机会，库区那帮龟孙子跟乌丫镇叫板了一阵子，你不是老大吗？今天领咱们去端他们的老巢。"其实，我是想让耙子帮忙收拾上次把我关在黑屋子里的库区保卫科姓胡的、姓金的两个保安。对这两个多管闲事的家伙，我一直憋着一股气。

撅子听说我找他兄弟，还有铁箍、锁扣、铜钹、五皮，来麻姑庵商量的重要事就是去库区打仗，便急了，他拽着耙子就要往山下赶。

撅子不是胆小，是他妈怕事；也不是他妈怕事，是他妈怕撅子他哥耙子惹事。他妈是乌丫镇供销社的营业员，柜台里卖的是五彩缤纷、鲜艳夺目的糖果，这是让乌丫镇上的老百姓敬重的体面工作。可是，她有一个不争气的儿子。耙子隔三岔五在乌丫镇"老子的地盘"上撒尿，总想淹掉乌丫镇。那些孩子的爹娘不买账了，领着孩子到供销社糖果柜台前讨说法。

耙子才不管这一套，只要有架打，他就像喝了鸡血，一下子兴奋起来。

铁箍、锁扣、铜钹赶到时，撅子已经一个人溜下山，向他娘报告今晚的军情去了。我们没有等五皮，我给每个人发了一条黑布。这是我从裁缝店紫姨那儿偷来的。我们用黑布蒙上鼻子、嘴巴。这是乌丫镇癞瘫巴的地下录像馆里放的香港武打片的惯用套路。五个人骑了三辆自行车，浩浩荡荡地直奔库区。

4

我十九岁那年，我爹已经被食品站辞退了两年。那年冬天，阳光柔和。我看到乌丫镇大街上到处张贴着"一人参军，全家光荣"的标语。我本来想做一件让全家光荣一回的事，身体都验了，每个部件都合格。与我一起应征入伍的五皮告诉镇上的武装部长，说我是流氓强奸犯林福海的儿子。五皮说的是事实，两年前的告示上都说我爹是流氓强奸犯，这是铁打的事实，所以我没有责怪五皮。后来，我政审没有通过。五皮去了部队，我还是留在了乌丫镇。

当不成兵，我心情很郁闷。我在乌丫镇上闲逛了两年，打了十几场架，还去库区家属院砸了两回玻璃，跟耙子到县城砸了两回场子，进了三次拘留所。有一回进拘留所是为了耙子。因为库区的事，我欠下耙子一个人情。那天吃过晚饭，癞瘫巴地下录像馆里的武打片还没开始，我正在濑水河边无聊地打着水漂。突然，我看见河面上有倒影在水下快速奔跑，我抬起头时，见到库区过来的一帮渔民子弟，正举着棍棒，在围剿着另一个影子，所有的影子都很凌乱。耙子腿短，跑得很狼狈，但他的脚大，每一步都把乌丫山上的老松树震得"痉挛"，山也跟着轰鸣，地震一样，身后腾起的尘埃像一颗手榴弹爆炸留下的硝烟。我不能看着曾经为我两肋插刀的兄弟遭人围剿。我举着我爹的杀猪刀，蹬上自行车就追了过去。我赶到现场时，库区的渔民子弟已经四散。赶来的公安按住我，夺了我的刀，他们说我身带凶器，有行凶的嫌疑。我被刑事拘留了十四天。

拘留所出来后，我心口的一块石头终于落地了，有一种还清了债主三斗米的释然。奇怪的是，本来我只是还耙子一个人情，是两清的事，而耙子却认为我讲义气，把我当成了铁哥们。除了他的女朋友阿团不让我分享外，我俩几乎不分你我。每次他出去"打围"（两派为某利益相争），他从不让我参与。他说要保护好我，不能让我再进拘留所。胜利返回后，他总不忘记跟我分享胜利的果实。他还喜欢在日落西山霞满天的傍晚，吉庆街的街坊们都围在街心老牌坊拉瓜时，一手搂着阿团的水桶腰，一手揽着我的肩，扯着嗓门，在吉庆街上大声吼："乌丫镇上的老少爷们听着，以后老子的地盘就是猪尿泡的地盘，老子的地盘上，随便哪个旮儿，猪尿泡都可以撒尿。"好像除了我，乌丫镇上的老少爷们都不能在乌丫镇上撒尿了。他没有说老子的女人就是猪尿泡的女人。乌丫镇上的男女老少都看出耙子很爱阿团。他们爱得有点肉麻：他们俩在吉庆街上出场时，样子亲热得不要命。耙子不是搂着阿团的腰，就是牵着她的手，他还时不时地扭过脸来在阿团胖嘟嘟的脸上唁一口。他说，老子就是喜欢肉嘟嘟的女人。有一次，乌丫镇上的捡破烂的老人，亲眼看到他俩大白天，在街心公园顶着一棵老槐树干那种事。因为见到这样的事是晦气的，老人家还纠缠着耙子在吉庆街上放鞭炮除晦。耙子是谁呀？他是老子，他愿意在乌丫镇的地盘上干吗就干吗。耙子一巴掌就将捡破烂的老人扇到了一边："哪个叫你在老子的地盘上偷看老子做事？"

我不喜欢他的女人，阿团的腰像我乡下四婆婆家的粪桶一样粗，哪里比得上小姿的柔软苗条。

在我娘的再三敦促下，我爹哀求食品站的一个老同事，收下我这个没出息的下流胚子当徒弟时，公家食品站已经黄汤，老百姓买肉已经不需要肉票。

起初，我是无论如何不愿意走我爹的老路。爱闻猪膻味的小姿都离我远去了，我满身的猪膻味给谁闻呢？我爹就哄我："细赤佬，你学了杀猪匠，就可以天天带刀。男人有了刀，走哪儿都没人敢欺负。"

我想，这话有道理。杀猪匠带刀不属于携带凶器，而是天经地义。

5

因为杀生，屠宰场换了几处，近郊农民都嫌血腥味太浓，没有农宅愿意出租。只好找了一处偏僻的，在离集镇十多里地的乌丫山脚下的七里岗。四周群山簇拥，草木葳蕤。

租用的是几间看山山民的老房子。半夜，猪的凄厉叫声从老房子传出，一股温热的灵魂，随风飘逸在乌丫山的崇山峻岭之中。

我每天凌晨来屠宰场杀猪，上午去菜市场卖掉，下午骑着三轮车去村里的农户家收猪。这样的行当，我一干近十年。其间，屠宰场来过一个宰羊的老耿。因为当地老百姓冬季才吃羊肉，他在这儿宰了一个冬季的羊。来年冬季，他嫌这个地方瘆得慌，半夜从乌丫山丛林间传来的风声，好像找不到归路的一群野鬼的哭声。他重新找了一个地方，连房租也没付一分。在菜市场碰见老耿，我也不好意思提房租的事。我倒不是计较那几百块钱的房租，只是乡间有说法，屠宰场不付房租，那些被宰的牲畜会找不到投生地，会阴魂不散，半夜的哭声会更凄惨。我有时候凌晨来屠宰场杀猪时，也会被风的哭声吓得毛孔张扬，头皮起皱，好在我腰间别了能给我壮胆的杀猪刀。

小宝瞒着他娘来过多次。这个小宝，小小年纪竟喜欢杀猪。每次他看到我将刀子一捅下去，血在案板上飞溅起来时，他都会兴奋地尖叫起来。他会盯着杀猪的尖刀，发半天呆。我的妻子嫌我杀生太多，身上的杀气太重。她从不让小宝跟我亲近。小宝生下来后，她一直带着小宝睡在偏房。我才三十多岁，正是要女人的年龄，可是她却不要我。她给我定下了严格的纪律，每个月只准我碰她一次，遇到她身上不干净，两个月甚至半年都碰不了一次。每次干那事，她总要从抽屉取出街道妇女主任那里拿来的计划生育套，说，她已经有了小宝了，不想再要孩子了。没有人会认为一泡尿尿在裤裆里是一件舒服的事，我也这样认为。

6

五皮返乡是一件隆重的事。街面上拉了"欢迎英雄荣归故里"的横幅，居委会从绿化部门拉来了一大卡车的一串红，摆放在每个街角。镇长早就布置了每家张灯结彩的任务，还通知镇上幼儿园彭园长准备彩旗、大红纸花。小朋友们都穿着白色上衣、蓝色短裙，手拿大红纸花，早早候在进镇的观莲桥两边。英雄一到，在彭园长的指挥下，小朋友们兴奋不已，双手抖着大红纸花，异口同声地喊着："欢迎，欢迎，热烈欢迎。"

那天，乌丫镇热闹非凡，镇上的男女老少一早穿着过年的新衣裳，拥挤在大街上，翘首期盼。狮子队、龙灯队也早早静候在街心公园。县里的电视台早就选好了恰当的位置，架好了机位。

乌丫镇上的老百姓还是第一次目睹县长的风采。县长是专门从县城赶来给五皮致欢迎辞的。老百姓都说如今能见县太爷一面，是托了大英雄五皮的福。

几年前，五皮还在受伤疗养时，我就在《人民日报》《解放军报》上看到五皮的先进事迹。从新华社发的长篇通讯中，我们看到：他当兵后考取了军校，军校毕业后担任了某部排长、连长；南边发生战事后，在战场上率领全连英勇奋战，多次赢得胜利；在一次阻击战中，遭遇敌方炮火，被炸瞎了一双眼，五皮成了特等英雄。

五皮返乡那天，我正在屠宰场杀一头猪。天还没亮，锁扣就骑着他的重庆80急吼吼地闯了进来。屠宰场这个时候从来没人过来，鬼也没来过。锁扣突然闯进来，把我吓了一跳。我怔了一下，手一发软，刀子扎偏了，猪挣扎了一下，"吼吼"地号叫着，四脚乱蹬，滚下案板，血喷了一地。猪带着疼痛和嚎叫，冲出门外，与锁扣撞了个满怀，撞得锁扣满身猪血。锁扣要把它截住，我拦住了他，我说："既然一刀没捅死它，证明它不该死，那就让它走吧，愿乌丫山茂盛的草木和自由的天地让它愈合好伤口，养得又肥又壮。"锁扣嘴里嘟哝了半天，我没听懂他说什么。

锁扣高中毕业后也去当兵了。锁扣复员后进了镇上的武装部，当了人武干事。他告诉我，晚上，乌丫镇中学的老同学要为五皮一家接风，让我早点回去，带上家眷赴宴。

我没在乌丫镇中学读几天书，就被开除了。再说，我曾经打断过五皮两根肋骨。如今，他是大英雄了，参加这样的宴会，我心里多少有点芥蒂。我没答应锁扣。

锁扣走后，我有点累，头一仰，倒在杀猪案板上，居然睡着了。

我老婆不答应了。我回家准备骑三轮车下乡去农村收猪时，她已经做好了赴宴准备。她特地在镇上的美容厅做了头发，把原来的蘑菇脸配童花头，做成了蘑菇头上套鸡窝，脸上的眉毛也描了。我进屋时，她正穿着一件水红色旗袍，掉过后脑壳，扭着圆滚滚的臀部，在五斗橱面前的镜子前一直哆嗦着。

小宝坐在门槛上，正在吹着从我们家垃圾桶里拣出来的计划生育套，见我回家，眼睛亮了一下，"扑——"放了气的气球在小宝嘴边一副吊儿郎当的沮丧样。他跨过门槛，帮我取了杀猪刀。这个孩子最喜欢杀猪刀，每次见我杀猪回来，总殷勤地为我取下杀猪刀放进柴房。放好杀猪刀，他拽着我的衣摆喊："爸爸，喝酒了，爸爸喝酒了。"

我摸了摸小宝的头，没搭理小宝，搭了件衣服，准备去开三轮车去乡下收猪。我老婆走了过来，也不说话，从我肩上取下衣服，甩了甩蘑菇头上的鸡窝，扬了扬新描的眉毛，说："猪尿泡，你今天就不要下乡收猪了。"

这样的信号要是搁往日，一准让我血脉偾张，今天我却高兴不起来。老婆见我像青铜器一样立在那儿，以一种命令的口气说："猪尿泡，今晚的宴会你必须去。"

我知道我拗不过我面前的女人。索性，我坐在了三轮车上抽烟。

我老婆慢条斯理地自言自语道："耙子要是不在里面，他一定不会像你一样怂包。"耙子都进去十年了，她一直把我跟耙子比。人与人有可比性吗？

我老婆说，这回是面对着我说的："你就是怂。你和五皮是穿开裆裤的乡邻，现在人家是大英雄，你不过一个杀猪匠，人家还娶了你初恋，你是不敢面对。"

她越说越来劲了，脸几乎贴上了我。我好像第一次清晰地看见她脸上那笨拙的眼线、生硬的文眉。由于激动，她后背的赘肉勒在旗袍里波涛汹涌，一浪推着一浪。

我坐不住了，"噌"地从三轮车上跳下来。这时，小宝抱住了我的腿："爸爸，喝酒了，爸爸喝酒去。"他一个劲地摇晃着我，可怜兮兮地盯着我，眼神让人生怜。

我怔了半晌，抱起小宝，说："走，咱们洗个澡，换了过年的新衣裳吃酒去。"

走的时候，我在腰间别了一把杀猪的小尖刀。我爹曾说过，男人有了刀，走哪都没人敢欺负。

7

其实，早在库区出现第一张"坚决打倒流氓强奸犯林福海"的布告时，从那生硬的仿柳体毛笔字中，我就看出那是五皮的笔迹。我和五皮从小学到初中一直是同桌同学，他的笔迹我还是一眼就能看出来的。我之所以没有找他算账，原因在于两根肋骨，它一直扎在我心里。后来，五皮告诉我小姿回北京了，其实，耙子去县城赶场子时，在县城中学看到过小姿。我想小姿既然躲着我，应该有她的理由，这事与五皮无关。

宴会设在中学后面茶香巷内的老知青点大院里。一盏二百瓦的白炽灯泡吊在院子里的梧桐树枝上，成群的飞蛾、苍蝇扑向刺眼的灯泡。小孩子们都聚在灯下，往透明的玻璃瓶里捉飞蛾。小宝一进大院就扑向了小孩子堆。

五皮戴着一副墨镜，他老远就向我招手。他失去双眼的眼神竟还这么好，事隔十多年，他居然一"眼"就认出了我。被我一路带来的街巷的风吹进大院，把树影下半明半暗的白炽灯光线吹得像濑水河面，一阵一阵起皱，波光潋滟。不太明朗的光线下，五皮不多的白发在黑发中张牙舞爪，看上去比白发苍苍更加触目惊心。他想站起来，整个身子一个趔趄，前胸就顶在了桌沿，秦玉姿双手扶住了他。秦玉姿站在他身后，笑靥如花，是一种英雄配美人的画面。与十七岁的小姿相比，秦玉姿显然有了变化：身子略微发福，因为发福而丰满。她的脸上洋溢着知足的幸福，一直用双手搭在五皮肩上。她已经不认识我了，五皮在介绍我时，她张大嘴巴"哦"了半天，终于还是锁着双眉摇了摇头。我老婆躲在我背后诡秘地笑了两声，转过脸放心地去后厨帮忙去了。

五皮招呼我坐下，说："我老远就闻到了你身上的猪膻味。"又向他身后的秦玉姿介绍了我，"猪尿泡都不认识了吗？那个在六十亩居老堵你的家伙。听说现在成了个体户了。"

"是啊，乌丫街上的发小中，数猪尿泡最富裕了，他现在差不多是万元户了。"铜钹接过五皮的话头。

五皮连说了十来个"好"字，像团长在队列里表扬一个士兵。

突然，我的腰间被杀猪尖刀硌了一下，很不舒服。我披了披上衣，把尖刀披进上衣。

秦玉姿这才伸出一只手拍着脑门，连续嗽了十几声。铁箍、锁扣、铜钹都将惊讶的目光聚向她，连五皮也扭过脖子热情地期待着她的下文。秦玉姿把拍脑门的那只手挼了挼搭向前额的卷发，这才想起了一件趣事，哈哈笑了几声，说："想起来了，想起来了，你爹也是杀猪匠。你就是在我窗前学鸟叫，被我外公用竹竿赶走的猪尿泡。"大家跟着笑。

"如今成个体户了，有出息，有出息。"她像一个长辈伸长了手臂，拍着晚辈的脑门，在表扬晚辈。

看着一桌子的笑脸，我也笑了。我笑的时候腰间的尖刀又硌了一下。突然，我闻到了我身上的猪膻味，它在秦玉姿香水味下尤显浓烈。

我已经闻不到小姿身上的鱼腥味。

8

宴会到一半的时候，出了点小骚乱。梧桐树下的孩子们赴宴说到底还是图热闹，他们沿着桌边，在大人的筷子下解了馋后，便很快围拢起来玩他们的游戏去了。他们现在玩的游戏是抢气球。五皮的女儿小燕子快活地在人群中穿梭着，铁箍的儿子小铁箍使坏，悄悄伸出一条腿，使了个绊子，五皮的女儿迎面就趴在了泥堆中。倒不是摔痛了才哭，说到底还是城里姑娘，爱干净，让她难过的是，她那条漂亮的连衣裙被弄脏了。小姑娘一哭，孩子们第一反应是傻愣，毕竟她是英雄的女儿，白天还陪同父亲一起接受县长欢迎辞，毕竟她是他们白天还手持大红花夹道欢迎的人。第一反应过后，就有小朋友悄悄向家长告密，说小铁箍使绊子将小燕子绊倒了。其实，不用孩子告状，很多家长都看到了小铁箍伸出的脚。我坐的席位角度正好看到梧桐树下玩耍的孩子，我自然看到了那一幕。只不过大人是从来不说真相的，孩子的游戏有什么好说的。

小燕子哭的时候，我正在给五皮敬第三轮酒，喝的是地方产的绿洋河酒，性烈，烧口。铁箍、锁扣、铜钹，还有我，每个人三轮，英雄五皮差不多已经喝了一瓶绿洋河。他的舌头已经大了，他端着酒杯，努力让自己的上身保持着军人姿态。他从墨镜里盯着我，我看到他的眼睛一片黑暗，他端酒杯的手一直在晃，他说："猪尿泡，告……诉，你……你一个秘密，别以为，你……的拳头多硬，那次，你根本没打断我肋骨，我……我娘让我医院的姨开了假证明。"五皮一饮而尽，黑洞洞的眼睛不知看着哪里，脸在笑，是醉眼蒙眬的笑。

一股酒性冲上我脑门，双腿突然发软，我"咣"地一下坐在了凳上，腰间的尖刀重重地硌了我一下。

这时，我们大家听到的不是小燕子的哭声，而是秦玉姿的声音，秦玉姿拎着一只垂头丧气的气球，在梧桐树下波涛汹涌的光线间抖着，声音很细腻地说："谁家孩子呀？拿避孕套子当气球，多脏多恶心！"孩子们一下子将目光盯上了我家小宝，我也将目光盯上了小宝。小宝被尘灰糊成了包公脸。他好奇地回应了四周的目光，龇着牙、咧着嘴笑着，样子很骄傲。最后他将目光盯上秦玉姿手中的气球。突然，他一个箭步冲上前，夺了就往人群外跑，边跑边鼓足腮帮子吹着，那只避竿孕套在他嘴里顽强挣扎着，一挺一挺。

"扔掉吧，孩子，不卫生。"秦玉姿喊。

"猪尿泡，你也不管管自己的孩子。"不知道谁的声音。

我老婆拨开人群，走到了小宝跟前，她用衣袖擦了擦小宝的脸，小宝原来的包公脸一下子成了花脸，一张脸像烧焖了的五花肉。

我老婆牵着小宝的手，突然对着人群说："我家小宝才不是猪尿泡的种呢，猪尿泡算啥，不过一个杀猪匠。我家小宝的爹哪是一个怂包？他爹是乌丫镇上赫赫有名的人物，当年，整个乌丫镇都是他的地盘。他在乌丫镇上撒泡尿，乌丫镇就会成涝灾。"

说完，她牵着小宝走出院子。

众人一片哗然，纷纷把惊愕的目光投向我。

我全身散发着猪膻味，奇臭难闻。我慌张地掖藏了腰间的尖刀，夺路而逃。

9

那天下午，我正在濑水河边磨杀猪刀。小宝匆匆赶来，由于慌张，快到河滩边时，还摔了一跤。爬起来时，他上气不接下气地说："爸……爸……爸爸，大脚接走了娘。"

我怔了一下，很快明白发生了什么。

这没什么奇怪的，人家把东西寄存在车站客运处，迟早是会取走的。

十年前，正值严打，耙子因争夺地盘，与库区一个叫黑熊的人发生械斗，砍伤黑熊，被判十二年有期徒刑。临刑前，耙子一再嘱托我，要照顾好阿团和她肚子里的孩子。我就把有了身孕的阿团接回了家，后来阿团产下小宝。不过，这也只能怪我意志不坚定，没有把持住自己。这种糗事说出来有点难为情，我就不说了。

乌丫镇上的男女老少都说我和我爹一个德行，把人家女人照顾到自己的床上。连我娘也哭丧着脸说："前世作孽呀，没脸待在乌丫镇了，老子与儿子居然一个德行。"她又躲到柴堆里哭去了。

我对小宝说："大脚和阿团才是你的亲爹亲娘。"我劝小宝跟着他的亲爹娘。

小宝歪着小脑袋，一脸认真地说："不！我爸爸是杀猪匠，我要跟爸爸学杀猪。"这个小宝长这么大，第一回说话吐词那么清晰。

　　我掬了一捧清冽的濑水，帮小宝清洗了嘴边的哈喇子和脸上的污垢。我第一次发现，站在我眼前的小宝竟是一个英俊帅气的少年。

　　我把杀猪刀挂在少年腰间，拍了拍少年的肩，说："走，咱爷俩去屠宰场。"

遇　见

罗占如和朱巧燕是在职工疗养院疗养时认识的。这个不重要。

疗养院在天目山脉密林丛中的一块洼地间，南临神女湖，北傍小青山，是天然大氧吧。傍山的是客房区。客房建在半山腰，白墙红瓦，在山际翁郁妖娆的密林之中忽隐忽现，像挂在天际的一朵朵巧云，羞怯，神秘。入客房可坐游览车沿沥青坡道环山而上，也可从杂树生花的廊架台阶拾级而上。最有意思的是，设计者别出心裁，将每个房间设计在台阶拐角处，台阶数正好是客房号。

朱巧燕就住在 87 号客房。

正好昨夜雨过，廊架格窗上的金边瑞香吐蕊，杂树丛中栀子花娇艳地绽放，暗香浮动。有那么两三朵或三五朵调皮地伸到廊架格窗内，撩拂过客。朱巧燕采了一朵栀子花，别在胸侧旗袍的第三个扣子上，香气在她胸间四溢。

神女湖水波粼粼，巳时的小青山慵懒、潮湿，四周阒无一人。罗占如和朱巧燕在 87 号的拐角台阶上遇上了，他们相视了十几秒钟。一只灰鸟"喳喳"地叫着，忙碌地在灌木林间穿行着，一只黑色的猫静静地蹲在坡面上，碧绿的眼睛小心地观察着四周。突然，黑猫飞起四腿，"嗖"地扑向那只刚歇在坡面，准备啄食野杨梅的灰鸟。几支灰翼飞向天空。

突然的惊吓，让朱巧燕猛一愣神。一个趔趄，罗占如已经敏捷地用一只手臂将她揽入了怀里。没有过渡，一张嘴已经贴在了朱巧燕的嘴上。朱巧燕的嘴唇冰凉，似乎还没有解冻。罗占如吻到了唇间的喜悦和惊异。罗占如没有放松，他野蛮地加快了亲吻的节奏。朱巧燕犹豫着，还是挣扎了几下。这个时候，面对一个陌生的男人，她不能没有矜持的表现。这个挣扎，就像久别的宠物，被一进家门的主人揽在怀里。或许是还没有适应被宠的挣扎，朱巧燕很快就调整了身姿，顺从了。也不是任人抚摸的乖顺，而是怯怯地，左顾右盼、探头探脑地先伸出半截舌头。躲藏在喉咙里的半截舌头不知该伸向哪个方向，正在不知所措，突然被一个强大的旋涡吸进一池温泉。两条得水之鱼，一会游进这个池子，一会游进那个池子，惊喜地洗着温泉澡。

不知道过了多久，灌木林中似有动物被惊动。朱巧燕转过身，孩子气地盯着罗占如，嘬着嘴，白眼仁一闪一闪的，像一个老姑娘在娘家受了委屈，又无处申冤，样子倒有几分可爱。不过，这种可爱里面多多少少还隐藏着一份不易察觉、超越年龄的矫情。

确切地说，罗占如和朱巧燕是早餐用餐时认识的。

罗占如今年四十五岁，是个复员军人。他一直保持着部队的良好生活习惯，坚持每天早上慢跑六公里，做三十到五十个俯卧撑，三十个引体向上。周围的男士，三十岁之后，小肚腩开始凸显出来，头发逐渐稀疏、干枯，脸上、手上开始出现黑斑，形象开始松动。罗占如依然干净、有型。这家伙还有点自恋，经常脱得精光，站在镜子前，像欣赏一件艺术品一样欣赏着自己身体的每一个部位，身材匀称、笔直。身上的皮肤白里透红、细腻光滑，纹路清晰。更重要的是，安静的皮肤里面，蕴藏着蠢蠢欲动的肌肉，它们规则地排列，又你推我搡，像剧场排练节目的少先队员，既生动活泼，又安分守己。

吃早餐前，罗占如已经在疗养院的沥青路坡道上跑了四十分钟，又趴在草坪上做了五十个俯卧撑。去餐厅前，他回房间冲了个凉。

正是用餐高峰时间，大厅圆桌上几乎坐满了就餐的客人，偶有几个空座，也被放了包或者衣服，给熟人留了。

罗占如端着一盘堆成小山的美食，左顾右盼地在餐厅找空座时，朱巧燕的目光找到了他。

朱巧燕的目光很特别，懒懒散散的，就像暗夜里的一束蓝光，幽幽一闪，没了。

朱巧燕坐在临窗的一个席位，她的对面正好有一个空座。朱巧燕离婚后，到什么地方都喜欢一个人静静地独处，静静地看着周围的芸芸众生。从她的视角，正好看到疗养院的草坪和草坪中央的那池锦鲤。罗占如一大早就是在草坪上晨练的。晨练中的罗占如自己都不知道，有一个陌生的女人，在另一个角落盯上了他。罗占如端着餐盘杵在席位一侧时，朱巧燕正用叉子慢慢地往嘴里送一片面包，她面前放着半杯牛奶，餐盘里只有两片面包，一只清水煮鸡蛋，边吃边用眼睛四处瞅着，不像在看餐厅的食客，像是在等人。

罗占如问："请问，这座位有人吗？"

朱巧燕没搭话，也没看罗占如。她把叉子码在餐盘边沿，起身取了对面空座上的拎包。

两个人面对面用着早餐。餐厅像南方集市，喧嚣热闹，你拥我挤，像要急吼吼向世人宣告这批来自全国各地的疗养人员的身份。餐厅一角敞开式的厨间，四五个厨师撸起袖子正在忙碌着各种地方美食，乱哄哄的火苗忽而腾空而起，忽而半空炫耀，刺激着食欲。各种小吃摆放在餐厅中央的长条自助餐桌上，像节日布置的广场，花团锦簇，琳琅满目。

朱巧燕不知道想起了什么，突然把目光落到窗外栖在那株枝叶茂盛的桂树上的翠鸟，上枝的那只张扬着锦翅，对下枝的翠鸟婉转地唱着，左跳右蹿，很卖力的样子。朱巧燕浅笑了一下，那种笑是湖心飘来的微澜，不紧不慢，不动声色。

朱巧燕吃完了，吃得很干净，很精致，餐盘似乎被擦拭过，铮亮铮亮的。晨曦下，光波泛着晕圈，一波一波地涌着，推向朱巧燕的脸。侧看过去，朱巧燕胸脯小巧、直挺，透过窗的一束晨曦将她面部照得光亮，轮廓清晰。

朱巧燕没有着急走。或者说，她享用一顿精致的早餐，就是为等一个人。她续了半杯牛奶，没有喝的意思，就这么攥在手心，只当把玩的道具。她有意无意地盯着窗外那株桂花树时，眼珠子却落在罗占如那里。

罗占如太贪了，他舍不得放弃每一道美食。也不是美食的问题，他是运动型男人，自然容易饥饿。当他发现朱巧燕正眯着眼睛，专注地看着他狼吞虎咽时，他突然紧张起来，这一紧张，吃相也走了样，嘴边黏满了油渍，鼻子上还黏了面包屑。

朱巧燕这回笑出了声，她是对着窗外那只卖唱的翠鸟在笑。笑完后，她喝掉杯中一口牛奶，抿了抿嘴。她抿嘴时，将半片唇红一并舔到了肚子里，取了拎包，走出两步，又折过身来，像闺蜜透露一个秘密，附在罗占如耳畔，轻声地说："看不出，你还挺贪食的。"

一口甜食噎在罗占如喉咙里，他不知道该吞，还是该吐。

午后，神女湖的水汽在客房的屋顶形成跳舞的云朵，跳的是圆舞曲，采用的3/4中慢板节奏，旋律流畅，节奏明显，每分钟28到30小节。坡道上，黑色的沥青慢慢地流淌，一直没过鞋面，一副对谁都爱理不理的样子。

罗占如牵着朱巧燕的手。他们翻过客房围栅，从小青山后背一条驿道，去吴越弟一峰——观山，寻找蔡邕读书台。当地人说这个吴越弟一峰是吴越第一峰的弟弟，是当地旅游产业的一张名片。

寻找蔡邕读书台是朱巧燕的主意。

朱巧燕从客房的地方人文介绍上了解到，制作"焦尾琴"的蔡邕落难流放时，曾来吴越散游讲学，在客房后十公里处的观山上建有读书台。朱巧燕对"焦尾琴"感兴趣，就慕名想参观蔡邕读书台。

初夏的小青山，漫山遍野的植物，包括灌木、乔木，甚至荆棘，它们的枝叶已经丰茂起来，野蛮地张扬在驿道上。

翻过一个山头，走过一片黑松林，风向突然拐了个弯，驿道不知什么时候消失了，取而代之的是一片竹林，再往前，已经无路可走。

还走吗？罗占如看了一眼朱巧燕，眼里不只挑衅，还有挑逗。

朱巧燕一路寡言，她默默接过罗占如的挑逗，做了个肯定的手势。

罗占如扬起了右臂，拇指和中指在空中"叭"地打了个响指。一只刚探出头来的野兔，惊慌地缩回了洞巢。

罗占如让朱巧燕原地待命，他准备穿过竹林去前方探路。走出几步，他又折身叮嘱朱巧燕不要乱跑。朱巧燕心里好笑：罗占如把自己当成孙猴子，把她当成唐僧了。

一朵乌云从黑松林上空飘过，飘到前面麻姑山半腰，翻了个筋斗后又沿着山下的濑水河游走了。片刻间，乌云变成了一道彩霞。几只麻鸭子从神女湖方向的芦苇荡里飞出，扑棱棱地起，扑棱棱地落，西斜的阳光下，只留下几道光晕，一圈一圈，由近及远地扩散开去。

穿过竹林，前面的高山岗上是一座旧庵，几处断墙残壁裸露在荒山草木之中。有庵的地方必是烟火之地，说不定当年的尼姑以蔡邕为邻，读书台就在附近。罗占如折身去叫朱巧燕。朱巧燕却不知去向。

罗占如以为朱巧燕找隐秘处方便去了，便在原地找了一块清凉的树荫，坐下等着。半个时辰过去了，罗占如有点心慌，不管大便、小便都不应该这么久，朱巧燕不会成了荒山野兽的美餐了吧？又想，这片山林，不过一池浅水，顶多有几只见不得人的野兔、狐狸、黄鼠狼在里面撒个欢，养不活豺狼虎豹。

罗占如和朱巧燕认识还不到一天，他还不知道朱巧燕的名字。罗占如着急，要是在大城市丢了，随便找个出租车，就能送回来。再不济，打开手机导航，也能把自己导回来。可是，在这荒山野岭，手机没信号，问路没人应。

罗占如攀上高处的岩石，双手挽成喇叭形，冲着黑森林喊了几声："嗨——嗨——"罗占如声音洪亮，震撼山林，对面峡谷也传来"嗨——嗨——"的回音。

照理说，这时候应该有点动静，比如南坡草叶葳蕤的乱坟冢里蹿出一只受惊的狐狸，比如黑松林里惊飞两只灰鸟，可是峡谷那边回声空落后，四周一下子安静下来，只有太阳与风在空气中自作多情。

罗占如沮丧地准备返程时，小灌木林中传来了朱巧燕"咯咯"的笑声。朱巧燕笑时，气息带动双乳一起欢跳，令人心旌荡漾。那一刻，罗占如的心突然被一种坚利的柔软戳了一下，既痛又麻，还酸溜溜的，像是牵动了哪根神经。

不知是受惊的气恼，还是重逢的惊喜，罗占如二话没说，走过去，强行将朱巧燕背上，往旧庵方向走去。

旧庵的外墙已经风化剥落，门楣上悬着的一块风蚀的木板上，依稀还能辨认出"龙树庵"这三个字的繁体字。踏入庵内，一股清凉浸心而来。从倒塌的厢房可以判断，香火兴旺时，庵内长年有十几个尼姑居住。断墙的沙尘散落一地，断墙石缝内长满植物，有的正开着色彩艳丽的花朵，一堵断墙内长出碗口粗的樟树，随风摇曳。旧庵屋脊已经见天，几根木椽在空中张牙舞爪。罗占如牵着朱巧燕的手穿过前厅，一群蝙蝠扑了过来，又盘旋着飞落在一堵断墙上，一股强烈的腥臭味直钻鼻子。罗占如用衣袖帮朱巧燕捂住了鼻子。蝙蝠的飞行惊动了悬梁上的一条青蛇，它将身子盘绕在断梁上，伸过头，"嗤嗤"地吐着信子，警告着来犯者。不一会儿，两三条青蛇从不同方向朝断梁游了过来。突然间，断梁上汇聚了越来越多的青蛇，它们纷纷吐着信子，像高傲的公主一样昂着头，注视着朱巧燕。朱巧燕吓得脸色发青，她实在没想到一次浪漫之旅会碰上让人头皮发麻的蛇。她紧抱着罗占如，整个身子在罗占如怀里颤抖着。罗占如在地上找了半截残留的黄泥香，焚香后，口中念念有词，俨然像一个虔诚的信徒。闻香后，青蛇沿断梁慢慢游向了另一个方向。罗占如的诡异动作让朱巧燕两眼发直，脸色也由青转白。他们走出旧庵时，太阳已经到了另一个山头。

读书台就在太阳去的那个山头。那个山头在西边，而他们走向了北边。

天抹黑后，他们由山脚的光亮找到一家环境幽静的民宿。

民宿老板娘是个健谈的胖女人，她在安顿他们住宿的空隙，一直在向他们介绍当地特色菜肴。得知他们是从"龙树庵"过来的，老板娘话痨的脾性又来了。她说："'龙树庵'旧时香火很旺，'龙树庵'是米得师太建的。来得师太是个神秘的尼姑，据说是清朝皇宫的一个格格，精通古琴。"

当年来得师太建庵选址与蔡邕读书台隔山相望，莫非寻找精神归宿？朱巧燕这么想着，突然想到了自己今天的神秘之旅，她看了罗占如一眼。罗占如正在服务生的引领下，走向前台点菜。

老板娘看了一眼他，又看了一眼她，索性坐在了她对面，神秘地说："'龙树庵'现在都没人敢去了。附近山里的老百姓传说，庵内的来得师太悬梁自缢后化作青蛇。'龙树庵'本来就藏在麻姑山深处，庵内又吊死过人，听起来就瘆得慌，所以，平时进出劳动的山民都避得远远的，生怕师太现形，变成了青蛇。"

她的脊背透凉。

　　罗占如尴尬地笑了笑，给朱巧燕倒了半杯红酒。朱巧燕把半杯红酒端在空中，轻轻一摇，酒杯里那条眼睛清澈的青蛇慢慢地在酒杯中游动着。四周灯光昏晕了下来，一股莫可名状的芳香在屋内弥漫开来。

　　他和她对视着一起笑了起来。她嘴角有一颗黄豆大的美人痣，笑的时候，往深处旋，一直旋到肚子里。

　　他们都不怎么吃菜，一直在喝酒；也不是畅饮，而是一小口一小口地品着。

　　在酒精的作用下，坐在一起聊的时候，慢慢地内心就会随着打开的记忆而光亮起来。

　　他说："那条青蛇真可爱。"

　　她说："是来得师太。"

　　他说："那个来得师太真漂亮。"

　　她说："是清澈。"

　　他说："你的心太细了，心细的女人心事一定很重。"

　　她说："我是个没用的女人，连老公都守不住。"

　　他说："很重要吗。"

　　她说："女人的一生。"

　　……

　　她说："我们是大学同学，他是软件工程师，很优秀，我没有遇到第二个这么优秀的男人。"

　　两人碰了碰酒杯，她一饮而尽。

　　他笑。

　　她没有笑，眼角闪着泪花。

　　他说："怎么就离了？"

　　他又说："我不该提你的伤心事。"

　　这时，她抹掉眼角的泪花，像早上在餐厅时那样浅浅地笑了一下，不动声色，好像没有起风。

　　她说："我不知道他居然会跟一个卖水果的女人好上了，他们相差好远，那女的看上去好泼辣，骑个三轮车躲着城管卖水果时还带着个流鼻涕的孩子……他们是学开车时认识的，只认识三个月，还是走到了一起，晒出来的照片竟那么亲热，像只有他们俩活在人间。"

　　她又抹了一下眼角的泪花，是笑着流出的泪："我真是好妒忌那个卖水果的女人。"

　　他笑，轻轻拍着她的后背说："我们没有找到蔡邕读书台，却遇见了青蛇。"像是读中学时，课堂上文不对题地回答老师的提问。

她依然不依不饶："那女的看上去好泼辣，骑个三轮车躲着城管卖水果时还带着个流鼻涕的孩子……"

他独自抿了一口酒，建议道："要不咱俩再去龙树庵拜谒一下来得师太？"

她的身体明显抖了一下，红酒中倒影的眼睛是失神而惊恐的，说话声音有点抖："这么晚，去深山旧庵看一条蛇？"

他把半杯红酒端到她面前，轻轻一摇，酒杯里那条眼睛清澈的青蛇慢慢在酒杯中游动着。然后，他微笑着说："不，出来的是青蛇，遇见的是来得师太。"

她说："你是青蛇还是来得师太？"

他盯着她的眼睛，说："你眼里看到的是谁，就是谁。"

她笑了起来，竟然笑得十分开怀。

她天亮时才睡下。

他没有惊扰她，一个人悄悄地下山了。

昨天傍晚时分，他接到单位微信通知，要求他中止疗养，回单位执行紧急任务，他便悄悄地网购了返程机票。他觉得这件事与她没有关系，他没告诉她。

乔医生的听诊器

乔医生是灯盏镇上的体面人物。

体面不只表现在他皮肤白皙，手指细长柔软，朗目疏眉，耳朵上架着一副金边眼镜。

体面还不只表现在他言行举止温文尔雅，衣着整洁，一身白衣胜雪的大褂前卧着一副黄灿灿的听诊器。

体面主要表现在他对待病人的态度。灯盏镇人无论贵贱贫富、妇孺老弱，乔医生都一视同仁，视同亲人。尤其是对从天目山脉深处东滩头、沙滩头、鱼亩墩、灵官庙、陆拾亩居、火埂头、沸水塘这些边远偏僻山村来看病的老百姓，他更为细致。从衣袖里取出焐热的听诊器，凝神屏息，一点一点地从来诊者前胸移到后背，乔医生比其他郎中多了一样绝活——听病。听完，乔医生又伏下身子，对来诊者望、闻、问、切，细心入微。乔医生常对他的助手说："山里的老百姓穷啊，这些老百姓看一次病要犹豫再三，一拖再拖，不到万不得已，支撑不住，他们是不会走出山沟沟来看病的。病人，医者父母也，对他们马虎不得，不得马虎呀。"说这话时，乔医生表情凝重，镶着金边的眼镜背后的双眼泪水涟涟。

灯盏镇是南方的一个不显眼的小镇。它静卧在苏、浙、皖三省交界的天目山余脉的繁枝密林和变幻的云雾之中，四周群山簇拥，草木葳蕤，神秘、潮湿，充满诱惑。

一条濑水河从镇中央潺潺而过，把灯盏镇分成了南街和北街。濑水河上接浣纱湖，下连太湖，直至东海。浣纱湖由天目山脉崇山峻岭间的千百条涧溪汇集而成，浣纱湖湖面水光潋滟，干净而调皮。

灯盏镇南街喧嚣、热闹，北街沉稳、内敛。

南街临街门面一律木板封顶，木板是天目山脉伍员山上的黑松木加工而成的，岁月悠长，仍坚硬忠诚。街上的生意人来自五湖四海，操着不同的方言。一条街上店面铺排开来，德龙酱鹅店、二呆子狗肉馆、徐春香油坊、张算盘米行、彭阿婆烧饼油条摊、牛二皮豆腐坊、马墩墩铁匠铺、黄胡子篾匠店、谢腊狗花圈铺、紫姑娘裁缝店、朱痢痢修伞铺、段胖子说书院……一早，太阳还在天目山脉缥缈的浓雾岚烟里泡着温泉，南街的木板门"吱呀，吱呀"一扇扇打开，热闹也就一波波推涌到了街面，像马墩墩铁匠店炉子里的那块铁，淬过了头，一挨铁锤就火光四溅，反而矫情、张扬。

乔医生诊所闹中取静，开在北街，坐落在天主教堂东侧，在一条巷子的半坡上穿过，十三级青石板台阶拾级而上。半坡上开了空旷地，空旷地四周是高大茂密的香樟树，香樟树四季香气扑鼻。乔医生不喜欢把这里叫诊所，他总是习惯对前来就诊的乡邻称这里为香樟人家。香樟人家的名称亲切、温暖。

没有病人就诊时，我们经常能看到乔医生端着一杯天目香茗，站在温暖明净的玻璃后面，目光忧郁地看着远方天目山余脉云雾缭绕。一朵白云在山坡上那幢灰色房子上空的炊烟旁婀娜舞蹈，一束白色的弧光划过天际。

乔妤是乔医生的小女，被乔医生视为掌上明珠。

乔妤在灯盏镇北街西葫芦巷子的郑氏私塾学堂读书。乔妤是郑先生唯一的女学子。

每天早上，街面上的人总会看到乔医生牵着乔妤的手，小心地走下诊所的十三级台阶，又走过连接南北街的和盛桥，在彭阿婆烧饼油条摊前帮女儿找了座位坐下，买一根油条；又去牛二皮豆腐坊舀一碗豆腐脑，撒上葱花，然后安静地坐在边上，一脸笑靥地看着乔妤吃完；最后起身，目送女儿一蹦一跳快乐地走过和盛桥，去郑氏私塾学堂读书。乔医生自己才吃一根油条、一碗豆腐脑，或者一块烧饼、一碗豆腐脑，有时候干脆只喝一碗豆腐脑。

街上的人都尊重乔医生，见到乔医生都会停下手里的活跟乔医生打招呼。"乔医生早。""乔医生好。""乔医生女儿长得好乖巧。"乔医生总是一一颔首微笑着还礼。

那些赶早集的山民，见到乔医生，总会放下挑担，从中挑选几棵滴着露水的鲜嫩蔬菜，让乔医生捎上。乔医生也不客气，回到诊所，总会让助手给卖菜的农民送上一服跌打膏药，或者一包消炎药粉。乔医生说，山里的农民用得上这个。

不知什么时候开始，灯盏镇街巷有一股暗流涌动，街坊私下传出消息，说乔医生的女儿不是他亲生的。空穴来风，乔医生来灯盏镇行医快八年了，谁也没见过他的夫人。没有夫人，何来女儿？

最早说出这话的是谢腊狗花圈铺的谢腊狗老婆冯四婶。她那天不知道去紫姑娘裁缝店干什么，反正不是去裁衣服。不过年不过节，谢腊狗是不会给家人添衣裁裤的。况且乔医生来灯盏镇这些年，镇上似乎很少死人。没了死人，谢腊狗花圈铺丧服生意也就惨淡了。冯四婶摸摸这件衣料角，捏捏那件衣料底，不说衣料，却冷不丁地冒出一句话："这个乔医生啊，怪了。在灯盏镇行医快十年了，紫姑娘见过他女人没？"紫姑娘的心像被针扎了一下，脸上就泛了白，紫姑娘裁缝店的女眷们脸上也很惊愕。在灯盏镇，紫姑娘与乔医生走得最近，街坊们几年前就流传，进了腊月，乔医生要娶紫姑娘了，可是几个腊月过去了，还不见紫姑娘为自己做嫁衣。冯四婶又漫不经心地自言自语："是啊，灯盏镇上的乡邻谁也没见过乔医生的女人。那么，那个可爱的乔好从哪里来的呢？"

话就从紫姑娘裁缝店传出来了。南街和北街的人都知道了，乔医生还蒙在鼓里。一大早，乔医生牵着乔好在彭阿婆烧饼油条摊坐下。热腾腾的早市中，街坊们看乔医生和乔好的眼神就有了变化。街坊们眼神的变化，乔医生没在意，这个没在意并不是乔医生没察觉，他只是习惯了街坊对女儿的宠爱。宠爱，就会显得过分关心、过分甜腻，老舔你的脸，老跟在你的屁股后面跑。乔医生对灯盏镇乡亲的这种情感深有体会，所以，他深信老街坊们的眼神是对小女的宠爱。乔医生摸了摸乔好的头，亲了一下她的脸，让她先去学校。

乔医生回诊所的第一个动作就是将听诊器挂在脖子上，这是乔医生来灯盏镇行医养成的习惯。就像一个上了战场的战士，枪是不能离手的。

乔医生的这个听诊器是他的法国老师送的，传感头件表面为铜质，打磨得古朴高雅。要不是挂在乔医生胸前，谁都认为那是一件工艺品。

"听诊器呢？"乔医生问他的助手。

助手是一个年轻俊郎，由街坊介绍来学医的远房亲戚。助手知道乔医生的脾气，不经吩咐，从不敢动他的医疗器械。

乔医生看着助手一脸茫然，鼻尖渗汗，他蹙了一下眉，在诊所踱了几个来回。突然想起了什么，嘱咐助手关了诊所的门。助手恓惶，他来诊所的第一天，乔医生就立下了随叫随诊的规矩。助手立在乔医生身后，胆怯地提醒着："先生，外面还立着候诊的乡亲呢。"助手不叫师傅，也不随了街坊叫乔医生，而是称呼先生。这也是他第一天到诊所时，乔医生立下的规矩。

助手不会明白，丢了听诊器，乔医生是不敢行医的。乔医生没搭理，在脱他的白大褂。助手竟忘记了接过乔医生递来的白大褂，继续说道："先生，陆拾亩居的老梆子哮喘严重了，老梆子家人捎话，让您今天晌午无论如何去一下，怕晚了……"

助手还要说下去，乔医生却摆了摆手，自己将白大褂挂在了门旁挂吊滴的钩子上，套上他出门时穿的银灰色西装，戴上银灰色鸭舌帽。

乔医生出了诊所，又想起什么，于是折身对仍愣愣地立在门旁的助手说："关门。今天歇业。"乔医生说话冷静、简洁，每一个字都深思熟虑。

乔医生径自去了西葫芦巷子的郑氏私塾学堂。可是，郑氏私塾学堂的郑先生打老远就拱手告诉乔医生，他正要差人去诊所打探，乔好为什么没来学堂。

谢了郑先生，从郑氏私塾学堂告退出来，乔医生在清冷的北街站了片刻。乔好是他一早目送着一蹦一跳快乐地走过和盛桥，走向郑氏私塾学堂的，怎么没来学堂？一片秋叶从他的帽檐滑落到他脚边，乔医生突然感觉后背发凉。

"不是贪玩的丫头啊。"乔医生一路想着，心里就有了担忧。他走到和盛桥时，踯躅了一下，还是踏向了南街。

紫姑娘裁缝店上午女眷少。乔医生进店时，紫姑娘正在为米行张算盘的女儿裁一件嫁衣。张算盘的三女儿腊月出嫁。灯盏镇的乡邻都兴腊月嫁娶。紫姑娘小心地用剪子一步一步地在桌面上裁着，突然一股熟悉的气息扑到了鼻子底下。紫姑娘的心一慌，一剪刀就偏了。紫姑娘持着剪刀，也没抬头，说："来了。"

"这孩子……不是贪玩的孩子。"乔医生没有接紫姑娘的话，托了一下眼镜，倚着那扇贴了倒福的门板边，自言道，"没去学校会去哪呢？"

"……上午，街上来了一个陌生的货郎，拨浪鼓摇得人心烦意乱，这灯盏镇偌大一个街市，怎么会来一个走村串户的外地货郎呢？"紫姑娘迟疑了下，像是说给自己听。

半晌，没人应声，紫姑娘才慢慢抬起头来，乔医生已经走了。

乔医生没有租马雇骡，也没有叫随从，一个人步行去了百里外的乌泥冲。

乔医生还是八年前去过乌泥冲。那回，他刚从法国留学回来，在邻省的桠溪镇上行医。半夜被山民敲了门，为一个产妇接生。他哪是接生医生？可是山民们不管，人命关天，刻不容缓，将他塞进轿子，抬了就走。走得慌乱，他连听诊器都忘带了，没带听诊器也就没听出产妇的心脏有毛病，结果真出了大事。孩子总算保住了，是个女婴，产妇却在生产过程中走了。这对医者是大忌，乔医生的心情很沮丧。他成了产妇娘家人碍眼的杵棒，尤其他那身白得扎眼的外褂，像是蜜蜂群里扔进一棵油菜花，每个蜜蜂都想蜇一下。产妇娘家有几个愣头青，甚至耸着肩膀，在乔医生面前不断秀着肌肉。如果不是主家说尽软话，怕是有了流血事件。主家虽然没刁难他，但也没有允他拔腿就走。主家忙完了丧事才与他商量，也不是商量，是安排。出面的是主家的三叔，读过几天私塾，显然在乌泥冲一带山野扮着乡绅的角色。

三叔说："小娥子是咱乌泥冲公认的好媳妇。"小娥子是去世的产妇。三叔的话引来了娘家人的一片哭声。

三叔又说："人死不能复生，这都是命。"三叔卷了一根纸烟，独自吸着，待哭声平息了，才抬起眼皮，说："乔医生是读书人，又留过洋，明事理，口碑好，孩子让乔医生抚养，我们两个家族也放心。"

三叔的话明了不过，是让乔医生领养刚产下的女婴。乔医生在墙角蹲着，对着装满棉絮的麻袋发呆。一屋子的家眷听了三叔的安排，一片惊愕。他们纷纷把刀片一样的目光落到刚死去媳妇的男户主身上。男户主是一个货郎，平日里摇着拨浪鼓，担着针箍、线脑、香烟、火柴、白糖等货什走村串户，很少着家。货郎因为丧事的劳累，精神萎靡，面无表情地坐在门槛上吸着烟。从屋前枣树叶间透射来的阳光碎片，洒了他一身。半晌，他站起身，拍了拍屁股上的灰尘和阳光碎片，说："听三叔的，娃没了娘，我又不落家，留在乌泥冲怕也是养不大的。"

娘家人恼了，刚刚死了姑娘，又要将骨肉送掉，偏偏又送给为姑娘接生的医生。娘家人的心里没处落，一个个青着脸。三叔直了直身子，道："莫非娘家舅舅想带走外甥女？"刚才还用刀片一样的目光在货郎身上割的娘家舅舅，立即一个个收回目光，把头缩回了人堆里。

三叔将乔医生扶到正堂，作了揖，对乔医生说："养也不是白送，得立个规矩，一是娃不能改了乌泥冲杨姓，二是每年必须带娃来乌泥冲她娘坟上磕个头。"

乔医生带着女婴回到桠溪镇，慌了手脚。他来桠溪镇行医，原抱着悬壶济世的远大理想，怎懂得喂养一个婴儿？也不是，他一个毛头小伙子，冷不丁地冒出一个女婴，怎么瞒得了桠溪镇乡邻雪亮的眼睛。乔医生遇到了人生最大的难题，他发电报向他法国老师请教，法国老师是一位浪漫的老太太，老太太回电：乔，这是上帝送你的天使。十个字两个标点符号。

老师都说是上帝送来的天使了，乔医生哪敢怠慢。桠溪镇是待不下去了，他收拾了听诊器，租了一辆马车，带上婴儿，来到了邻省的四面环山的灯盏镇。

乔医生没有按照三叔的交代去做，他不仅没有带着女婴每年来乌泥冲她娘坟上磕个头，还给女婴取了个好听的名字，叫乔好。

今天，乔医生丢了听诊器，还丢了乔好。

乔医生走路慢，又不熟悉地形，沿着山径，一路打听，走到乌泥冲已经是第二天晌午时分。进村的一块长满苔藓的磐石上，盘坐着一位老人，老人抽着纸烟，悠闲地看着云卷云舒的山坡上那头水牛在啃草皮。见乔医生走到跟前，老人跳下磐石，立在乔医生眼前，问：

"去乌泥冲？"

乔医生答："嗯。"

老人掏了纸烟，卷了一根，问乔医生要不要。乔医生不抽烟。老人自己点了，才继续说："五年前，乌泥冲来了场瘟疫，死的死，逃的逃，村子空了，附近村子也基本上空了，没人了。"

乔医生惊讶道："怎么不找医生？"

老人哀叹道："找了，去桠溪镇上找了。那个乔医生，找遍了桠溪镇不见了。"

老人又叹："这个瘟疫来势凶猛，一阵风似的，山村里的郎中根本没招，治不了。"

乔医生掉下了眼泪，问："乌泥冲那个货郎呢？"

"货郎？你说的是杨二先吧。八年前料理完媳妇的后事，摇着拨浪鼓，走出乌泥冲就没回来过。"那头水牛已经下了山坡，走向一块庄稼地，老人掉头向他的水牛跑去。

乔医生返回灯盏镇，已经是一周以后的事了。灯盏镇的乡邻们不知道乔医生去了哪里，助手也不知道，他们正在四处找乔医生。灯盏镇的老百姓都明白，张算盘米行关门歇业一天不要紧，老百姓家里都有剩粮。可是，乔医生诊所关门一个礼拜，那就是天大的事了，头痛的，发热的，摔伤的，烫伤的，哮喘的……灯盏镇四周远近几十个山寨，哪天没有十七八个这样的病人。

乔医生返回灯盏镇并没有直接去诊所，待到天黑，他从另一条幽静小道拐到了紫姑娘裁缝店。

紫姑娘裁缝店里点着油灯，一闪一忽。乔医生进门时，紫姑娘没有闻到熟悉的气息，乔医生在山里行走了一个礼拜，已经没有了乔医生的味道，身上散发的只有汗臭味。一团阴影忽地向紫姑娘压来，紫姑娘猛一惊讶，乔医生就到了跟前。

紫姑娘说："来了，吃了没？"

乔医生说："听诊器丢了，乔好也丢了。"

紫姑娘把墙窗里的油灯提到明处，也不接乔医生的话，说："我去给你弄点吃的。"乔医生没让紫姑娘走，他拉住了紫姑娘的衣袖。

紫姑娘在乔医生对面坐下。两人面对着一闪一忽的油灯。半晌，紫姑娘突然抓住了乔医生一只手，说："听诊器没丢，乔好也没丢，你自己丢了。"

乔医生沉下了脑袋，一滴眼泪滴在了紫姑娘掌心。

此刻，花圈铺的谢腊狗，关了铺门，正躲在他的二进房内，拆了听诊器的传感头件："病还能听出来？"谢腊狗皱着眉头，百思不得其解。

出　塞

　　我到达青岚镇时，黑暗已悄然地从戈壁滩四周伸向了镇上。小镇在夜色中越发瘦小、安静，像一副剔过肉的动物残骸，昏暗之间，白骨裸露。雪一直在下，是那种漫天飞舞。不紧不慢的腔调。镇上一家电器修理店门敞着，放着劲爆的 DJ 舞曲，那个机修小哥在跟着音乐手舞足蹈，忘情地跳着。舞曲色彩斑斓，气势磅礴，让周围的飞雪在街灯中找不到灵魂。那些找不到灵魂的飞雪，一直在我身边快速旋转着，上升着。我一片也捉不到。

　　正月初二，我带着媳妇于小于正在老舅家拜年，老板打来电话，让我不要过年了，立即去西北戈壁滩一个叫喊水的地方，找一个叫马九炮的当地人。老板说："唐珂，你不是曾经在戈壁滩当过兵吗？熟悉那里的地形。"老板的口气像组织委派我潜入戈壁荒漠深处当地下工作者。

　　我说："找马九炮干吗？"老板电话里说："你见到马九炮就知道了。"又说，"了解真相后，及时打电话给我。"听老板的意思，他也不知道真相。老板发的话，在公司就是圣旨，我没有反抗的理由。于小于在边上蹙着眉头嘀咕："你们老板真是个怪人，大过年的，让你弃家离妻，跑那么远到戈壁滩上这个荒凉的地方，找一个不认识的马九炮，也不说干啥，弄得神神秘秘。"于小于突然想到了什么，掩着嘴"喊喊"笑了笑，又贴在我耳朵上说："听起来倒蛮像哪部电影中情报人员接头的戏。"

　　我没有再自讨没趣地追问老板此行的目的。我想，老板说得对，到了那里，见了马九炮，自然真相大白。

　　也就十来秒钟，我的手机叮咚一声，提醒有一条微信。老板发来了机票信息。信息显示，机票是十天前就预订的，看来老板十天前就预谋了我的这趟差。

十天前我在干什么呢？十天前公司开了年终总结表彰大会，门庭上张灯结彩，喜气洋洋。会后，公司宴请各项目部经理和受表彰的先进员工聚餐，因为这一年的业绩显著，工地上也没有发生让安监部门逮到安全考核的责任事故。老板高兴，一桌一桌地给大伙敬酒，喝高了，让我送他回家。这个是我责无旁贷的事，我是老板的司机。半途老板突然哽咽着说想他儿子了，让我把车子开到郊区的一片公墓。老板的儿子一年前意外车祸离世，就埋在郊区公墓里。车祸地点是监控死角，事情过去一年多了，肇事司机一直没找到。老板曾跟我说，整天像有一块骨头横亘在胸口，吐不出吞不下。想想谁遇到这事都一样。他曾通过媒体，私人悬赏二十万元，征集肇事司机的有效线索，可是肇事司机像人间蒸发了。这个不是钱的问题，是堵的问题。都说另一个世界不需要光明，公墓没有路灯，一片薄雪覆盖着鳞次栉比的墓碑，老远看去，还真像是一片社区。没想到平时在公司吆五喝六的一个大男人，竟趴在一块墓碑前，"儿啊我的儿呀——"哇哇地哭了起来。我这个人骨子里敬重有情义的人，见老板鼻涕眼泪直流哭得伤心，我也陪着哭了起来。半晌，听不到老板的哭声，只有我的干号声。老板黑暗中盯了我半天，他的眼睛黑夜里特别明亮，在白雪覆盖的墓地里一闪一闪，他问："你哭啥？"我想，是啊，我哭啥？我说："我陪老板哭呀，黑灯瞎火的在荒郊墓地，两个人哭着热闹。"老板抹了一下脸，说："哭好了，回去吧。"我也抹掉脸上的雪水，发动车子。我不知道是不是这段经历促成老板预谋的这趟远差。

从机场叫了一辆出租车，送到青岚镇时，司机不愿进村，说："去喊水村还有四十多公里戈壁滩涂，黑灯瞎火，一路要翻好几道山梁，滑几道坡，都是险梁陡坡，雪天路滑，车子滚到梁下就不是钱的事，是丢命的事。"我说："你不是有车灯吗？"他没回我，关上车门，车屁股扬着雪粒子开跑了。

站在街面上观望，青岚镇说起来是集镇，其实就是戈壁荒滩上一条普通的街，还不如我舅舅家的村子大。一条碎石子铺垫的公路从镇中间的街面穿过，两边各设一排店面。店面装修各一，几家门楣上做了木雕招牌，风雪中张牙舞爪。更多的是在门头上方钉一块纤维板，以或红或黄或黑或蓝的油漆刷店名。站在街中心看左右两排店面，像军纪严明的八路军队伍里站着游击队员。天黑后，风变得尖啸起来，将店铺门前挂着的喜庆红灯笼吹得东倒西歪、失魂落魄，像有妖魔来临。偶有胆大顽童踩着街面，摔了响炮，双手捂着耳朵跑进屋内。

我正踌躇着在镇上找一家客栈，还是出大价钱，租一辆不要命的摩的连夜赶往喊水村，集镇东街方向的一道梁上突然扬起了飞雪，冲下一辆马车。

那马到我面前扬了扬前蹄，停了下来。车上跳下一个瘦高个子年轻人，身上裹着一件棉大衣，一手拉着马缰，冻得瑟瑟发抖。他走到我面前，像老朋友一样粗着嗓子自报家门，说："我叫'小锅铲'，三叔叫我来接你。"

我一听就乐了，心想，"小锅铲"这个名字有意思，便问道："你咋知道要接的是我？你三叔又是谁？"

见我疑惑，"小锅铲"笑了，说："我是来接人的，你是等人的，这不，一对就上眼了。我是喊水村的，我三叔叫马九炮。知道你要来，我三叔一早嘱咐我在青岚镇上守着你。这不下雪路滑，在尖坡岭马失了蹄，滑下了坡，折腾半天，来晚了。"他一脸歉意，热气从胡茬上的雪碴子间直冒着，像灶里烧着一堆湿柴，只冒烟不着火。

他将马车拴在一家店铺前的石墩上，又说："夜间行路危险，我去镇上亲戚那借盏马灯。"说着一溜烟地去了一家杂货店。

第一次雪夜在戈壁荒滩坐马车，我怀着欣喜和忐忑，小心地坐在车轮后沿，双腿浪在车毂后，一手紧攥着车轸，一手提着马灯，两只眼珠子骨碌碌地转着，一刻不停地环视着四周地形，随时做着遇到危险跳车的准备。四周是孤立的山峰和奇岩怪石，那盏马灯随着马车的颠簸，在我手里跳跃着，把世界弄得神魂颠倒。马的四蹄扬起的飞雪，在马灯光亮中回旋，迷失。过了叫水坡，风在道口转折了一下，本来是一个和畅的旋律，小小的一个回旋，使风有了转调，不要脸地扑面而来，随后钻进了山的一个豁口，扬起一阵飞雪，溜跑了。

"小锅铲"驾马车也真有一套。在一条狭窄的陡道上下坡时，那马前蹄失控，眼看就要人仰马翻。我的心脏快要飞出身躯，我一手紧攥车轸，一手高高扬着马灯，做着跳车准备。"小锅铲"却不慌不忙，他将手里的鞭子往脑后的帽檐间一插，双手提缰，"吁！"地喊一声，马就刹车了。然后，他将双缰松开——信马由缰，那马就小心地迈着四蹄，像小脚奶奶在院子里散步。下了坡，是一块平地，路也宽，"小锅铲"提缰，两腿一夹马肚子，抖缰，大喝一声"驾"，加一鞭，马已经四蹄飞纵了。

又过了三道梁，眼前一道陡坡弯弯曲曲地延伸在雪野中。"小锅铲"勒住马缰，跳下马车，说："尖坡岭太陡了，得下马车。"一见面时，我还以为"小锅铲"是个话痨，一路上，他的话除了对马说外，对我说得倒不多。对我的问话，也是简单的一问一答，顶多来一句："上喊坡了，路颠，抓紧车轸。"喊坡是一道坡的名字。"下菜籽岗了，撑住身体。"菜籽岗是一道岗，虽不十分陡峭，但迤逦曲折。一路也没问我叫什么，从什么地方来，来干什么。当然，没有见到马九炮，我也不知道自己来干什么。

我提着马灯紧随其后。"小锅铲"挥着马鞭，嘴里边不停地喊着："嘚儿——驾——喔——"指挥着马快走，拐弯。马蹄打滑，上尖坡岭的半腰差点摔倒。"小锅铲"眼疾手快，他一下蹲到马左侧，然后用手里的缰绳拽着马头，指挥着马转弯，停下。

好不容易爬上坡。坡面开阔，四周旷野，连一棵招风的树都没有。坡上有一个关帝庙，只有一间，孤零零地泊在荒凉的戈壁滩涂坡面上。要不是附近村子里的村民正燃着香火，我还以为谁家鸡窝建在坡上。"小锅铲"勒住马，翻下头上的风帽，拍了拍身上的雪花，指着坡下的一处灯火，说："下坡就是喊水村了。"这一路的险情，让我的心一直提到嗓子眼。我想破脑壳都没整明白，老板跟这个偏僻小村子的马九炮有什么往来。"小锅铲"顺马的空隙，我好奇"小锅铲"的名字来历，他点了一根烟，仰着脸，说"小锅铲"是他的诨名，他真名叫马三。因为爹死得早，娘跟一个货郎跑了，他一直跟奶奶一起讨生活。奶奶去世后，他想一个人跑外面去找娘，跑了三天三夜，不见村落，不见人影，怕饿死在戈壁滩成了野狗的美餐，才又返回了村子。他年幼时，今天到这家讨一锅铲吃的，明天去那家门口站着，讨一锅铲吃的，乡邻的小锅铲把他喂大，村上人就给他起了"小锅铲"的绰号。成年后，他就跟他三叔一起在外打工。"小锅铲"的故事让我想起了当年在戈壁滩当兵的一件事，我在部队当的是喂猪的饲养员。有一年，一头调皮的公猪拱断猪栏，溜进了戈壁荒漠，我们一个连的战友，找遍了方圆几十公里，也没见到猪的影子。半个月后，我正在打扫猪栏，突然外面有"嗷嗷"的叫声，那个逃跑的公猪，瘦成野狗一样，傻傻地站在猪栏外，垂着头，怯怯地看着我。

进村是一条狭窄的砾石道，道两边光秃秃的胡杨树，在风雪的衬托下像一具具僵尸尸骨，挺拔，冷漠。老远看到村口站着一个小个子，雪光中，他面对我正好是逆光，黑乎乎的，看不清他的脸。见我跳下马车，他走过来，老远撩着腿，伸过了手。这时，我才知道他是个跛子。"小锅铲"在一边提醒我："这是我三叔。"

"马九炮同志，你好。"马九炮不是我来之前和来的一路上想象的一样，像电影中那些地下工作者那样高大伟岸。老远看他走过来，一跛一跛，甚至有点猥琐，但我还是有一种终于见到组织的欣喜，旅途的劳顿竟一消而散。我也伸出手，扣住马九炮的手。马九炮的手很骨感，也不是骨感，是糙，握着他的手像抓了一把戈壁滩的砾石。

还没等我自我介绍，马九炮已经像一个老地下工作者，一手紧拽着我的手直晃，一手拍了拍我的后肩，说："二当家的好，一路辛苦了，赶紧进屋里喝杯热酒，暖暖身子。"

我杵在原地，惊诧地盯着马九炮的背影，莫不是我走错地盘，进了土匪窝了？马九炮走出有十多米了，又折过身来，突然想起了什么，拍着脑门说："我在老板工地上打工几年了，钢筋工。"又指了指去拴马的"小锅铲"，"我侄子马三也在老板工地上打工几年了，水电工。"凑近了我，又说，"三年前，我们一个村的男人都被我叫到老板工地上打工了，工地上工友都叫老板大当家的，叫你二当家的。"

我笑出了声，心想，我不过是帮老板开车的司机，和他一样为老板打工，怎么成了二当家的了？我问："你说你和你侄子在老板工地打工几年了，我怎么一点印象都没有呀？"

马九炮已经蹲到了我跟前，他有点沮丧，垂着头，擤了一下鼻涕，往鞋跟擦了擦，说："那自然，那自然，工地上有上万个建筑工人，二当家的怎么能知道我们这些打小工的？"

我说："三叔高抬了，我是给老板开车的司机，和你一样也是打工的。"

马九炮赶紧抢过话茬，说："二当家的开玩笑了，怎么会一样呢？你这个司机哪是普通的司机？工友们都知道，您是老板娘的表弟、大当家的二掌柜。"

我没有跟着马九炮话说下去。看上去戈壁滩一位老实憨厚的农民，在城里打工几年也学会见人说人话，学会阿谀奉承了。我不禁特意打量起走在我前面的马九炮，他像一头受伤痊愈的老鹿，欢快地在前面走着，每一步都带着跳跃，样子有点滑稽。

马九炮领我去他家的路上，手机"叮咚"一声，是老板发来的微信。我不知道老板什么时候发的这条信息，因为这边信号不稳定，时断时续，他一条信息从我老家飞出，跃入雪中，朝最近的信号塔飞去，然后冲破飞雪，湿漉漉地钻进另一部手机，该多久才能着落？微信一直在我的手机上旋转着，像一条奄奄一息的鲢鱼，在水面无精打采地打着水漂，不知道老板想给我发什么指示。马九炮根本不像接一个来执行任务的外乡人，倒像是迎一个在外工作的衣锦还乡的亲人回家过年，满脸喜悦，还有一份荡漾在眼角的骄傲。他几次折过身体，想拉着我的手，亲热得有点夸张。走进村子，碰到有人从土院子探脑壳问，马九炮总是一副标志性的笑脸，这笑容看似平静，实则变化万千，有时慈祥如长辈，有时真诚如孩子，有时猥琐如流氓。

"接上了。""来家喝酒。"有一段路，人家分明关紧大门了，马九炮还是拉长了嗓子，冲着人家大门吆喝着。

我是被急促的炸炮声惊醒的，不知哪家顽童一大早在我窗前扔了一串炸炮。睁开眼睛，我感觉自己仍在八千米高空的飞机上，眼前是奔腾咆哮的马群、羊群，还有山峰——披着裹尸布一样的山峰，飞机在它们中间穿行，我的整个身体仿佛被巨大的裹尸布绞着，翻滚着。戈壁滩的乡亲真热情，昨晚，马九炮把我领到他家时，几位银须老人已经坐在了正坐。几个年轻妇女穿梭在厨房和席面之间，她们看人怯怯的，端菜时，不时往我脸上睃一眼，像是我脸上有鲜花盛开。男人们却朝我龇着牙，表达着热忱。我坐在马九炮右侧，是最高贵的主宾。马九炮介绍我时，头顶的那盏电压不稳的白炽灯泡，或暗或明，让我目眩。起初，我还以为旅途劳顿，精神恍惚。马九炮踮着脚，搂着我的脖子，直呼"二当家的"。席上的男人，一轮一轮向我这个"二当家的"敬着用土豆酿的水酒，说着感谢的话。后来，没上席的年轻妇女也一齐上阵，很快我眼前的吊灯开始晃动。

昨夜的酒让我断片，醒来的时候，我已经忘记自己是怎么睡的，睡在哪了。我习惯睡前将手机放在枕头底下，就像电影中特工喜欢将枪放在枕头底下。我摸手机时，屋里进来了一个女的，她用黑纱遮着脸。我在西北当兵时了解过，这个不是区分民族的主要标志，戈壁滩风沙大，妇女习惯用纱巾遮脸。我看不清她的脸，也看不到她的眼睛，我不知道她的眼睛盯着哪里，但是我清楚，她一定在注视着我。我支撑着想坐起来，可是，因为昨晚酗醉，我头痛欲裂，四肢无力。

那女的也没跟我打招呼，她上炕把我扶起来，让我坐着，还在我腰部垫了一只枕头，在我炕上的小桌子上放了一杯开水，又端进一碗小米粥，两个白馍，几碟咸菜。我喝粥时，她没有出去，背着我倚着门，把重心从一条腿换到另一条腿，再换回来。我看到她变换重心时，臀部也跟着扭动，她的臀部圆滑饱满，应该是一个年轻女子。

这个想法有点轻薄，我想说点什么来掩盖一下，我说："谢谢。"又问，是一种明知故问，"这是你家吗？"她没回答我，仍然背着我，不停地在倒腾着双腿，像一个没有主见的农村妇女在做出重大决策前一样焦虑。这时，隔壁屋里传来一个瓮声瓮气的男人的咳嗽声，后来我听到他在叫"秋水"。那女的应了一声出了门。

吃了一碗小米粥，一只白馍，我感觉身子回暖，精神大振。

我发现我睡的房间虽然是老屋子，却收拾得十分整洁，炕烧得暖暖的，炕上的被面、枕套面虽然有点褪色，但干净整洁，是一床龙凤呈祥的火红金丝缎面被，一双粉红色鸳鸯戏水绣花枕套，可以闻到甜甜的太阳味和淡淡的香皂味。窗框虽然是黑乎乎的，窗花却是新贴上去的。一抹朝阳照在窗格上，两只喜鹊在呢喃。房间的格局很容易让人想起主人当年结婚时的喜庆和甜蜜。

老板昨天发来的微信还一直在我手机屏幕上打着水漂，冒着鱼泡。没有得到老板的明确指示，我心里很焦急。下炕后，我准备找一处有信号的地方给老板回电。路过隔壁房间，门上挂着一席厚厚的布帘，屋里传出的声音很弱，像是争论着什么，又像唠家常。我没有偷听别人隐私的习惯，说白了也就是不关心别人的事。在家时，于小于就总叫我"温吞水"，单位同事都叫我"慢半拍"，老板娘则叫我"半死人"。实际上，他们都在含射沙影地批评我是个不关心家事国事天下事的男人。有一次，老板娘问我老板前半夜去哪了，我说不知道。她就咬着牙齿瞪着我，吐了一口唾沫在门板上，她骂："你这个半死人。"老板娘是我表姐，我三舅的二闺女。她一直很拿自己当一回事，总喜欢像我娘一样，谋划我的人生。那年，我当兵回来，坐在家乡瀣水河畔东风桥墩上，想着是服从政府分配进企业当三班倒工人，还是自主创业，去承包一片山林，劈柴，放牛，种蘑菇，做一个"采菊东篱下，悠然见南山"的快活隐士。表姐打破了我的梦想，她开着捷豹 XEL 牛皮哄哄地停在我脚跟前。表姐说："别挖空脑壳瞎想了，你表姐夫缺一个贴己，去帮你表姐夫开车去。"我不知道老板娘缺一个贴己，还是老板缺一个贴己。我娘神秘地告诉我，那段时间，他们夫妻出了点事，我表姐老怀疑她老公外面有了别的女人，找了好几拨人盯梢，什么都没查到。没查到事，反而更让表姐不放心，就像一个老怀疑自己有病，老往医院跑，又总查不出什么实质性毛病的人，最后总免不了怀疑医疗的落后，抱怨医生的无能。

　　我抬腿沿墙边的一处砾石阶梯，往坡屋的屋顶上攀时，隔壁屋里传来摔东西的声音，那声音好像贴着我的脚面传过来一样。紧随其后传来男人低弱的声音："我不想再煎熬下去了。"我心里紧了一下，停了下脚步，什么样的光景要煎熬呢？我对这家房东有了好奇心。

　　秋水走进我的屋子，又出来，东张西望，行色匆匆地向村中心走去时，我已经站在了坡屋屋顶的一块岩石上。一眼望去，昨天晚上入住的那个叫秋水家的坡屋，居然孤零零地蜷缩在村子的最北一角，整个屋基被埋在了粗砂砾石之间，风化剥离，流水侵蚀，又矮又紧逼。从主人家房屋就可以一眼看出这应该是全村最贫的一户了。我当时想，马九炮怎么会把我安排在村子最贫的一户，难道让我体验生活？我一直认为，老板叫我利用春节来偏远的戈壁滩涂喊水村，有点类似组织部门下派第一书记，或者文艺圈里说的"深扎"，是让我先来喊水村踩点，他好节后进行有目标的扶贫。

　　老板是当地有名的慈善家，他每年都要投资上千万元，对新疆、贵州等贫困地区的学校的学生进行伙食改善扶持。一年前，他儿子不幸遭遇车祸后，他更热心慈善事业。想到他儿子的事情，我又一次伤心。那个小子十三岁就一米八的高个了，没有意外的话，将来一定是篮球运动员的苗子，说不定也像姚明一样，打进 NBA。他没事总缠着我这个表舅舅陪他去灯光球场运球、投篮，他的三步投篮很准，几乎没空落。后来，有一段时间，也就是我娘说的我表姐表姐夫两人出问题的这段时间。他差不多三个月没找我抛篮球了。我本来就是"温吞水"，不擅于主动联系别人，哪怕是亲密朋友，于小于就说过："我们恋爱时要不是他死乞白赖，也不会有后来的婚姻。"不抛篮球，空闲下来，我就躺沙发上看看手机上的短视频。直到有一天，大街上流行起一首歌叫《时间都去哪了》。我突然想起，是啊，时间都去哪了？活着真快，不知不觉间，已经三个月过去了，我再去找表外甥抛篮球时，他却遇到车祸已经意外离世了。

　　按照惯例，老板每次决定扶贫前，都会派出自己的亲信去实地蹲点调查。一路上，我还在想，老板这次利用春节急匆匆地派我来喊水村实地蹲点，兴许是一件有意义、有价值的事，我打起了十二分精神。

我胡乱地想着，握着手机，在屋顶坡面上四处晃着找信号。手机屏幕左上方一直冒着鱼泡，打着圈。我又跳到另一户更高的屋顶坡面，希望有好的运气。可是，我的努力白费，那个怪圈仍在不知疲倦地慢吞吞转着，像支在风口的一轮风车。

这时，马九炮在低处的一垛院墙外，仰着脸喊我。

马九炮把我从一个高坡上拉下来，惊讶地问我："大清早跑人家屋顶干啥？"

我说："登高了找信号呢。"

"找信号？找什么信号？"马九炮掏出旱烟杆，塞上一锅烟叶。

"手机信号。到喊水村我还没联系上老板呢。"

"我们村上老百姓用手机要靠天气。"马九炮已经点燃了旱烟。

"靠天气？"我很好奇。

马九炮吐了一口烟，烟雾一下子弥漫在空气中。

"天气。"马九炮看了看天，吸了半锅烟才说。

"天气？"我怕耳背没听清，又问了一句。

马九炮说："嗯！天气。"又说，"我们这个荒芜的鬼地方就这样，遇到风沙雨雪天气，信号就被堵在发射塔里了，有了手机没信号也只能干瞪眼。"

我心想，马九炮又胡诌了，哪有风沙雨雪能堵无线信号。

一阵风吹过，头顶上的雪粒子乱舞一气，有几颗直打在我的脸上，马九炮缩了缩脖子说："外面冷，别耗着了，快进屋吧。"

马九炮把我拉进屋，屋里已经没有了昨晚宴请的嬉闹，光线很暗，看不清人的脸。屋堂站着一个高瘦个女人。团着手，手心手背不停地正反搓着。昨晚宴请，我没有见到这个瘦高个子女人。见我惊异，马九炮介绍说："俺媳妇，昨晚忙完后厨，想过来给二当家的敬一杯，二当家的已经醉了。"

听到马九炮叫我二当家的，心里就想到了匪窝，特别扭，我又一次强调："我不是二当家的。"

马九炮呵呵地笑了一下，说："咋不是呢？我跟老板联系了，他说他的事由你全权负责。老板这么信任你，再说你又是大老板的小舅子，你不就是二当家的吗？"

什么逻辑呀？我找了问话的由头："老板的事办得咋样了？"

马九炮没有直接回答我，他在后脚跟的鞋帮上敲了敲烟锅灰，使劲吹了一口气，又装了满满一锅烟叶，点燃。马九炮足足吸了三锅烟，才抬起头，有一种酒足饭饱的满足感，往大门瞅瞅，示意他媳妇把虚掩的门关上，屋子一下子暗了下来。我从窗间漏进的一束光线中，看到屋顶旧檐上掉下的两粒尘埃，漫不经心、无声无息地飘着。马九炮把凳子往我这边挪了挪，说："五年前，我就到大老板工地打工了。在大老板工地上挣了钱，三十好几岁才娶媳妇。"我瞟了一眼瘦高个女人，那个高个子女人似乎很配合，扭动了一下腰。

马九炮又说："我们这个村打光棍的多着呢。你也看到了，我们这里几十里外都一片荒凉，地上长的都是石头。可我们也不能整天光指望着政府救济呀。后来，我又介绍了我们村的男劳力一起去大老板工地打工，那些男劳力又带去了他们的婆姨和孩子。"马九炮表面看上去像一个邋遢的半老头，他有这样的境界还是让我意外。我冲他笑了笑，他龇了下牙，说："介绍小工多了，我也算个小老板。大老板是好人，他收留了我们一个村的人在工地上打工，从没拖欠过我们的薪水，还让年轻人都学能挣更多钱的技能工。你知道，在工地打工，没手艺就是睁眼瞎。什么叫睁眼瞎？就是只能搬砖背浆，干些辛苦不挣钱的活。我刚到工地打工时，大老板对我有缘，他说，你这样不行，得学技术，才能多攒钱。他亲自给我找了师傅，这不我现在在钢筋工中也是老师傅了，比做小工每年多挣上万元呢。"

马九炮说着说着就绕远了，我提示他："老板的事呢？"

马九炮没有按着我提示的思路走，他双手抹了一下脸，顺了顺下巴上卷着的几根灰须，说："大老板儿子死后，在大老板工地上打工的一个村的人心里都很难过，不知道怎么帮他。我们戈壁滩人都是重义气的。一年来，肇事司机还没找到，我们一个村的人都很焦急，都在四下帮着打探。"

我说："这也不能怨你们，出事地是监控死角，公安都没办法。"

马九炮媳妇耐不住了，她端着屁股凑上前，把脸凑向马九炮，说："你就别绕弯弯了。"她又转过脸对我说："我们家九炮揭了大老板的悬赏榜。"

我没有任何心理准备，愣了一下，"扑哧"笑出了声，用开玩笑的口气说道："莫非榜上说的肇事司机潜伏到戈壁滩来了？"

马九炮没搭话，眯着眼睛，沉浸在自己营造的往事中。他媳妇嘴碎，抢过话茬，又说："没有确凿线索，也敢惊动大老板？"

敢情老板叫我匆匆赶到戈壁滩，不是洽谈扶贫项目，而是来捉拿肇事司机？要是捉拿肇事司机为什么不叫警察？我用惊诧的眼神盯着马九炮媳妇，问："既然有确凿线索，咋不报案呢？"

昏暗中，马九炮媳妇冲我挤了挤眼，嘀咕道："大老板不是有悬赏榜吗？"

我傻傻地愣着，悬赏榜跟报案应该没关系呀？我这样想着，马九炮突然站了起来，赤着脸，冲他媳妇吼道："跟老子滚一边去，老爷们说事婆娘们插什么嘴。老板对我家不薄，对我们一个村都不薄，我们一个村都感激大老板呢。"

我呆呆地看着他们夫妻，不知道马九炮为什么突然冲他媳妇发那么大火。空荡荡的屋子里，三个人面面相觑，不知该如何收场。

撩开帘门，一股浓重的药味扑鼻而来。正对门帘的炕上盘腿坐着一男人，看陌生人的眼神是恓惶的。年轻的女人已经取了面罩，见我进屋，忙垂下双手。她给我端茶时，我发现她眼窝特别深，看人的眼睛有点怪异，感觉像眼球外面包了一层水馄饨皮，眼球嵌在眼窝里。两个老人坐在灰暗的灶间熬着药，木木地看着进屋的人。

倒完水，女人傻愣愣地坐在炕上男人的身边，一个二三岁的小男孩从灶间跑过来，依偎着她，圆圆的眼睛瞪着我，一脸仇视。紧随而来的马九炮指着炕上的男人介绍说："他就是梆子，一年前，一直在大老板工地上开车拉沙子。"小男孩从女人怀里挣脱了，又跑到灶间老人的身边。

男人从炕上坐了起来，双手捧着头，整张脸埋在双膝间，一声一声地哀叹着。

"感谢你们昨天晚上给我腾了炕。"我立在炕铺和一张桌子中间，不知道该说什么。我想到昨晚那床龙凤呈祥的火红金丝缎面被，粉红色鸳鸯戏水绣花枕套，心里竟暖暖的。我看着一早见过的女人问："你是秋水嫂子吧？"女人怯怯地看着我，我说："早上的小米粥真香。"女人的脸突然绯红，她看了一眼坐在炕上的男人。男人的脸从指缝里伸出来，看了一下周围。我看到一张典型的高原男人脸，一脸太阳红，棱角分明，脸颊连着下颌处留着一圈短须，竟有几分帅气。

我无话找话，说："梆子大哥好帅气。"

男人嗫嚅着想说什么，马九炮先开口了："梆子和秋水两口子在喊水村口碑一直很好，"清了清嗓子，又说，"因为家里两个老人身体一直不好，家里也就被拖垮了。"他先坐在了炕上，示意我也坐下。

"怎么后来不去工地上拉沙子呢？"坐下后，沉默了半天，我开口问道。

灶间的老人往灶膛里扔了一根小树桩，灶间顿时冲出一股浓烟，药味随着浓烟在屋子里四散，老人和小孩都在咳着。

"你知道，我……你知道……"坐在炕上叫梆子的男人吞吞吐吐，一句话不知道该从何说起。

一屋子的眼睛都看着他，我却用余光盯着那个看上去只有二三岁的小孩，只有他的眼睛在满屋子转着，不知道在找什么。

"我是在老板工地拉沙子、碎石的。"梆子说，"二当家的，你知道，这个活只能半夜偷着干。"突然，梆子在炕上坐直了。

我说："我不是二当家的，有话你就敞着说。"

他清了清嗓子，说："那是后半夜，大约两点多，我有点犯困，连打哈欠……我从市区往大田湖边偷倒垃圾，为避开警察，我不敢开车灯，借着路灯从高架下匝道走，有一段路没有路灯，黑漆漆的……是环湖水杉林那段。我实在没有想到会蹿出一个人来……那是后视镜的盲区。我一直认为是盖渣石的帆布被树枝扯了一角，我就把车子开回了……我没想到……"我当时想，老板的儿子出事，交警部门认定是上半夜十一点左右，怎么会是后半夜两点呢？

不知道什么时候，那个小男孩已经溜到我跟前，他用他爷爷灶膛的一根燃着的树枝点了一个炸炮，扔到我脚边。我被炸炮惊得跳了起来。秋水把孩子拉到了怀里。

我重新坐下后，问："怎么不报案？"

马九炮睃了一眼秋水，秋水用胳膊肘搡了一下梆子，梆子抬起头，看我的眼睛有点迷茫，继而转过眼神，瞅了一眼灶间，又把视线转向我，说："出事后，我特别害怕，被噩梦搅得整宿整宿睡不着，那是一种煎熬。我家里有两个有病的老人，孩子那时才一岁多一点……我简直要崩溃了，夜夜做噩梦。三个月后，我向车队带班的请辞，去了另一个城市打工……可我……我一直生活在煎熬中，无法自拔，不断回忆着那夜拽下的那块布。过年回家，从三叔嘴里知道老板为找肇事司机……我，我没那勇气去自首，才让三叔给大老板打了电话。我……我对不起大老板。"他说着埋下头，竟像孩子一样呜呜地哭了起来。

门缝突然射进一束太阳光，耀眼的阳光一下子扑到梆子脸上。梆子直了直身子，试图回避强烈的光线。

我正要问梆子什么，手机竟响了。屋子一下子静得能听到屋檐的尘埃舞蹈。马九炮说得真神，这边手机信号要看天气，太阳出来，信号也来了。我看是老板打来的，便起身掀门帘准备出门接电话。听到马九炮在我身后细细的声音："明天一早，我叫马三套马车直接送你和二当家的去县城，从县城去机场方便。我跟大老板说了，你也算是投案自首。你放心去，老板的悬赏金我会……"

打开门帘，一片耀眼的太阳光让我睁不开眼。老板电话那头告诉我，肇事司机被公安逮到了，让我早日返乡。

迟疑了一下，我告诉老板，明天出塞，今天晚上要陪大哥好好喝一壶，放松一下。

"大哥？……哪个大哥？"老板在电话那头问。

蓝色的套箍

　　我是骑着牦牛走进西藏的。我和我的牦牛已经走散好多天了，它是自由的，它独自去山坡那边吃草去了。

　　我醒来的时候，已经是一个晴好的早晨。太阳从生了锈的绿窗格里爬了进来，远方的那座山上的白雪光芒万丈。

　　昨天傍晚，浓雾中下着细雨，我投宿这家路边客栈时，那个把我引进铁皮屋房间的藏族小姑娘拉姆曾告诉我，铁皮屋窗下那条江叫帕隆藏布江。受了她的暗示，我整晚都在江水奔腾咆哮的梦境中。以前睡觉也有过江水奔腾咆哮的梦境，这样的梦境让我睡得很不踏实，我常常半夜惊醒。我没有睁开眼睛，而是顺着梦境，继续睡到被一泡尿憋醒。

　　我闭着眼睛摸到铁皮屋外墙角一侧的便厕撒了一泡尿。撒尿时习惯甩着脑袋，晃着膀子，没人时还会哼儿句不着调的歌。这是我一天中最快乐的一件事。

　　返回铁皮屋住所时，发现住我隔壁的玛尼亚·瓦西里耶夫娜·季霍米洛娃和她的男朋友已经离开铁皮屋。投宿的客栈是当地藏胞为方便去拉萨的朝圣者和来往的驴友，用集装箱改制而成的铁皮屋，属于免费客栈。每个屋子焊了两张架子床，在过道用帆布隔成两间。站在对面山上看过来，一座座铁皮屋像一朵朵蓝色的蘑菇，温情而不规则地泊在帕隆藏布江边。我看着玛尼亚·瓦西里耶夫娜·季霍米洛娃和她的男朋友一高一矮、一胖一瘦两个影子，像两条神出鬼没的长蛇，在318国道一侧的国家森林的树梢间游动着，不一会儿就消失得无影无踪。

　　昨天晚上，或者今天凌晨，我在睡梦中似乎听到睡在帆布隔壁的玛尼亚·瓦西里耶夫娜·季霍米洛娃大声呻吟恸哭。起初，我以为是梦境中的江水奔腾咆哮。我在睡梦中颤动了一下，又感觉到那声音不是江水奔腾的咆哮声，而像一个人的身体在另一个人的身体里游泳时水花四溅、浪涛汹涌的声音。我没有让自己在梦中醒来，伸了伸胳膊继续我的美梦。

我不是朝圣者，也不是严格意义上的驴友，我没有纪律观念，喜欢独来独往的悠闲生活，就像山坡上的牦牛，饿了低头啃草皮，饱了仰头看蓝天。半个多月前，一位朋友在微信上给我发了一组西藏的云，我觉得很有意思，我喜欢那些清澈灵动的云。背上挎肩包，我就出发了。从成都下飞机后，我是骑着一头牦牛进藏的。

我是三天前认识玛尼亚·瓦西里耶夫娜·季霍米洛娃和她的男朋友的。

我认识玛尼亚·瓦西里耶夫娜·季霍米洛娃和她的男朋友是在318国道旁一个叫波密的县城，也是傍晚时分，但太阳很好，没有暮气。菜场边的一块空地上，一根红线围成一个圈，红线圈内堆了香烟、打火机、藏刀、可乐，谁套中了就是谁的。这样的小把戏，在我家乡逢集时，常能在集市外的空地上看到。那时，我还不知道手臂上缠满套箍，长得像维吾尔族姑娘的高挑姑娘叫玛尼亚·瓦西里耶夫娜·季霍米洛娃。

玛尼亚·瓦西里耶夫娜·季霍米洛娃用右手食指擎在半空旋转着一只蓝色的套箍，吆喝着生意，声音洪亮悠远，半片京味普通话。蓝色的套箍在她右手食指上上下自由跳蹿着，十分开心。红线外有三五成群的少年和像我一样散漫的驴友在闲逛，看热闹。

玛尼亚·瓦西里耶夫娜·季霍米洛娃见我也在围观，向我耸了耸肩，说："又遇见你了。"稍显忧郁的眼神中带着一份欣喜，她弹了弹扬起的右手手指，算是见面招呼。因为都属于318国道上的闲散游客，我们在不同的地方已经遇见过多次，虽然从未打过招呼，也算是老熟人了。我不知道要不要打招呼，正犹豫着。这时，比她矮一个头，像乡下碌碡一样结实，看上去像她男朋友的男子，手里拿着套箍走了过来，他说："嗨，兄弟，闲着也是闲着，套套你的手气呗。"又说，"不收你钱，能在高原相遇就是缘分。"

碌碡男子说这话的时候，太阳很好，从雪山那边照过来，一圈一圈让人眩晕。因为天色还早，我原来是想继续赶路的，后来又想，要赶的路很长，我也不是专门出来赶路的，便卸了背上的双肩包。我一连套了十个，一个也没中。玛尼亚·瓦西里耶夫娜·季霍米洛娃笑得前俯后仰，十分开心地把手里的所有套箍套在一只手臂上，旋转着手臂，红的蓝的绿的黄的套箍在她手臂上成了炫目的彩虹。她的手臂一上扬，肚脐就露了出来，肚脐眼上的坠饰也跟着一闪一闪地发着光。一旁围观的少年和闲散的驴友也一个个傻乎乎地笑着，争抢着从玛尼亚·瓦西里耶夫娜·季霍米洛娃和碌碡男子手里买套箍。

有一拨从内地来援藏的电力工人刚收工回来，也围了过来。玛尼亚的生意一下子兴旺起来，她一直用右手食指擎在半空旋转着一只蓝色的套箍，快活得像一只在收获的麦田里觅食的小云雀，左右顾盼，跳来跳去。

碌碡男子像老朋友一样，用头拱了一下我的前胸，向玛尼亚·瓦西里耶夫娜·季霍米洛娃咧了咧嘴。我发现他很欣赏他的女友，玛尼亚·瓦西里耶夫娜·季霍米洛娃开心，他也很开心。

路灯亮起来的时候，人群才渐渐散去。他们在菜场附近一家四川人开的露天小酒馆点了一道宫保鸡丁，一道鱼香肉丝。我当时正踌躇着，是否与他们入伙，318 国道经常有这样的互相不认识的驴友一起搭伙吃饭。碌碡男子走了过来，他又用头拱了一下我的前胸，他的个子只到我前胸高度。他还冲玛尼亚·瓦西里耶夫娜·季霍米洛娃咧了咧嘴，像是拿定主意前征求领导同意，说："相遇就是缘，一起喝一杯。"我诧异地立在一盏橙色的路灯下，被一个陌生人反复认出来，心里有点虚，也有点不好意思。这时，玛尼亚·瓦西里耶夫娜·季霍米洛娃冲我扬了扬手。碌碡男子说："是吧，玛尼亚·瓦西里耶夫娜·季霍米洛娃欢迎你呢。"他为他的主意得到身边的女人同意而开心，他向玛尼亚·瓦西里耶夫娜·季霍米洛娃调皮地挤了挤眼，硬是把我拽到了一张没有靠背的油腻的塑料凳上。那时，我才知道那个看起来像维吾尔族姑娘的高个女子叫玛尼亚·瓦西里耶夫娜·季霍米洛娃。她比碌碡男子高出一个头，一肩金黄披发，腮边两缕发丝随风轻柔地拂面，弯眉疏淡，鼻梁高挑，身穿一件粉红色露脐短装 T 恤、一条紧身牛仔裤，更添了几分异域风情。只是脸色有些苍白，眼神有些乱，像是十分疲倦。这没什么，也许是长途跋涉、生活没有规律原因所致。我慌乱中收回目光，觉得这样认真看一个陌生女子真是不礼貌。

我和碌碡男子各要了一罐啤酒，玛尼亚·瓦西里耶夫娜·季霍米洛娃要了一壶当地产的青稞酒。听小酒馆老板说，当地产的青稞酒后劲足。玛尼亚·瓦西里耶夫娜·季霍米洛娃酒量很好，她一口气喝下足足一小碗。她喝酒的时候点了一根烟，是藏民抽的烤烟，用烟叶卷成拇指粗细。烟雾中，她的脸色是迷茫的，眼睛飘忽地盯着烟雾飘散的方向。烟很香，把小酒馆的老板吸引了过来。玛尼亚·瓦西里耶夫娜·季霍米洛娃给小酒馆老板烧了一卷烟叶，呛得小酒馆老板直跺脚。

我坐在玛尼亚·瓦西里耶夫娜·季霍米洛娃对面，正好那扇门对着风口，呛人的烟味从我的鼻孔钻入我的气管、肺部。我不停地咳嗽。

"你能不能……不抽烟？"我小声地央求道。不知道是不是没有听到我的提议，还是根本就不搭理我的劝告，玛尼亚·瓦西里耶夫娜·季霍米洛娃看都没看我一眼，又点燃了第二卷烟叶。

见我呛得直流泪，碌碡男子跟我换个位置，他举起易拉罐向我敬着酒。

我本来就不胜酒力，加上我的牦牛丢了，这几天都是徒步前行，身体透支相当严重。

一罐啤酒下肚后，我有点晕，看着玛尼亚是重影的，一个是右手食指擎在半空旋转着一只蓝色套箍的开心的玛尼亚，一个是抽烟喝酒时忧郁的玛尼亚，两个影子在我眼里不停交替着，有点恍惚。碌碡男子又独自喝了三四罐啤酒后，拉了条凳子，一只脚支在凳子上，抱着他随身带着的马头琴，在餐桌边拉了起来。玛尼亚·瓦西里耶夫娜·季霍米洛娃这才扔掉手中的那卷烟叶，像刚刚从迷茫中清醒过来，晃着脑袋，双手敲击着桌子。碌碡男子的家乡在蒙古草原，他用蒙古语唱着家乡的情歌，玛尼亚在一边和着声。歌声很好听，歌词也十分动人，主要说蓝天、白云、骏马、草原、自由、心爱的姑娘、温暖的蒙古包。碌碡男子说他和玛尼亚·瓦西里耶夫娜·季霍米洛娃要靠唱歌和套箍徒步完成世界屋脊之旅。我十分佩服他们的勇气。小酒馆周围陆陆续续聚拢了 318 国道的驴友，还有两个年轻的小伙子是一路滚着轮胎去拉萨的。他们各自掏出食品和水，找着最舒适的位置，坐着，躺着，站着。小型的音乐会使小酒馆一下子热闹了起来。一些驴友在碌碡男子放在脚边的蒙古帽中扔下钱币，有五元的，有十元的，甚至有百元的。小酒馆的老板拎着一只开水壶，热情地给每位散客添加着开水。

我一直用一只手在另一只手背上轻轻地打着拍子，微笑着。我不觉得我的微笑玛尼亚会看到，她正在动情地唱着歌，她的眼睛正专注地看碌碡男子，唱一段喝一口青稞酒，唱着唱着，突然戛然而止，竟掩面伏在桌上低声抽泣。"好好的哭什么？"围观者都不知道发生了什么，他们纷纷劝说着，安慰着，可是谁也找不到一句贴切的话。我拿眼睛看着碌碡男子，碌碡男子轻轻拍着玛尼亚后背，解释道："可能想家了。"见我满脸疑惑，又说，"是啊，远隔千山万水怎么能不想家？"像是自言自语，又像安慰玛尼亚。我对碌碡男子的话将信将疑。

不知道什么时候，有一股凉风从背面的雪山上吹来，围观的驴友陆续散去。

小酒馆的老板以为我是玛尼亚·瓦西里耶夫娜·季霍米洛娃他们一伙的，附在我耳边嘱咐："早点找旅馆歇歇脚吧，怕是要下雨了。"

见我惊愕，他又提醒道："西藏的天气就是这样，出大太阳还下雨呢。淋了雨容易感冒，在藏区最怕感冒了。"

碌碡男子背起马头琴和旅行背包，一手挽着哈欠连天的玛尼亚向我告别。看得出，玛尼亚十分依赖身边这个比她矮一个头的男人。

我怕玛尼亚喝多了，碌碡男子一个人招架不住，想帮他们一下，起身约碌碡男子一同去找旅馆。玛尼亚从碌碡男子的臂弯里看了我一眼，我发现她看我的眼神里有一份留恋，这让我暗暗地吃了一惊。碌碡男子笑着拒绝了，他说："我们一路过来都是住藏民家，玛尼亚喜欢住藏民家。"他踮起脚，贴着玛尼亚的耳朵，"是吧，亲爱的？"不等玛尼亚回答，他自言自语道："藏民家清静安逸。"走了两步又回过身来说了声谢谢。在回旅馆的路上，我想起，喝酒的时候，碌碡男子曾告诉我，玛尼亚是乌兰克移民，在中国一家艺术学校毕业后，去过北上广，干过家教、心理咨询师、KTV销酒女生。碌碡男子就是在一家KTV当贝斯手时认识她的。碌碡男子还说玛尼亚在KTV当销酒女生时，认识了一个著名导演，当过一部电影的女一号。那是一部讲述移民北漂时被潜规则、被引诱吸毒、以贩养吸和独闯高原戒毒的电影，听起来很动人的故事，后来不知道什么原因没有通过审查，一直未能公演。

听碌碡男子讲玛尼亚故事的口气，他对玛尼亚十分崇拜。

我还是决定买一头牦牛，我骑着牦牛走西藏也不是为了赶时髦，或者标另类，我喜欢那份舒适和悠闲。它吃草时，我可以看天、观云，西藏的天最蓝，西藏的云最多情。它走路时，我可以骑在它背上，它愿意带我到哪，我就去哪。

拉姆姑娘给我指点了扎西岗村，她说那里的牦牛脾气温和，但那里的村民从不卖自己的牦牛。拉姆是一个好姑娘，她让我去村里找阿旺丹增老书记碰碰运气。

村上人告诉我，阿旺丹增老书记是拉姆的爷爷，是这个村的勇士。他身上总佩戴着一把寒光闪闪的藏刀，他年少时，波密的悍匪曾与他狭路相逢，他身上佩戴的藏刀寒光乍现，不等主人出手，已出鞘搏战，从此再也没有悍匪强盗敢来扎西岗村一带扰民、劫民。现在阿旺丹增老书记已经老得要靠轮椅行动了，可那双眼睛仍锐气逼人，所有的邪恶都逃不过他的眼睛。老人坐在轮椅上，转动着念珠，嘴唇在不停地颤动着。拉姆是阿旺丹增老书记最疼爱的孙女，在苏南一家西藏民族学校读书，暑假去318国道做了志愿者。听我说明来意，阿旺丹增老书记抬了抬眼皮，盯了我半天，抖了抖腰间的佩刀，他用生硬的汉语说："来的都是客，上楼喝茶。"

他不说卖牦牛的事，单邀我喝茶。

阿旺丹增老书记的小女儿琼吉引我上了茶馆二楼。因为扎西岗村是工布藏族古老隐秘的村落，村上的每条街、每块砖都充满了传奇色彩，经常有汉族驴友光顾。阿旺丹增老书记在村上开了一家茶馆，一来供南来北往的游客歇歇脚，二来给游客讲讲神秘的工布藏族故事。阿旺丹增老书记的小女儿琼吉在林芝的电信部门工作，她汉语说得流利，双休日、节假日，她就会带着女儿、老公从林芝过来帮忙。

坐在茶馆二楼靠窗的位置，从花格窗正好可以看到一条街上来往的人，还有边走边啃着地皮的藏香猪，目空一切、悠闲而过的牦牛。我正准备将一碗奶茶往嘴边送，突然，看到街面上背着马头琴的碌碡男子和背着双肩包的玛尼亚跟在一头牦牛后面走过。走在碌碡男子后面的玛尼亚似乎很疲惫，下一步跟不上上一步。我使劲地揉了揉眼睛，伸过脑袋，把眼睛贴上花格窗孔，街面上只有熙熙攘攘、行色匆匆的游客和他们脚边神态自若地边走边啃着地皮的藏香猪。

"也许是幻觉。"我自己都觉得难为情，怎么会对一面之交的两名游客如此敏感。

茶喝好的时候，琼吉把我叫下了楼。阿旺丹增老书记吆出了一头健硕的黑色牦牛，牦牛见到陌生人，低垂着头颅，摇晃着脖子，很害羞的样子。琼吉在一边翻译，阿旺丹增老书记说："我们不卖自己的牦牛，这是规矩。既然是拉姆介绍来的，我可以送你一头最健壮的牦牛。你想骑到哪都可以，只是别委屈了它，它想家了，你就让它回来。"见我怀疑，老人抬手拍了拍牦牛的后腔，说："不用担心，无论多远，它都会找到自己的家。"牦牛听话地扬了扬脖子，甩了甩脑壳，"哞"地长啸一声。

我和牦牛上路时，老人在转着他手中的念珠。

第二天，是一个晴好的天气。在鲁朗小镇南边的一块草地上，我的牦牛去了草滩上吃草，我没打扰它，我知道它饿了，再不吃草就不愿走了。草地的一侧，有几个驴友举着自拍杆，在一片灿烂的阳光下拍照咯咯地笑着往群里发。他们可能也在拍西藏特色的云，并把照片往朋友圈里发。想到自己也是为了一朵西藏的云才大老远跑来西藏的，我就偷偷笑了一下。我在一个画画的藏族老人家跟前停了下来。他不画河，不画山，不画森林，也不画眼前草地上有着藏族特色的经幡和牛羊，单画悬在山巅的云。这引起了我的极大兴趣，可是我发现他也不是画云，而是画风。风一出场，云就乱了，也不是乱，是变幻。那些云哪里还像云，分明就是一些飞舞的线条。他的线条有蓝色的、红色的、褐色的，唯独没有我眼中见到的白色。我看不出那些云彩的来路，也看不到出路。我特别好奇，可是越看不明白就越想看，以致忘记了时间。

一拨驴友拍了照片走了，又一拨驴友嚷嚷着惊叹着走了。我从老者的云中走出来的时候，牦牛不见了。虽然阿旺丹增老书记说过，它想家了就会从来的路找回去，牦牛跟我出来已经有两天，它能找到回家的路吗？我很着急。

往回找牦牛的时候，我碰到了一辆进村的警车。

我跟车上警察打听丢失的牦牛。两个警察都笑了，其中一个瘦高个子、长着卷毛的警察说："在咱们藏区，只有人丢掉，没听说有丢了的牦牛。"

我把牦牛的来历跟他们说了，他们听说牦牛是扎西岗村阿旺丹增老书记送的，说正好去扎西岗村阿旺丹增老书记那里有公事，劝我跟他们一起上路。

我们到扎西岗村时，那头牦牛正甩着尾巴走向村口。开车的那个警察把车停了下来，说：

"小伙子，你去看看你丢的牦牛，我们找阿旺丹增老书记还有点公务。"

我道了谢，随着牦牛走向阿旺丹增老书记家的牛圈。警车吐着青烟驶向阿旺丹增老书记开的茶馆。

牛圈外围竖着一圈木栅栏，木栅栏的门敞着，牛、马、羊、猪自由进出。木栅栏内一幢木房子里整齐地堆着木材，紧挨着木材房的是牛圈，牛圈有上、下两层，上层堆着牲口的过冬饲料，下层用木栅栏隔着一个一个格子，分别圈牛、马、羊、猪。

我突然惊奇地发现，在上层的牲口的过冬饲料的一簇草根上吊着一只蓝色的套箍。这让我想起了玛尼亚·瓦西里耶夫娜·季霍米洛娃在波密县城的菜场边用右手食指擎在半空旋转着的那只蓝色的套箍。我从一根圆木柱雕刻的简易木梯攀上二楼，我惊讶地发现，干燥的过冬饲料中间掏了个窝，像是有人栖息过。

我取了那只蓝色的套箍，走向阿旺丹增老书记开的茶馆。

阿旺丹增老书记茶馆门前的警车边围了几圈人，警察从茶馆里带出一男一女。

琼吉把我拉到一边告诉我："那女的吸过毒，贩过毒，是个网上通缉犯。"

我拨开人群，走到玛尼亚面前，脱下腕上的那只蓝色套箍，递向她。玛尼亚十分勉强地笑了笑，轻轻地说了一声："谢谢。"

我不知道如何安慰玛尼亚，只是像她第一次跟我打招呼一样，扬起右手，在半空中弹了弹手指，冲她艰难地挤出一丝笑容。上车前，碌碡男子挣脱了警察，冲我耸了耸肩，说："我的故事还没有说完呢，那个女一号就是玛尼亚。"

我木木地立在原地，看着瘦高个子、长着卷毛的警察把碌碡男子和玛尼亚带上警车。

扎西岗村口的经幡在风中独自飘扬，阿旺丹增老书记在转着他手中的念珠，越转越慢，但不会停止。

乔妈妈的眼线

狗叫了一夜。濑水滩涂乱坟堆的萤火虫，也在白色的雾气里扑闪了一夜。

喜旺不敢懈怠，竖直了耳朵，骨碌着眼珠，翘挺着尾巴，像一个忠于职守的老成警察，"吧嗒、吧嗒"，从九渡村西街，溜达到九渡村东街；又从九渡村东街，溜达到九渡村西街。喜旺沉稳，它不像濑水滩涂村子里散落的草狗，一有风吹草动就乱叫，搅得人心惶惶。

喜旺前腿趴着，下颌静静支在膝上，两眼警觉地盯着通往村口的那条机耕道路口。濑水河里白色的雾气，一圈一圈地涌向机耕道旁的乱坟堆。几枝红艳艳的野蔷薇，吮吸着黑夜里的雾水，正不紧不慢地往机耕道上蠕动躯干。

星星怯怯地躲进了云层。灶间光线昏暗，乔妈妈给灶膛塞了一个结实的草结，她要在天亮之前，给自己做好早餐，备好中餐。

灶膛里火星一闪一闪，就是不愿惹火那坨在围场草垛里捂了一个冬季，发黑霉变的烂稻草。乔妈妈用火钳将草结架空，往灶膛里使劲地吹了一口气，火苗和草灰呼地扑向灶膛外，扑了乔妈妈一脸。

灶间火光一炫，趴在门口的喜旺着急，噌地从狗洞蹿到乔妈妈跟前。灶膛里的火焰，在窗玻璃上投下一片红光，如华丽绸缎，欢欢喜喜，哆哆嗦嗦，散落一屋。

三舅母将半个脑袋探进乔妈妈家门时，天已放亮。乔妈妈吃过早饭，往保温瓶里装了中午的饭菜——一坨干饭、两块咸鱼、三块素几、一块乳豆腐。乳豆腐是三舅母喜欢吃的，派活时，乔妈妈指望着三舅母多多照顾她。乔妈妈将保温瓶搁在三轮电动车坐垫下的工具箱内，又灌了一瓶水，才将电动三轮车推到屋外。她想着还有一件事未做，又折身返屋，怔在堂屋发呆半天却想不起哪件事没做。终究七十多岁了，人生七十古来稀，记忆力已严重退化，刚想起的事，跨个门槛就忘了。乔妈妈拍了拍脑门，脑袋里几颗金星闪过，她看到挂在侧墙上老伴的遗像。

遗像中的老伴居然满脸笑靥，甜蜜、温暖，还带几分调皮。乔妈妈心里嘀咕，这个糟老头，活着的时候，整天埋汰我，挂墙上了，倒有人情味了。这么一嘀咕，心里就勾起了往事，暖暖的，酸酸的。

乔妈妈的那滴泪还未掉下来，三舅母已一脚跨进了屋。因为是熟悉的气息，喜旺连眼皮都没抬一下，仍趴在乔妈妈的脚跟，巴巴地盯着乔妈妈。乔妈妈这才想起，一清早光顾着自己了，还未给喜旺喂食。

三舅母不住九渡村，她住在濑水河对岸的八桥村，乔妈妈的娘家就在八桥村。三舅母一早撑了小木船过河。

三舅母是濑水滩涂九渡村、八桥村、乌泥冲、野猫墩、九坟背、鲤鱼湾村落老年人的经纪人。这个经纪人不是歌星、影星的经纪人，不负责包装、宣传。简单地说，附近茶场、果园、蔬菜基地、生态园，甚至谁家盖楼、砌猪舍需要季节性、临时性帮忙的短工，都可以找三舅母。三舅母再根据村子老人的体质、技能，帮配齐短工。村子里的青壮年都外出打工，成了候鸟，难得的一条漏网之鱼，不是病秧子，就是懒猫子。村里的老人就成了这些需要短工的雇主的香饽饽。他们都是苦水里泡出来的，能吃苦，好管理，工钱也便宜。城里建筑工地的小工一般一天要两百块钱工钱，而他们只要八十元。更主要的是茶场采个茶叶，果园摘个果子，蔬菜基地拣个净菜，这些手工活、细致活，老人干起来更有耐心、更娴熟。

三舅母每次收雇主三块钱人头费，发工钱时，再收雇工两块钱中介费。

乔妈妈喂完喜旺，一抬头一挑眼皮，冷不丁地发现一个大活人杵在眼前，吓了个趔趄。

"哎哟，我的亲三嫂呀，来家也不吱声，大清早的想吓死老姑呀？"乔妈妈按娘家称呼三舅母三嫂。她用围裙掸了掸凳子上的灰尘，有意让三嫂坐下。三舅母的一只脚稍息在屋内，另一只脚立正在屋外，立正的另一只脚却没有迈进屋子的意思。

"倒是老姑把我吓个半死了，一大早打你那么多电话都不接，还以为老姑昨晚上睡背过去了。"三舅母反而将稍息的那只脚退出了门槛。屋内的光线弯了一下腰。

电话在东厢房卧室里，乔妈妈在西厢房灶间做早饭，中间还隔着堂屋，自然听不到。

乔妈妈呵呵笑着解释，锁了门，跨上电动三轮车，准备去陈家坡茶场。昨天收工时，三舅母已经把今天的活派了：乔妈妈今天去陈家坡茶场给茶树施有机肥。因为活脏，雇主答应加二十块钱工钱。乔妈妈是老年短工队里最勤快的老人，她十九岁嫁到九渡村，在生产队劳动时就被社员们称作"铁娘子"，是公社女社员中的一面旗帜。她干活从不迟到，不早退，人前人后一样卖力。几家需要短工的场圃、园林、农庄雇主都点着名，抢着争乔妈妈。老了还有人需要，乔妈妈的心里像蜜一样甜。

三舅母却一手挡住了她。

"老姑呀，从今往后您就别上工了。俊平外甥昨天来电话，没大没小地把老舅母一顿好剋。话说回来，俊平也是体恤你，怕你年纪大了，万一有个闪失。"三舅母帮乔妈妈将三轮车推回家，她一大早过河来，就是通知乔妈妈不要上工。

三舅母临走又嘱咐："老姑，您个死老婆子也别矫情了，还是老实待在家里享享清福吧，免得你家俊平整天担心牵挂你，影响了子女的正事。"

矫情？这算什么话呀？一个大活人，不和土地亲密接触，不干活，整天待在家里，这就是享福了？还不把人憋死。

三舅母走后，好长时间，乔妈妈一个人呆呆地立在屋前，思绪纷乱。

俊平在村里布了好几个眼线。

俊平的眼线都是布给他妈妈的。

乔妈妈当然不知道俊平给她布下的眼线。乔妈妈是俊平的母亲。

乔妈妈一直以儿子俊平为骄傲。村上的老人也一直夸俊平是有出息的孝顺孩子。

俊平是律师，在城里开着自己的律师事务所。俊平高中毕业后当了三年兵，复员后边打工边自学，考取律师资格后，在城里扎了根。

可是，俊平并不满足于自己的一小家把根扎进城里。父亲在世时，他就一直鼓动老两口搬到城里，和他们住在一起，头痛脑热也好有个照应。俊平常对子女说，父母恩，恩重如山。话是这么说，两个老的去了城里，家里的喜旺咋办？家里的大帅、无敌、芦花、豆花、二黄、双黄、丑妞、大胖子，灰灰，二妞怎么办？乔妈妈家养了两只公鸡，一只取名叫大帅，另一只取名叫无敌。八只母鸡，分别取名芦花、豆花、二黄、双黄、丑妞、大胖子、灰灰、二妞。平日里最多的一天能产六枚蛋呢，俊平他们一家吃的蛋都是从乡下取的。更重要的是，三亩多责任田谁管？这可是俊平爹娘的宝贝疙瘩，种了一辈子地哪能让地荒着，让地荒着不和生下儿女将他（她）抛在荒野一个道理吗？老两口自然没同意进城。

父亲去世后，俊平有了由头，怕老母亲一个人守着空宅，难耐长夜漫漫。硬是说动了家族长辈、亲戚把乔妈妈劝进了城。

乔妈妈住了几天，不习惯。不习惯不是儿子、儿媳不孝顺，他们贴着脸地孝呢。不习惯是乔妈妈由心而生的无所适从，老觉得自己是儿子家里一件多余的家具，搁哪都碍眼。关键还在身体出了毛病，哪都不舒服，哪都痛。先是浑身老没劲，嗜睡。按理说，老年人的睡眠本来少，可乔妈妈不这样，吃过晚饭，儿子正陪她看着电视，说着话。说着说着，她眼皮耷拉下来，头一歪，倒在沙发上就睡着了。不光晚上，白天也这样，儿子、儿媳上班去了，她干什么呀？看电视吧，那墙上贴着的电视里老哭哭啼啼、打打杀杀，要不就整天开会。光开会能解决屁问题呀，不如去地里田头挖一锹、锄一垄更实际，那金灿灿的庄稼是开会开出来的吗？乔妈妈最讨厌开会，看了就叫人心烦，看了瞌睡就来。下楼走走，小区保安倒是热情，用眼睛一直追出追进，像个跟屁虫，追得心里发毛。她干脆上楼睡觉。

后来，不是嗜睡的问题了，是痛，哪儿都痛：膝关节痛，头痛，腰痛，手关节痛。去医院检查又查不出什么毛病，回到家还是痛。医生告诉俊平，这个痛是心生的，药物治不了。

俊平着急了，真要把老娘箍在身边，箍出毛病来，孝就成逆了，就成笑柄了。

也是，乔妈妈回到村里，人一下子就活泛起来了，种菜浇水，喂鸡赶鸭，一身是劲。后来她瞒着儿子偷偷加入了老年短工队。

事情还是让俊平知道了。那天，俊平一早去律师事务所，路过菜场，听两位老人议论，说年纪大的老人，多吃深水鱼可预防脑血栓、心梗的发生。乔妈妈血压有点偏高。俊平在电话里向助手安排了所里的事，挑了鳕鱼、沙丁鱼，用冰包着，驱车就去九渡村。可没想到七旬老娘竟瞒着他，在烈日下帮砌房的邻居做短工——抬泥浆。看着满脸焦黑的娘，俊平既疼又恼，当时想找了张耙子把邻居家刚砌的墙给耙掉。

这件事后，俊平就有了心病——爱胡思乱想：想到一个年过七旬的空巢老人，肩扛担挑，爬坡上楼，面对诸事的无助；想到她有可能沦为摔跤、煤气中毒这些家庭悲剧的受害者，就会坐立不安，莫名其妙就有了罪孽感。仿佛事情真的发生在乔妈妈身上，自己就是那个罪孽深重的逆子。有时睡梦中惊醒，他会鬼使神差地半夜一个人驾车来到九渡村，把车泊在村口，悄悄地溜到老宅，见没有异样，才又心安理得地驾车返城。

俊平就萌生了在九渡村布卜眼线的想法，布卜眼线，就好像拿了个望远镜，站在他21层的律师事务所的窗前，远远地，乔妈妈的一举一动，九渡村的风吹草动尽收眼底。

俊平半夜的电话，常常搅得乔妈妈惊魂不定。

"妈，睡了吗？"

"……睡了。"乔妈妈是在睡梦中被枕边聒耳的电话铃声吵醒的。

"妈，您睡前关掉煤气了吗？"

"我……都几天没动煤气了，老灶上柴生火。"乔妈妈睡眼蒙眬。

"妈，您再去检查一下，我怎么闻到一股煤气味呢？"

"煤气味？……别神经兮兮了，你住的城里离乡下满一百里地呢，狗鼻子也没这么长呀？"乔妈妈恢复了清醒，她抱怨起来。

"妈，听话，别搁电话。您再去灶间检查一下，我这儿等您回话呢。"俊平电话里口气软软的，像央求，又似哄小孩。

这样的电话多了，乔妈妈也就烦了，烦也不能放在面上，挂在嘴上。乔妈妈睡觉前就把电话线拔了，打过来的电话是忙音。让儿子抱怨电信公司去。乔妈妈冲电话机狡黠地笑了笑。

老伴在世时，说话嗓门大，一开口，整个屋子就满满当当。老伴不在了，没人说话了，房间一下子就撑开了，空旷了，掉一根针都有回音。大屋子住着一个老婆子，就有了孤独感。老伴去世后，乔妈妈睡觉喜欢开着电视，也不是看，只是在电视里的打打杀杀声中睡去又醒来，反而睡得热闹，睡得熟，睡得香。

乔妈妈掖了两肩的被子，安逸地躺着，正酝酿着睡意，喜旺清脆地叫了两声。紧接着一道手电光掠过窗玻璃，彭二婶吼喜旺的声音和拍门的声音几乎同时传进了乔妈妈的卧室。

"俊平妈，俊平妈。"彭二婶的拍门声和叫喊声越发响亮了，似乎要刺破夜空。狗的叫声也欢了起来，先是两声清脆的叫声，遭到熟人的吼吓后，喜旺乖乖地躲进了柴房。一只狗吠叫，整个濑水滩涂的草狗都跟着狂躁地吠起来。大狗叫，小狗也叫，没天没地，没心没肺，搅得黑夜一片混浊。

乔妈妈听到彭二婶的叩门声和吆喝声，故意不搭理。她心里一直怀疑自己参加老年短工队干活的事，是彭二婶这个死老婆子向俊平泄的密。

不是她还是谁？彭老婆子当年在生产队劳动时就嘴碎，喜欢东家长西家短地瞎议论，吃着碗里的，盯着锅里的。老年短工队一起劳动时，彭二婶好多次还当面说过乔妈妈犯贱，儿子在城里混得人模人样，又是大孝子，城里体面干净的生活不过，非要回乡下搞得一身泥一身膻。实际上彭二婶是妒忌乔妈妈。能不妒忌吗？她也生了一个儿子，虽也在城里打工，可一年到头也不见他挣个铜板给爹娘花，过年回家反而还要向老两口伸手。三年前回乡说接了一个大工程，把媳妇接到城里帮着管理工程，一家子还没来得及欢喜庆贺呢，谁知道中了人家合同诈骗的套，不仅工程没做成，儿媳妇还跟人跑了。这傻小子把读初中的女儿搁爹娘那，自己跑出去找媳妇，这不大海捞针？三年过去了，音信全无。彭老婆子跟人说起这事总是一把鼻涕，一把酸泪。

老年短工队看似松散，进出自由，没有严密的组织，但却微妙——隐藏玄机。比如一天活干下来，雇主会说，明天活不多，只需留下来几个人。都是乡里乡亲，驳了谁的面子，都尴尬。可谁都明白，没被留下的是没被雇主看中。没被看中的原因有很多，这个雇主和雇员都心知肚明：要不干活偷懒出工不出力，要不人前一套，背后一套。

乔妈妈是被雇主"留"得最多的老婆子，而彭二婶则是被雇主"去"得最多的老婆子。

雇主这一"留"一"去"，让两个老婆子心里生了芥蒂。她俩在村里大路口碰上了竟尴尬得不知道说些什么好。

乔妈妈在老年短工队的"工作"被俊平叫停后，本来心里就憋屈，村口碰上出工的彭二婶，反遭她笑话。"还是俊平妈好福气哦，养个大孝顺儿子，可以在家享清福。"乔妈妈最烦人家说她在家享清福。这哪是享福，不如说等死。你说一个好端端的大活人，日子过到等死的份上该多煎熬。

彭二婶在大门上没有拍"醒"乔妈妈，她嘀咕着绕到屋后乔妈妈卧室窗下。手里晃着的手电光，把一天的黑暗搅得支离破碎。

彭二婶拍着窗户，叫着"俊平妈"。这回再装就不是装了，就是不近人情了。

乔妈妈应了声"二婶"，准备起床开窗户。彭二婶却扔下一句："俊平把电话打我们家了，叫你回个电话，可别把孩子急坏了。"窗外踩得大地生痛的脚步声渐渐消失在夜色里。

怎么又深夜里把电话打到彭老婆子家呢？俊平这个孩子到底想干什么？乔妈妈有点不高兴，但坚持没让腮帮子挂下来。她坐在床沿，盯着拔了线的电话机，仿佛电话机就是她儿子俊平。她要说道说道俊平。

回完电话，乔妈妈已毫无睡意，心里憋着一肚子气。她关掉电视，坐在床上，两眼无神。窗外是寂静无声的黑夜，只有轻风吹拂着濑水滩涂水杉树梢发出的声音，微弱尖细。一只蚊子在她耳边嗡嗡叫，还有一只飞蛾在她的床头灯旁来回扑闪。黑夜像潮水一样向濑水河两岸无声地蔓延，青草味和玉米穗的甜香味在黑暗里踉踉跄跄。一只老鼠从床底下探出了头，两只小眼睛出神地盯着乔妈妈，鼻子一张一翕，前爪试探着向前蠕动。乔妈妈随手给它扔了些面包屑，老鼠两前爪抱紧面包屑，扬起头，冲乔妈妈"吱吱吱"地唱起了歌。乔妈妈关了灯，她担心刺眼的光线会惊扰这只小动物的吃兴。黑暗中，她听到老鼠咀嚼的声音，细碎，精致。乔妈妈突然莫名其妙地为自己伤心起来。她不知道为什么伤心，一滴泪就掉在了掌心。

黎明的时候，乔妈妈被一个噩梦惊醒。

村子里发生了一件大事。朱贵之的妈妈胖胖婶死了。朱贵之的妈妈长得胖，村里人都叫她胖胖婶。

本来，生老病死不过是生活的一部分，就像饿了吃饭，渴了喝水。可是，朱贵之妈妈的死不正常，她没有病，没有伤，突然就死了。人们甚至不知道她什么时候死的，或许是凌晨，或许是黎明，或许是晌午，或许是傍晚……人们甚至不知道她哪天死的。

胖胖婶是死在看鱼棚里的，离村三里多地的南渡荡看鱼棚里。儿子朱贵之在南渡荡包了十多亩水面养鱼，胖胖婶住进来帮着喂喂鱼食，看看鱼塘。喂鱼用喂食器，把饲料倒进喂食器里，电钮开关往红色那边一扭，饲料就撒向鱼塘，不费力。朱贵之夫妻在镇上经营一家建材店，隔半个月给鱼塘送一次鱼饲料。

九坟背卖豆腐的杨广播那天有几块豆腐没卖掉，想起每次卖豆腐路过南渡荡朱贵之的鱼棚时，胖胖婶都会撵上他，送一根水瓜给他，或拉他进鱼棚喝口凉茶歇歇脚。杨广播念着胖胖婶的仁慈，就想着把没卖掉的豆腐送给胖胖婶。杨广播的电动三轮车穿过一片白杨林，遇上一大片黄豆地，转了个弯，刚骑到塘口，一股恶臭味就直钻他的鼻子。公安来人说，胖胖婶十天前死于突发脑出血，而不是他杀。

胖胖婶的意外死亡，更加剧了俊平对乔妈妈一个人生活的担忧。俊平的担忧不是没有道理，老年人意外受伤害的事例实在太多了。

乔妈妈有一次骑电动三轮车去镇上兑换菜籽油，骑到一段下坡路拐弯，没把持得住，三轮车侧翻，压在她身上，要不是朱先生路过，不知会发生什么样的后果。事后，乔妈妈竟一再叮嘱朱先生不要把她摔跤的事告诉她儿子俊平。乔妈妈不是怕儿子担心牵挂，是怕儿子没收了她的电动三轮车。

等俊平得到消息，匆匆赶来时，倔强的老太婆打了石膏的右臂，由一根绷带挂在脖子上，左手拎着篮子又下地去了。

都说年纪大的老人活出小孩子的脾气。这一回俊平再也不能"放纵"母亲了，再也不能由着她要小孩子脾气了。他把乔妈妈的三轮车推进柴房，用链子锁牢牢锁在柴房的石墩上。

乔妈妈从九渡村东街溜达到九渡村西街，又从九渡村西街溜达到九渡村东街，喜旺也垂着软软的尾巴，"吧嗒，吧嗒"地跟在乔妈妈的后面。大帅、无敌、芦花、豆花、二黄、双黄、丑妞、大胖子、灰灰、二妞，还有两只鸭子也"咯咯""嘎嘎"地跟在喜旺后面。它们像一支首尾相顾、纪律严明的军队。

村子空荡荡的，像一只被掏空的麻袋，濑水河里上涨的雾气跟着没有方向的风在村巷里四处穿梭着，朱先生家场子上新农村建设时埋设的单杠、吊环已经锈迹斑斑。

乔妈妈在村里溜达了两三个来回，只碰到从镇上茶馆回家取罗盘给邻村一个死者看墓地风水的朱先生。朱先生是风水先生，从来不参加地里劳动。

乔妈妈在濑水滩找了一块空旷地，是一块刚收获了黄豆的垄地，垄地的烂黄豆叶子里，到处蠕动着肥胖的虫子。乔妈妈指挥喜旺放出鸡笼里的鸡。乔妈妈平日喜欢将公鸡母鸡分笼关。不能让发情的公鸡没日没夜地啄着母鸡的脖子，骑在母鸡背上干那事，话多伤津，纵欲伤精。乔妈妈对喜旺说。左边笼子关着大帅和无敌，它们一跳出鸡笼，就扬着脖子，昂着鲜红高傲的头颅，一前一后，一二一地喊着口号，在濑水滩刚收了黄豆的垄上巡逻，一副男子汉的趾高气扬。右边这只笼子关的是母鸡，与大帅、无敌相比，它们显得女人气十足——忸怩，小家子气。打开鸡笼，它们也不出笼，而是在鸡笼里"咯咯"地叫上两遍，分明是在给自己壮胆。一阵踯躅，一番推搡，还是双黄先出笼，一副侦察兵的派头，一脚跨出鸡笼，一脚仍在鸡笼里摸索。不知谁推了它一下，滚出鸡笼后，双黄惊恐不安，"咯咯"地叫着，伸长脖子，四下找寻着可疑的敌人。待它确认"巡逻兵"已经走远，它才扬起脖子"咯咯"地向同伴发着信号，芦花、豆花、二黄、丑妞、大胖子、灰灰、二妞这才像新媳妇下轿，一个个缩着脑袋，一步三探地走出鸡笼。

看着鸡们争先恐后地吃得开心，乔妈妈心里想，有鸡在，日子就有生机。鸡会报晓，有了鸡的报晓，明天还会有新的一天。

眼线来报，乔妈妈在濑水滩涂正指挥着喜旺，训练着鸡鸭"一二一"正步走、齐步走、跑步、立正、稍息，忙得欢着呢。

俊平放了电话，踱到窗前，长长地嘘了一口气。

中篇小说

丢名字的人

1

一个好端端的大活人，怎么会把自己丢掉呢？听起来像笑话。

我爹就把自己丢掉了。我爹把自己丢了，也把我娘、我姐、我哥都弄丢了。

我爹三十岁之前一事无成，他和一个叫亮瞎子的艺人在外面流浪了二十多年，突然像外星人一样，"嘭"地又降落到了灯盏镇花记篾匠店铺门口。

我爹也不是一事无成，这回他带来了一个哑巴女人和一女一男两个孩子。

那个哑巴女人是我娘，两个孩子一个是我姐姐朱山菊，另一个是我哥哥朱山峰。

我爹六岁那年，他爹上山采中药，一不小心掉下悬崖摔死了。八岁那年油菜花飘香的季节，我奶奶带着我爹续嫁到灯盏镇南街手艺人花篾匠家。

花家老太太——我奶奶的阿婆把持着花家大小事务。她是个干净利落、极要面子的老太太。

要面子的花老太太绝不会让街坊邻居笑话她对我爹这个"拖油瓶"不管不问。不但要管，还要管好。

八岁的孩子应该进学堂学规矩长知识了。好心的街坊提议花老太太。

花老太太迈着三寸金莲，去了段胖子说书院请出唱滩簧戏、演傩戏的亮瞎子做保举人，让我爹去了灯盏镇北街天主教堂东侧西葫芦巷子的郑氏私塾学堂读书。

本来这是一桩天大的好事，我爹要肯下功夫的话，说不定还能考上功名，为朱家光宗耀祖。和我爹一起上郑氏私塾学堂读书的米行张算盘的儿子张大鸣，原来也是一个拖鼻涕、流哈喇子的主，后来从郑氏私塾学堂读到了上海，又从上海读到了法国。新中国成立后，他被从法国请回中国，主持省里的财政工作，打着一个省的大算盘。

我爹倒好，上了私塾学堂后，不仅流哈喇子的毛病改不了，流出的哈喇子，他当面条，张开嘴巴刺溜一下倒吸进嘴里，全当中餐给吞进了肚里。这不恶心死人吗？如果光这样，私塾学堂的郑先生还可以视而不见，还能原谅。可我爹不知哪来的那么多嗜睡虫，一到上课，我爹趴在桌上倒头就睡，一睡就呼声雷鸣。郑先生用尺牍在他桌上敲几下，他抬起头朝郑先生恓恓惶惶地看上两眼，眼皮嗒吧嗒吧几下，倒头又睡。只一小会儿，呼声就来了，闹得郑先生的课没法继续下去。我长大以后，我奶奶说起这件事就气不打一处来。

郑先生不干了，叫来花老太太让把朱哈喇子同学领走。无论花老太太赔多少个笑脸，郑先生都三缄其口。花老太太又诺每年多给三斗米作为学费，郑先生还是三缄其口。花老太太急了，她又请来保举人亮瞎子说合。谁知还没等亮瞎子开口，郑先生倒先问起了亮瞎子："瞎先生，你们唱戏有何讲究？"

亮瞎子丈二和尚摸不着头脑，他抓了半天后脑壳："唱戏当然要有戏文了。"

郑先生往手背轻轻敲着他那把画有清风瘦竹的折扇，他说话很有板眼："戏文固然重要，但只是其次而已。"

亮瞎子急了，卖关子这种事，他一个乡下粗人怎敌得过穿蓝布长衫的私塾先生。

"郑先生不要卖关子了，那又是哪个讲究？"

郑先生笑了，他对花老太太说："您那孩子是一块大料啊，您听那孩子的鼾声，清脆响亮，倒是舞台上的名角。"

再看教室里，同学们都仰着头，咿呀咿呀地背着"父母呼，应勿缓；父母命，行勿懒……"只有我爹那小祖宗倒头睡得呼呼正香，鼾声竟高过了十多个背书的同学，哈喇子流得溢到了桌下。

花老太太的脸不知道往哪搁了，尴尬地立在一边。

亮瞎子也眉头打结，原地踱着步，打着圈圈。

只有郑先生不慌不忙，拿眼睛睃了瞎先生一眼。

"瞎先生要肯栽培，他将来一准是段胖子说书院的台柱了。你那场傩戏《李龙乞讨》中的李龙唱腔可否传授于他。"

亮瞎子万万没想到郑先生会将我爹这个球踢给他，他还只是段胖子说书院里的一个二胡手，平日里无事可干时，给说书院打打杂，演个小丑救救急，能有资格收徒？何况又是个呆板迟钝、流着哈喇子的孩子，传到段胖子说书院岂不成了笑话？

"郑先生，您这是作践我亮瞎子呢。"

亮瞎子的意思是他自己也只是段胖子说书院一个跑龙套的小混混，哪有资格带学徒。可话到了郑先生耳朵里就不一样了。

"瞎先生这是骂我了，您这话就错了，人尽其才，物尽其用嘛，我怎么就作践瞎先生了？朱哈喇子同学不是读书的料，他是唱戏的料，搁我这儿，我耽误不起呀。朱哈喇子同学在我这儿才叫作践呢。"

亮瞎子着急。"郑先生，您就担待着点，多费点神吧，都一条街坊的邻居。"

花老太太也赔着笑脸，作着揖。"郑先生，有劳您了，您知道这个孩子是个拖油瓶孩子。读书的年纪不读书，传到他老家，他老朱家一准会责怪咱花家亏待了这个小祖宗。"

可不管亮瞎子和花老太太怎么说尽好话，郑先生都油盐不进。

亮瞎子脾气火爆："郑先生，您不看僧面看佛面，花家可是咱灯盏镇上第一号大善人，花老太爷可曾有恩于灯盏镇上的老少爷们哪。"

半晌，郑先生开口了："瞎先生，教书育人是我的本分，可您不能让我为一个朱哈喇子而耽搁其他十几个学童呀。花家是大善家，您不能让我为一个朱哈喇子让街坊邻居指着脊梁骨骂吧？我也是要名号的人，我郑儒林的名号怎能毁在朱哈喇子一个学童手上？"

话说到这个份上，花老太太和亮瞎子再待下去实在有点不识趣了。

那天下午，灯盏镇南街的男男女女都看到平日里脾气温和、慈眉善目的花老太太像扭着一只猫一样，扭着可怜兮兮的"拖油瓶"朱哈喇子的耳朵，迈着窸窸窣窣的脚步，嘟嘟囔囔地边走边骂，从灯盏镇北街穿过灯盏镇南街。邻居们还以为"拖油瓶"偷了郑先生私塾学堂的东西。他们纷纷把同情的目光落到了花老太太身上。

"拖油瓶"朱哈喇子被退学回家后，一度成为花家的烦恼。更为难堪的是，老朱家已经把话传到灯盏镇街面上，说花家不厚道，不把朱家孩子当人：一个该读书的孩子，不让读书，不让学技，当作小家奴使唤。

2

凑巧，三个月后，段胖子说书院老板段成贵另有发展，他要到白川府去开一家更大的说书院。

失去了段胖子说书院，没有了依靠，灯盏镇的街坊都以为亮瞎子要收拾行囊，返回三十里外濑水滩涂火埂滩，继续帮他老东家看牛守院了。可是，亮瞎子没有这样做，他在段胖子说书院整整睡了两天两夜。第三天一早，他起床后先去了牛二皮豆腐坊舀了一碗豆腐脑，又去彭阿婆油条烧饼店买了两块烧饼，吃饱后抹抹嘴，径自去了花记篾匠店。

他要带上那个木讷呆板的朱哈喇子和心爱的二胡，去闯荡天下。

一个只有半只眼睛看着模糊世界的亮瞎子，和一个目光呆滞、行动迟缓的孩子闯荡天下，这样的决定还是让花老太太犹豫了。她拿眼睛睃着她的儿媳——我奶奶，把决定权交给了我奶奶。我奶奶当时已经怀了花家大闺女——我大姑姑花盛开。我奶奶心里明白花老太太之所以不做决定，是怕街坊邻居和老朱家的人说闲话，朱哈喇子毕竟不是她的亲骨肉。老太太做对了决定是应该的，做错了准会被人在背后骂得脊骨发凉。我奶奶根本不是好主事的人，可在她亲儿子的事上，她要再装迷糊，那就是不明事理了。一个不明事理的二婚头是要遭婆家白眼的。她在花家的生活才刚刚开始，她还得在花家生儿育女，开花结果，以后的路还长着呢。花家该让她挑的重担，她还得挑，说白了这叫分担，不管这种担子有多重。

尽管这样想可以给自己做出决定的勇气和力量，可是，看到流着哈喇子、躲在一边用恓惶的眼神怯怯地看着自己的亲骨肉，我奶奶还是退缩了，她对花老太太说："姆妈，我一个二十多岁的女人家家能懂什么？您是家里主事的，您怎么决定都行。"

我奶奶避开花老太太的眼神，挽着孕体，躲到柴房里抽泣去了。

花老太太虽然是灯盏镇一条街上有主见的老人之一，可在拖油瓶朱哈喇子何去何从的事上，她表现得十分小心谨慎。她差她的儿子——我的花爷爷，去我爹的老家，请来我爹的大伯——我的大爷爷朱伯温。花老太太专门在镇上的大三元酒楼办了一桌酒。花老太太还请来了灯盏镇上有名望的店铺老板，她要当着众街坊及我大爷爷朱伯温的面，体体面面地给流着哈喇子的我爹行拜师礼仪，她要让亮瞎子名正言顺地带着我爹出门流浪。他要告诉我大爷爷，让我爹跟着亮瞎子不是把朱家孩子丢弃不管，而是让他学一门生存技艺，将来好自立门户，独当一面，养家糊口。

那天，自然是我爹朱哈喇子最开心的一天。一早起来，我奶奶用洋碱帮我爹洗了头，又搓掉了他脖子里和耳朵旁的污垢，然后又帮我爹换上一套蓝咔叽布长衫，在他长衫的第三个扣结上系上一条手帕，千叮万嘱，嘱咐他哈喇子流出来时，用手帕擦掉。

我爹歪着脑袋，哈哈笑着，一口哈喇子就流了出来。

"娘，过年了吗？"他问我奶奶。

"比过年还要热闹。"我奶奶一手挽着孕体，一手又着五指细心地帮我爹理着湿漉漉的头发，头发间散发着洋碱的硫黄气息，让我奶奶的胃一阵阵发酸。

"那一准是过大年了。"我爹龇着牙，神气活现。

"给你拜师呢。"

“拜师好玩吗？”

“好玩着呢。给师父磕完头就有大肉吃。”

“好，好，拜师去咯，有大肉吃咯。”我爹挣脱了我奶奶，欢欢的，傻傻的，手舞足蹈，直奔大三元酒楼而去。

亮瞎子牵着迷离恍惚的我爹离开灯盏镇时，太阳已经西斜。我奶奶看着一高一矮、踉踉跄跄的两个黑影慢慢消失在灯盏镇城墙外时，忍不住失声痛哭。

3

二十多年后，花记篾匠店原主事花老太太已经过世多年，我奶奶已经接过花老太太的掌印，掌管花记篾匠店的大小事务。二十多年的艰苦奋斗，我奶奶和花爷爷相继生下了我的大姑姑花盛开，大叔花筐箩，二叔花箩筐，三叔花筛箩，二姑花鲜艳，四叔花笊笆，五叔花簸箕，三姑花芬芳。我奶奶成了全县有名的光荣妈妈。她的光荣妈妈奖状与当兵的大叔花筐箩的光荣人家奖状，将花爷爷家两扇木板门贴得挤挤的，一推一搡，互不相让。

我爹立在他似曾相识，却又面目全非的花记篾匠店铺门口时，我花爷爷正在店铺内双手狮子滚绣球一样来回倒腾自己手里的竹条，编织着一只箩筐。他的身子在阳光里浴着，脸却在阴暗里。突然男女老少五个衣衫褴褛的叫花子往他面前一站，他吓得一愣神，一根薄似刀片的竹篾条将他的手背划了一道口子，血一下子就冒了出来。他扔下手中的箩筐，那长满触角的箩筐，像被砍了一刀的章鱼，四处张扬着，一根调皮的竹篾条就抽到了我爹的脸。我爹傻傻地笑了两下。

花爷爷将冒血的手指含在嘴里吮吸着，他将脸从阴暗处挪到阳光下，突然脸部肌肉痉挛了一下。他已认不出我爹了，但他还是依稀辨认出了被我爹牵着的另外一个男人。

被我爹牵着的是我亮瞎子爷爷。不知道什么时候，他的另一只模糊的眼睛也不模糊了——什么也看不见了。

有人说我爹他们是碰运气找到了灯盏镇，还有人说我爹其实不傻，他表面木讷呆滞，实则心里亮堂着呢。

不管怎样，我爹还是牵着一个瞎子，带着一个哑巴，扯着两个孩子回到他阔别二十多年的灯盏镇。

最高兴的自然是我奶奶，她不知是喜过头了还是吓着了，又哭又笑，一会儿捧着我爹的脸，一会儿又捧着我姐的脸，一会又去捧我哥哥的脸。她去捧我娘的脸的时候，我娘吓得“哇哇”尖叫着直退缩。

4

花爷爷明显老了。五十多岁的人已经满头白发，身材佝偻，步履蹒跚。

现在，冷不丁地又添了三个大人、两个小孩，更要命的是我爹、我娘、亮瞎子爷爷都不会篾匠活。亮瞎子爷爷倒是眼不见心不烦，我爹、我娘在花家就显得碍手碍脚。我奶奶和花爷爷倒没嫌弃，而我的姑姑花盛开就给了白眼，给白眼也不要紧，我爹可以装作没看见。可她不只给白眼，还把冷言冷语放在餐桌上。我大姑花盛开也不叫我娘嫂子，当然，她从来也没叫过嫂子。

花盛开说："那个谁呀，不说话的。"又说，"不会说话倒是能吃哦。看看，看看，大家伙看看哦，一餐两大碗稀粥呢。"花盛开敲着桌子嚷嚷着，两只眼睛盯在我娘脸上直打旋。

我奶奶用眼睛挑了花盛开一眼，花盛开不仅没收敛，反而更加气盛，冲着我爹说道："那个谁呀，花家成了公社食堂了？好手好脚也不能白吃白喝呀。"她也不叫我爹哥。

终于，我爹憋不住了。有一天，他拉上我娘找到社里的干部，要求社里的干部允许他和我娘参加队里的劳动。

这本来是一件好事，社里劳力多，对生产总是有益的。可社长不这么想，他问我爹："叫什么名字？"社长是南下干部，说话有点哽。

我爹见到干部就害羞，还未说话脸倒红了。我爹说："社长，我是南街花篾匠家的继子，人家都叫我朱哈喇子。"

我爹又说："这是我媳妇，是个哑巴，没有名字。"爹说着把我娘拉到社长跟前。

"你说你媳妇没有名字？人咋没有名字？"社长笑了，又说，"你咋叫朱哈喇子？"

见社长开心，我爹话也多了。

"是我和陈师傅卖艺路上捡的，她先跟着我们，从这个村跟到那个村，从这个镇跟到那个镇。陈师傅见她可怜，就收留了她。过了几年，陈师傅就做主，在一个旧庙里帮我们成了亲。"

我爹看了我娘一眼，满意地笑了笑。我娘也看了我爹一眼，新媳妇一样害羞地垂下眉，摆弄着胸前的绣花纽扣。

"那你不是跟一个不明身份的女人结合了吗？该不会娶了个潜伏的女特务吧？"社长看着我爹，目光如炬。我爹着急："咦，社长说啥话呢？俺媳妇可是个好女人呢，还帮俺生了一子一女两个娃娃呢。怎么可能是女特务？"

社长哈哈笑着从背后的柜橱里取出一本厚厚的花名册，带上老花镜。社长翻到花篾匠家队上那页，用手指点着，仔细查找着，慢慢地就皱起了眉头。

"朱哈喇子，朱哈喇子。"社长指着花名册自言道："嘛，花篾匠家族成员中根本没有朱哈喇子嘛。"

我爹着急，上前一步说："不会吧，社长您瞧仔细了，我是一九四二年四月份油菜开花时节到的花家，那年我八岁。"

社长是个认真的干部，他又用手指指着花名册，挨个查了一遍，将花名册往我爹面前一扔："你自个找，哪里有个朱哈喇子嘛。"

我爹虽然念过几天私塾，那时他光知道睡觉，识字的事情让给当年的郑先生了。朱哈喇子站在他面前他都不认识。可我爹也狡猾，他讨好社长："社长，你是大学问的干部，你帮我写个朱哈喇子我看看。"

社长有点不耐烦了，他不是不耐烦朱哈喇子让他写名字，他是不耐烦眼前的这个群众对他的不信任，一个干部没有群众的信任和拥戴不成光杆司令了？

"朱哈喇子，你咋就不信党的干部？"社长这么一说，我爹害怕了。"不是这样的。社长你别误会，我咋能不信党的干部？"

"又想咋样嘛？我都帮你查了三遍了，哪里有朱哈喇子？你分明不相信党的干部吗？"

"我是想让社长写个朱哈喇子，让我瞅瞅朱哈喇子究竟长啥样，这样下回见到自己也就认识了。不怕您笑话，我长这么大也不知道我朱哈喇子长啥样。社长可是在帮群众解决困难呢，这样的社长群众喜欢着呢。"

我爹这番话显然是社长爱听的，社长重新从上衣口袋掏出眼镜，擎在手里，又拿眼睛看了看我爹，取出一支毛笔，戴上老花眼镜，在一张旧海报的反面，一笔一画工工整整地写下了"朱哈喇子"四个字。

社长边写边嘀咕："你这个群众啊，叫朱哈喇子，中国人咋叫这个名字呢？只有日本鬼子才这样叫嘛。"又说，"当年，我可打死不少日本鬼子哦。"

社长说着，拿眼睛在我爹脸上挖了一下。我爹显然害怕了，一口空气把他呛得直咳嗽。

社长将写着"朱哈喇子"的旧海报递给我爹："多认认，别下回见了面又不认识你自己了。"

我爹很激动，两只手去取旧海报时，一直不停地发抖。

现在朱哈喇子站在我爹面前了。我娘看到我爹憋红着脸着急地盯着一张旧海报。她猜想那一定是十分要紧的东西，她也凑过来。

我爹认为记熟了，他又央求社长把花名册给他。

他也像社长一样，用手指着花名册上的姓名，从头至尾一遍又一遍对着，寻找着朱哈喇子。可是别说朱哈喇子了，花名册上连个朱姓都没有。

我爹两只肩膀慢慢就垂了下来，继而竟哈哈大笑起来："我分明一九四二年四月随我娘到了花家，怎么会弄丢掉了呢？一个大活人又怎么丢掉呢？"

社长很无奈，他说："花名册上没有名字就不是我社的社员，不是我社的社员就不能在社里劳动挣工分。"又用同情的口吻说，"你说你都二十年没回家了，会不会弄丢到别的社里了，或者还在你老家的社里没有过来呢？"

社长又说："你这个群众也不要着急嘛，要不这样子嘛，我给你开个介绍信，你去派出所那找找户籍登记。"

我爹这才醒悟过来，他赶紧向社长作揖下跪。"谢谢社长，谢谢社长，谢谢社长大老爷。"我爹一紧张就语无伦次了。

社长也慌了，他搀起我爹，批评道："你这个群众咋一点觉悟都没有。社会主义新中国不兴下跪的。"他拿起笔写道：

证明

灯盏镇公安派出所：

兹有人名（民）群众朱哈喇子于一九四二年四月离开原籍，随母昏（婚）嫁到灯盏镇光明公社，现光明公社社员花名册上没有该同志，请协助该同志调户籍底册查询，为盼。

灯盏镇光明公社
Ｘ年Ｘ月Ｘ日

我爹又谢了社长，拉着我娘揣上证明，兴冲冲地去了派出所。

公安帮我爹认真查了新中国成立后至一九六四年间迁移人口的档案，并没有查到一个叫朱哈喇子的从何地迁入本地。我爹又让人查了我奶奶的底册，我奶奶的户籍底册上明明写着一九四二年四月因婚嫁迁入灯盏镇光明公社花记篾匠店。

5

回到花记篾匠店，我爹闷闷不乐，也不是闷闷不乐，而是百思不得其解：自己明明随着母亲续嫁到了灯盏镇，花家户籍底下写着母亲的名字，他朱哈喇子的名字却像人间蒸发了。名字蒸发了，也就意味着他这个人也蒸发了。

一个人的名字消失了没关系，反正他朱哈喇子也不是什么显赫的人物，不叫他朱哈喇子，叫他小狗小猫都可以，名字本来就是别人叫唤你的时候才起作用的。没有名字我还是朱哈喇子。我爹这么想着，可掉过头来想，事情并不是一个名字那样简单了。社长说了，没有名字，他就不是灯盏镇光明公社社员，不是光明公社社员，他就无权参加生产队劳动。无权参加生产队劳动，他就挣不到工分，挣不到工分就分不到口粮。分不到口粮，他一家就得在花家白吃，白吃就要挨白眼、挨冷语。这还是小事，朱哈喇子的名字找不到，他老婆的名字就没地方投靠。夫妻俩的名字都在公家的花名册上找不见的话，他们子女的名字也只能在别人嘴里喊着。可名字又不光是喊的，我姐我哥还要上学读书，还要结婚生子，我还要来到人间，这一切都需要公家开证明。没有名字，公家又凭什么帮你开证明？

对了，也不是没名字，是公家根本就不承认你这个人的存在。

我爹这么一理思路，身上的汗就冒出来了。可是，光冒汗也解决不了问题呀。

我爹没好意思张口问我奶奶，他怕这么冒冒失失地去问我奶奶，会伤害我奶奶。

他把亮瞎子爷爷搀到角落，嘴巴贴着亮瞎子爷爷的耳朵。

"师傅，跟您打听个事。"我爹一直尊称亮瞎子爷爷为师傅，他从不像街面上的人那样一口一个瞎子地叫唤。他跟亮瞎子爷爷闯荡了二十多年，早结下了父子般感情。

"我听着呢，你说。"亮瞎子爷爷将耳朵往我爹嘴巴那边送了送。

我爹犹豫着，他显然在想着用什么样的方式跟他师傅说话。

"我听着呢，你说。"亮瞎子爷爷提醒道。

"是这样的，师傅。您知道我当年是怎样到灯盏镇花记篾匠店的吗？"

"从濑水河上坐船过来的呀。"亮瞎子爷爷笑了。

"我不是这个意思。"

"那是哪个意思？那天花老太太还在段胖子说书院包了场。你小子不在前台看戏，一个人跑到后台在演青衣的邹先生戏袍上撒了一泡尿，害得花老太太还赔了二两银子呢。"亮瞎子爷爷眼睛全瞎后，对往事的记忆却越发清晰，回忆起来像昨日刚发生过。

"师傅，我真不是这个意思。"

"哦，对了，当时一条街的人都唤你小油瓶呢。你整天流着哈喇子，街坊们后来就叫你朱哈喇子。"亮瞎子爷爷用右手拍着握拐杖的左手的背，栩栩如生地回忆起了过去。

"对，对，师傅，朱哈喇子，我的名字。"我爹眼睛一亮，他认为他抓住了问题的要点，他问的就是怎么弄丢名字的事。

"我的名字呢？师傅，我的名字不见了。"

"你的名字不见了？"亮瞎子爷爷显然被我爹的话问懵了，他伸出右手抖抖索索在寻找我爹的脸，他想用手试试我爹是不是发烧说胡话了。

"好端端的街坊邻居都在叫唤着的朱哈喇子的名字怎么会丢掉？你这个呆子，该不会发烧把脑子烧坏了吧！"亮瞎子爷爷和我爹单独相处时喜欢叫我爹呆子。

"师傅，我的名字不是在街坊邻居那里丢了，而是丢在公家那本本上了。"

"街坊邻居那里都没丢，怎么会在公家那里丢掉呢？欺负师傅眼睛看不见，在编瞎话。"

我爹便附着他师傅的耳朵，把他去社里要求挣工分，得知名字丢了，不得参加社里的劳动，又去派出所找，派出所也没找到他的名字的事一五一十地跟他师傅复述了一遍。我爹又十分担忧地说："师傅啊，我的名字丢了是小事，可这样一来，我媳妇、山菊、山峰的名字也丢了。他们的名字丢了也是小事，可没有名字，闺女、小子就没法读书了。"

亮瞎子爷爷这才听明白我爹说话的意思，听明白了才知道问题的严重性。

"这可不能丢。这么一个大活人怎么会丢掉呢？"亮瞎子爷爷也犯疑了。

我爹蹲在亮瞎子爷爷身边，双手捧着脑壳。

"那个公安同志说，让找人帮我证明我就是朱哈喇子。"

我爹撅着屁股，他一定很生气。他在外面漂泊了二十多年，咋就需要找人证明自己呢？

"证明就证明，走！找你娘去，你是你娘生的，她还证明不了自己的亲生儿子？"亮瞎子爷爷拄着拐杖，颤颤巍巍地站起来。

我爹却赖着不走。他说："师傅，找不得我娘呀？"

亮瞎子爷爷生气了："你是你娘生的，咋找不得你娘？"

我爹说："我娘到花家又生了五个弟弟，三个妹妹，在花家已经生了根，我在外面流浪了二十多年，我不能因为我的事，因为我的突然到来而破坏花家的完整。"

亮瞎子爷爷说："怎么叫破坏花家的完整？你不跟你娘说，又怎能证明你是朱哈喇子呢？"

我爹说："还有一种可能，那就是他们根本没想把我的名字报到公家。"

"废话，他们？他们是谁？你娘？你花叔？还是过世的花老太太？他们为什么不想把你的名字报到公家？是嫌你多余还是嫌公家多余？你这榆木疙瘩呆头呆脑，不把事往明里想，白跟我老瞎子闯荡二十多年了。"说着，亮瞎子爷爷拎起拐棍，照我爹劈头就是一棍。

猛挨一棍的朱哈喇子自然不服气，他一手抚着痛处，一手扶着亮瞎子爷爷，嘀咕着："我一辈子挨你的拐棍还少吗？你都说了，等我娶了媳妇就不揍我了，可我现在女儿、儿子都有了，你还揍我。"

亮瞎子爷爷狠狠地说："你不把事往明里想，我就揍你一辈子。"

6

朱哈喇子牵着亮瞎子，带着他娘去了灯盏镇公安派出所。

我奶奶要当面向公安同志证明朱哈喇子就是她儿子。

公安问我奶奶："谁又能证明你是他娘呢？"

我奶奶理直气壮地说："我丈夫能证明。"

公安说："你丈夫呢？"

我奶奶说："死了。"

"死了？死了就是死无对证了。"公安同志突然板下脸来说，"户籍制度是社会主义建设中的一项严肃制度，随便拉一个人证明一下就入户籍，那不乱套了。要是一个潜伏的特务或美国帝主义的走狗，那怎么办？社会主义国家还要建设不？"

"我不是一个随便的人，我是他娘，亲娘，就像你娘和你一样。"我奶奶生气了，"我儿子不是特务，更不是美帝国主义的走狗。他是我儿子，亲生的。"我奶奶怎么知道美帝国主义在哪里。她只知道朱哈喇子是她儿子，这件事就这么简单。

我奶奶又说："我丈夫不死的话，我也不会再嫁到灯盏镇花家了。"我奶奶显然情绪激动了。"今天也不会来烦你这个公家人了，我们会好好在黄泥滩朱家村过自己的好日子。我儿子就是我儿子。公安同志你说话有问题，不能因为我丈夫死了就死无对证，莫不是我的儿子从石头缝里蹦出来的？"

我奶奶主事花家十年来，已经锻炼得泼辣干练，波澜不惊。

那个公安毕竟年轻，他本来想用规定、政策、文件这些冷硬的面孔来唬住我奶奶，没想到被我奶奶给震了回去。

亮瞎子爷爷一直听着奶奶与公安的对话，见我奶奶说话有了火药味，他出来打圆场："嫂子，你也别急，公安同志也是公事公办。"

公安是个见机行事的聪明小伙子，他立即接了话："这样吧，老婶子，我这里的确没有朱哈喇子的户籍底册，你不妨回原籍去查查。据我了解，黄泥滩的朱家村是农业户口，农业户口转到非农业户口是有限制的。"

亮瞎子爷爷探头过去，急切地问："那有办法不？"

公安这回比他们刚进门时态度温和了许多，他建议道："第一步要到他出生地找到朱哈喇子的户籍底册，再找到证人证明他在某年某月什么原因迁来灯盏镇。"

公安又说："事情都过去二十多年了，这事办起来还是棘手。关键是找当事人困难了，一九四二年全国还没解放，还没建立户籍制。"

一直没有说话的我爹开口了，他说："公安同志，照你这么说，即使在原籍找到了名字，原籍农业户迁到这里灯盏镇非农业户也是困难的咯。"

公安说："办法总比困难多。我这里事多，就不多留你们了。"公安等于下了逐客令。

我奶奶还想争辩什么，我爹拉住了我奶奶，说："娘，明儿我去趟老家朱家村，我就不信活生生的人找不见名字。"

我奶奶说："那我陪你一道去，老家的人我比你熟，你都出来二十多年了，老家的长辈都认不得你了。"

我爹搀着亮瞎子爷爷走下派出所台阶时，对我奶奶说："娘，明儿还是我一个人去吧，花家一大摊子事情离不了娘。"

我奶奶眼眶湿润了，她嘤嘤泣泣道："我的儿子在外面流浪二十多年，吃了二十多年苦，回到家了却找不到自己了。呜呜，这是哪辈子作的孽呀。"

亮瞎子爷爷劝我奶奶："嫂子，你也别自责，保重身体要紧。每个时代为了活命都有妻离子散的事，我们这不是好好回了家了吗？你儿子朱哈喇子还给你带来活蹦乱跳的孙女孙子，你都做奶奶了，该是有福之人了。"

谁知我奶奶听了亮瞎子爷爷的话哭得更凶了，捶胸顿足，嘴里还号着："我苦命的儿哟，我作孽了哟。"

我奶奶这么一号，大街上的闲人都围拢了过来。

我爹生气了。"娘，你这是干吗呢？多大的事呀，非让一条街都知道。"

亮瞎子爷爷也劝我奶奶："嫂子，你莫悲伤了，哪个人一生不遇到点坎呀。莫哭了，莫哭了。街坊们知道你儿子在公家没有名字，你会很没面子的。"

听亮瞎子爷爷这么一说，我奶奶才抹掉了脸上的泪。

7

第二天一早，我爹将亮瞎子爷爷、我姐姐朱山菊、我哥哥朱山峰托付给我奶奶和我花爷爷，他带着我娘启程准备去他的衣胞地找他的名字。

我奶奶本来一再要求同行的，被我爹挡了回去。

我二叔花箩筐见我奶奶不舍得大儿子，他也要跟我爹去，我爹拒绝了。

"又不是打仗去，人去多了反而不好。你在家帮衬着娘和花叔，我跟你嫂子两人就行了。"我二叔花箩筐比我爹小六岁，已经是生产队里挣全额工分的大小伙子了。由于缺少营养，面黄肌瘦，身材长得像我花爷爷手中那根竹条似的，一阵风可以把他从南街刮到北街。

临出门时，我奶奶从柴房里跑出来，一再嘱咐我爹，去了老家先找到大伯伯朱伯温先生，他是个老中医又是私塾先生，有文化，家族里的事都由他拿主意。

我爹应诺着，牵着我娘的手，沿着濑水河向他的老家走去。

我奶奶后来告诉我，有一件事让她抱憾终身。我爹我娘去老家前，我奶奶忙着在柴房哭泣，她竟忘了给她儿子、儿媳准备些在路上吃的菜饼子、糠粑粑。

我爹他们去老家时，已经是中秋之后，他们根据我奶奶的指点，沿着濑水河滩往东，一路走去。

傍晚时分，我爹他们不知走了多少路，还有多少路。我奶奶说的，只要沿着濑水河一直走下去就能找到朱家村，找到老家。可是，现在面前却出现了两条河：一条河被分成了两条河。该沿东南那条支流走，还是东北那条支流走，我爹犹豫了。最要命的是我爹他们早上出门的时候一点口粮都未带，也想带，可我大姑姑的眼睛瞪得比牛眼珠子还圆。

现在咋办？人是铁饭是钢，不吃不喝三百多里能走到底吗？

"要是把师傅的二胡带出来，随便到谷场村头拉个场子，我和哑婆子混顿饱食该是没问题，可是……"我爹这样想着越发可怜心疼起我娘来了，他后悔当初不该把哑妻叫出来跟他受罪。他牵着我娘，在濑水河边的河滩上找了一块干净的草地，他让我娘坐着休息一会儿，他去找点吃的。

这时，我娘看见坝上远远走来一个骑在牛背上的牧童，她用手给我爹比画着。

我爹向牧童走去，向他打听着去黄泥滩朱家村该沿东南支流还是东北支流走。牧童挖了半天后脑勺，顺手向东北方向那条支流指去。

听牧童这么一指点，我爹就拉起了我娘，他想不能光赖在杂草丛生的河滩上呀，必须在天黑之前去有人的村庄。只要有人的地方，讨口水喝，讨碗稀粥总该没问题的。

我爹和我娘沿着濑水河东北支流越走越远，走着走着，满地满坡荒草葳蕤，分明没有了前行的路，难道牧童指错了路？走出不到五里光景，天就抹黑了。

中秋之后的白天黑夜温差很大，我爹我娘出门时穿的义是单衣，中秋之后的风不像冬天的寒风那么粗粝、泼辣，也不像夏天的风那么热烈、淫荡。秋天的风细腻、伏贴，它不是从濑水河上吹来的，它是一点一点慢慢地黏上你，缠着你。问题就来了，这样的风一旦落到你身上就不走了，那种凉意一黏上皮肤就浸入骨缝，我娘就哆嗦一下，我爹的心也跟着哆嗦一下，他已经后悔把我娘带出来吃苦。

天越来越黑了，是中秋节之后最黑的一个夜晚。根据白天的观察我爹他们走的那条河的河堤大坝两边的河坡上灌木丛生，荒草萋萋，根本就没有吃的。从一侧大坝下去，蹚过一条小沟，倒是有一片片成熟的稻田。我爹沿途看到有黄豆、红薯这些可爱的作物，可那是集体的，偷不得。

我爹对我娘说："老婆，咱俩在河坡的杂草间摸摸，说不定能摸到一颗野黄豆来。"

我爹在河堤东面的坡面杂草中摸着，我娘在河堤西面的坡面杂草中摸着。

突然，我娘"哇"地尖叫起来。我爹赶紧跑到我娘身边，我娘将两只手举在半空，"哇哇"尖叫着，哭着，跺着脚。我爹不知发生了什么，他把我娘的手捧在手心，他感觉我娘的手湿湿的黏黏的，一股血腥味就扑进了我爹的鼻孔。

我爹着急，他掏出火柴划了一根，照见我娘手上全是荆棘划的一条条血痕。手掌上还清晰可辨扎在肉里的一根根荆棘。我娘的双手在我爹的手掌心里哆嗦着。

爹用脚在草叶葳蕤的河坡上，摸索着找到一块没有灌木和荆棘的杂草滩，让娘蹲着，他拔来一堆枯草，点燃，借着火光，一根一根拔掉扎进娘手掌的刺。爹又脱下上身的短褂，去河里淘了淘，帮娘擦净手上的血。

忙完这些，我爹让我娘坐在原地别动，他起身翻过河堤，淌过一条小沟，摸到一片红薯地，用手刨出几根红薯。

我爹将洗净的一根红薯递给我娘，我娘正往嘴巴里递时，河堤大坝上突然齐刷刷地亮起了两束刺眼的手电光，一高一矮两个持枪的民兵站在了他们面前。

我爹和我娘被用麻绳捆着，带到一个四周围着高高的土墙大院里。我娘老远就闻到了猪屎味，那暖烘烘的猪屎味刺鼻而清香。我娘突然想到了一只只可爱的小猪崽在你拱我拱地争抢食物，这一幕让她心里暖暖的，她甜蜜地笑了一下。

这时，矮个子民兵冲亮着灯的房间吼了一声："队长，人带来了，咋弄？"

那窗前灯光明显闪了一下。里面有了声音。

"几个？"一听就是队长的声音，洪亮粗犷，是社员上工前经常强调纪律、分配工种的那种声音。

"两个。报告队长，一男一女两个。"高个子民兵耸了耸肩上的步枪背带，脑袋向亮灯的窗户凑了凑，说，"报告队长，我家三娃看牛时看到两个人，真是贼，偷了队里的红薯，现在逮到了，我家三娃有功呢。"

矮个子民兵在高个子民兵的腔上踹了一脚，嘀咕着："人家只挖了两只红薯，咋就成贼了？"

矮个子民兵还想说什么，亮灯的屋子又传出话来。

"一间屋子关一个，不得让他们串供。把男的押到我这里来，我要亲自审审。"队长命令道。

我爹被拉到了队长屋里，我娘被矮个子民兵押到另外一间黑屋子里。

因为担心我娘的安危，我爹一直挣扎着。押我爹的高个子民兵见我爹挣扎，冲上前朝我爹后背就是一枪托，嘴里骂道："贼骨头，见了队长还不老实点？"

队长是一个比高个子矮、比矮个子高的中年人。他盯着我爹半晌不说话。

我爹环顾了一下屋子，其实是一间猪舍。后半间用栅栏围着，两只成年的肉猪趴在地上，睁着惊恐的眼睛，紧张地看着眼前的一切。那股温暖而热情的猪粪味又迎面扑来，正好与我爹撞了个满怀，我爹咳了一下。

屋子前半间只有一张短凳，队长坐在短凳上，一盏没有灯罩的煤油灯搁在墙窗上，惶惶地张望着屋里的每张脸，害羞地扑闪着。

高个子耐不住了，他冲我爹后腔端了一脚，嚷道："贼骨头，见到队长还不下跪，我们队长可是区上的劳模呢。"

队长冲高个子民兵摆了摆手，吼道："扯淡！别添乱，新社会不兴下跪。"

高个子民兵耸了耸肩上的枪带，叨叨着："我不叫扯淡，我叫粪球。"站在了一边。

队长正襟危坐，目光凛凛，问："叫什么名字？哪个村的？"

"朱哈喇子。"

"朱哈喇子？日本人？"队长眼珠子瞪得老大，高个子上前一只手掐着我爹脖子。

"我不是日本人，我是黄泥滩朱家村生的，流浪长大的。"我爹答，实话实说。

"流浪长大的？那就是流氓咯。"高个子民兵插话，腾出另一只原本持枪背的手，抽了我爹的后脑壳。

"流氓老实点。"

"滚一边去，那叫流浪。"队长呵斥高个子民兵，又问我爹，"黄泥滩朱家村人为什么不在生产队里好好劳动，而出门流浪？"队长说话就是干部语气，他眼睛里掠过一道逼人的寒光，墙窗上的煤油灯吓得扑闪了一下。

"我娘续嫁到灯盏镇，我随我娘去了灯盏镇。"我爹害怕队长的眼睛，不敢与他正视。他尽量想解释得全面一点。

"你在撒谎。"队长站了起来，眼睛盯着我爹。

"你分明在撒谎。"队长强调我爹撒谎，"灯盏镇的吴社长我认识，我们还一起在区里开过表彰大会。你说你流浪了二十多年，吴社长那次上主席台做典型发言，介绍了灯盏镇在国家危难时期，没有出现一个老百姓外出逃荒流浪的，难道吴社长撒谎？他一个党员，一个参加过解放战争，参加过抗美援朝战争的老干部会撒谎？自然不会。那么谁在撒谎？"

队长看着我爹的眼睛，他希望从我爹的眼神中一下子挖出答案。我爹由于早上到现在连水都未进过一滴，又被拇指粗的麻绳反绑了那么久，他又饿又困又冷，眼皮耷拉，无神地看着自己那双被荆条刺出条条血痕的脚，脚上那双破布鞋已经在两个民兵的拉扯中丢了，血流满了脚面。

队长顺着我爹的眼神看下去，动了恻隐之心，他从角落里找出一双草鞋让我爹穿上。

"吴社长在先进交流会上，特别强调了灯盏镇根本没有一个逃荒要饭的，流浪在外的。"队长强调。

我爹这时才从梦中醒来，他回答队长："我是一九四二年八岁时，随我师傅出门卖艺的。今年才回到灯盏镇，我到社里参加劳动，吴社长说我名字丢了，在灯盏镇光明公社找不到了……"

"等等，等等，你说什么？"队长听糊涂了，他打断我爹的话，"名字丢了？你刚说你叫朱哈喇子，怎么这会名字又丢了呢？"

"不是这么一回事。"

"那又是咋回事？"队长满脸疑惑。

"我的名字在公家丢了。"我爹认真地解释。

队长听了竟哈哈大笑起来："公家把你的名字丢了？真是天大的笑话。"

"队长同志，我的名字确实在公家找不到了，你认得吴社长，不信下次开会你碰到他可以问一问。"

这时高个子民兵凑到队长跟前，耳语了几句。队长点了一下头，嘱咐了一句"不要乱来"。叫粪球的高个子民兵去了关我娘的那屋。

队长继续问我爹："那个女的又是谁。"

"她是我媳妇。"

"你媳妇，叫什么名字？"

"不知道。"我爹可能真的渴了，他巴巴地望了一下队长，"能给我一碗水喝吗？"

队长没有搭理我爹，他目光冷峻起来，连着呵呵几声。

"你不知道你媳妇叫什么名字？"

"她是哑巴。队长能不能给一碗水喝？"

"少打岔，小狗小猫都有名字，哑巴又咋啦？就不能有名字了？"

"我遇到她时她就是哑巴了，我不知道她爹娘给她取的什么名字，我和师傅一直叫她哑巴。"我爹老实地回答。

"那她那个村的"

"不知道"

"不知道？"

"不知道。"

"不知道？莫非是你拐来的？"

"不是拐来的，是路上遇见的。"

"撒谎，天下有这般好事，你路上再遇一个我瞅瞅？"队长当然不信我爹的话。

这时，突然听到对面猪舍里我娘"哇哇"的号叫声。由于叫声过于尖利，把睡着的猪都惊醒了。它们睁着惊恐的眼睛在猪圈里四处狂蹿着，乱拱着。有一头母猪带着它一窝小猪崽，像新兵连一个班出操的士兵，紧张，慌乱，首尾不顾。

我爹也叫了起来："别吓着我媳妇，她是个哑巴。"我爹边叫边挣脱着，样子有点狼狈。

我娘还在号叫着，听着像是被绑着受到了侮辱。

我爹又求队长："队长，红薯是我偷的，我是贼。别吓着我媳妇。"

队长说："一进门我就发现你这人不老实。偷红薯是小事，做人本分才是大事。"队长还想说什么，这时对面屋子传来"咚咚"的撞门声。

队长冲屋外吼道："嘎巴、粪球，出殡了吗？闹这般动静。可不能乱来哦。"队长很生气，他在吼高个子和矮个子民兵。那两个民兵在审我娘。

队长吼完后，把门关上，突然指着我爹的鼻子，提高嗓门说道："你，不管你叫不叫朱哈喇子，你今天偷了生产队的红薯，你来路不明，还拐带着一个妇女。我作为红旗大队第二生产队队长，作为一名共产党员，作为一名劳模，就是要查你个水落石出……"

队长还想说下去，高个子民兵慌慌地撞开门。

"队长，不好了，那女的……"他看了一眼我爹，把嘴贴近队长耳边嘀咕着。

我爹一听高个子民兵说不好了，就知道我娘出事了。他跳了起来，大喊大叫："放开我。放开我。我媳妇是哑巴。红薯是我偷的，与我媳妇无关。"

队长跟着高个子民兵去了我娘那间猪舍，他们没一个人理会我爹。

不一会儿，关我娘那间猪舍又传来了撞击声和我娘的"嗷嗷"号叫声。隔着一个院子传到我爹耳里，那声音简直就是过年前生产队里杀猪时，那猪临死前的哀号。我爹急了，可他那双手被反绑在猪舍栏杆上，动弹不得。他伸过脖子，想用嘴咬断绑他的粗麻绳。我爹知道这是白费力气，可是他还是要这么做。不这么做，他也没有其他办法。其实，当时他偷红薯时，已经发现一高一矮两个黑影在向他围拢，我爹不是没想到他们是生产队捉贼的，但那时他太饿了，我娘也太饿了。吃两根红薯被人逮住了，无非一顿训斥。他在外流浪二十多年，瓜田李下没少干过这事。往日，偷人家一个李，被主人逮住了，他会拉出山菊、山峰，说给孩子解个馋。碰到好心的主人，骂过之后也许还会再摘几个送给他，嘱咐他别饿着孩子。今天，他也想，如果被逮住，他再笑呵呵给人家赔个不是。多大的事呀，不就两根红薯吗？可今天不行，那一高一矮两个中年人已经早有准备，他们不容分说，上前就用粗绳将我爹我娘套住了。按说，我爹一个人反抗，掩护我娘逃跑也来得及，也有机会。

可是，我爹不敢。不敢不是那两个民兵有多大力气，而是他们肩上背的家伙，是枪。他跑得再快，他们只要一扣扳机就把他撂倒了。再说了，那个高个子绑他时就已经警告他："畏罪潜逃，老子的枪子弹可不长眼睛。"我爹不愿意因为吃两根红薯而被扣上畏罪潜逃的帽子，白白死在这荒凉的濑水滩涂。

我爹在被缚着押回猪舍的路上也想了。今晚正好没地方过夜，押回村子也有一个避风避寒的小屋子让他们过一夜。过一夜就没事了，多大的事呀，不就两根红薯吗？可是，我爹又想错了。

这样想着我爹就急了，他的嘴够不着绳子，但他的脚是自由的，他就用脚猛踢猪舍的门。每踢一脚，那门又反弹回来；又是一脚，又反弹回来。如此一来一回不是为了踢门，他是为了弄出动静。弄出动静也不是为了吓唬谁，他是为了把队长和一高一矮两个民兵吸引过来。他知道我娘虽然是哑巴，但脾气特拧，我娘的脾气拧也不是坊间说的"十个哑巴九个拧"的那种拧，坊间说的那种拧是一种蛮横不讲理的拧。而我娘的拧体现在讲道理上，一个哑巴讲道理能讲得清楚？她比画着手势，"哇咿，哇咿"半天，可你听得懂她说了什么道理吗？你听不懂就会不耐烦，就容易浮躁；这时我娘就更拧，她还是比画着手势，"哇咿，哇咿"在跟你讲，声音却明显提高了八度。世上还有另一种事情，我娘"说话"我爹能听得懂，我爹听得懂也不是他懂哑语，我爹听我娘说话时，不看我娘的手势，也不看我娘的嘴型，他单看我娘的眼神。而这些，队长和一高一矮两个民兵哪能理会，不能理会就会把我娘逼急，逼急了，我娘什么事都干得出——咬人、撞门，甚至操起菜刀砍人。

我爹继续踢着猪舍的门，"哐当，哐当"，一声比一声响，受到惊吓的猪崽像丢了魂似的在猪舍里乱蹿。我爹踢门时，还在嘴里叫喊："红薯是我偷的。我是贼。""放了我媳妇，她是个哑巴。""媳妇别怕，咱没做伤天害理的事。"我爹知道，我娘能听见我爹叫喊，她听见了就放心了。

这时，矮个子民兵从对面猪舍跑过来，他在帮我爹解绑在猪舍栏杆上那条绳时，低声在我爹耳边嘀咕着："老兄啊，我看你也不像个顽固不化分子，你就老实点交代吧，免得白天遣你们去公社派出所遭罪。"

我爹不明白了，该交代的都交代了，怎么还要老实交代？

矮个子把我爹牵到了关我娘的那间猪舍。那间猪舍里点着的煤油灯里的油快燃尽了，灯光一直在扑闪扑闪地跳跃着，像一个快要断气的老人，已经一口气接不上一口气了。

猪舍光线昏暗，我爹还是看到了蹲在角落的我娘，还有脸上红紫的掌印和头上流着的血。

我爹失去了理智，他瞪着满是血丝的眼睛，一一扫视着队长、高个子民兵、矮个子民兵。

最后，他的目光突然落到队长身上。就在队长发愣的一瞬间，我爹突然用头向队长猛撞过去。突然的撞击力让队长失去重心，他摇摆了两下，一个趔趄倒在了猪舍。

我爹的手被绑着，他想用脚去踹队长，他咆哮着："欺负一个哑巴女人，老子踹死你。"

可我爹这一脚还未踹下，他的眼睛突然一黑，双膝重重地跪了下来。黑暗中我爹听到我娘凄凄无助的哭声，还有队长对高个子民兵的咆哮声："扯淡！添乱！逞能！谁叫你乱来？"

矮个子民兵去搀扶队长，他接着队长的话茬抱怨高个子民兵："不听队长的就是目无组织纪律，人家女的明明是个哑巴，不能说话，非要抽人家大嘴巴子，叫她开口，一个男人打人家一个女的害羞不？还下手这么重，这回又用枪托打一个被绑着双手的男人，你太丢脸了。"

高个子很委屈，他嘀咕道："我这不为了保护队长吗？我看他袭击队长，我怕队长有意外。"

"滚一边去，把你双手绑着，看你能我把咋的？"队长呵斥道。

队长又对矮个子民兵说："现在就下结论说这两人是叫花子还为时过早。"

他们在说话那一会儿完全忽略了蹲在地上已经血流满脸的我爹。我娘看见后，吓得嗷嗷直叫。

队长才注意到脸上挨了一枪托的我爹和他满脸的血，他的脸色突然有了变化——扭曲难看，像船长在大海突遇一个大浪，一下子失去方向，失去主意。他指挥着矮个子民兵："快，快给女的松绑。"

我娘被松绑后，撕下一块衣服下襟帮我爹擦着不断溢出的血。可是，那血竟像长了翅膀的红色小虫子，一拨一拨地不断从我爹的嘴巴里飞出来。我娘吓傻了，她干脆不擦，双手十指并拢贴在我爹的嘴下。突然我爹被一口血呛着，他咳了一下，两颗门牙就吐在了我娘的手心里。

队长、高个子民兵、矮个子民兵见此景，面面相觑，不知所措。

队长毕竟是队长，有主心骨。他踹了高个子民兵后腚一脚，吼道："还不赶紧去请万医生。"

高个子民兵一手扶着枪背，一手摸着后腚跑了出去。

队长又蹲下身子亲自为我爹松了绑，矮个子民兵给即将断气的煤油灯加了油，又从井边打来一盆水。我娘在帮我爹清洗脸上、脖子上的血的时候，手一直在发抖，抖得有点自己把持不住。

血还在从我爹的嘴里像虫子一样飞出来。我娘让我爹抿紧嘴巴，她想让虫子不要飞出来，她很害怕这些红色的小虫子。不让它飞出来，那些虫子就往肚子里爬，我爹一口一口在"咕咚咕咚"地吞咽着，有一口吞慢了，那一簇簇小虫子竟从我爹的鼻子里飞了出来。

我娘吓得哇哇大哭。队长和矮个子民兵不时把头伸向窗外。

8

万医生是个兽医，他从未给人看过病，一看我爹这伤势，心里打鼓。他嗫嚅着向队长求情："我一直帮猪、牛、羊治伤看病……"

队长一手抚着胸，一手指着万医生，用命令的口气说："老万，今天我告诉你，不要忘了你还是小资产者身份。"

万医生边像鸡啄米一样点着头，边用讨好的口气说："我医，我医，我……可是，队长，粪球叫我时只说生产队一只猪被倒下的墙砸伤了，他没说是人啊？"

万医生十分为难。

队长跳了起来，他一跳，胸前被我爹撞过的部位又在疼了。

队长说："少啰唆，当猪当牛医。快，耽搁了事你负责。"

听队长这么一说，高个子又开始对万医生咋咋呼呼了："队长让你咋医你就咋医，这猪跟人不一样吗？"高个子吼万医生。

队长真的很生气，他一巴掌拍向高个子后脑袋："就是你跟猪一样，干的好事，滚一边去。"

"队长你怎么骂人，我可是听你指挥的好社员哪……"

不等高个子说完，万医生抢着说："队长，你得赶紧派人去三里地的罗湾站大陈医生那里取些消炎药、止血药。我这就清理伤口，越快越好，迟了怕失血过多会有生命危险。"

队长指着高个子说："粪球！你去！"

高个子嘀咕："怎么又是我跑腿呀？万医生也是我请的。这回该嘎巴去了。"

队长吼道："少啰唆，快去。"

高个子背着枪正准备出门，队长又说："回来，把枪给老子放下。别半路上又走了火。"

我娘蹲在我爹后面，把我爹的脑壳撑在她胸前。万医生用蘸着酒精的药棉清洗我爹脸上的伤口，边洗边皱着眉头说："伤得不轻啊，上嘴唇都烂了，两颗门牙也掉了。"

万医生也不敢多说话，他怕说多了队长会说他立场不稳。万医生毕竟是兽医，他见我爹痛得冷汗直流，无所适从，他的手也在发抖。

粪球取来药后，万医生帮我爹敷上消炎粉，又让我爹吃了两片止痛药。这一折腾，天慢慢亮了。

送走万医生后，队长把矮个子民兵嘎巴叫到一边嘀咕了几句，他又叫上高个子民兵粪球，打着哈欠回村去了。

矮个子民兵嘎巴伸着懒腰，打着哈欠，打开了关我爹我娘的猪圈门。他给我娘递上一袋子煮熟了的红薯，我娘紧张而惊恐地看着矮个子民兵，她不敢接他递来的红薯。

矮个子民兵蹲下身子对我爹说："老哥呀，我知道你们不是坏人，揣上这些红薯，带上老嫂子赶紧走吧。别等天亮后粪球报告了大队，叫民兵把你们送到公社再遭罪了。"

我爹将信将疑，我娘仍惊恐地躲在我爹身后。

我爹与嘎巴对视了足足半刻钟，我爹一直在思考矮个子民兵说话的可信度，他害怕他和我娘一旦跑出去后，被民兵从身后"呼呼"打两冷枪，最后还落个畏罪潜逃的罪名。他不能这样不明不白地死掉，他的女儿才八岁，他的儿子才六岁。嘎巴像看出了我爹的心思，他拍了拍我爹的肩。

"天快亮了，快带着你的女人走吧。天亮后，社员们上工后你们就走不了了。放心吧，没有人会打你冷枪的。"

多年后，我爹已经将缺失的门牙嵌上了金牙。矮个子民兵嘎巴在灯盏镇赶集遇到我爹时，才向我爹道出了实情。原来，队长故意拉走高个子民兵粪球，留下他放走我爹我娘。队长害怕我爹会死在生产队猪圈里。

9

我爹说，生我那天，我娘挺个大肚子在画眉滩岛河边，筑坝围堤造田，准备春耕，突然就肚子痛得在河边草滩上打滚。我爹前一天晚上在濑水河里打到一条鲫鱼，天没亮就偷偷拿到集市去换盐巴了。听到我娘肚子痛的消息，他盐巴都未来得及取，撒腿就往画眉滩岛上跑。

我娘生我姐朱山菊、我哥朱山峰时，是在卖艺的路上，我姐我哥就是我爹接生的。我出生时，我爹已经是一个相当熟练的接生男了。我爹脱下了我娘的裤子，抓了一把青草让我娘咬在嘴里。他一脚跪地，一脚踮立着，一只手臂揽着我娘的后颈，另一只手臂扬在半空比画着，嘴里大声吆喝着"吆呀么吆泥山"，为我娘鼓着劲。在我爹的连吆带喝下，我像一条蛇一样，从我娘的肚子里游到了草地上。一片耀眼的光扑面而来，一只翠鸟领着一群蝴蝶在我头顶上盘旋着，欢快地鸣叫着。我爹指挥我姐端来一盆茅草灰，他一口咬断连接我和我娘身体的那条长长的带子，把我的头朝下脚朝上，像拎一只小鸡一样把我拎在手上，又在我的屁股上狠狠地拍打着。我忘了是受到惊吓，还是被我爹的巴掌打痛了，我狠狠地哭了起来，哭声在濑水河的九弯弯滩直打旋，以至冲破云霄，传到了四十里外的灯盏镇上我奶奶的耳朵里。第二天，我奶奶火急火燎地从灯盏镇赶到九弯弯滩的画眉滩岛上时，冲我爹说的第一句话就是"我孙子的哭声好响，将来一准是唱戏的料"。

我倒立着在我爹的手掌里哭了半个时辰，我肚里的脏东西吐了一地。我爹见我哭着吐尽了嘴里的脏东西，才将我扔进了我姐端来的茅草灰盆里边。我来到人间洗的第一次澡是茅草灰澡，我爹在我的耳朵里，鼻子里，嘴巴里，胳肢窝里，屁眼里，一遍又一遍地擦着茅草灰。开始的时候我痒得难受，我不停地在我爹手掌心里打着滚。可是，无论怎样挣扎我都逃脱不了我爹的掌心，他那双手像一把老虎钳，死死地咬着我不放。我一度背过气去，我爹也不慌，他只是又抓着我的小腿，把我倒立着，在我的屁股上拍打着，直到把我打得哇哇大哭。

在我能睁开眼睛看世界的时候，我爹就给我派了一份有意思的活——做亮瞎子爷爷的眼睛。

画眉滩岛就像我奶奶说得一样——"牛粪巴巴"一样大的岛，它实际上是濑水河里因激流冲刷、淤泥堆积而形成的一个河中小岛。当年，我爹我娘去黄泥滩朱家村老家找名字，一路历经艰险赶到黄泥滩朱家村后，一打听，才知道满肚子学问、满脑子悬壶济世的朱伯温爷爷，已经病死。

我爹从朱家村无果而返，亮瞎子爷爷出了个主意，他让爹举家搬到离火埂滩不远的濑水滩河中心的画眉滩岛。亮瞎子爷爷说，没有名字在公社落不了户，咱就筑岛围田过自食其力的生活。

篮球场大小的画眉滩岛上，住着亮瞎子爷爷、我爹、我娘、我姐，还有一只被我姐唤作仙女的黑白双色母狗，几条经常在岛屿上游走的花蛇，一群围着亮瞎子爷爷屁股直打旋的苍蝇。

我奶奶常对我爹说，牛粪巴巴一样大的岛，埋一家人都埋不了，靠什么活命？她一直在劝说我爹带我娘离开这个小岛。可是，说归说，她老人家也没办法安置我们一家。

10

我哥哥朱山峰被奶奶做主，抱养给花爷爷的妹妹家做了继子，他已经有了李红兵的名字，成了人间的人，快活而神气地戴上红领巾，背上大叔花笸箩从部队捎来的军用挎包，在灯盏镇光明公社小学读四年级了。

我爹跟亮瞎子爷爷的侄子阿桂学会了在濑水河里捕鱼，用抬网抬，用滚钩滚。我爹还捉乌撇子：叉杆尾系一根长长的细化纤线，线的一端套住手腕；他眯着一只眼老远叉过去，化纤线在空中划一道漂亮的弧，尖利的叉便扎进了静卧在水藻簇丛产卵的乌撇子肉里，弧线的一端在我爹手中收起；一条凶恶丑陋的乌撇子就上岸了，可怜兮兮地瞪着两眼，任凭我爹摆布。

我每天像一个将军一样，跨在亮瞎子爷爷的肩上，巡视着小岛的每个角落。不足百米的小岛，亮瞎子爷爷驮着我每天要转上十几圈，有时甚至几十圈。更多的时候，我一只手抓他一只耳朵，如果让他左拐，我就扭他左耳朵；如果右拐，我就使劲扭他的右耳朵；如果前进，我就双脚使劲在他胸前蹬着；如果前面遇到濑水河波涛，需要停止前进，我就双手抓紧他的双耳，往后拉。

当然，还会遇到意外情况。有一天，我坐在亮瞎子爷爷肩上巡视我们的王国——画眉滩岛，突然，我看到在亮瞎子爷爷前进方向的脚下，有笸箩大一块黑影。我不知道该指挥亮瞎子爷爷前进，还是后退，是左转，还是右转。我双手抓着他的耳朵使劲扭着，双脚在他胸前使劲蹬着。这一折腾，亮瞎子爷爷完全迷糊了，他不知道该前进还是后退，该左拐还是右拐。最后，他做出了最理想的选择，他勇敢地选择了前进。他一脚踩上了黑影，身子左右前后扭了扭，还是没能控制得住，把我像一只篮球一样，呈抛物线扔出去后，才重重摔倒下来。后来我才知道，那笸箩大的一块黑影其实是一泡牛粪。我爹前一天用两条鲢鱼，跟濑水河岸上为生产队看牛的爱贪小便宜的牛倌老针针私下交易，偷偷借用生产队的牛，在画眉滩岛上耕出了一块种蔬菜的地，那泡牛粪就是昨天那头牛拉的。

亮瞎子爷爷摔一跤只吃了一口牛粪，这个对他来说也不是新鲜的事了。他年轻时，眼睛不好使，在茶馆里把鸡屎当豆瓣吃，这事让他同龄人取笑了半辈子。我却被亮瞎子爷爷扔到了"牛粪巴巴"岛之外，"扑通"一声，飞进了濑水河的激流之中。

我爹和我娘找到我时，我已经躺在了十多里地外濑水河上的另一个荒岛的滩涂上了。我爹、我娘和亮瞎子爷爷都说我活下来是一个奇迹。他们在找到我的那天晚上，喝着自己酿的马铃薯酒，唱着，跳着，庆贺着，他们还扮着他们最热衷的傩戏《苏姐姐选婚》。亮瞎子爷爷拿出了珍藏多年的二胡，"吱吱扭扭"拉起了一支伤心的曲子。他们哪里知道，我被扔进濑水河后，一条大鲤鱼就咬住了我，它把我一直驮到了另一个荒岛。我那时还不会说话，所以，我只能保持沉默。我娘本来就不会说话，可是，那天她不说话与她不会说话完全是两种境况，不会说话是生理表现，不说话是心理表现，想说话而不能说是精神折磨。她那天晚上一直在亢奋地哇啦哇啦不知道说着什么。

当天深夜，我爹和亮瞎子爷爷因为又喝又唱闹腾了半宵，早已累得筋抽骨头了。趁他们睡得烂熟，我娘偷偷地撑上阿桂送给我爹捕鱼的那条小船，划到了五里外的柿梅岭。她要干一件宏伟的事业：她要在柿梅岭砍伐竹枝、树干，用竹枝、树干将"牛粪巴巴"岛围起来，不让我再飞出岛外。

我爹和亮瞎子爷爷醒来时，五里外的柿梅岭山间的密林丛中，火光簇拥，人影攒动，那些举着火把向一个地方冲去的社员情绪高昂地叫嚷着同一个词——捉贼。

我爹醒来摸不着我娘后，从床上跳了起来，一下重重摔倒在了羊圈里，黑豆一样的羊粪糊了他满脸。

我爹泅到柿梅岭时，我娘已经被民兵带到了公社。

11

我娘被关在公社院子里的白色蓄水塔底层，那个蓄水塔底层经常关人。花爷爷也在里面被关过半个月。我娘的问题很严重——盗窃罪。

蓄水塔底层不足两平方米，四周没有窗户，里面扔了一堆乱草，一只粪桶。大铁门上安了个小门，我爹给我送奶时，公社的门卫老孙晃动着手里的一串钥匙，打开小门。一束光线惊动了蛰伏在乱草中的虫子，它们扑着光线，在我娘脸上嗫瑟着，叫嚣着。门卫老孙让我娘将奶头挂在窗口，我爹让我隔窗而吮。小窗扑鼻袭来的是黑暗的潮湿、腐朽的霉酸、粪尿的臊臭味。我在我的王国——画眉滩岛上闻惯了温暖的阳光味和甜美的雨水味，我哪遭遇过如此强烈的味觉落差，我吓得双脚乱蹬，哇哇直叫。

我坚决拒绝吮食。

我的哭声吸引了大楼里的公社干部，他们一个个从窗户伸出脑袋，有一个长鼻子的公社干部走出办公室，截了我爹，严肃地说："你媳妇态度恶劣，公社审她几次，她都拒不认罪。"

我爹说："我媳妇是哑巴，不会说话。"

干部说："关键是态度。你媳妇的态度怕是要加重处罚。"

我爹仍要申辩。

长鼻子公社干部不耐烦了，将衣袖往我脸上一拂，瞪了我爹一眼："我说的是态度。"

他说完扬长而去。

我在我爹怀里吓得哇哇大哭。

我爹抽了我几下屁股，说我没出息，只知道哭，害得我娘被关进了水塔。

大人们都说是我的哭声救了我娘。因为我不愿意吊在窗口吃奶，后来我饿得连哭声都变了，公社干部都说像山里面刚生下来的狗獾叫，听起来十分吓人。他们把娘关了三天就放了。也不是放了，而是让娘每隔三天来一趟公社，汇报思想。

起先，我爹每隔三天带娘来一趟公社，可是，我娘来了也白来——她不会说话，汇报不了思想。来了两趟后，公社的干部也烦了，说要将我娘属地教育改造。可是属地教育改造也遇到了麻烦：我爹我娘没有户籍，哪个大队也属不了，哪个大队也不愿接收。

这件事情让吴社长知道了。吴社长认识我爹，他给我爹想出了一个好办法：公社成立文艺宣传队，我爹和亮瞎子爷爷在外行艺二十多年，自然是最合适的人选。

这本来是一件天大的好事，镇上有好多人削尖了脑袋想进来，想戴罪立功，吴社长都不同意。吴社长看中我爹的厚道，有口才。可是问题还是来了，我爹他们去了文艺宣传队，我娘、我姐、我怎么办？我爹想把我们送到我奶奶那里，我爹是绝对不忍心将我们丢弃在一个四面是水的荒凉小岛上的。可是我娘一手抱着我，一手紧攥着我姐，嘴里哇哇叫着，死也不从。我爹说这是他和我娘认识以来，我娘第一次与我爹对抗。

12

我爹参加公社文艺宣传队后，经常下乡，有时候一住便是十天半个月。临行时，亮瞎子爷爷嘱咐阿桂要照顾好我们母子三人，就这样阿桂来到了我们的小岛上。阿桂爹娘大饥荒年代吃多了天目山的观音粉，相继得浮肿病去世，阿桂用草包埋了爹娘后就成了孤儿。阿桂不仅一身蛮力，而且是濑水河里的捕鱼高手。一个猛子扎进濑水河，半天才见河面上有咕咕的气泡，人还没浮上来，鱼已经扔上了岸。那是一条鳜鱼，上了岸仍张着尖利的鱼鳍，秀着肥胖的肌肉，一副谁也碰不得的不可一世的傲慢模样。我娘才不管呢，她总是先剪掉尖利的鱼鳍，然后开膛，红烧炖汤都由我娘说了算。阿桂除了捕鱼，还帮娘和姐姐筑堤围岛，他用他的小木船给画眉滩岛运来一船又一船的泥巴。我们的小岛在一船船泥巴的喂食下一天天长大。

阿桂什么都好，就是一到晚上老爱蹲在我娘的草屋门口抽烟。我姐半夜去茅厕，路过我娘的草屋门口，睡眼蒙眬中，被那一闪一闪的烟火吓得尖叫过好几回。我娘甚至拿菜刀吓唬过阿桂，过了几天，阿桂又一声不吭地蹲在我娘草屋门口。阿桂还爱掏我的小蛋蛋，摸我的小鸡鸡。有一天他把我惹恼了，趁他将我跨在他肩上巡视画眉滩岛，我憋足了劲向他的脸上、脖子上进行疯狂射击。原本想我的小屁蛋要开出五朵指花，没承想他把我放在脚边的蚕豆花旁，居然用我的尿洗了脸，还说什么童子尿有奶香。我娘也被他的举动气笑了。

13

春夏交际的一天，突然狂风大作，半个西天黑了下来。我们的小岛上来了满天不速之客，黑压压的一群接一群。它们像某场战争溃退下来的士兵，无组织无纪律，在小岛上一停下来，就呜呜叫嚣着，端着明晃晃的刺刀，四处扫荡，四处抢劫，逮什么吃什么——柳树叶，桉树叶、茭白苗、慈姑叶、西瓜苗、玉米苗、黄豆苗、蚕豆苗，甚至我栽在屋前瓦罐里的两株向日葵苗也围了足足两个营的溃兵。我们开始还十分好奇，我姐姐甚至捉了几只放在一只透明的玻璃瓶里面，让我用一根小树枝拨弄着，挑逗这些溃兵。可是我娘着急了，她突然想起了什么，嘴巴张得老大，"哇哇"叫着，抡着扫把在天空中飞舞着。阿桂见我娘如此着急地赶着满天的小溃兵，便扔掉手中的烟屁股，抡起铁锹在空中飞舞。可是那些垂死挣扎的溃兵一直负隅顽抗，就是赶不走。不到半天工夫，画眉滩岛上所有青色的植物被一扫而光。傍晚的时候，那些小溃兵们酒足饭饱，才又呜呜叫嚣着，背着沉重的身体，向东逃窜而去。天空刷地一下子就亮了，亮得刺眼。画眉滩岛只剩下光溜溜的树杆干、玉米秆、黄豆茎、蚕豆茎和一摊摊褐色的溃兵尸体，那刺鼻的虫子粪便臭气弥漫在小岛四周。

我娘指着堆积如山的小溃兵的尸体，咿哇咿哇半天。阿桂怎么能明白阿娘的意思，他又不是我们家里人。阿桂以为阿娘让他把虫子尸体埋进土里沤肥呢，他抡起铁锹就挖坑，圆的、方的、三角的挖了好几个。阿桂有的是蛮力，他要将这些丑陋的小溃兵埋进坑里，改善土壤。我娘着急了，她抢过阿桂的铁锹，一扔老远，跺着双脚在阿桂面前咆哮了半天，阿桂傻乎乎地愣在我娘面前不知所措。骂够了，我娘才指挥我姐姐放出鸡笼里的鸡。看着鸡们争先恐后地吃得开心，娘心里还是开心的。有鸡在，总有生机在。鸡会报晓，有了鸡的报晓，就有了新的一天的开始。鸡也可以生蛋，蛋可以换盐，换酱油，换米，换醋，蛋还可以孵小鸡，小鸡长成大鸡又可以生蛋。娘这样想着，脸上好似抹上了一层蜜糖。

14

我在一天一天长大，已经不用大人看护着，可以满岛屿自由走动而不跌落到濑水河里。娘给我分配了一个任务，每天让我捉田鸡、蝗虫，挖蚯蚓给放养在河滩边的七只鸭子喂食。

姐姐也像秋后的庄稼，一天天长熟，一天天饱满，她再也不愿带着我光屁股在濑水河里洗澡，她总是等太阳下山后，一个人躲到芦苇荡里洗澡、唱歌。

阿爹和亮瞎子爷爷已经多年没回岛上了。来岛上歇脚的社员，有的说亮瞎子爷爷和我爹饿死在外面了，有人说去邻省演出了，还有社员故弄玄虚，说宣传队去了北京演出，我爹又娶了媳妇，两个江湖艺人在北京城享着清福呢。

阿娘听了傻傻地笑，阿桂听了也傻傻地笑。

阿桂傻傻地笑时，阿娘就用脚踢阿桂。

社员们看到阿娘用脚踢阿桂，相视着诡异地把脸埋在衣袖旁吃吃地笑。有一个社员笑得肩胛发抖，还有一个社员笑岔了气，一连咳了好几下。

社员们笑，阿娘就拿着捣衣棒追赶社员。也不是真打，是一种恐吓。

社员们哄笑着四散离岛后，阿娘指着静静泊在岛边芦苇荡里的小木船，对阿桂下了逐客令。阿桂蹲在一垄土堆上，慢悠悠地掏出一张卷烟纸，又用三指从衣角捏出烟丝，吐了一口唾沫，伸出舌头，在卷烟纸边舔了舔，卷起纸烟，划了一根火柴，也不看阿娘和泊在岛边芦苇丛中的小木船，自顾自地抽着纸烟。我娘则站在他近旁，双手攥着锄头杠，与他对峙着。我牵着阿姐的手，隔着一条田埂，站在一簇低矮、粗壮的向日葵下观望着事态的发展。说实在的，我当时一千万个不愿意阿娘把阿桂赶走。阿桂饭量是大了点，可是他干活力气大。还经常下河捕到鲜美的鱼类、贝类供我们一家人食用。没有阿桂，怕我们一家人早得浮肿病饿死了。姐姐的想法却跟我不一样，姐姐说阿桂老是半夜蹲在阿娘茅草屋前抽烟，是个危险分子。她早在阿娘面前鼓动阿娘把阿桂赶出画眉滩岛了。

阿桂抽了五六颗纸烟，见阿娘仍双手攥着锄头不依不饶地对峙着，便起身拍了拍屁股上的泥巴快快地去了芦苇荡，上了小木船，解绳，起槁。芦苇荡中一群翠鸟惊飞而起，褐色的小木船便在芦苇荡中消失了。

15

大约一年后，下过一场小雪，阿桂拄着一根拐棍回到小岛。阿桂回岛我很开心，我们都没有问他是怎么受伤的。

不知道从哪一夜开始，阿桂已经不再半夜蹲在阿娘草屋门口一个人抽纸烟了，他睡到了娘的床上。我觉得这倒是好事，阿娘也不会在想阿爹时一个人悄悄流泪了，阿桂也不会半夜吓唬人了。可是，阿姐却咬牙切齿，她在我面前不知说过多少次，阿桂是个危险分子。

阿爹回到小岛时，小岛已经由他走的时候的篮球场大小，扩大到一个足球场大了。阿娘还为我们添了一个妹妹。阿爹在河对岸叫阿娘时，我们一家人正在修筑一条通往濑水滩涂村落的河堤。阿桂说，河堤修好后，我就可以走过河堤去火埂村上学了。阿桂撑了小木船将阿爹渡过小岛。阿爹带来了一大袋子彩色木雕神像，阿爹不让人碰，他说神像都是开过光的傩面，凡人碰不得。大袋子外面还箍着一个小一点的袋子，阿爹说里面装的是令牌、竹卦、师刀、玉印、牌带、头扎、牛角、马鞭等法物。

阿爹还背回来一只瓮，里面装着亮瞎子爷爷的一生。阿爹把它埋在了泥草屋的后面。

阿爹回岛的当天晚上，他和阿桂两个男人在芦苇荡里那条孤单的小木船上，喝了一夜的高粱烧，我们都不知道他说了什么。姐姐害怕两个男人会打起来，她几次悄悄潜到芦苇荡里，想看看船上发生了什么。可是，静静地泊在芦苇荡中央的小木船安静、平和，两个男人静坐在一水月光下，仿佛只在品茗、赏月。我娘没去，我娘一直守着妹妹。天亮前，阿桂回了火埂村，他没有向我们告别。之后阿桂再也没回画眉滩岛。

后来，我们才知道，阿爹下乡演出时，竟迷恋上了傩戏，带着亮瞎子爷爷悄悄溜出公社宣传队，去了湖南的乡间学了两年傩戏。后来他们被公社捉了回来，因传播封建迷信被劳动改造了三年，亮瞎子爷爷就是死在劳改农场的一次泥石流灾害中。

回岛后，阿爹再不是爱唱的阿爹了，他一夜间变成了哑巴，也不是真成了哑巴，只是谁问他在外十多年的生活景况，他总苦涩一笑，三缄其口。倒是阿娘，像一个重返人间，重获新生的新媳妇，整天给爹指着岛上的一棵树、一簇苗、一朵花，还有通往濑水滩涂村子的路，眉飞色舞地哇哇哇地说个不休。

追飞机的少年

保珍的一个秘密

那天,保珍替她娘去濑水江滩为生产队看牛。青水镇上的每个生产队都这样:农闲季节,农耕的水牛由队里的妇女轮流看护,队上记六分工。每次轮到哪家妇女看牛,总是家里孩子最开心的事,孩子可以骑在牛背上,在濑水江滩涂辽阔的"战场"上,名正言顺、理直气壮地当上一天骑士。

海福家的男娃保兴寄养在百里外的无锡外婆家,看牛的事就由女儿保珍替代了。

保珍是一个十三四岁的姑娘,一副男将相。她不是看牛,是溜牛;其实也不是溜牛,是飚牛。她像一个勇敢的骑士,把胯下的老水牛当成了黑骏马,把脚下的濑水滩涂当成了呼伦贝尔大草原,她扬着手中编藤筐的柳藤,一记一记响脆脆地抽在老水牛的后腔上,嘴里还不停地吼着:"驾——驾——驾"那老水牛前蹄刚一落地,后腔就被喂了一记柳藤。老水牛估计是生气了,索性弹起了后蹄,四蹄在濑水滩涂的大坝堤上飞扬起来。濑水滩涂一下就成了尘土飞扬的战场。

畈田黄豆地里几个薅草的社员惊呆了,莫非老水牛疯了?队长昌明眼尖,指着海福吼道:"我看不是老水牛疯了,你家细丫头保珍疯了,那头老水牛怕是要死在你家细丫头手里哩。"

濑水江绕天目山脉七拐八弯,老水牛卷起的尘土也七拐八弯地升腾至空中。到了麻姑山的野猪岭,尘土停了下来,老水牛扬了扬脖子,前蹄一拐弯,就顺着江堤的草坡,冲进了濑水江。

保珍紧拽着老水牛两个犄角。老水牛仰着头，驮着保珍，不知在江中潜行了多久。涉过一片野芦苇荡，登上一个小岛，牛不走了，像赶集的老农，走进了繁华的闹市，看中了自己喜欢的物件。老牛眯着眼睛，伸着割草机一样的舌头，卷着岛上的奇花嫩草。割草机将草送到嘴里打着滚，一股股白色的唾沫就从嘴边溢了出来。它又伸出舌头，把溢在嘴边的唾沫和草星子一起卷进嘴里。

保珍毕竟是孩子，好奇是每个孩子的天性。突然呈现到眼前的一个陌生小岛，新奇、喜悦、惊惶，还有一份探险和探险后的收获。保珍丫头不知道该表现哪一种情感。她撒了手中的牛绳，像一只快活的小云雀，拨开一簇簇小灌木，敏捷地钻了进去。天哪，灌木林中原来还有更大的秘密。

灌木林潮湿、阴暗，星星点点的光从枝叶间斑驳散落，一朵硕大的蘑菇在树荫下的松叶丛中探头探脑，像一把雨中张开的伞——上半部是褐色透明的小尖塔，下半部拇指粗细的菌柄，是雨伞的把手。再看看周围，一朵一朵从松叶下的腐土间拱出来的小可爱，完全是一个连的伞降兵降落了。保珍突然想起乔奶奶说过的话：野外蘑菇不能轻易采摘，怕有毒。乔奶奶的话青水镇人都信，保珍也信。保珍不敢轻易采摘，但是，保珍看着簇拥在腐烂的松叶间的小蘑菇就开心，她喜欢一朵朵带着几分邪气、藏着几分羞涩的小精灵，活脱脱像保育院褓襁中的婴儿。保珍蹲在一棵松树下，她的周围围了一圈圈纪律松懈的婴儿——酣睡的、哭闹的、打哈欠的、流哈喇子的。还有一个居然把头枕在了它一旁的小伙伴身上，真是有恃无恐了。保珍找了一根小树枝将它支起，她不能让贪婪的孩子妨碍别的孩子成长。现在，她像保育院院长，用慈爱的目光一个一个地打量着眼前的婴儿。她突然用手掌掩了一下嘴巴，小声招呼着："开会，开会，小家伙们，大家静静。"她被自己的举动惹笑了，她害羞而快活地跳出了蘑菇圈。

灌木林外是另一番天地。一蓬蓬香瓜藤蔓正在太阳底下伸着懒腰，娇气十足地将触角伸向小岛四方。黄白色刚毛和茸毛间结满一只只肥头肥脑的小香瓜（濑水江两岸的老百姓都管南瓜叫香瓜），像光着脑袋的小孩，东张西望地淘气着。香瓜藤蔓间几株向日葵和不远处的几株玉米正含笑对视。她突然想起，青水镇南街北街的人家，常常一清早，在屋前窗台上，或门旁石槛边，会意外收到一些特殊礼物——一只香瓜，三瓣玉米，或者十几颗蘑菇。也就是这些特殊的礼物，让她家和青水镇上的街坊度过了饥荒的日子。可这是谁种下的呢？莫不是传说中下凡人间、专做好事的田螺姑娘？

保珍已经紧张得不敢喘大气了，这么重大的发现，把一个十三四岁的小姑娘吓蒙了。她着实拿捏不准该怎么办。保珍毕竟年少，她还没有一颗强大的心脏来承受这突如其来的巨大惊喜。

老水牛正在有滋有味地咀嚼着美餐，这丑陋的家伙要不成精了？怎么就知道野猪岭和雪飞岭间的濑水江心会有这样神奇的一座小岛？保珍心里感到惊诧。

现在的问题是，保珍一个人已经藏不下这么大一个秘密，再藏下去心脏就要撑炸了。别看保珍在青水镇北街坡下的八里棚、林桑场、拴马墩、乌泥冲一带村落的同龄人中是个胆大的姑娘，可现在她一点也不胆大，甚至有点后怕。怕什么呢？她也说不清，她一个姑娘家，怎么能说得清世间那么多的道理？

一朵乌云从小岛上空飘过，飘到麻姑山半腰，拐了一个弯，沿着濑水江下游走了，后来乌云变成了一道彩霞。一只野麻鸭从芦苇荡里飞出来，扑棱棱地起，扑棱棱地落，只将脚在水面上砸出一道道波纹，一圈一圈，由近及远地扩散开去。

保珍将牛喂得饱饱的，交给了队里的保管员亮瞎子爷爷，自己蹲在牛栏外的石疙瘩上，看着牛反刍。她反复回忆着白天的经历，像回忆一部精彩的老电影。她现在不想回家，她怕回家后，姆妈会盘根问底，她知道，姆妈的嘴碎。一个人的秘密，到了姆妈耳朵里，就成了十个人的秘密，十个人知道的秘密哪还叫秘密？

保珍遇到了人生中最难解答的难题，以前遇到这样的难题，只要往青水镇北街的乔奶奶家门槛上一坐，乔奶奶一眼就能看穿，三言两语就把她的烦恼说没了。没烦恼就舒畅了，她就可以一蹦一跳地去干自己的事了。可是，今天这个事恰恰不能跟乔奶奶说。乔奶奶也有自己最亲密和最信任的人，保不准就漏了风。

真是要了命了。

牛闭着眼睛，不知它在做梦，还是在打盹，它的嘴巴却仍在不停地咀嚼着。天塌下来是天的事，与它无关，它只知道吃——白天黑夜不停地咀嚼。

保珍捡了一块土疙瘩扔向无法交流的老牛。要不是这个笨家伙把我驮到岛上，我哪有这么多心思，没有心思也就没有烦恼。丑东西你倒好，现在一点主意也给不了我。老牛似乎幸灾乐祸，它睁了睁惺忪的双眼，勾了勾下颌，甩了甩尾巴，复又眯上双眼，享受它的美食。

保珍又捡了一块大一点的土疙瘩扔向老牛。

姆妈站在莲花桥坞口的土碉堡上唤保珍时，天已经拉黑了脸。远处麻姑山上黑松林间的星星，一颗一颗探出了怕羞的小脸蛋。乔奶奶说过，星星的工作是从黑夜开始的，它要用微弱的光亮，为黑夜中喜欢幻想的人们点亮希望。

保珍没有回家，她沿着一条机耕路，走过一片杨树林，在一块玉米地的尽头拐了一个弯，走向有半坡黄豆地的八里棚。突然间，这个小姑娘拿定主意，她要去八里棚找一个叫铁把的少年，她要把心中的巨大秘密告诉一个外乡少年。

没有人知道，保珍为什么会将心中的巨大秘密独独告诉一个外乡少年。

追飞机的少年

青水镇上的老百姓都知道铁把是一个与众不同的少年。

青水镇也有与众不同、行为诡秘、想法奇特的人。比如镇南街的金世海，他常常诚心实意地在屋后用竹竿敲着星星，说枣子熟了，要打枣过秋。镇北街的福钱则喜欢用竹篮一篮一篮地从井里提着深蓝色的水，泼向星空，他要让星空开满鲜花，五谷飘香。镇南街左拐右拐巷的赵铁箍更是一个奇怪的人，他个子小，眼睛小，胡子拉碴，晴天雨天都罩着一件褐色蓑衣，见谁都是一脸丧气。他远远地蹲在天井边，似一面黑幛。他一有空就扎在自家后院，坐在那簇桂花树下的天井边，"嚯嚯嚯"地磨着铁器——锄头、镰刀、菜刀、剪子、耙子，啥铁器都磨，甚至将他母亲挂蚊帐的一对钩子取下来磨。有一回，他将家族中一位老者的一副掏耳朵的银勺，偷偷地磨得薄如蝉翼，结果族人挖耳屎时，不小心挖破耳膜。他哪里知道，耳勺口要钝一点。

而少年铁把则喜欢撵着飞机跑。

那天，队里的社员正在低洼的畈田里拔着黄豆。突然，来了一架飞机，是一架长相像大眼睛蜻蜓的直升机。飞机飞得很低，几乎是贴着黄豆叶梢飞过去的。顿时，罗圈式的风扑向大地，一圈一圈，暗流涌动，气旋喷在大地上，像太平洋底咕咕冒出来的旋涡。一会儿工夫，旋涡已经到了茶山顶上。社员们正在惊诧这个神奇的怪物从哪里飞来时，另一幕却让他们更加惊诧：南街花篾匠的孙子铁把，正撒开双腿，疯了一样，从山坡下的黄豆地，直向茶山顶的飞机奔去。不是奔，简直就是飞。

飞机打碎茶山顶上的一坨白云，像个淘气的孩子，吐了吐舌头，顺着濑水江滩涂，朝麻姑山雪飞岭方向飞去。追得急了，铁把一只解放鞋被黄豆地潮湿的泥土吃了进去；另一只解放鞋，因他一路奔跑，让脚丫子吃掉了鞋前帮。他的五只脚丫子，有三只在外面东张西望。

花箩筐越过两垅畈田，冲过来朝铁把扇巴掌。重了，铁把的半张脸火辣辣的。

花箩筐是铁把二叔。花箩筐不是心疼那只吃了前帮的解放鞋，也不是在乎铁把一路狂奔踩折的几十株黄豆。黄豆已经成熟，损失不了。花箩筐的响亮巴掌是打给一起劳作的社员看的。花箩筐听不得社员的议论："箩筐，你的侄子怕是脑壳坏了呢，整个青水镇谁家孩子追飞机？"

"两条腿能撵上飞机？傻子才做这种异想天开的事。"

"我闺女说，这叫妄想症，不早治疗怕是孩子要废了。"一个女儿在县城医院当护士的社员，表情神秘地告诉他周围的社员。

花箩筐的一巴掌并没有让铁把长记性。青水镇上的邻居只要听到头顶上有飞机响，他们一准能看到铁把在濑水江滩涂撒腿奔跑的身影。有几回，站在观莲桥坞口土碉堡高处的少年，还真看到奔跑的铁把，在濑水江远方贴着江面撵上了飞机。他们有的甚至绘声绘色地描述铁把手指摸到飞机的尾巴。

南街少年司令金天牛当然不信有人能撵上飞机，一准是北街少年吹牛炫耀。有一回，听到飞机声响起，他攀上了比观莲桥坞口土碉堡更高的学校的蓄水白塔，远远地看到有一个长腿少年，在濑水江滩涂撵着一架草绿色的飞机奔跑，飞机的气流把少年的头发吹成了一面黑旗，在濑水江滩涂猎猎飘扬。他突然看到少年抬起的双手似乎正抓着飞机的尾巴，跟着飞机一起飞越濑水江。眼见为实，这一发现让南街少年司令金天牛吃惊不已。他吃惊倒不是因为北街有一个跑步快，能撵上飞机的少年，而是担心他这个南街少年司令的地位。

金天牛的一项政治任务

民兵连长金建国交给南街红星中学初二学生金天牛一项特殊的政治任务：暗中盯着北街弹花店，发现异常立即报告。

弹花店是铁把他爹妈开的。三十年前，铁把的爷爷上山采草药，一不小心掉下悬崖，摔死了。铁把的爷爷去世后，寡妇奶奶带着铁把他爹，撑着一条乌篷木船，从三百里外的苏北小镇，经由大运河、濑水江，一路就到了苏、浙、皖三省交界的青水镇上。经人介绍，奶奶续嫁给青水镇南街刚死了老婆的花篾匠。铁把他爹八岁那年，拜了镇北街八里棚拉二胡的亮瞎子为师，出门云游四海，做了民间艺人。他们卖艺路上收留了铁把他娘，当时他娘看上去不过十一二岁，是个哑巴，饿得像一根藤条，见人怯怯懦懦。他娘十七岁，他爹十九岁那年，师傅亮瞎子爷爷做主，在一间破庙里为他俩成了亲。

铁把他爹随师傅亮瞎子走出青水镇时，那个黄昏的晚霞支离破碎，当时新中国还没成立，兵连祸结；返回青水镇那年，铁把已经十二岁。师傅亮瞎子曾经落户在八里棚，有户籍证明。他返回后，因为孤身一人，眼睛又不好使，社里和大队就安排他在八里棚当了饲养员。而铁把他爹因为在青水镇找不到户口。没有户口，不能参加生产队的劳动，不能参加劳动当然也就没有工分了。青水镇上南街马铁匠的傻瓜儿子马呆呆都知道，没有工分就分不到口粮，没有口粮就得挨饿。在公社的特别允许下，铁把爹娘在北街的旮旯角巷开了一间弹棉花的弹花店。

南北街的街坊都来弹新棉絮。新棉花被弹成一条新棉絮，是谁家腊月出嫁闺女，娘家积攒了多年的箱底货，得精敲细打，得边边角角、层层叠叠地弹。一般人家拿又硬又黑的旧棉絮来加工，木榔头在弹弓上邦邦一敲，黑色的飞絮便满屋飞舞。屋里传出的尖利的咳嗽声淹没了邦邦声。

金天牛不愿到弹棉花的弹花店去。他忍受不了弹花店飞出的呛人黑絮。他趴在可以看到进出弹花店的旮旯巷尽头那棵老槐树枝丫上，窥视着弹花店的动向。从弹花店那扇破窗口吐出的黑尘，一直飘到旮旯巷尽头。在那棵老槐树枝上盯了几天，弹花店夫妻俩忙于弹棉花，哪有什么有价值的情报？金天牛是个脑壳灵光的孩子，他另辟蹊径，想到了专门盯着他们的儿子铁把。毕竟大家都是孩子，这样盯梢不显眼，更容易打开突破口。

民兵连长曾特别严肃地强调，在这非常时期，更要以高度的政治责任感密切注意阶级斗争新动向，铁把一家在外走江湖二十多年，思想谁掌握？决不能对不知根底的黑户掉以轻心。金天牛突然感到责任重大。

几天后，金天牛还真有了发现。铁把家没田没地，他却背着个粪箩筐，整天神神秘秘地跟在集体的牛屁股后面转。热烘烘的牛粪一掉下来，他就铲进了粪箩筐。我的天哪！牛粪又不是玉米、面粉，只能当肥料沤，不能当粮食吃，他捡那臭玩意干啥？那一幕几乎让金天牛尖叫起来。

金天牛不是好奇，他只是在想：这是不是民兵连长说的阶级斗争新动向？

金天牛显然弄不清楚阶级斗争新动向是什么动向，是风吹的方向吗？可是，风又吹向何方？要真像广播里的天气预报一样，今天风向从东南风转西北风再转偏东风又转偏西风，一天转变四五个风向，谁也搞不清楚最后风向到底转向了哪里。金天牛犯迷糊了，但这是组织交给他的政治任务。民兵连长金建国交代任务时，郑重地告诉金天牛，他代表红星大队一级组织。

金天牛在大槐树上的那个银色的大喇叭里，经常听到播音员代表国家强调政治高度。他知道政治高度虽然没有标准，但是很高，有的甚至直接从中央，从《人民日报》发出来。他一个十五六岁的少年，能得到组织如此高度的信任，是何等光荣。他像濑水滩涂深处芦苇荡里得到一条小蚯蚓的布谷鸟，喜悦、害羞、紧张、甜蜜。金天牛心潮澎湃，心脏都要迸出胸口了。青水镇上每个少年接到组织安排的具有这种政治高度的任务，都会心潮澎湃。他们都会放下手中玩得起劲的铁箍、弹珠，干脆地领命而去。

几天后，金天牛又有了新发现。他注意到铁把捡了牛粪不是当粮食往家里背，也不是糊墙上晒干当柴，而是沿着他爹的弹花店左边的一条青石街，走下街面，穿过一片杨树林，走过那坡上的黄豆地，拐了一个弯，钻进麻姑山雪飞岭，像风中的一个影子一样，晃一下，不见了。盯梢这项工作只能黑一眼白一眼，真真假假、虚虚实实去地做，太实了就盯不出结果，太虚了就没法引蛇出洞。现在还没有证据证明铁把一家有什么阶级动向，所以，盯梢也不能明着让人瞅到了，只能近一段远一段地躲在暗处。民兵连长金建国当过兵，有实战经验，他曾经交代过金天牛，要注意斗争策略，要放长线钓大鱼。金天牛领会着民兵连长的话，没有追进雪飞岭。

但是，铁把的牛粪究竟藏哪里了？他为什么要把牛粪藏起来？铁把藏牛粪与阶级斗争有关系吗？金天牛心里疑虑重重，一个少年一旦心里有了疑惑，就会纠结，就会彻夜难眠。

他想了几个晚上，突破口还是找到了。比如，牛是集体资产，牛粪是牛身体里掉出来的，当然也是集体资产，那么，铁把捡牛粪岂不是侵占集体资产？侵占集体资产当然是严重的阶级斗争新动向。能想到这一层，金天牛当然很兴奋。不过，他目前还不打算把他的发现告诉民兵连长，时机还不成熟，他还没有找出铁把窝藏牛粪的地方。他要把线再放长一些，他还得继续盯梢。

影　子

这一夜铁把几乎就没睡。吃晚饭的时候，他被队长昌明的儿子矮胖子拽到了南街。南街西瓜巷金木匠的儿子金长松结婚，矮胖子拉他去听喜歌。青水镇上谁家婚娶，同龄人要去闹新房，越闹越吉祥，没人闹反倒是主家寒碜。闹新房的闹够了，揣了喜糖，点了喜烟走了。接下来该是孩子们听喜歌了。有的孩子趴在新房窗外，有的孩子蹲在新房墙根，更淘气的孩子甚至趁闹新房混乱时，早早钻进了新郎新娘的床下，时间一长，竟在床底下睡着了，直到床上的喜歌把他吵醒。新娘称这些孩子为影子，也没谁恼这些孩子，通常塞一把喜糖让孩子早点回家。这也是青水镇一代一代传下来的习俗，听过喜歌的少年才算长大，才可以娶媳妇。

听完喜歌回来，铁把怎么也睡不着。长松家新娘子唱的喜歌真好听，绵绵的，柔柔的。在结束的高音部分，她还要拉长了音尖叫一声"我的娘哟"。长松家新娘子真能唱，一夜工夫竟唱了五首，一首比一首激昂，倒是长松累了。窗外听喜歌的人听到了长松的鼾声，才吧唧着嘴意犹未尽地撤退返家。铁把也是那时回家的，回家后睡不着，怎么也睡不着。为了不惊扰爹娘，天还没亮，他就从后门溜出，再从自家篱笆墙院子里提着粪箩筐，沿着一条窄窄的碎石子路下坡。走进杨树林，铁把就没有了身影。

青水镇上的鸡很奇怪，不能听到有人走动，有人走动就叫，半夜也叫。青水镇上的狗也奇怪，街面上有人踩着青石板"踢踏，踢踏"走过时，狗不叫，只是竖直耳朵听。不过，谁家鸡棚里的鸡叫了，狗也随着叫了起来，都是零零碎碎，仰望麻姑山云层里的几颗星星，空空地叫着。狗一叫，青水镇就热闹了起来，圈在牛栏里的牛也"哞"地叫起来。牛一叫，驴也跟着叫，"啊，呃，啊，呃"。甚至还有一早蹲茅坑的社员说，听到过麻姑山里传来的狼叫声。乔奶奶圈养在后院的那头没有被当作资本主义尾巴割掉的母羊，也跟着瞎起哄。这可惊了乔奶奶的魂，一双三寸金莲还未来得及套上鞋子，她便抓了一把豆渣，边往母羊嘴里塞边嚷嚷着："我的姑奶奶哟，我的亲妮子哟，你是想让社里的民兵把我老太婆的尾巴也割掉哟。"

铁把这段时间总感觉有个影子在他身后一晃一晃。可是，待他捡了牛粪，抬起头来，转过身去找那影子时，又分明只有月下那棵风流的老槐树在风中顾影自怜。

铁把十二岁前一直跟着亮瞎子爷爷与爹娘在外流浪。破庙、涵洞、乱坟堆……走到哪住哪。流浪虽然艰辛，但什么事情都有它的正反面，流浪锻炼了他耳听八方、眼观六路，在风吹草动中迅速判断所处环境是否危险的洞察力。那绝不是老槐树的影子。老槐树的影子没心没肺随风摇曳，是虚的，水中月亮一样，捞不着。而刚才的影子有灵魂，有目标，是实实在在的，这样的影子风是吹不散的。铁把可以肯定。

铁把将粪箩筐搁在牛栏边的一堵磐石墙边，翻进牛栏内，佯装给牛喂草，用余光注意着影子压向他的那个方向。可是，影子仿佛比他还聪明，月光下，连老槐树都不晃动了。

铁把复跳出牛栅栏，准备捡牛栅栏外的牛粪。铁把有一个原则，牛粪拉到牛栅栏里面，那是公家的，不能捡。捡了属于侵占公有资产。牛粪拉到牛栅栏外面，就像人一样，是随地大小便。这样的粪便属于天地万物，捡了也是复归于天地万物。

然而，奇葩的事情还是发生了。当他蹲下身子，去捡一坨牛粪时，那个影子又拉长了身子蜇了他一下。这次他确定不是那棵风流的老槐树在与麻姑山上的星星调情。铁把从心底冷笑了两声。他意识到自己已经身处险境，被人盯梢了。他跨过牛栅栏，把捡到的牛粪全部倒进了牛圈内。跳出牛栅栏后，他挎上粪箩筐，哼着从亮瞎子爷爷那儿学来的村坊小曲，向八里棚家中走去。

一时间，鸡又叫了起来。鸡一叫，狗也叫了起来。狗一叫，牛也叫了起来。牛一叫，驴也叫起来。驴一叫，乔奶奶家后院的母羊也叫了起来。

天已经麻麻亮，月亮已经溜进天目山脉缥缈的浓雾岚烟里泡着温泉。桥南街店铺的一扇扇木板门，在一片叫声中"吱呀、吱呀"地打开。

太阳出来了，天目山脉的群山峰峦影影绰绰，那树，那石，那寺，那庙，那旧碉堡，濑水江上的导航塔，都找到了自己的影子，又都在影子里寻找自己。

盯着铁把的那个影子已经被太阳收了去，不见了。

保珍还不是女战士

保珍是在那坡黄豆地里碰到金天牛的。保珍在黄豆地碰到金天牛时，天已经黑了，月亮挂在树梢上，麻姑山上矫情的星星，一闪一亮地与黄豆地里的萤火虫暗送秋波。

保珍对金天牛没有好感，她亲眼见过金天牛在镇南街红星中学操场上让北街少年"晒太阳"。那天好像是一个什么节日，保珍她妈叫保珍去红星中学叫她表哥来家里吃晚饭。保珍的表哥在红星中学当物理老师。

太阳很圆，天很热，白晃晃的，很耀眼。保珍看到金天牛指挥着几个同学，将桥北的矮胖子仰面摁在操场上，剥了他的衣裤，将他的双眼眼皮强行用手扒开，让太阳暴晒。同学们都叫晒太阳。这个名字听起来很温暖，其实它是一种惩罚人的方法，一般只用于同学中的叛徒、窃贼或者南北街少年双方交战中被抓的"舌头"。被晒者的眼睛会被太阳灼得又痛又痒，泪如泉涌。以后的几天也会眼睛红肿，灼痛难忍。

两个少年各摁一条腿，另两个少年各摁一只手臂。摁手臂的个子高一点的少年还用一只膝盖跪在矮胖子胸前。金天牛蹲在矮胖子的脑壳前，两只手的拇指和食指分别扒着矮胖子的两只眼皮。边扒边将唾沫星吐在矮胖子脸上。躺在操场上的矮胖子，两个肩胛像被抽了一柳条，不停地颤抖；两条腿也在少年的臂肘里抽搐着，挣扎着，样子很痛苦。

青水镇上的少年以扁担河为界，分成北街少年和南街少年。两街少年经常在麻姑山上，为争夺玩耍地盘或割草地盘而发生战斗。南街以金天牛为司令，北街起先以昌明队长的儿子矮胖子为司令。可是，矮胖子不仅天生胆小，打仗还缺乏谋略，两街战斗几乎每次都以北街失败告终。北街的失败造就了南街英雄少年金天牛。有一段时间，金天牛走在大街上，连扛着锄头下地的社员都老远叫他一声"金司令"。后来，情况有了变化，北街少年重新推举了能追飞机的铁把担任他们的司令。

保珍一直暗暗为青水镇有一个能追飞机的少年而骄傲。青水镇那么多少年郎，哪个能撵飞机？只有铁把能行。铁把的两条腿像是安了发动机，两只手臂一晃荡，发动机就发动起来了，两条腿就能飞起来。

这时，保珍看到铁把从操场一角急忙跑来。保珍虽然不是北街的一名战士，但她是北街人，很显然站了北街一边。她心里担心着铁把，金天牛的手下有四名跟班，矮胖子又成为俘虏，铁把岂不寡不敌众，明着吃亏？保珍自己都不清楚为什么会一下子心急到嗓子眼。铁把跑到金天牛跟前，对金天牛说："金司令，你放了矮胖子，我来替他晒太阳。"说着四脚朝天地躺在了金天牛面前。保珍看到金天牛明显愣住了，他没想到铁把不是来决斗的，非但不决斗，还软下了话；不只软下了话，还软下了身子。这一软，反倒让金天牛不知所措了。他直起腰，用脚踹了踹躺着的铁把，说："黑户，这可是你自找的哦，别说金司令我不仗义，看在你的这份胆识面上，兄弟我也不扒你眼皮，你就自个看着太阳，仰躺在操场上一节课。"南街的少年从不叫铁把名字，都学着大人叫他黑户。说完，金天牛示意手下放了矮胖子，自己溜到操场一角的梧桐树下偷偷抽卷树叶烟去了。看到这一幕，不知为什么，十三四岁的小姑娘保珍的心竟突然洇湿一角。

后来保珍下定决心，几次要求参加北街少年战斗队。参加战斗队不是为了战斗，战斗是要见血的。对方一块瓦片飞来，运气好的，瓦片从耳边呼啸而过；运气差的，额前开出一朵绚烂的鸡冠花。南街、北街参加过战斗的少年，哪个没有中过彩、破过相、挂过花？她一个女娃娃家，再野也不能破相。姆妈说了，破了相，长大了连男人都找不到。她参加战斗队是为了铁把，也不是为了铁把，是为了铁把优美地飞跑，为了铁把操场上的那份勇气。也不只是为了铁把能飞跑，为了他那份勇气，再往深里想，她也说不清楚。可是，她的每次请求都被铁把以不收女战士为由拒绝了。

她与金天牛是迎面相碰的。田埂路很窄，只容一人，又是晚上，两边的黄豆地隔着沟渠，沟渠里一片汪汪的水，在月光下泛着涟漪，躲是躲不过去了。保珍反而冷静了，这是北街的地盘，金天牛要敢像在学校操场上一样撒蛮，她只要吼一嗓子，隔半坡黄豆地，整个北街社员都能听到。金天牛再蛮，也不敢对一个女孩子撒野。再说了，金天牛如果来北街抓"舌头"，她还不是北街的战士，抓她也起不了作用。冷静后的保珍反而有了主人的姿态，我的地盘我做主，她站在田埂上，也没有礼让一下金司令的意思。

倒是金天牛慌了神，冷不丁冒出个丫头片子，他不知道该怎么做才最合适。他先将身子贴在沟渠边沿，让出道，做了一个让保珍先过的谦让手势。

见保珍在犹豫，金天牛说："你叫保珍。"

金天牛又说："我认识你，你去过我们学校，你表哥在我们学校当物理老师呢。"

金天牛又说："你表哥用几个滑轮、一根绳子提一桶水的游戏蛮好玩的。"

见保珍仍虎着个脸，金天牛又说："我什么时候也用滑轮和绳子给你表演一下，好不？"嘴几乎贴到保珍的脸上了，这句话有点轻薄，有了调戏的情调。

保珍生气极了，她哼了一声，睐了金天牛一眼，甩了一下羊角辫，屏住气，快速走了过去。

一条田埂还没走完，保珍再回头时，金天牛已经像风一样消失得没了踪影。

这夜黑天的，金天牛由南街潜到北街的纵深处的小村庄，不像是来抓"舌头"的，抓"舌头"单凭他一个人是无法完成的。他一定是来了解地形，刺探情报。看来南北街的战斗还要向纵深处推进，还有恶战等待着北街少年。这么一想，保珍的眼前又闪现了那天操场上矮胖子晒太阳时的痛苦样子。不能让北街少年战斗队再败给南街的，不能让金天牛的阴谋得逞。任何事情经不得联想，保珍觉得金天牛夜黑天在北街地盘上出现，是一个比神秘小岛重要千百倍的情报。小岛只是一个甜蜜的秘密，而这个情报可能会涉及北街小伙伴的安危。保珍虽然还没有被铁把批准成为北街女战士，但她应该像电影《红色娘子军》中的吴琼花那样，在战斗中锻炼成长，成为北街一名合格的女战士。她得赶紧把这一情报报告给铁把。

保珍走急了，跨过一垄黄豆埂时摔了一跤。

这时，姆妈的喊声又从观莲桥坞口的土碉堡上传来了，喊声中带着咸咸的青菜味。

乔奶奶从菜园子拉开篱笆墙探出了头。

"保珍娘，喊啥呢？"乔奶奶又说，"孩子撒个欢至于喊得麻姑山都震动吗？"

"乔奶奶呀，你不知道，保珍欢起来是一个不知日夜的孩子，在外疯了一天了。"

"孩子不过撒个欢，让她尽个兴吧。"

保珍娘听乔奶奶的话，从土碉堡上缩回了脖子。

保珍娘当年生的是龙凤胎。因为要参加生产队劳动，早半个小时出生的哥哥保兴，未满周岁就被外婆抱到无锡寄养。

保珍是由乔奶奶带养长大的，青水镇上的好多孩子都因为父母要参加集体劳动，而寄养在乔奶奶家。乔奶奶的身世其实是青水镇上的一个谜。有人说她十九岁那年与驻地一个兵痞好上了，居然还生出一个娃。还有人说她被兵痞强奸后，生下孽种。家人不堪其辱，将孽种送人，她也在她做药材生意的二叔的介绍下，到苏州城一户资本家中做奶妈，二十多年一直没有回过青水镇。新中国成立后，政府才将乔奶奶送回青水镇原籍。

香瓜岛

麻姑山被一片黑色大幕深深笼罩着，黑魆魆的风穿越雪飞岭，在雪飞岭与野猪岭间的豁口奏响变奏曲。

铁把在雪飞岭的黑松林间穿行着，突然，他听到风的声音有了小小的回旋：本来一个和畅的旋律，有了转调。有一阵风扑面打了过来，让人措手不及。

有人盯梢。铁把赶紧改变方向。

他在雪飞岭的黑松林间快速奔跑起来。可是盯梢的影子比风还快一个节拍，他跑了一段，以为已经甩掉了影子，想不到，那影子却驾在了风端，早早在他前方的一棵古树边守候他了。好在铁把对雪飞岭的地形熟，他想，风跑的速度比他快，但转弯没有他灵活。他七拐八弯后，攀上一尊岩石，从岩石跃上一棵古松，抓住古松枝丫，利用树枝的韧劲，蹲下身子，双腿使足劲，起身飞跃，跳在了岩下龙树庵的一垛断墙上，又从断墙跳进庵内，断墙上的沙尘撒落一地。

龙树庵原来有三个尼姑，后来被赶出了庵。龙树庵本来就藏在麻姑山的深处，庵里的梁柱上又吊死过人，听起来就瘆得慌，所以，平日里进山劳作的社员都避而远之。铁把不怕，他从小流浪，在乱坟堆都敢睡觉。龙树庵年久失修，常年风吹雨淋，屋脊已经见天，几根木椽在一洞星空中张牙舞爪。铁把穿过前厅，一群蝙蝠扑了过来，又盘旋着飞落在一垛断墙上，一股强烈的腥臭味扑进鼻子。铁把想吐，他伸出一只衣袖捂住了鼻子。蝙蝠的飞行惊动了梁上的一条蟒蛇，它将身子盘绕在梁上，伸过头，"嗞嗞"地吐着信子，警告着来犯者。铁把伸手抹掉缠绕在脸上、脖子间的蜘蛛网，从后窗跳出龙树庵，沿着老尼下山取水曾走过的一条青石小径，走到濑水江边。

铁把贴着江面听了一会儿，江水没有涟漪，江水里的鱼没有受到惊吓。确信盯梢的被甩了，铁把将藏在江边野芦苇中的旧木船拉出来，又将藏在附近灌木丛中的几袋晒干的牛粪扛上小木船。平时，铁把总从亮瞎子爷爷那里借来水牛，趁溜水牛的机会，让水牛将牛粪、鸡粪、羊粪送上小岛。今天情况特殊，铁把老觉得有人盯梢，如果牵一头水牛从濑水滩走过，目标太大。铁把在香瓜岛上种香瓜、玉米的事只有老水牛知道。他现在还不想告诉任何人，连亮瞎子爷爷、乔奶奶都不能说。他要给他们一个惊喜。

铁把把这个心形小岛称为香瓜岛。铁把是帮亮瞎子爷爷溜水牛时，无意中发现这个小岛的。铁把从乔奶奶那里取来种子，撒在小岛上。这种种植方式还是乔奶奶教的，乔奶奶原来在后院种了一院香瓜、黄瓜、西红柿，不知怎么被民兵连长发现了。民兵连长很生气，居然有人敢在他的眼皮底下种下一院资本主义尾巴。他亲自动手，将乔奶奶种的资本主义尾巴割掉。

岛上长满的香瓜像探出寺庙的和尚头一样，圆溜、光滑，还有几分淘气。他太喜欢岛上的香瓜了。铁把将船上的牛粪撒向小岛，他要给这片土地更多营养，让它长出更多的香瓜、玉米、蘑菇；他想小岛四季都有收获，这样他才能经常采摘成熟的果实，分发给需要的街坊。青水镇上的老百姓早就知道远在天外，近在麻姑山，有一块神秘的沃土，物产丰富。有一位神秘的仙人，在青水镇闹饥荒的年月，将沃土上产的香瓜、玉米、蘑菇，送到每家窗前，青水镇上的乡邻才不至于在闹饥荒年代挨饿。他们虽然在心里隐隐知道是谁干的，但他们口中只承认是麻姑山神仙显灵。

铁把在荒岛上偷偷种的香瓜、玉米当然也是资本主义尾巴。铁把不愿意这些小可爱被当成尾巴割掉，他心里更清楚，青水镇上善良的乡邻都在为他守护着这个秘密。然而，当铁把钻进小灌木林，准备给小蘑菇养料时，他还是惊呆了。夜色中，他还是发现了蘑菇圈的四周是一串串凌乱的脚印。显然，有人上过小岛，原本只属于他一个人的秘密被人发现了。难怪这段时间总有一个影子在他身后直晃，是有人盯梢了。

铁把仔细检查了蘑菇圈，没有发现被盗的迹象。他退出小灌木林，又检查了香瓜和玉米，也没有被盗的迹象。这时已经晨光熹微，他沿着江面向麻姑山望去，麻姑山松涛阵阵，肉眼能见到的雪飞岭、野猪岭，再远一点的头陀岭、柿梅岭，没有人影，连飞鸟都在睡梦中。

什么样的人上岛了呢？铁把有了心事。

盯 梢

保珍没有回家。

她在八里棚、弹花店、亮瞎子爷爷住的牛棚里找了个遍，没见铁把的踪影。

铁把呀铁把，你去哪里了？北街地盘上来了敌人，北街少年有危险了，你知道不？保珍十分焦急。

保珍又想到了矮胖子。可是，矮胖子不仅懦弱，毫无主见，还被金天牛捉过"死老虎"。见到高出他一个头的金天牛，他吓得小腿发抖是小事，怕还要尿裤子。

保珍放弃了这个念头，但保珍没有退缩，不能轻易放走渗透到北街的敌人。保珍想，虽然不能活捉金天牛，但她可以对金天牛的行动进行反盯梢，以便掌握金天牛的动向，好及时向铁把报告。她要在铁把和北街的少年面前证明她不是一个懦弱的女孩，她是一个合格的女战士。这种想法已经在保珍心里憋了好久，就像她姆妈十月怀胎一样，时辰到了就生了出来。她突然觉得很好玩：她竟然把心里的想法与姆妈十月怀胎联系在了一起。保珍发现自己从来没有这样高兴过，她走上黄豆坡后，轻盈地跨过乔奶奶院子的篱笆墙，拐进一条小巷，摸着墙根，走完黑一路白一路的小巷，就看到了散落在青水镇北街的村落。村落已经星星点点地亮起了煤油灯，饭菜的香味听了风姑娘的话，飘进了保珍的鼻子。保珍的肚子"咕咕"地叫了几声，像麻姑山上的斑鸠唱歌。别说饿一顿了，就是饿上两天又怎么样。保珍没有理会，电影上的女战士都不会在这个节骨眼上理会肚子饿不饿的问题。保珍跟在星星后面，穿过一片甘蔗地，她要悄悄地绕到金天牛的前方，暗地里不声不响地盯着金天牛。

刚才，金天牛是沿观莲桥下方的一条垄埂方向过来的。保珍抄了近路，堵在了金天牛的必经之路。保珍躲在一块玉米地里，她用茂盛的玉米叶遮掩着。只要风将金天牛的脚步声送来，她就立即行动。

可是怎么行动呢？保珍在心里做了多种打算：冲出玉米地，对金天牛大叫一声"站住！不许动！"或者"缴枪不杀！"或者"北街少年战斗队优待俘虏！"这是电影里解放军战士面对敌人经常说的话。可是如果面对金天牛也这样说，是不是太冒失了？今天又不是南街北街少年战斗的日子，金天牛只是好端端地走路，他也没有冒犯谁呀，怎么就成了俘虏了？你说他黑夜闯进北街地盘，那北街的少年每天都背着书包去南街的红星中学读书，算不算私闯南街地盘？

那么，现在如果金天牛真走过来，她该如何行动？保珍实在纠结。

有风掠过，一阵一阵吹得玉米地的玉米叶子直发抖。靠近沟渠的几株长势肥胖的玉米甚至有点矫情，扭着笨重的身体，不停在路边张扬着。风送来了玉米苞浆的清香，芬芳醉人。保珍想到了姆妈灶台上的玉米糊，要是能喝上一碗，那肚子就不会咕咕叫了。肚子不咕咕叫，她在玉米地守一夜，都不会打哈欠。她记得有一次她陪爹看瓜，到了后半夜，睡虫来了，她爹就给她摸来一个瓜，等她吃完，睡虫也跑了。

现在玉米苞浆的清香仍然芬芳醉人。以前各家还有自留地，她爹摸的是自家自留地上的瓜；这回的苞米却是集体的，偷吃了要被生产队扣家里的口粮，还要戴着倒扣的竹签高帽子，吊着木牌子上街游行。这可是羞先人的事，保珍是红小兵，下半年就要读初中了，她绝对不会干这种偷盗的事。

保珍张开鼻子，深深地嗅了一鼻子风中送来的玉米苞浆清香，她又将鼻子伸到身边一颗苞米边，挨近了，反而没有风中送来的清香。她感觉有点凉，毕竟是春天，夜晚的空气是潮湿的。

快一个时辰了，金天牛会不会走了另一条路？

盯梢也是战斗，电影上说这是隐秘的战斗。对于一名合格的战士，盯梢跟丢了目标就是失败。保珍有点沮丧，是一种失败的沮丧。

保珍钻出玉米地。她在四周闲转着，风也跟着她闲转着。

保珍自作聪明了。金天牛在黄豆地的田埂上碰到保珍时，他就有了心眼。这个不奇怪，他已经担任南街少年司令两年了。两年间，南街北街发生了大大小小几十场战斗，他积累了丰富的战斗经验。换一句话说，他已经是"久经沙场"的老战士了。他明白，虽然保珍还不是北街战士，可是，这丫头看人的眼神鬼精，他料想保珍会跟踪他的行动。不过他还是窃喜，保珍这丫头虽然鬼精，可毕竟没有经历过战场的磨砺，换句话说，她还嫩，还捉摸不了他到北街的纵深处究竟干啥。

就在保珍与他擦肩而过的瞬间，金天牛突然决定撤退。

金天牛为了麻痹保珍，选择在保珍仰着头走过去后，悄悄往黄豆地里一钻。

金天牛是在保珍拐上黄豆坡，没了影踪后，才从黄豆地里走出来的。他是从来的路往回赶的，他料想保珍，或者她带来的北街少年不会再走这条路了。

但是，他没料到土碉堡旁的大槐树上会有一双眼睛盯着他。

铁把这段时间一直觉得有个影子跟着他，可是这影子像风一样怎么也捕捉不到。他在老师曾经说过守株待兔的故事中得到了另一种启发：既然风捉不住，何不找一个风口张开袋子，等着风钻进来。天一黑，他就神不知鬼不觉地爬上了土碉堡附近的老槐树。

铁把看到金天牛探头探脑地从黄豆地出来，走上黄豆坡，又沿土碉堡边的牛肠路，走上观莲桥，走向南街。

铁把没有惊动金天牛。

乔奶奶的羊

民兵连长金建国对金天牛的工作相当不满意。

民兵连长一直认为金天牛是南街最能培养成革命事业接班人的少年，交代他盯梢的政治任务已经几个月了，可他今天送回一条北街老菜花家去弹花店加工了一床旧棉絮的消息，明天提供一条某某村谁家去弹花店加工了旧棉絮的消息。民兵连长对金天牛失去耐心了，他从鼻子里哼出一句：狗熊掰棒子——瞎忙乎。

民兵连长要的不是弹新棉絮、加工旧棉絮这样没有价值的情报。

可是民兵连长究竟要什么样有价值的情报？

"这么跟你说吧，我要的是干货。"民兵连长说。

他又说："干货懂吧？"

"不懂。"金天牛眨巴着眼睛，半天后吐出了咀嚼的那根稻草，回答得很干脆。

民兵连长噎在那里，怎么跟眼前的少年解释清楚阶级斗争的重要性呢？怎么让眼前的少年在日常琐碎的生活中发现阶级斗争新动向的线索呢？一句话说不清楚。可是干货就在这里面。

"这么跟你说吧，"民兵连长又说，"比如弹花店里，加工旧棉絮、弹新棉絮只是幌子，就像电影里开布店卖布、照相馆拍照也是幌子。在布店、照相馆，谁跟谁接触，都说了哪些话，才是重要的。"民兵连长这样一比喻，金天牛的眼前突然来了一窝老鼠，在黑色的屋子里四处逃窜。弹花店就有点鬼鬼祟祟的样子了。

金天牛想，弹花店加工旧棉絮、弹新棉絮怎么反成了幌子？是不是可以这么理解，弹花店加工旧棉絮、弹新棉絮只是不务正业，真正的正业还在加工旧棉絮、弹新棉絮的背后。背后不是讨价还价收弹花费吗？这么想着，金天牛更加迷糊了，那农民扛着锄头、耙子下地是不是也属于不务正业呢？再说了，我总不能时时蹲在呛人的弹花店里吧。不蹲在弹花店能听到啥？话说回来，如果真蹲在弹花店，人家见他一大活人在，也不会说什么隐私的话，蹲也白蹲。金天牛想不明白了。

"说的都是弹棉花的事。"金天牛回答。

他本来想把他发现的铁把捡牛粪送进麻姑山、铁把半夜去麻姑山的情况一并向民兵连长汇报，但他想，人家民兵连长让盯的是铁把他爹他娘，盯的是弹花店，没让他盯一个毛孩子。再说了，他还没找出牛粪与阶级斗争之间的联系。冷不丁地汇报上去，他怕民兵连长又取笑他狗熊掰棒子——瞎忙乎。当然，还有一个更重要、更关键的原因，他和铁把同是青水镇南北街少年战斗队司令，一个司令盯另一个司令的梢，传出去岂不让两个战斗队的队员笑话。

"你都发现谁来弹花店次数最多？"民兵连长金建国进一步引导。

"乔奶奶。"金天牛几乎没有思考，脱口而出。说到底他还年轻，还不明白对自己说的话要负责。

民兵连长金建国的眼睛一亮，吐了一口痰，一脚踩在上面，螺旋式旋转了两圈，说："这个老婆子我得亲自上阵。"多年的阶级斗争经验告诉他，一个在大资本家干了二十多年的保姆和一家在外流浪了二十多年的外来户一样，他们的心里还不知道隐藏了多少不为人知的秘密。可是这么多年，他一直找不出来由。民兵连长金建国站起身，竟像老朋友一样拍拍金天牛的肩。"好，好。这个情报好。"

这一表扬让金天牛的脸臊红了。他想不明白，一个老婆子去弹花店串个门，这算什么好情报，还要劳烦金连长亲自上阵。

乔奶奶两天来一直喘不过气来——胸闷，喉咙像开进了一台发动机，整天吼着，一会儿湍急，像暴雨后麻姑山涧溪的流水；一会儿低缓，像黄豆地边沟渠里的流水，听不到流淌声。铁把他爹请来了青水镇上会把脉的赤脚医生黄医生。黄医生说，乔奶奶的嗓子像排灌站的老于打水，偷卖了半桶柴油，又给油箱加了半桶水。赤脚医生没说乔奶奶得了什么病，他只是开了药方，让铁把他娘帮忙去药店照方抓了药煎服，早晚一次。

乔奶奶拒绝服药，谁劝都不听。

乔奶奶的羊不见了。

羊是三天前没见的。乔奶奶晚上还喂了它几枝黄豆秸秆，还摸了它颈项上光溜溜的毛，还嘱咐它晚上早点睡，还贴着它耳朵吩咐它："牛叫时，你莫叫，驴叫时，你也莫乱叫——你的身份跟它们不一样，它们是集体的，姓公。你是我老婆子私养的，姓私。"摸了，嘱了，说了，她还不放心，又把羊棚的窗户用一捆稻草堵了个严实，怕粗心的羊妮子听到亮瞎子牛棚里的牛哞哞叫也跟着咩咩叫。

可是，一早起来，羊还是不见了。拴在羊脖子上的绳子的另一端，孤零零地挂在羊棚的一根悬梁上，像蛇一样随风游动。再看篱笆墙还像一排站岗的战士，纪律严明地守护着院子。羊妮子虽然长了四条腿，可它也不能飞呀，隔着高高的篱笆墙，它是怎么出去的呢？

这死妮子，遇见歹徒怎么不叫呢？乔奶奶的一双小脚没有迈得开，一屁股就坐在了院子里。她平日里习惯把她的羊称为妮子。妮子已经成了她生活中不可缺少的伙伴，现在妮子不见了。

第一个发现乔奶奶躺倒在院子里的是铁把。他每天早上上学时，总要从乔奶奶的篱笆墙旁探头看一眼。乔奶奶若安生生地坐在院子里的旧藤椅上晒太阳，他就会装作若无其事地哼着他的村坊小曲，从篱笆墙边走过。若是没见乔奶奶坐在院子里，他便会跨过篱笆墙，借故到乔奶奶家借一样东西，见乔奶奶安生生地在屋子里做事，他会装作啥事也没。次数多了，乔奶奶也猜出了铁把的心思。铁把还没进屋，乔奶奶总会先说："奶奶没事，上学去吧。"

今天乔奶奶有事了，她正躺在院子的空地上不能动弹。

乔奶奶的病根在羊身上，是羊丢了。

确切地说不是羊丢了，是羊被谁偷了，拴在羊棚里的羊是不会丢的。

羊被偷了也不能声张，声张了，不是明着昭示天下家里还藏着一条资本主义羊尾巴，谁也没这么大胆。可是，偷羊的人也胆大，竟敢把那么大一条资本主义尾巴给偷回家，不怕戴着高高竹签帽，吊着木板子游街吗？

不可能偷回家，乔奶奶的羊妮子跟乔奶奶亲如母女一般，感情好着呢。离了乔奶奶，羊妮子也会像乔奶奶想它一样想乔奶奶的。羊妮子脾气犟着呢，想苦了，羊妮子谁都不会理会，一定会仰着脑壳咩咩地哭着，倾诉想家之苦，这都是乔奶奶从小惯的。偷羊人别说没羊妮子最爱吃的黄豆渣，即使有，羊妮子照样边吃边咩咩叫。谁敢把这样一个爱闹情绪的尾巴藏在家里，等着把公安和割尾巴的工作组招来？

还有一种可能，就是将偷来的羊妮子藏在麻姑山的哪座破庙里，羊妮子哭破嗓子也没人听到，没人听到就没人告诉乔奶奶；没人告诉乔奶奶，乔奶奶就不能来救它。可是麻姑山连绵起伏，丛林覆盖，深不见底，山里面的寺、庙、庵那么多，羊妮子究竟藏在哪个寺里，哪个庙里，哪个庵里？神仙都不知道，铁把更不知道。

铁把想到一个办法，他悄悄地把北街少年召集起来，安排他们在南北街私下布下眼线，帮乔奶奶寻找羊妮子的下落。

铁把这样做自有他的道理。青水镇上的南北街少年虽然经常开战，但这事与大人好像无关。谁家孩子开战中被瓦片、砖块、石子砸破了头，顶多家里大人带着去南街或来北街对方孩子家中讨上三个荷包蛋吃了。回来的路上，没过观莲桥，倒会拎着自家孩子的耳朵，悬在半空，训斥自家孩子不机灵，没出息，丢娘老子脸。凭啥不让花家小子脸上开花，老亲娘给他烫五个荷包蛋。因为这样的原因，南街北街少年在开战中受伤很少告诉家人。头上开了花，手臂蹭破了皮，有血流出来了，大人追问起来，孩子们也只会说上山采野果摔了跤，要不就是被山上滚下的碎石砸中了。青水镇南北两街的男人照常蹲在观莲桥的桥墩下抽烟，说庄稼，谈女人；两街的女人照样互借鞋样，互借油米。知道底细的人也就不觉得奇怪了，青水镇北街的丫头嫁到南街，南街的姑娘嫁给北街的小伙，亲连亲，亲缠亲。铁把的奶奶就在南街花记篾匠店当掌柜，铁把大姑姑花盛开，大叔花筐箩，二叔花箩筐，三叔花筛箩，二姑花鲜艳，四叔花笊篱，五叔花簸箕，三姑花芬芳都在南街。南街少年战斗队中勇敢的战士花荣光就是铁把叔叔的儿子、铁把的堂弟弟。

铁把看准了南北街这样的血脉相连关系，佯装布眼线是给南北街来个虚张声势，给盗羊贼来一个兵临城下、天罗地网的感觉。这招他不知从哪本小人书上学来的，他称这招叫搅浑水。搅浑水就是为了摸到水中的鱼，找到那个连脚印都未留下来的盗羊贼。他不是没想到常常黑夜潜伏到北街来的金天牛，但很快被他否定了，金天牛尽管也聪明，那不过是小聪明。他做不到来北街盗一只羊连脚印也不留下来，他也做不到来北街纵深处盗一只羊，连鸡都不叫。鸡不叫，狗也就没叫；狗不叫，八里棚牛棚里的牛也没叫；牛没叫，乔奶奶的羊妮子也就没叫。

这个金天牛做不到。铁把想。

铁把斗牛

保珍将秘密告诉铁把已经是十多天后的事了。

不是保珍贪玩忘事，是家里出了点事——她外婆去世。保珍她妈带她到无锡奔丧去了。

保珍还是拱在她妈怀里吃奶的时候，跟她妈一起送哥哥到无锡外婆家来过。来一趟也不容易，一条破轮船，从扁担河开到濑水江，又从濑水江开到大运河，晃晃悠悠的得坐上五六个小时，目的地还没到，还要二舅开了拖拉机颠过十八湾。保珍晕船晕车，一路上她差点把肠子都吐了出来。丧事办完后，她二舅就带着保珍去了无锡好玩的地方。太湖自然要去，都说太湖美，美在太湖水，可是在保珍眼里，太湖还不如家乡的大溪水库和沙河水库干净、漂亮，波光潋滟。鼋头渚就更不用说了，巴掌大一块地方，还不如麻姑山的一个岭。保珍想，无锡除了大街上自行车多一点，人多一点，还不如青水镇好玩。也不是青水镇好玩，是青水镇上可以一起玩的小伙伴多。

回来时，保珍她娘带回了她的哥哥保兴。这自然是保珍最开心的事，她不仅在青水镇上多了玩伴，北街少年战斗队不久还将多出一个战士。她觉她哥一定会成为北街一名出色的战士。保珍特别羡慕保兴，生来就是男将，可以参加少年战斗队，可以整晚在麻姑山参加战斗。要是她早出生半小时，那个保兴就是保珍了。保珍的羡慕里还有了一份嫉妒，但更多的还是开心。保珍看着比她早出生半个小时，而个头比她足足高一个头的保兴，喜悦就放在了脸上。

保珍将长满香瓜、蘑菇的神奇小岛的秘密和金天牛夜闯北街的情报告诉铁把后，铁把并没有表现出保珍想象中的欣喜，或惊讶，这让小姑娘多少有点失落。神奇香瓜岛的秘密她连乔奶奶都没泄露，她的姆妈都没告诉，她相信了铁把——一个外来人，一个黑户。她把一个足以撑破她心脏的巨大秘密告诉他，结果呢？他似乎满不在乎，他只是从鼻子根部哼出了三个字——知道了。

"知道了？我不告诉你你能知道？"保珍不满。这丫头什么事情都放在脸上。

保珍又想起自己为了北街少年战斗队的安危，黑夜盯梢，挨饿，受寒，感冒发烧，清鼻涕流了好多天。可是，铁把还是不让她一个女娃娃参加北街少年战斗队，还是不点头批准她成为少年战斗队的一名战士。

女娃娃怎么了？电影里的女英雄多了去，《红色娘子军》中的吴琼花，《洪湖赤卫队》中的韩英，哪个不是女儿身？

保珍委屈了，她不干了。

保珍不理铁把了，就是在乔奶奶家碰到了也不理。司令就了不起了？哼！保珍狠狠地想。

不过这种委屈并没有持续几天。她哥哥保兴从无锡回来后，她一下子就沉浸到难以言表的喜悦之中。

她觉得她的每个毛孔都舒展了，每个毛孔里生长出了她喜欢的花——山银花、木槿花、羊踯躅花、一枝黄花，开了满山遍野。

　　保珍再也藏不住心中的秘密了，她的秘密也要开花了。那天，保兴、保珍兄妹俩本来在麻姑山上割猪草，割着割着，保珍突然想起了一件事。她说："哥，我带你去一个地方，那儿的猪草又嫩又鲜，队上的牛吃了都不愿走。"又把嘴贴到了保兴耳根，"不只是草又鲜又嫩，松树底下的蘑菇一圈一圈开会呢，像幼儿园里的娃娃。还有藤蔓上结着的香瓜，一个个长得像和尚的光脑壳，可爱死了。"

　　可是问题来了。保兴是无锡长大的孩子，不像濑水江边长大的孩子，个个都是水葫芦，一个猛子能从濑水江东扎到江西。保兴不会游泳，怎么去那个濑水江心的神秘小岛？

　　偷了社里捕捞队的船去，一定会让捕捞队发现。捕捞队管事的是她三叔，本来就有麻子，再加上不苟言笑，一脸晒干的地瓜，谁见了都觉得像打碎的豆瓣酱，黑乎乎地黏在脸上。保珍打小怕三叔，青水镇上的小孩都怕三叔，哪个小孩子要赖不听话了，大人只要站门外吆一声"三麻子来了"。一声就灵，胆小的孩子一准躲进衣橱，或者钻进床底下。

　　还有一个办法就是向亮瞎子爷爷借牛，亮瞎子爷爷心善，好说话。况且不只是老马识途，老牛也识途。上回保珍也是迷迷糊糊被牛带到岛上去的，若是骑了牛去小岛，都不用找路。这么一想，保珍十分开心。

　　牛是很温顺的，骑在它背上双腿夹紧了，手里的缰绳拽住，叫它向左，手里缰绳往左勒；叫它向右，手里缰绳往右勒；叫它向前，拍下牛后背。千万不能用柳枝抽牛耳朵，抽了就要了命了，牛就撒了野了，勒缰绳也不管用。牛背上的人轻一点会被它摔成骨折；重一点，被它一脚踩在胸上，人就没了。下水的时候，要紧拽牛角，牛头是不会沉下水的，不会游泳也淹不了。

　　保珍交代保兴，像一个大姐姐，或者像一个小母亲。

　　可是还是出事了。

　　不是保兴出事，是保珍出事。

　　也不是保珍出事，是保珍骑的牛出事了。保珍骑的那头母牛正处于发情期，母牛突然嗅到远处陌生公牛的气息后先是停下了，后扬起了脖子，长长地"哞"叫了一声。保珍有经验，知道不好，可是来不及了——母牛飞起了四蹄。保珍勒紧缰绳，可是不管用，保珍着急了，她不知道该怎么办，她急得叫哥，可是保兴又有什么办法。母牛疯了一样扬蹄飞奔，根本不听召唤，完全不是之前保珍驭牛时，用小柳枝在它后背抽一下才跑几步的乖顺的样子。

　　畈田里劳作的社员惊呆了，他们没有听到飞机的轰鸣声，可是他们看到了铁把不知从哪冒出来，双手挥舞着，突然就发动了双腿的发动机，飞向了保珍骑的那头牛。

　　社员们都停下了手中的活，双手抱着农具，举目观望。他们起初以为铁把那傻小子因为几天没听到飞机的轰鸣声，没能追飞机，腿痒了，才去撵一头牛。他们总觉得是保珍故意铆足了劲赶着集体的牛，让铁把过一把追飞机的瘾。他们中甚至有社员在队长昌明耳边嘀咕，这是有意损坏集体资产，建议昌明扣海福家的工分。他们生怕铁把二叔花箩筐伤心，窃窃私语时尽量不让花箩筐听到。

可是，情况越来越不对劲，铁把居然跑到牛前面，一手抓一只牛犄角，跟牛较上劲了。畈田里的社员都以为花箩匠的孙子换了新傻法，追飞机改成了斗牛了。他们还看见铁把脱了上衣在牛前面舞动着，样子倒真像他们从纪录片中看到的斗牛士。他们中有的甚至幸灾乐祸地远远嚷嚷着叫铁把加油，或者叫花箩匠的孙子加油。这等于明着取笑花箩筐有个傻侄子。青水镇八辈子也没有出过这样的活现世宝，真是丢了祖宗的脸。花箩筐在埋头干着活，他为有个活现世宝的侄子而羞愧不已，恨不得在畈田挖个地洞钻进去。

还是昌明眼尖，他觉得这孩子不像在斗牛。究竟在干什么，他一时还没弄明白，但他总觉得有不对的地方。

突然，昌明叫了声："箩筐，不对劲，孩子怕有危险。"他扔了手中的农具，就往濑水滩奔去。看热闹的社员们也说："不对劲，孩子怕有危险。"都扔了手里的农具，往濑水滩奔去。埋头干活的花箩筐不知道发生了什么，也扔了农具，跟着懵懵懂懂地往濑水滩奔去。

等队长昌明和社员们赶到濑水滩时，保兴正坐在一块草皮上，嘴里咀嚼着一根牛筋草，看着天空发呆。他旁边的保珍正在嘤嘤抽泣，哭得脸色刷白。不远处，铁把骑在那头被他用上衣衣袖套住牛角、蒙了双眼的牛的背上，发情的母牛原地挪着四蹄，上下摆动着脑壳。那件罩在它眼睛上的青布上衣，像一面黑旗，挂在它的牛角上上下摆动。

铁把斗牛的事从此成了青水镇上的一个话题。几十年后，这件事还在青水镇上流传。尤非之前人们说的，北街八里棚黑户铁把，别看他傻，能撵飞机，能斗牛呢。十四五岁就能把一头发情的大母牛训得服服帖帖的。少年英雄铁把的故事，在青水镇一代又一代的青少年中流传。

金天牛的新任务

金天牛不知道应该把羊藏在什么地方。

那天，民兵连长告诉他，他要亲自上阵盯着乔奶奶的阶级斗争新动向。他越想越不对劲，就想到了乔奶奶后院羊棚里养的羊。那头母羊产奶期的奶水都喂给了青水镇上缺奶水的孩子们。不在产奶期的可爱小母羊就成了青水镇的孩子们的小玩伴。乔奶奶家后院养的羊，其实大多数青水镇的乡邻都知道，但是没有人向大队部告发。大队干部也不是不知道，他们只不过睁一眼闭一眼，他们中有自己的儿女，或者孙子孙女也曾吃过乔奶奶的羊妮子的奶，或者做过羊伴。可是民兵连长金建国不一样，他结婚快十年了，老婆一直没生，或者他也知道乔奶奶家后院有一只羊。其他大队干部都睁一眼闭一眼，他没理由睁一眼闭一眼。现在不同了，乔奶奶已经与弹花店阶级斗争新动向联系上了，金连长要亲自上阵了，羊的尾巴怕是藏不住了。金天牛知道他这个当民兵连长的堂哥什么都干得出，上回乔奶奶一院子的新鲜蔬菜就牺牲在堂哥锄头底下。谁见了被砍了头、汁流满地的一院新鲜蔬菜都会伤心。金建国却扛着锄头，唱着他的《打靶归来》，雄赳赳地走了。

羊是乔奶奶的妮子，要是羊尾巴也像蔬菜一样被割了，那乔奶奶还怎么活呀？

金天牛拿定主意，先把乔奶奶的羊妮子转移走，而且还不能让乔奶奶知道。知道了，乔奶奶一准牵挂，一牵挂就会出事，就会三天两头地踮着一双小脚奔她的羊妮子去。乔奶奶行动不便，一在街面上出现就会引人注意，就会暴露目标；她的目标一暴露，金天牛的目标也就暴露了；金天牛的目标一暴露，他就不能经常潜伏在北街，不能经常潜伏在北街就无法完成组织交给他的任务了。

可是，如果现在不让乔奶奶知道，事后知道了那叫偷。他有一百张嘴也解释不清楚呀，让青水镇上的乡邻都知道，南街少年战斗队的司令原来是个贼，这才叫丢脸。

其实，铁把把金天牛想错了。羊妮子是被金天牛下定决心后的一天凌晨牵走的。那个时候，扁担河里的水气正向青水镇弥漫，整个青水镇的乡邻还在梦中呢。金天牛平日里睡在红星中学看大门的金家大爷那里。金天牛爹娘一口气生了兄弟姐妹七个，一张竹片床上挤了兄弟姐妹七人。半夜谁睡累了，身体翻个方向，要叫醒其他六兄弟姐妹。金家大爷一个人睡学校，难免寂寞。堂哥金建国出面，让金天牛睡学校同金大爷做伴。这也是两全其美的事。

金天牛是从后窗钻进羊圈的，因为是熟人，羊妮子也没叫。他用一只旧麻袋套羊妮子的头，又从后窗跳了出去；将羊妮子拴在后窗一块麻箍石上，进屋后又将那捆稻草塞在窗户里。

金天牛先将羊妮子藏在学校后院的一间柴房里。学校本来就是金家的旧祠堂改建的。从学校厕所边一堵围墙的旁门走出去，眼前是一条小径和一片白杨树。白杨树的尽头是一间小屋，原来是看祠堂的金家老前辈住的小偏房。祠堂改成学校后，小偏房改成了学校小柴房。小柴房本来就很少有人进去，现在金天牛又找了把锁，将厕所旁的那道门给锁上了。羊妮子就是寂寞了，想家想乔奶奶了，发脾气哭叫，也没人听到。

金天牛觉得自己做了一件大好事，可他万万没想到，铁把为了帮乔奶奶找羊妮子在青水镇布了眼线。

学校碰到了铁把，也不能跟他摊牌。摊了牌也说不清爽，你说为了保护乔奶奶的羊妮子，才将羊妮子藏在学校柴房？人家说，羊妮子没招谁惹谁，怎么就有危险了？你得一五一十地把来龙去脉说清楚，哪个环节也不能落下，哪个环节都不能出纰漏。你说民兵连长金建国亲自盯梢乔奶奶的阶级斗争新动向，怕羊妮子被发现了，被割了尾巴。可是你讲着讲着就出了纰漏，人家又要问了，你是怎么知道民兵连长金建国亲自抓乔奶奶的阶级斗争新动向的？再说下去不仅自己当密探盯梢的事败露了，还得把金建国同志出卖了。

铁把这个流浪儿的鬼点子真多。难怪自己盯了那么久的梢，硬是拿不到他的把柄。

得赶紧把羊妮子转移，若还放在学校柴房里，尽管围墙的门锁着，钥匙在自己手里，可是学校毕竟是公共场合，说不定哪个校领导想到后院视察视察，叫金大爷打开厕所旁围墙上的小门；说不定哪个淘气的同学不愿在厕所里拉屎，翻了围墙去白杨树林里拉屎。一切皆有可能，任何一种可能都会败露羊妮子的存在。

如果运到麻姑山庙里藏着，即使不饿死，羊妮子也成了麻姑山野狼的一顿晚餐。

往哪儿转移呢？这么一想，羊妮子竟成了烫手的山芋，成了累赘。

金天牛犯难了。

乔奶奶丢了一只羊的事让民兵连长金建国知道了。金建国说过，他是顺风耳千里眼，青水镇的一举一动、风吹草动都在他眼底收着。

金建国把金天牛叫到濑水江的一块滩涂上时，金天牛已经意识到了问题的严重性。平日里，有什么事，金建国总是让门卫金大爷把他叫到大门旁的那尊石狮边，或者干脆就在青水镇的哪条街的街口，把金天牛叫到一边："天牛，跟你说个事。"然后附在他耳朵边，一件事就交代完了。今天不一样，今天金建国把金天牛约到了野外的濑水江滩。一个大队支委、大队民兵连长把一个青水镇上的一个青头少年，约到濑水江滩谈话，该是多大面子。这在青水镇上还是大姑娘上轿——头一回。金建国在江滩的草地上抽着烟，来回走着，也不说话，一会儿仰头看看天上的云，一会儿低头看看江面，一会儿又放眼远处江面上的点点白帆。一边的金天牛待不住了，金天牛待不住也不能放在面上，他跟着看云，跟着看江面，跟着看点点白帆。

抽完两根烟，金建国不来回走动了，也不看云，也不看江面，也不看白帆，而是看着金天牛，看了半天才说："天牛呀，乔老婆子家什么时候有一只羊了。"他也不说丢羊，单说有羊。有羊跟丢羊不一样，有羊是一个时间跨度漫长的概念，丢羊是一瞬间。

是啊，乔奶奶家什么时候有羊的？好像十年前，好像二十年前，好像自从乔奶奶住进西坡巷一直就有。但是，金天牛没说。

金天牛没说是在等他堂哥说，他知道金建国的话还没说完。

金建国说："我叫你盯梢快半年了吧？"

金建国没说金天牛盯梢半年没发现乔奶奶家有羊。

他又说："羊会丢哪里去呢？"

不等金天牛回答，他又说："天牛，你怎么看这个事的呢？"说完他又点了一支烟。

"我，我，我，我不……我不知道。"金天牛说的不知道，也不知道是不知道怎么看这个事，还是不知道羊丢的事。他本来对藏在学校小柴房里的羊就犯难，现在把金建国他叫到濑水江滩开门见山就说羊的事，金天牛心里发虚，不知道该怎样回答金建国一连串的问题。

"形势复杂啊，我们的眼皮底下竟藏了这么大一条尾巴，你说怕不怕人？"金建国原也没打算要眼前的少年回答他的问题，他像自言自语，又像自问自答。

"会不会乔奶奶家根本就没有羊，只是街面上的人饭后无事，随意臆造故事说着玩的？"金天牛终于接上了话。

"我也希望只是青水镇街面上的一个传说，我也希望根本就没有乔老太婆丢羊的事，最好是从来就没有在青水镇上存在过这只羊。"

金建国在金天牛脸上睃了一眼。

金天牛暗暗吃惊，他不能在堂哥面前承认乔奶奶的羊是他藏起来了。

"早先听说乔奶奶养过羊，是大队批准的，后来就不知道她家养羊的事了。"

金天牛垂下头，他尽量回避着与金建国的目光正面交锋，装作心不在焉，有一搭没一搭地一只脚来回蹭着脚底下一簇针针草。

"还不只是一头羊那么简单，青水镇上的街坊私下里都在传说着田螺姑娘下界种地，专门接济青水镇上揭不开锅的乡邻。"

听起来还是说羊的事，但金建国已经从一件事扯到了另一件事上。

"扯淡！"突然，金建国几乎叫了起来，"明明是阶级斗争新动向，还装着弄神弄鬼，说什么田螺姑娘下界。这世上哪有鬼，哪有神，哪有妖，都是人装的。"

金建国又说："还不知道有多少更大的尾巴隐藏在青水镇，隐藏在茫茫的天目山脉麻姑山。"金建国好像正拿着望远镜在天目山的密林中一遍一遍地仔细搜寻着。

"建国哥，小声点。听说当年麻姑山灵官庙很灵的，二伯母都信。"金天牛的二伯母是金建国母亲。金天牛这时似乎明白，金建国其实还是扯的一件事。

"灵有什么用，还不是给拆掉了。"金建国不信这个邪。

突然，他想起了什么，拍了几下自己的前额，对金天牛说："天牛呀，我后来想了，你毕竟还年轻，经事少，上次组织交给你的任务，目标太散，难度有点大，你可能摸不着头脑，这次组织交给你一个目标明确的任务。"

金建国将金天牛拉到草皮上坐下，说："过几天，公社要组织社员去南京开挖秦淮河水利工程，所有劳力都去。弹花店你就不要盯梢了，弹花店里的夫妻也被我们派到水利工地去了，这么一项伟大的水利工程不能让他们不流汗。你趁镇上的劳力都出工，带上你们南街战士，去天目山脉的麻姑山，去雪飞岭，去野猪岭，去剥虎岕，去深涧岕，翻遍整片山林，挖地三尺，也要找出田螺姑娘种的那块地。我就不信，天下还有一块是神仙耕种的地。"

金建国见金天牛木呆呆地盯着他，又说："我和大队部的领导都是看重你的。我们经过慎重考虑，都觉得只有你才是青水镇少年中最有希望的共产主义事业接班人。这回可不能再辜负组织对你的信任了。"

像长辈对晚辈那样语重心长，金建国说话前先是用手来回摸了摸金天牛的头。金天牛最烦人家摸他的头，爹娘也不行，他拧了拧脖子，把头从金建国的手掌下挣脱出来。

金天牛其实有点烦这样的游戏了，可是他仍然觉得组织交给他任务是光荣的。

金建国是军人出身，他习惯队前训士兵。他先站了起来，又叫金天牛也站起来，然后大声问金天牛："金天牛同志，有没有决心完成任务？"

金天牛在南街北街少年战斗前也经常学着他堂哥的口气对南街战斗队的少年训话，可是今天面对他的堂哥，他却严肃不了。

金天牛耷拉着脑袋，笑出了声，这让金建国很失望。

金建国在金天牛面前立正着，板着脸，大声说道："金天牛同志，你是青水镇上的杰出少年，是南街少年司令，请你严肃点，大声回答我，有没有决心完成任务？"

金天牛吓了一跳，他突然想起，不是自己带领的南街少年战斗队与北街少年战斗队在玩战斗游戏，面前站着的虽然是堂哥，但他是大队民兵连长，代表一级组织。他慌慌站正了，像一个刚从睡梦中醒来的战士，揉着惺忪的眼睛，突然被告知，首长进班组例行检查。他手忙脚乱，左手打了个敬礼："报告连长，保证完成任务。"他一想不对，又将左手换成了右手；又一想还是不对，刚才堂哥还称自己是南街少年司令，怎么一个司令向连长报告？金天牛傻傻地站在他堂哥金建国连长面前不知所措。

金建国本来一脸严肃，金天牛的一整套滑稽动作把他逗乐了，但他毕竟干革命工作多年，在一个毛孩子面前，他还是收敛了自己的笑容。

临走时，金建国一句诡秘的话把金天牛吓得鼻尖直冒汗。

金建国说："至于那头羊，你就看着处理吧。"

莫非金建国什么都知道，难道金建国也在盯我的梢？

金天牛摸不着头脑了。

青水镇

青水镇是南方的一个不显眼的小镇。它静卧在苏、浙、皖三省交界的天目山余脉的繁枝密林和变幻云雾之中，四周群山簇拥，草叶葳蕤，村落起伏，神秘、潮湿，充满诱惑。

濑水江的支流扁担河从镇中央潺潺而过，把青水镇分成了南街和北街。一座观莲桥连接南街和北街。扁担河上接大溪水库、沙河水库，下连太湖，直至东海。大溪水库、沙河水库由天目山脉崇山峻岭间的千百条涧溪汇集而成，水库湖面水光潋滟，干净而调皮。

青水镇南街喧嚣、热闹，北街沉稳、内敛。

我们勇敢的南街和北街少年战斗队的很多战斗都在天目山余脉的麻姑山的繁枝密林中进行。

现在已是隆冬腊月，秦淮河水利工程已经掏空了镇上的所有劳力。学校也已经放假，南街少年、北街少年却没有闲着，他们现在是青水镇上真正的男人。防盗防火防狼，他们要做的工作很多。他们白天组织队员进山，分头对麻姑山、雪飞岭、野猪岭、剥虎岕、深涧岕这些属于青水镇的地盘进行森林防火巡视；晚上，组织小分队，三五人一组，南街少年巡视扁担河以南地界，北街少年巡视扁担河以北地界。每条街、每条巷，甚至旮旯胡同，都要来回巡视。通常边巡视，领头的小队长嘴里还要吆喊"各家各户，谨防火烛"。队员们也齐声跟着吆喊"各家各户，谨防火烛"。领头的队长又喊"天干地燥，防火防盗"。队员们又齐声跟着吆喊"天干地燥，防火防盗"。其实，要不是出了一档盗羊的事，青水镇老百姓记忆里，盗窃的事还是新中国成立前发生的。那也不叫盗，谁饿慌了不到路边地里刨一窝红薯？谁路过瓜田李下不摘个鲜？不过，这样的事新中国成立后还真是没有发生过，即使在饿得得浮肿病的年代，生产队地里的瓜熟爆了，也没发生过偷盗事件。说起来真是怪事，县上开治安先进工作交流会时，其他乡镇的干部听了青水镇的经验交流，都说青水镇上老百姓的意志是钢铁铸就的，这要放在战争年代，老虎凳、辣椒水、钉竹签都不能让青水镇出一个叛徒。

除了白天黑夜组织小分队防火防盗防狼巡视外，金天牛还有一项特殊任务：暗中查找那块传说中田螺姑娘种的地。这是组织又一次交代他的有目标的任务。

铁把也有一项特殊任务：暗中查找乔奶奶被盗的羊妮子。铁把的任务是自己给自己下达的。

两位司令都在心里暗暗较上了劲。

拳头那样大的风，一记一记地打在青水镇街面上，街面的梧桐残叶被风翻卷着。麻姑山上的黑松林涛声汹涌，满江涟漪的濑水江暗流涌动，看似冷清的青水镇风起云涌，像是要下雪了。

又是半个多月过去了，整个麻姑山的旧寺、旧庙、破庵，还有野猪岭那边的道观都找遍了，还是不见羊妮子的踪影。羊妮子找不到，乔奶奶的病也不见好，真是急人。虽同属天目山脉，再往北找就是安徽地界，再往东找就是浙江地界，即使找到了，也是跨地界、跨省的纠纷了，铁把还没有能力处理跨省、跨地界的纠纷。镇上的南下干部胡社长也没能力处理跨省、跨地界的纠纷。再想想，省与省之间的治安卡口上，二十四小时都有各省民兵、公安重兵把守，抓的就是扰乱社会主义市场经济的投机倒把分子。你即使侥幸混过了江苏地界的治安卡口，安徽地界你也不一定蒙得过去。安徽地界蒙过去了，浙江地界也难办，浙江人多精明。再说了，你能蒙过省界的治安卡口，接下来还有地市的治安卡口，县、公社的治安卡口。去年，铁把做篾匠的花爷爷带全家编打的一些篓子、背篼、凉簟、簌器等竹器，准备偷运到安徽去卖，江苏的治安卡口已经过了，偏偏让浙江的治安卡口给逮了。花爷爷的花记篾匠店因涉嫌投机倒把被查封，民兵把花爷爷揪到镇上的大礼堂斗过几次，关过公社水塔，要不是铁把大叔花筌当兵在外，家里是军属，花爷爷怕早被收押了起来。花爷爷虽然幸免收押，然而他祖祖辈辈经营的花记篾匠店却充公了。充公也不是交给社里，而是社里提供毛竹、藤条、柳条等原材料让花爷爷带领全家编织社里社员生产用的箩筐、筛箩、笊篱，编一只筛箩记十分工，编一副箩筐记五分工。条件是花爷爷他们不允许私自帮街坊邻居编织篓子、背篼、凉簟、簌器这一类家庭私人用品。现在，一只咩咩直叫的羊妮子想通过那么多治安卡口，走出青水镇地界，你以为是电影里胡编乱造的乔装成送菜老百姓的地下党，蒙过日伪哨兵进城炸弹药库那么容易吗？

这么一想，铁把反而高兴了，羊妮子保不准还在青水镇地界。只要在青水镇地界，就有希望找到。

高兴只是一时的，新的烦恼很快就来了。羊妮子丢失一个多月了，听不到一声咩叫，也看不到一点影子，会不会饿死了，或者成了谁家的盘中餐？

与铁把一样烦恼的还有金天牛。羊妮子已经待在小柴房里一个多月了，这可比伺候一个人还难，关键是它不像人一样懂人的思想，体贴人。每天还要别人割了青草去喂养，大冬天到哪里找青草哇。每次去喂食时，它还总像一个害羞的小姑娘，见他就躲闪，不让他碰一下嘴巴，摸一下耳朵。不只这样，它还仰着头，咂着小嘴巴，咩咩直叫。原来羊妮子见了熟人是不叫的，可能离开乔奶奶的时间长了，想乔奶奶了，现在见到熟人也叫。

金天牛最怕羊妮子叫唤了，它一叫，他心里就发毛，发毛也不敢骂，更不敢打。羊妮子好像知道金天牛心里的怕，金天牛一开口骂，羊妮子就叫得更欢。金天牛用手摸着羊妮子头部，想安抚一下羊妮子，他实在没想到羊妮子会掉过头来咬他一口。

这死妮子，咋在乔奶奶羊圈里这么温顺，在这里就这么狂躁，养不熟。

说实话，金天牛到现在有点后悔当时的冲动了，还不如让金建国割了死妮子的尾巴，那样更省心。羊妮子好像猜到了金天牛的心思，突然仰起头冲小柴房的窗户咩咩地叫了起来。

金天牛赶紧拎了一捆柴草，将窗户堵上。

金天牛决定了，要把羊妮子送回乔奶奶的羊棚。

战斗打响了

这一次战斗是因为一筐牛粪。

铁把已经好长时间没有发现身后的影子了。那天早上，他背了一筐牛粪，准备去香瓜岛上追肥。乔奶奶说了，冬追一担肥，秋收三石麦。土地就像人一样，别看它冬天赤裸着身体懒洋洋地晒太阳，这样的季节更需要补充养料。

铁把没想到在头陀岭碰到金天牛。他更没想到，金天牛现在不盯梢了，他有新任务了：在麻姑山寻找田螺姑娘和她的世外桃源。不盯梢当然就没了影子。金天牛在麻姑山碰到铁牛也是巧遇。

金天牛盯着铁把的牛粪筐。

铁把也不示弱，金天牛不是想看吗？好。他索性将牛粪筐端到了金天牛眼皮下，让他看个够。

金天牛自然不是好惹的，他盯了半年多，心里一直对铁把的牛粪筐有疑惑。

"铁把，你这牛粪哪捡的？准备背到哪去？"金天牛追问。

"你管不着，反正你们家没有牛。"铁把搁下了牛粪筐。他不能说出香瓜岛的事，只能跟金天牛绕。

"这事我今天还真管定了。我们家没有牛，但生产队有牛。生产队的牛是集体的，牛粪是生产队的牛拉的，自然也是集体的，捡了牛粪属于侵占集体资产。"金天牛对自己的推理感到很满意。

铁把绕过金天牛后，嘴巴嗞了一下："这个牛粪是牛拉在牛栏外的，捡了是废物利用。"

金天牛踹了一脚牛粪筐，那带着青草酸味的牛粪臭味一下子弥漫开来。金天牛说："牛粪拉在什么地方不重要，拉在野外烂了，生了虫也不重要，重要的是公家的，集体的，捡了就是侵占集体资产。再说了，你在青水镇还没有户口，还是个外来户，也就是野人，更没资格捡青水镇的集体资产，你更应该夹着尾巴做人。"

金天牛说这话就有点过了，有点咄咄逼人的架势了。他堂哥——民兵连长金建国都没有这样咄咄逼人地说过话。

铁把不知道是被金天牛踹了牛粪筐惹气了，还是说他是野人，让他夹着尾巴做人惹气了。总之，铁把是真的生气了，他的火是一下子冒出来的，少年的冲动来了。他的目光像刀片一样死死盯了金天牛足足五分钟。盯得金天牛头皮发麻的一瞬，他突然提起那筐牛粪，一下子扣在金天牛头上。

金天牛从铁把的目光中感受到了铁把的愤怒，他以为铁把会一脚踹来，或者一拳劈来，他已经做好了准备，迎接一击。他委实没有料到铁把会将一箩筐牛粪扣在他头上。青草酸味的牛粪臭味一下子扑进了他鼻子，钻进了他胃里，翻江倒海，势不可挡。

金天牛挣脱了半天，结果泥匠粉墙面，糊得全身皆粪。他想扑向铁把，也把牛粪糊在铁把身上，可是铁把已经攀上了高处的一块岩石，正一脸嘲笑地看着他一身脏样。

金天牛明白，单挑的话，他是打不赢铁把的，这口恶气他实在吞不下，他要下山搬救兵去，他要跟铁把决一死战。

下山前，金天牛几乎咆哮了起来："铁把，你等着。"

青水镇的少年打仗可以你死我活，但骂粗话金天牛还是头一回，这回铁把算是把他治狠了。

战斗是傍晚时分打响的，战场就设在雪飞岭。

双方约定，各出十五个兵，北街少年为守，南街少年为攻。时间限定七天，守破为败，反守为攻或将攻者赶出雪飞岭为胜，败方从今往后不允许再踏进雪飞岭半步。

青水镇的少年都知道，雪飞岭易攻难守。它背靠滔滔濑水江，毫无退路，左邻野猪岭，右为悬崖。左路、右路都撕不开缺口，撕不开缺口就无法反攻。纵深不到五公里，无迂回曲折的地形，更不宜展开游击战。只有正面迎敌，但根据地形判断，正面迎敌是很冒险的一着棋。弄不好，进攻者放一个袋口，等防守者钻进来后，再扎紧袋口，这样就有全军覆没的危险。更要命的是，守者防守的只是孤岛一样的山岭，而攻者只要佯攻为主，以守为攻，要不了三天，守者就会粮尽弹绝，乖乖受降。

金天牛安排五个人守在左路，左路虽毗邻野猪岭，理论上是守军最易突破的防线，但因为背阳，不长成材树木，奇石怪岩，缝里长出的都是全身长满尖刺的小灌木、小乔木。平日里上山劳作的社员，从野猪岭到雪飞岭还得绕道。金天牛又安排两个人守在右路悬崖边，右路悬崖有社员进山劳作时当作临时歇脚的山洞。右路更是金天牛放心的地形，因为向阳，采光充足，悬崖下长的树木高大伟岸，草木葳蕤，森林覆盖严密，这样的地形极易迷惑敌方。

铁把却不这样部署他的兵力，他原来最擅长游击战，根据战场特征，现在不宜展开游击战。他白天只在左翼右翼各安排一个少年巡视，中路让保兴带两个少年盯着，叮嘱保兴：若遇到敌方从正面攻击，只需做个样子还击几下，把精力集中在拾拾对方打上来的石子、碎砖、青瓦。他则带着十多名少年在雪飞岭寻找野果、野黄豆，拾掇用于生火的枯枝。少年中也有持不同意见的，认为只要战斗七天，又不是持久战，何必囤积这么多粮食。铁把笑了，他说，兵马未到，粮草先行。铁把把游戏玩真了。

保兴没有听铁把的，他悄悄带了三个少年战斗队员从左翼的悬崖下山，潜进了黑松林里。擒贼擒王，他要趁天黑时借着黑森林这个巨大的屏障，悄悄包抄到金天牛的后腚，将金天牛生擒。

战斗打响的时候，太阳已经挂在了西山的树梢上了，红彤彤一片，像把整个麻姑山都点燃了。北街少年在巨石后避风的山洞里，正在用铁皮铅笔盒架在篝火堆上炒着二黄豆（一种野生黄豆），准备着晚餐。突然，前方哨兵传来警戒信号。

第一轮攻击十分猛烈，石子、碎砖、青瓦片像雪片一样飞向了雪飞岭，耳边满是呼啸而来的子弹击落树叶的飞行声音。雪飞岭守阵的北街少年不敢懈怠，他们从子弹呼啸声的密集程度辨别着敌方人员数量，从子弹飞行速度、飞行距离中辨别着敌方人员配备。人多自然子弹密集，这个不用说。若子弹飞行速度快，飞行距离远，无疑，金天牛布局在正面的人员一定是南街少年战斗队的中坚力量，说明金天牛将战略重点放了正面进攻上，铁把就要在左翼右翼想办法撕开缺口。若飞行速度慢，子弹还没到家门口就落了，说明正面是佯攻，这就要防止金天牛从左翼右翼包抄上来，端了北街少年的老巢。

现在，不仅飞过来的子弹密集，而且每个弹片都擦着头皮，擦着树梢呼啸而过，快捷而果断，将乔木叶、灌木叶、宽的叶、细的叶、圆的叶打得片片纷落，落在树干上、岩石上的子弹反弹后，发出邦邦的回响，干脆而利落。这说明南街少年把战略集中在正面进攻上了。躲在岩石后，或者草丛中战壕里的北街战士，或激昂，或恐惧，或悲壮，或怯懦，他们手里都紧攥子弹，不敢有丝毫放松，他们单等着铁把一声令下。

半个小时后，子弹似乎有所减少，铁把传令保兴的那个小分队从右翼佯攻。可是，哪里还见保兴？铁把以为他多吃了夹生的二黄豆去拉肚子去了，他只好令另一个少年带一小队从右翼佯攻，并示意矮胖子那个小分队从左翼佯攻。正面中间留下缺口，故意让敌方钻进来，他亲自带其他少年，埋伏在两旁杂草和小树林中，单等南街少年冲进来，好来个瓮中捉鳖。

战场似乎不是铁把预料的，南街少年并没有挺进。

夜已经来临，几颗雪粒子扑打在脸上。夜黑处，不知道谁吃多了二黄豆，放了一个响亮的屁，引了一片骚乱。嬉笑过后，有几个少年正想仰头观察一下对方战场情况，突然一阵密集的子弹又飞了过来，仰头的少年赶紧缩回了脖子，摸了摸脑袋，看是不是受伤了。

接下来又是一片寂静。白天受到骚扰而逃离洞穴的野兔，正一惊一乍，一步三探头地悄悄回洞，一双双蓝色的眼睛在雪夜里扑闪着，两三只受到惊扰的松鼠，在松枝上逃窜着，不知道它们是在活动筋骨，还是寻找配偶。

保兴和其他三个少年已经攀下悬崖，正悄悄穿过密林摸向对方后腚。

南街少年白天的攻打虽然有点秀肌肉的味道，但也是需要的，金天牛要的就是铁把摸不着头脑。铁把担任北街少年司令之前，南街北街少年战斗中，南街少年队每次都胜，以至于青水镇上好像只有南街少年的存在。每次镇上放露天电影，北街少年都乖乖地把最佳的视角位置让给南街少年。即使电影在北街的地盘上放，北街少年已经占据了有利的视角位置，南街少年来了，他们也得让。

可是，后来情况不一样了。铁把当了北街少年战斗队司令。第一次在青峰岭为了一篮猪草交锋，铁把一口气摸了南街四个舌头，南街少年第一次没占上风。后来的多次战斗中，虽然南街少年也胜过，但那种胜比败了都难堪，要么已经让北街少年摸了两个舌头，要么战局已经僵持到最后时刻。这次战斗，他一定要挣回面子，要让青水镇的少年知道，还是他金天牛带领的南街少年最厉害。

傍晚时的那一阵火力不过是他打的一阵烟幕弹而已，只有这样才能麻痹铁把，以为他们把主力集中到了正面。

进攻之后，金天牛已经重新部署了兵力。

雪已经越下越大，黑夜里的麻姑山雪飞岭只听到雪打松叶发出的沙沙声和松鼠偶尔在松枝上轻盈跳动时打落积雪的簌簌声。冷，是一种寒风刺骨的冷，像有刀片在皮肤上划过。躺在草丛中的少年把身子蜷缩成一个球，又揽了枯草塞进鞋帮，白天在山上巡视时，走得急了，鞋帮被尖利的磐石划豁了嘴，风直钻鞋帮。蹲在岩石背后的另一个少年冻得瑟瑟发抖，他拔了身边的长茅草，搓成绳，一道一道勒紧在裤腰间。

北街的马呆呆冷得实在受不了了，他划亮了第一根火柴，想暖暖冻僵的手。风太大，那火苗太弱了，一下就被吹灭了。马呆呆和另外一个少年被金天牛安排守左翼，左翼正好是雪飞岭与野猪岭交界的一个豁口，麻姑山过境的风都从这儿经过。过境的风像战场上挥舞战刀的兵士，一排排一队队，呼啦啦地横冲直撞，有恃无恐。马呆呆找了一处枯草茂盛的地方，又借着雪光，在松树林中捡了些枯枝，覆盖在枯草上。马呆呆并不呆，他蹲下身子，用身体挡住风，将一把枯草揽在胸前。这次，他将五根火柴捏在一起"哧"火苗舔上了枯草和干柴。

保兴他们已经摸到南街少年战斗队的后腔，包围了金天牛司令部。

突然，所有的少年都看到左翼半山腰燃起了篝火。一堆，二堆，三堆，火势越来越大，已经升腾到半空。这可不是闹着玩的，火借风势不断蔓延，怕是整个麻姑山要毁了。

铁把对山下喊话。北街少年对山下喊话。

火依然在燃烧。整个战场上只听到火光冲天后发出的噼啪噼啪的爆炸声。

南街少年和北街少年此刻都吓傻了。

突然所有少年都看到了火光中一个翘着羊角辫的熟悉的少女身影，她在用松树枝扑打着篝火。是保珍。原来，白天的时候，不知道谁又将羊妮子送到了乔奶奶羊圈里。乔奶奶想，既然公家不让养这样的尾巴，她就不养了。她叫上保珍陪她一起将羊妮子送到大队。可是大队干部都去了秦淮河工地。她们又牵着羊妮子去了公社。没想到公社干部说，《人民日报》和中央人民广播电台都说了，不割尾巴了，私人可以种菜种瓜种果、养羊养鸡养猪，有条件还可以养牛了。这可把乔奶奶高兴坏了，她让保珍赶紧把好消息告诉铁把，可是保珍找遍了青水镇，也找不到铁把。不仅铁把找不到，她哥也不见了。这时，她才突然发现，青水镇空荡荡的，许多熟悉的战斗队的少年都不见了。她才想起，北街少年和南街少年趁着大人去南京挖秦淮河，又美滋滋地躲进山里玩打仗了。这么一想，她心里就痒痒的，一路就寻了过来，没想到遇上山林火情。这可不得了，要出大事了。

保珍有危险。铁把几乎尖叫了起来。与此同时，他不顾一切地冲下山去。

金天牛也在火光中仰起了脖子，他尖叫了一声"我的天呀"，随后便招呼南街少年冲向左翼火灾现场。

保兴和北街来抓舌头的少年也放下手中的绳索，冲向火灾现场。所有的少年都放下手中的子弹，纷纷冲向救火现场。

铁把没有救火经验，他一下子冲进了大火的核心区域。他折断了一根松枝，向火光处飞舞着，扑打着。可是，他越扑打，火苗越舔他的衣袖，并点燃了他的上衣……

青水镇的所有少年亲眼看见金天牛和保兴轮流背着烧伤的铁把在雪山中飞奔。

醒来时，铁把已经躺在了医院里。不是在病房，而是在医院急诊室。医生说他烧伤面积在47%，Ⅲ度烧伤19%。县医院已经无力救治，得送南京。迷糊中，铁把动了动身子，可是，身体不知被什么绑住了，动弹不得。他口渴，可是，他却喊不出话来。他全身在痛，像被谁撕着身上的皮，不是一寸一寸地撕，是一张一张地撕，撕了一张又一张。撕一张就像穿越了一次最黑暗的隧道，全身就要抽搐一下。他感觉整个人都已经飘了起来，在天空中飞，在黑暗的隧道里飞，飞着飞着又被重重摔回了地面，飞着飞着又被扔进了深不见底的隧道。他能听到身边有人走来走去，脚步很慌张，可是没有一个人理会他，没有一个人扶他一把，所有的人任由他干渴，任由他飞。

他飞累了，又一次坠落进一个深邃的黑洞。

再一次醒来时，他听到了他姆妈的哭声。

他感觉姆妈就坐在他身边，贴着他，连喘息声都在哭泣。

他好像还听到了他姆妈呼唤儿子乳名的声音，好甜，好美。

他的姆妈不是哑巴吗？怎么可能叫他的乳名？他挣扎着，想坐起来叫一声他亲爱的姆妈，可是他动弹不了，他的整个身体被绑着。

他生下来都是姆妈轻轻地抚摸他，慈祥地看着他。姆妈从来没有叫过一声儿子的乳名。

难道是幻觉？或者是自己濒死前的愿望？

铁把发现自己的眼泪流到了腮边。

父亲的远方

1

那天，母亲打来电话时，我正目光游离地盯着窗外想痴呆。想痴呆是我们这里的方言，意思是想事情天马行空，不受拘谨，表达的是自由。我想的不是天荒地老，不是日月星辰。说了你别不信，我的思想脱离脑袋，像笼罩着一团矮脚雾，一片迷茫，但我又实实在在地在想着一件事。父亲年轻时也喜欢想事情，但他的想跟我的想不一样。他曾说，他坐在麻姑山雪飞岭上想一首诗的一个句子时，能从草木葳蕤想到落叶缤纷，雪舞轻扬。我当时听了父亲神秘兮兮的腔调，心里满是崇拜，还以为他修到了香港功夫片上高僧坐禅作法的道行。父亲做事一向神秘兮兮，让人摸不着头脑。我的办公室窗外正对一所小学的操场。我记得是下午的一段慵懒时光，阳光像我眼皮一样百无聊赖地耷拉在学校楼宇间。因为突发疫情，学校都放假了，但我分明看到操场上，有两个班级的学生在上体育课。一个班的学生跟着老师的哨声在操场跑步，哨子在不停地"嘟嘟"响，急促而青春。老师面朝学生边吹着哨子，边倒跑着，从哨声里能隐隐约约听到孩子们踢踢踏踏凌乱的脚步声。另一个班在跳远，扬起的尘土在阳光下升腾着。我的心也跟着尘土飞扬。我最近老出现莫名其妙的幻觉。后来，我就这么漫无目的地把目光转到了窗前一株玉兰树上。斑驳的树叶丛中，一只黑鸟不知道遇到了什么着急的事，不停地晃着脑袋，从一片树叶跳到另一片树叶，嘴里"叽叽喳喳"不知道它在骂谁，还是在赞谁。在我们家乡，看到黑鸟唱歌或者吵架是不吉利的，我有点心烦。看着看着，我心里不知又想到了哪件事，然后，我眼前一片光怪陆离，什么也看不清。我不知道那只生气的黑鸟什么时候飞走的。母亲以讨好的口气问："丫丫，在听吗？"我都四十好几了，母亲还叫我丫丫。不知道为什么，母亲活到一定的年纪，与女儿说话的口气中总有让人心酸的讨好成分。这个时候，我的眼前突然一亮。回到母亲电话中，我仍默默听着，连一声"嗯"都没回她。我觉得跟她说了也是白说。我这样说并没有诋毁母亲的意思。我的母亲听力极差，她给我打来电话，我怕我的声音通过无线网络，穿过麻姑山的重重森林，跳进最近一个信号基塔，再由信号基塔传递进枝叶扶疏的濑桥镇石堡洞，母亲已经无法听到。

可以想象电话那头母亲的神态，她一定把一只耳朵整个埋进了听筒里，嘴唇贴着话筒，屏着呼吸，她大概担心从话筒里漏掉一个关键的标点符号。母亲一辈子做事谨小慎微，害怕一片树叶压死一窝蚂蚁。

母亲说："丫丫，你听着了吗？"

过了一会儿，母亲又说："听着就好。"声音里听出母亲眼眉舒展了一下，好像心满意足的样子。

突然，母亲不说话了，是那种有一句话一直想说，又没说，吞进肚子里的不说话。父亲与母亲分开生活的这些年，母亲经常这样犯愣，也许是年纪大了，记忆衰退，把想好要说的一件事一下又忘记了。也许是根本就没什么想跟我说，只是随便摁了手机的一个键。母亲用的是老年机，为了方便，我曾经帮她把我的手机号码设置在数字"1"键上。换句话说，她只要摁一下"1"键，电话便拨到了我的手机上。我这样做是以防她有什么着急事，一时又想不起我的十一位数的手机号。不想，刚帮她设置简易拨号的那阵，她时不时拨电话来，有时半夜，有时凌晨，有时正在午睡。她打过来也不说话，任凭我在一端"喂"破嗓子。有一天半夜，手机铃声连响了四五次，母亲有高血压，我怕有意外，急得不行，找了一辆出租车连夜赶到濑桥镇石堡洞。后来我才知道，她睡觉将老年机放在枕头边，或插在裤腰袋里，睡梦中一翻身，身体的哪个部位就摁在了"1"键上，电话就不分时间地拨了过来。

这时，又一只黑鸟飞进了窗前的树叶中。母亲挂电话的声音很轻，她生怕惊扰了那只浮躁不安的黑鸟。

一会儿还会来电话的，我想。

母亲一直没有给我来电话。我原本计划回乡看看母亲，后来由于疫情形势骤然严峻，到处都在封桥封路，我也参加了疫情防控一线的社区服务工作，白天黑夜地潜在小区进行疫情摸排工作，这样一拖就是两个多月。有一天，应该是疫情防控降级的第三天下午，濑桥镇上我大姨的大小子——我表哥铁箍来城里揽活，他带来了我喜欢吃的麻姑山土特产。

电话打到楼上，把我约到单位外面的紫藤廊坊下。表哥坐在一辆二手电瓶车上，一只脚支在廊坊花架上，看着我。我说："一个嫁不出去的老姑娘有什么好看的？疫情还没结束呢，怎么就出来打工了？不怕逮去隔离了？"表哥笑道："灾难会过去的，生活还要继续。"表哥又说："想嫁人不？我认识一个清洗油烟机的哥们儿，家有低眉顺眼的土坯房一排，后院还有一声不吭的繁星满天，反正你也看烦了高楼大厦灯红酒绿。"表哥向来都是乐观派，损人从来不打草稿。表哥每到一个城市揽活，总先到城郊接合部的废品收购站花二三十块钱买一辆废弃的电瓶车，自己买些零部件，一番捣鼓，第二天电瓶车龙头上横放着一块招牌，上面写着"高价收购旧电视机、旧冰箱、旧洗衣机"。龙头侧面挂着一只喇叭，电瓶车开进小区，喇叭里就传出林志玲在高德导航里一样的哆哆声音："高价收购旧电视机、旧冰箱、旧洗衣机。"表哥真能捣鼓，不知道的还以为林志玲帮她爹在吆喝。表哥一天的生活就算开张了。表哥的哥们儿都是修洗衣机、修煤气灶、洗油烟机、打洞敲墙的，表哥手机上的电话号码都存着打洞一、打洞二、敲墙一、敲墙二，为这表嫂曾专门提审过他。

今天，表哥给我送完土特产没忙着去小区揽活，而是一只眼睛盯着我，一只眼睛想着要跟我说的话。表哥突然两只眼睛都盯着我，说："姨父半个月前去世了。"表哥的姨父是我父亲。表哥又说："姨说人都死了，不能再烦活人了。你是公家人，疫情防控纪律严明，不能随便走动，不让告诉你。"我想，过去的半个月正是雨水丰沛的春季，四周疯长的野芦苇和蓼蓝草应该没过了父亲的坟头。

在濑桥镇，先辈故去一定要女眷扶柩哭丧，死者灵魂才能升天。父亲除了我，没有其他女眷。他出殡的时候，我没有回去给他哭上一回，磕上一个响头，也不知道他的灵魂是不是升天了。我想，要是父亲的灵魂升不了天，一直在濑桥镇上游荡，那可是一件鸡犬不宁、六畜不安的大事。

紫藤叶间一束阳光打在我脸上，像一条抽人的鞭子，让我很不自在。我在表哥眼前来回晃着装土特产的食品袋，把想要问的一句话忘了。表哥像是看出了我的心思，他说："姨花了双倍的价钱，请了濑桥镇上哭腔最好的麻四娘扮你的相给姨父哭了，从灵堂扶柩一路哭到坟山呢。边哭边唱着姨父生前写的诗，念着姨父生前的种种好，麻四娘哭得可热闹了，像一个孝顺女一样，有声有情，镇上人都说麻四娘的哭相比他亲生女儿还好。"

我仿佛听到了麻四娘的哭声，被绵绵春雨淋湿后，嘶哑、氤氲，带着浓重的湿气，一直在麻姑山的雪飞岭回旋着。我还是没有忍住，眼泪潸然而下。

现在想来，那天母亲给我电话，也许是想告诉我父亲的病情。

2

一年前的春天，麻姑山苦楝树上的布谷鸟刚开始令人聒噪地叫开。文化旅游部门响应市政府打造全域特色旅游的号召，组织了一次以麻姑山文化为元素的诗歌朗诵会。

文化馆创作室几个懂诗的都文化下乡了，我这个不懂专业的文联副主席被临时抓去当评委。那时我刚从第三实验中学教师的位置上竞岗到市文联担任专职副主席不到一年。我竞岗不是因为我这个老师教书多出色，充其量也就中等水平；也不是我会写诗写小说、作词谱曲，我连五线谱都不懂。我竞岗不过是借文联这座穷庙的一尊菩萨享受科级待遇，这个不是本小说要讲的，容我省略。朗诵会冠名为"中国麻姑山文化诗歌朗诵会"，一年前就在各大媒体、地铁站打了广告。筹备委员会向市领导汇报时个个摩拳擦掌，信心满满，大有一场朗诵会就能让麻姑山一炮打响、一夜成名的决心。他们谁都没想到，这些年诗人都去写小说了，最不济的也去企业写报告文学捞钱去了。一年多的精心策划，收获甚微：原定的一场声势浩大的朗诵会，收到来稿不足百件，大多数还是业余水平。市领导颇为不满，朗诵会的规模一下子缩水七成，原定的市领导讲话，聘请重量级诗人现场朗诵这些环节都省了，只有现场直播在筹委会的一再请求下保留了下来。

朗诵会选在离城较近的麻姑山清风明月山庄。组委会选了二十首诗上台朗诵。根据计划，从下午两点钟开始，差不多四点钟就可以结束。因为"八项规定"，组委会没有安排评委和工作人员的晚宴，所以，我估摸着朗诵会结束赶回家做晚饭正好。根据名单上提供的作者简历，我们可以了解到，上场的基本上都是本市中小学老师，英语、数学、语文、政治，教什么的都有。有一位物理老师，既写小说也写诗，前任教育局局长曾在全体教师"初心"教育大会提到过这位老师，说他是本地作家中物理最好，物理老师中小说写得最好的人。我现在都不知道局长是表扬那位老师，还是讽刺那位老师。今天他也来了。我调到文联前是中学历史老师，与诗歌风马牛不相及，今天却鸡皮贴到了鹅身上，被邀请来做诗歌评委。

其实文联副主席不懂诗是很正常的，但我不能让观众看出评委不懂诗。评委席上，我正襟危坐。

我左边坐的是文旅局的副局长，跟我一样，也是从教师这条线竞岗过去的。我右边坐的是市里一家内刊杂志的编辑，戴着一顶绒线帽，一条马尾辫在脑后神采奕奕，样子端得像大诗人。我像一个考试时舞弊的学生，每当一个参赛者朗诵完了，先乜视一下右边的编辑，看他怎么打分，然后再像一个内行似的打分，且打的分与右边的编辑打的分上下相差半分左右。上半场顺利地过去了。中场的时候，导演安排了两位本地歌手献歌，算是暖场。趁着这个环节，我去了一趟卫生间。我返回的时候，下半场比赛的铃声已经响起，主持人上场前，后台出现了一阵骚动。紧接着，主持人随着一位老者走上舞台。老者戴副墨镜，头发稀疏，属于地方包围中央型，有限的地方资源极力掩盖中央的荒凉，风吹来，那荒凉一览无遗。绿装绿帽下风纪扣扣得严严的，胸前别满了象征一个时代的像章，肩挎着一只草绿书包，不拿麦克风的那只手不停向观众席上挥着，不时还给观众席一个飞吻，样子滑稽又猥琐。年轻的美女主持人一直在伺机争抢老者手上的麦克风，老者紧攥着，没有丝毫让步。一个主持人丢了话筒，这要在战场上，就等于给敌人缴了械，可以看出台上小姑娘很着急。

评委用惊诧的眼神相互打探着老者的来历。观众先是沉默了大约半分钟，继而响起"噼噼啪啪"雨点般零乱的掌声，观众都是当地群众和来麻姑山旅游的民宿住户。他们大都是来看热闹的。一场活动越是有节外生枝的事情发生，他们越是开心，气氛也就越热闹。这回轮到我尴尬了，我在评委席上摸了半天眼镜。其实不用戴上眼镜，单凭这身装束，我就知道我父亲来了。先前我就有预料，不需要专门通知，父亲总能循着诗味而来，他的鼻子特灵，闻到诗歌的气息，几百里都会赶过去，来了就赶不走。我在组委会邀请我当评委时，就让他们给过我一份参赛选手名单，当时就是想看一看名单上有没有我父亲的名字，如果有，我就可以名正言顺地以避嫌的借口回避当评委，也省得众目睽睽下如此尴尬地坐在直播摄像头前看着父亲献丑。然而，审稿名单上并没有我父亲的名字。

我手足无措地盯着舞台上的父亲，不知道他又会使什么幺蛾子，做出什么令人瞠目的闹剧来。

父亲看到评委席上的女儿，只是瞥了一眼，目光十分复杂，不屑中含有自信。不屑是对我的，自信是对他自己的。他向观众席鞠了个躬，自我介绍道："我叫刘鸣放，大鸣大放的鸣，大鸣大放的放。当代著名诗人，中国麻姑山诗派创始人、杰出代表。1966 年应届高中毕业生，历史上称为老高三，也就是老三届中的第一届高中生。"又来了，居然还创立了中国麻姑山诗派，还是创始人、杰出代表。父亲说这些话的时候一脸严肃，不容置疑。这些老套话，父亲在濑桥镇上不知跟人说过多少遍。通常父亲还会骄傲地对别人说："我是幸运的，读完了高中三年的全部课程。我们那届高中毕业生啊，现在的本科生都难保学到那么多知识。"他的意思是站在他面前的大学中文系本科生都不如他一个高中生。父亲曾经对我说，他是天才诗人，读高中的时候就经常有诗歌发表在学校的黑板报上。有一回，在上海市举办的中学生诗歌比赛中，他创作的《我是社会主义的红旗手》还获得了鼓励奖。这个鼓励让一个少年热血沸腾，好像在迷茫的大海中找到了航标。他觉得所有的梦想都在这里起步了。然而，生活没有朝着他的梦想方向前进。他高中毕业那年，国家取消了高考，他断然与资本家父亲划清界限，被列为可以改造好的"黑五类"，随知识青年上山下乡到了濑桥镇。

父亲准备从肩上的挎包里掏出诗来朗诵时，台下快速上来两个保安，一人架了他一只手臂准备往台下拖。父亲紧攥着手中的麦克风，不停地嚷着："你们无权干涉一个诗人对新时代的发声。"他的声音由未关的麦克风传了出去，声音一浪高过一浪。后台不知谁在提醒关掉麦克风。父亲仍在两位年轻保安手腕中挣扎着。这时，我突然看到父亲踉跄了一下，垂挂在胸前的胸章叮当作响，要不是两个保安左右拽着，一准整个身子要跌扑在舞台上。台下开始起哄，人们纷纷指责保安的粗暴，我身后的一个女孩双手捂着脸，指缝中发出了惊恐的尖叫声。我站了起来，屏着气，注视着父亲，他仍将麦克风紧攥在胸前，一步一步与保安对峙着。突然，我发现他向我投来的求助目光，白眼珠多，黑眼珠少，只是匆匆一瞥，可怜而又生动。我第一次从父亲的目光中读到了他对女儿低声下气的求助。

我拉了拉衣摆，正了正身体，像常坐主席台的干练领导一样，将面前的麦克风抓在手上，拍了拍，说："请两位保安同志给这位老人一次歌颂社会主义新时代的机会。"说完我坐了下来，双手捂住了脸。我感觉我的双手冰凉，泪已经从我指缝间流出。我不知道是感慨父亲的人生，还是羞愧多年来一直与父亲的不冷不热关系。保安还是给了我这个评委面子，松开手，站到了一边。重新上场的父亲挺了挺胸，整了整帽子，扣了扣风纪扣。整理着装时，他似乎故意将身上别着的胸章整得"哗哗"作响。

父亲总共朗诵了三首诗，朗诵完了，父亲像一个大牌明星完成了人生的一场重大演出，他认真向观众席鞠了个躬。转身而去时，他都没有正眼看我一下。父亲走下舞台时，我才发现他不知是瘦了还是老了，侧面看去，后背伛偻，步履蹒跚，一副很快就要倒下去的样子，但他坚持拒绝工作人员的搀扶。

评完最后一位朗诵者，我去后台找父亲时，后台工作人员告诉我，老爷子朗诵完后，已经骑上三轮车走了。这个怪老头，濑桥镇离清风明月山庄差不多一百公里呢，而且又是崎岖的山路，不知道他是怎样一路颠簸来回的。

这样想着，我鼻子发酸，居然可怜起这个怪老头来。

3

麻姑山一带民间有句俚语叫：毛尖花红棠下瓜，濑桥镇上两怪人。前一句说的是地方特产，后一句说的是人，虽带有讥讽意味，但也是事实。一个说的是镇南街左拐右拐巷的赵二旺，他个小，眼睛小，胡子拉碴，晴天雨天都罩着一件褐色蓑衣，见谁都是一副丧气脸。他远远地蹲在天井边，似一面黑幛，一有空就扎在自家后院，坐在那簇桂花树下的天井边，"嚯嚯嚯"磨着铁器——锄头、镰刀、菜刀、剪子、耙子……他见啥铁器都磨，甚至将他母亲挂蚊帐的一对钩子取下来磨。

而濑水桥对面南皮坡石堡洞的刘鸣放喜欢诗朗诵。他在大街上逮到熟人，总会从衣袖里掏出他新写的诗，然后不由分说地拽着对方给对方朗诵。朗诵完了，他还要态度诚恳地请求对方批评指正。你要不对他的诗说上一两句感慨的话，对不起，他一准会缠着你不放，一脸难以言表的固执。你要真给他"批评指正"，他会有千万个理由来反驳你，反而让你面红耳赤，进退不是。因为他的声音像播音员一样好听，开始时还有谁家阿婶耐心听上一段。后来他有点人来疯了，没完没了，人家阿婶还要回家做饭呢，找了借口溜了，他却撵到人家门上，站在人家门槛外，非要把最后一段朗诵完。弄得像七里沟的唱春佬吴老三几句咏春的唱词，从春唱到冬，从婚庆席唱到祭祀席，从喜唱到丧，人人见他都躲瘟神一样，远远躲开。

有一段时间，刘鸣放奇怪地发现，他走在濑桥镇上竟碰不见一个熟人。刘鸣放很失望，是一种沮丧的失望，他不知道那些熟人老远见他就躲进了另一条小巷。"没有诗歌的世界就像烧菜忘了放盐——寡味""没有诗歌的麻姑山，青山绿水满眼萧条。"刘鸣放常常感慨，"我将独自一人在空旷的麻姑山找寻着诗歌的归宿。"（这是刘鸣放的原话）有一回，我和铁箍表哥在濑水滩涂割青草，看见刘鸣放把铁箍表哥二舅母家的小黄狗哄到一块荒滩上，双膝夹着小黄狗的脑壳，从裤兜里掏出新写的诗，专门为小黄狗举办了一场别开生面的诗歌朗诵会。那次，我们躲在不远处的小灌木林间，看到刘鸣放读得泪水滂沱，小黄狗听得摇头摆尾，"呜呜"直叫。后来，二舅母家的小黄狗见到刘鸣放总是扭头便跑，怎么哄也不回头。还有一回，刘鸣放在麻姑山小庙躲雨，小庙没有僧侣，供着地藏、观音，还有几尊不认识的当地山神。刘鸣放的诗性又来了，他跳到祭台上，激情飞扬地朗诵起他新创作的诗歌，地藏、观音、山神都很耐心，听得很认真，没有一个插嘴，也没有一个像濑桥镇上的乡邻见他就躲。诵着诵着，刘鸣放突然跳下祭台，"扑通"一声跪在一尊地藏像前，拥着地藏的脚放声大哭。

那时候起，濑桥镇上的善良的街坊都认为刘鸣放精神出现了问题。大家聚集在一起，商量着把他尽早送到精神病院。

二十世纪六十年代的一个秋天，天空蔚蓝，阳光灿烂，谷物飘香。十八岁的刘鸣放从上海下放到濑桥镇。

公社本来将他安置在镇东临近濑水桥的一间仓库里。仓库院子前的白杨树枝丫上挂着银灰色的喇叭，喇叭口里播报着天气预报和新闻。天气预报总是偏东风转偏西风再转偏南风，有时有阵雨或雷雨，毛估估带猜猜，没个正经。播新闻的声音却是字字铿锵，句句有力，催人奋进。公社这样安排，也是为了让这个可以教育好的"黑五类"离喇叭更近些，及时听到党的方针、政策。

刘鸣放猴一样跳下从县城来接他的拖拉机，不是忙着搬行李，而是仰起头，将脸贴着天，嗅着鼻子，张着嘴，嚷着："天真蓝，空气真好闻，祖国河山真美好。我要作诗一首献给伟大的祖国。"

拖拉机手阿明开玩笑道："河对面麻姑山上的南皮坡离太阳更近，空气都被森林过滤过了，草木清香，祖国河山更美好。"

刘鸣放看了看一脸灿笑的拖拉机手阿明，又仰脸收了一眼蓝天。他从胸袋里拔出"英雄"笔，在后屁股掏出的小本本上写着什么，冲着阿明说："阿明师傅，麻烦侬帮阿拉把箱子送到河对面的南皮坡，阿拉要住离诗更近，有草木清香的地方。"

有社员取笑道："'眼镜'你瘦得像个撇撇，一个人住南皮坡，喂狼还不把狼给饿死了。"刘鸣放戴着眼镜，濑桥镇的社员给人起绰号都习惯在人的体貌特征上下功夫。

一个中年女社员笑吟吟道："听说南皮坡的龙树庵有一条美丽的狐仙，秋天正好是求偶期。"

社员的取笑反而更激发了少年刘鸣放的好奇心。他说他这辈子还没见过狐仙呢，如果能碰上，那可是一生的传奇。

跟一个喜欢传奇的少年是不能较劲的。拖拉机手阿明不敢笑了。

公社当然不同意将刘鸣放一个人放在河对面的南皮坡石堡洞。不是怕他被狼叼了去，也不是怕他被狐仙招了上门女婿。归根到底，刘鸣放作为可教育好的"黑五类"，是来接受贫下中农再教育的，不是来写诗的，更不是来演绎传奇的。南皮坡与晒谷场虽然只隔了一条濑水河，隔一条河不是距离上远，而是心与心隔开了，与贫下中农隔开了。一座桥是缩不短心与心的距离的，心与心隔开了还怎么接受贫下中农再教育？

刘鸣放拧上了，这不是拧的事，是组织性纪律性的大方向问题，大方向上的事公社干部也不敢含糊。公社干部把电话摇到了县上。县上的决定让公社有点意外，县上认为麻姑山正好缺少守林护林人员，竟然同意刘鸣放作为守林护林人员，住南皮坡的石堡里。不过，县上特地交代，要选派一名家庭成分好、政治素质过硬的社员跟刘鸣放结成一帮一，一对红。

这是一件犯难的事，家庭成分好、政治素质过硬的社员倒是不少，可是大多数是成家的生产队劳力，少部分没有成家的也有了对象。大队进行了摸排，最终挑选了拖拉机手阿明。

住进南皮坡石堡洞的第一天，刘鸣放就对阿明约法三章：第一，也是最重要的一条，不许他藤编箱里的东西，哪怕一张小纸片；第二，睡觉不准打呼噜，不能打扰每一个有虫鸣风吟的美好夜晚；第三，睡前一定要洗脚，不能熏臭纯洁的空气。刘鸣放将约法三章贴在石堡洞里的墙上后，让阿明跟他念了三遍。第二天他还问阿明记住了没，让阿明当他面背诵一遍，仿佛他不是来农村接受贫下中农再教育的，而是来教化落后的贫下中农的。

阿明自然不吃刘鸣放这一套。阿明虽然只在镇上的复式班读到高小毕业，文化上比刘鸣放浅了半人深，也没有刘鸣放架着的酒瓶底眼镜这个文化人标志招牌。但阿明毕竟比刘鸣放大两岁，他十三岁就参加了生产队劳动，起先是跟着队里的妇女拾鸡粪、鸭粪、鹅粪、狗粪，打猪草积绿肥，十五岁那年就跟着社里男劳力参加了著名的秦淮河拓峻工程挖河泥劳动，十八岁被大队推荐为拖拉机手、大队民兵连长，俨然已经成长为地地道道的青年老社员了。

阿明不吃刘鸣放这一套，但也不放在脸上，这不是一个青年老社员应有的胸襟。濑桥镇上的社员都不是这样的胸襟。

阿明要带刘鸣放溜山。消息出来，社员们都替刘鸣放捏把汗。社员们心知肚明，阿明哪里是溜山？分明是溜一个"黑五类"。这大上海来的细皮嫩肉的学生娃，要被阿明带着在方圆百里的麻姑山脉密林中溜一圈，不送半条命，也得脱层皮。

溜山前一夜，阿明也跟刘鸣放约法三章。阿明的约法三章没有刘鸣放的严肃，也不像刘鸣放一样严谨地写在纸上。阿明把刘鸣放叫到跟前，以一个老社员的口气说："眼镜，明天我带你去巡山。"阿明说巡山，不说溜山。"这个是守林护林员的必修功课。濑桥镇管辖的麻姑山，方圆百公里，山上都是悬崖峭壁，生长着皂荚、刺槐、鸡麻、野蔷薇、苏铁、刺天茄这些带刺的植物或灌木，要绕着走，难得有比较缓的坡面上，一圈绕下来怕有几百公里。巡一次山，快一点要十天半个月时间，慢一点要一个月，甚至四十天。要带足粮食和水。秋天山上虫子多，长蛇也没有冬眠，雪飞岭上听说还有毒巨蜥，要穿戴严实，再带上一瓶紫药水。最重要的一点，"阿明耸了耸肩上的步枪，又说，"到了山上，你要跟紧我，听从我的指挥，山上野猪多，碰上了悠着点，麻姑山的野猪生性凶悍，牙齿锋利，饿急了，活人都吃，一口能咬断一条胳膊。"

阿明也不是吓唬上海小青年，他说的都是实话。大前年的冬天，镇上昌明的弟弟上山砍柴，就被野猪咬断过一条腿。还有一年秋天，有一个十三岁的少年上山采蘑菇，也遭到野猪的袭击。

刘鸣放还是跟丢了阿明，或者说刘鸣放把阿明溜丢了。

那是溜山的第三天下午，他们溜到麻姑山上的龙树庵。实在走不动了，刘鸣放提议休息休息。阿明没答应。阿明不是有意为难上海小青年。过了龙树庵，再穿过一片黑松林，就是雪飞岭，开阔地带，视野广阔，闭上一只眼睛都可以看到一大片山林的火情。每次巡山，社员都选择在这个地方休息。

阿明没允许嘴上也没说不可以，他只是重复了一句溜山前一夜说过的话："你要跟紧我。"他说完就钻进了黑松林。等阿明在雪飞岭的一块歇脚石上，闭着一只眼睛睡了一觉，叫不应"眼镜"时，他慌了神——"眼镜"不见了。

两个多月后初冬的一个黄昏，有社员赶到南皮坡石堡洞时，"眼镜"居然站在石堡门前的一处高坡上摇头晃脑，面对濑水河读他的诗，一副陶醉样。阿明冲上前，抓住"眼镜"的衣襟，想揍他。"眼镜"从眼镜里瞟了一眼阿明，放下手中的诗稿，伸出双手，轻轻在阿明胸前弹了弹；又从眼镜里瞟了一眼阿明，是看不起的那种眼神，说"从今天起，你不要住在南皮坡石堡洞了"。好像石堡洞是他家一样，他愿意让谁住就谁住。说完他甩掉阿明抓他衣襟的手，继续朗诵……阿明呆了，跟着过来的社员也呆了。他们都被一个十八岁少年的怪异行为惊呆了。他们认为"眼镜"在深山老林里那些天，肯定受到了某种巨大的惊吓，被吓坏了脑筋。几个心善的婶子、嫂子一直在人堆里鼓动着自己的男人多积德行善，将远离父母、着了魔怔的可怜小青年赶紧送县医院。

刘鸣放后来告诉我，在那两个多月的山野生活中，他的足迹几乎走遍了麻姑山大大小小的山峰、峻岭，尝遍了麻姑山的种种野果，这是他心灵放飞的一段人生。

刘鸣放的话，濑桥镇上没几个人信，我也不信。

4

我出生在 1976 年。外婆说我不识时宜地来到了人间。

当年与刘鸣放一同下放的知青，相继离开了濑桥镇，走进了后来恢复高考的考场和城市的工业车间，而刘鸣放却死心眼，意志坚定地誓与麻姑山地老天荒。

我小的时候，外婆就告诉我，说我是个孽债，是城隍庙娘娘怀鬼胎生下来的孽债。外婆的弦外之音是我是一个没有父亲的孩子。她毫不掩饰对父亲的憎恶，临死都没有在外人面前承认过我父亲是她女婿。谁要在她面前提到父亲，她会直眉瞪眼地说："那个头上长着三根犄角的麻姑山怪物呀，是个骗子，可把我家幺女害惨了。"或者说，"那个疯子呀，不知哪跑来的勾魂鬼，把我家幺女勾得神魂颠倒。"听听外婆咒骂父亲的狠劲话，不难听出她对父亲的敌视。街坊中也有好心的婆婆会劝她："来根婆婆，生米都煮成熟饭了，你就看在外孙女面上，认了吧。"来根是我外公。来根婆婆将眼眉竖成岗哨上一排挺拔的战士，她几乎咆哮了起来："认？呸！这辈子休想。下辈子我也不会认的。他把我家林翠芬一辈子给毁了，鲜花插在一坨牛粪上，还留下个孽种。"外婆说的林翠芬是我母亲，孽种是我。

那段时间，外婆骂父亲，经常把我也一起骂，我成了罪孽深重的父亲一个抹不掉的标点符号。外婆这么一说，好心的婆婆们也不好多说了，毕竟是人家的家务事——清官难断。几个婆婆便在一起唏嘘哀叹。

"你外婆是个骄傲人哪。"街坊总是对我这么感叹。

这里所说的骄傲，在我们方言中的含义指独断专横，听不进别人的意见。街坊们这么评价外婆，就带有某种苛责。

外婆家住在离濑桥镇三十多里水路的八里棚镇，在濑桥镇的上游地段。外公林来根是麻姑山有名的石匠，能一凿一凿地敲出活灵活现的石狮子，还被政府派去北京修补过故宫的石墙。大舅参军当了飞行员，留在部队一直干到团长。"县团级，你大舅要是转业返乡，差不多就是县长、县委书记的级别呢。"外婆的骄傲之情溢于言表。二舅也不示弱，工农兵大学毕业后，在县城当了县长的秘书，每次回八里棚镇都是刮刮挺的中山装，三节头皮鞋火箭一样锃亮，镇长、书记见到他都点头哈腰。姨嫁给濑桥镇上的联队会计，在镇上人民机具厂当着光荣的工人。这样的家庭，在八里棚镇上想让外婆不骄傲都不成。没承想生了个不争气的老幺丫头，嫁给疯子。也不是嫁，在麻姑山一带嫁女自然要明媒正娶，响器放花炮，而我娘没有经过父母同意，就私下跟我父亲同居。生我母亲时，外婆已四十七八岁。用她的话说，一个女人生育的末班车，竟让她挤上了。一家人自然都把这个老幺丫头当成宝了。"也就是我们一家太宠她了，把这个死丫头宠出个犟脾气。早知道这样，还不如生下来就在马桶里闷死算了，也省得老娘操心。"外婆一直后悔自己没有教育好母亲。

外婆对我说，他骗取你妈芳心时，你妈还不足十八岁。目不识丁的外婆那天居然还用上了"芳心"两字。你妈一个单纯善良的小姑娘，被他几句肉麻的诗就骗进了麻姑山，骗进了南皮坡的石堡洞里，十头驴子也拉不回头了。外婆撩起油腻腻的围巾在抹眼泪。

"这个傻妞，诗是什么东西吗，又不甜又不香，还酸不溜丢的，至于这么不顾一切吗？连她娘都不要了。"外婆哭了。

当年大姨家老三铁皮刚生下不久，家里需要一个帮手，我母亲正好初中毕业赋闲在家，外婆就让她去濑桥镇照顾姐姐。

濑桥镇上有一个知青点，因为要参加区里组织的文艺会演，每天晚上，有文艺细胞的知青总会组织镇上的年轻人在电影院排练节目。电影院与姨家隔一条镇中河，电影院传出的手风琴声、口琴声、锣鼓声一直传到了河对面，扩音器里还传出男中音声情并茂的诗朗诵。我母亲正值芳年，偏偏又喜欢文艺，她哪里肯放过每一次热闹的聚会。她背着姨，一个人去了河对岸的电影院。起先，母亲扒在窗户上看知青排练节目。我们不知道她究竟看到了什么，我们只知道她后来迷上了那位穿着雪白的衬衫，鼻梁上架着金色镶边眼镜，会拉手风琴，会朗诵诗的高挑的上海大青年——那时的刘鸣放已经二十八岁。喜欢一个人时容易丢失自己。外婆后来就老抱怨大姨没有看管好我母亲，让她丢了女儿，让她自己丢了妹妹，让我母亲丢了自己。母亲那段时间丢了魂。可以想象，一个情窦初开的文艺女青年，为自己相中的男人丢了魂，会干出什么惊天动地、惊涛骇浪的事。没有节目排练时，我母亲就悄悄地溜到南皮坡石堡洞与刘鸣放幽会，听他吹口琴，拉手风琴。她最喜欢的还是刘鸣放朗诵诗，那一声长一声短、一声叹一声唉，直戳灵魂。这还不算，关键是刘鸣放在一声长一声短、一声叹一声唉的过程中还配了各种肢体语言，时而扬臂，时而抚胸，时而掩面。要了命了，揉碎心了——我母亲早在一边泣不成声。

去南皮坡要经过濑桥镇的一条长长的青石街，还要经过濑水河的石拱桥。一条街的人都看见了。他们看见了，我母亲也不怵，照样挺直了腰板往石堡洞里钻。镇上的人不只长眼睛，还长着嘴巴，嘴巴不吃饭时还喜欢说事。话就经过濑水河由濑桥镇传到了八里棚镇，传到了我外婆耳朵里。我外婆是个精明的老妇人，当她听说自己的幺女跟家庭成分不好的大龄青年一起厮混，外婆的脸色慢慢由红转青，她放下手里的纺机，叫上远房侄子，摇着乌篷船，杀气腾腾地直扑濑桥镇。可是还是晚了，刘鸣放已经带着我母亲钻进了麻姑山。他们已不满足于在南皮坡石堡洞里一声长一声短、一声叹一声唉，他们带着浓浓的爱情荷尔蒙一起走进了大山，融入自然，他们以密密的森林为掩体几天几夜也不出来。

外婆吵到了公社，说"黑五类"不老老实实接受贫下中农改造，流氓习性不改，诱拐良家少女。

刘鸣放当年与资本家父亲划清界限，作为可教育好的"黑五类"，随知青下放到濑桥镇。他在濑桥镇的行动虽然不受限制，但还是要履行向所下放大队早请示晚汇报的手续。可是这个应该早请示晚汇报的家伙居然拐了少女，躲进了麻姑山。

因为我外婆是光荣的军属，我二舅又是县长秘书，公社当然不能睁一眼闭一眼，派了一队武装民兵去搜山。结果，在麻姑山的龙树庵找到了那对"狗男女"——当年濑桥镇的街坊背地里都这样骂刘鸣放和林翠芬。这里请允许我多说两句，龙树庵里原来有十来个尼姑，后来庵里的主持悬梁自缢了。龙树庵本来就藏身麻姑山深处，林海莽莽，庵里的梁柱上又吊死过人，听起来就瘆得慌。所以，平日里进山劳动的社员都避而远之。可想而知当年那团爱情火焰是多么热烈，它一准把我母亲烧迷糊了。

我母亲被武装民兵押回镇上时，我可能已经融进我母亲的血液里，也可能还在麻姑山荒坟滩游荡。

母亲被外婆叫来的侄辈绑上了停靠在濑水桥堍的乌篷船，一路摇回了八里棚镇。父亲却没有这样幸运，民兵们在石堡洞搜出了他写给母亲的肉麻的爱情诗。

父亲被关押后，母亲发现自己怀孕了，她悄悄一个人从八里棚镇溜回濑桥镇，住进了父亲的石堡洞。她要在这里等她的心上人回来。生下我后，母亲托姨父在镇上拖鞋厂找了一份工作，做好了长期坚守石堡洞的准备。

母亲本来朋友就不多，来往的也就是拖鞋厂的几个女同事，她不像姨那样，擅于走东家串西家。麻姑山一隅的石堡洞里，一到天黑，我们母女就相偎着，母亲给我说着不知听了多少遍的穷书生与小仙女的故事，我每次听着听着就倒在母亲怀里睡着了。有时熟睡中醒来，我会看到母亲蹑手蹑脚地从藤编箱里找出父亲留下的纸片，一张一张地翻着，细声地读着，煤油灯下泪流满面。

有一段时间，外婆经常来我们居住的石堡洞，来也不亲近我，总是想方设法把我哄到外面。我不知道她们母女在黑洞洞的石堡洞里聊什么，有时候说着说着外婆的嗓门就大了，似乎还摔着椅子、板凳。每次外婆总是和颜悦色地进去，撅着屁股骂骂咧咧地出来。有几次，外婆还带来了八里棚镇上的光棍男人阿宝。后来，我留了个心眼，躲在炮台上悄悄听她们母女对话，才知道外婆在劝母亲不要死守一个骗子，趁年轻，早点改嫁。

母亲自然没有依顺外婆。

事实上，十岁之前，我没见过我父亲，也就是说我从小就没有父爱。父亲对我来说不过是一种想象，就像我看到同学王五娟父亲王吊鸡，会想我父亲是不是也会长着一对吊鸡眼，看人总白眼珠子多黑眼珠子少。铁箍表哥却说："姨父长得可帅气了。高高大大的，是濑桥镇上最帅的一个。"他站起来比画着，"差不多有这么高，穿着干净的白衬衫，胸前别着英雄牌钢笔，可有派头了。他的声音可好听了，比大喇叭里演员的声音还好听。"铁箍表哥一直没弄清播音员和演员的区别，他看起来对我父亲还是蛮崇拜的。小的时候，看到人家都有父亲，而我们家只有我和母亲，我特别向往着父亲的疼爱。我问起母亲父亲的去处，母亲是一个不擅于说谎的女人，她每次说谎脸都先臊红起来，样子窘迫，完全不是街坊们嘴里传说的那种不要脸的女人。被我童年的目光追得无路可逃时，她才吞吞吐吐地说父亲去新疆支边了，一时半会儿来不了。那时，我还不知道新疆在哪里，有多远，只知道新疆产的哈密瓜，甜得酸牙齿。听到父亲在新疆，我的牙齿真的就开始发酸，口水直流。我就缠着母亲，要她写信给父亲，来的时候别忘了带一个哈密瓜来。母亲则乐呵呵地回答我："写了，写了，你爹回信说，来的时候带一个最甜的哈密瓜来给咱丫丫，让你酸掉门牙。"有一段时间，我天天坐在院子里的碌碡上，眼睛不眨地盯着通向濑桥镇的濑水桥，盼着那个高高大大的父亲，背着哈密瓜从桥那边把双臂伸到桥这边，把我抱在怀里亲不停。

5

然而，父亲一直没有回来，不只没有回来，而且没有一封家书。

父亲就像个影子，只是我记忆中的存在，形影相随，又恍若隔世。像长在心里的一个疖子，一不小心碰到了，总是要刺挠一下，疼痛一番。而于母亲，父亲其实是一种灾难。

小的时候，母亲要在拖鞋厂做工，外婆不愿带我这个孽债，我被寄养在桥对面的姨家。寄养在姨家也不是姨家大人清闲，而是因为姨家比我大七岁的大小子铁箍已经会一个人去镇外的濑水滩放鹅、放羊、割猪草。大人们就在我腿上绑一个响铃，嘱咐铁箍表哥把耳朵支直了，听不到铃响就要找人。我和比我大五岁的二表哥铁蛋就成了铁箍表哥的跟屁虫。濑桥镇上的大人们有的去工厂上班，有的去生产队劳动，空荡荡的街巷，经常能听到"丁零当啷"孤单的铃声回响。有时，我在老街的一垛土墙下看蚂蚁搬家，忘记了走路，铁箍表哥就会穿过几条街跑过来找我，找到后，还要像大人一样扬起巴掌在我屁股上拍两下，以示威严。威严完了还不忘嘱咐我以后跟他后面，不要走散。有一回，铁箍和镇上的小伙伴在濑水滩的小树林里玩打仗玩疯了，把我一个人丢在一边。我在小树林里找不见铁箍，就钻在生产队草垛里睡着了，等铁箍他们玩够了，却怎么也听不见铃响。我醒来后，天已经黑了，街面上、麻姑山上、濑水滩涂到处是影影绰绰的火把，我娘呼叫丫丫的声音比哭丧还难听。那一次，铁箍的身体被姨实实地喂了一顿柳条鞭。到现在，他喝了酒总还要撩起裤子，向我诉苦，每回都要我作着揖告诉他："在濑桥镇铁箍表哥待我最好。"他才罢休。

直到我上学的时候，父亲的意义突然在我的生活中凸显出来。不是有无父亲的那种凸显，而是有一个怎样的父亲的凸显。我默默无闻地在濑桥镇小学耗了一年，尽管没有交上任何朋友，却也没有与人结恶，我不知道同学们是什么时候开始集体排斥我的。二年级的时候，我已经有意识地注意到围绕我周围发生的一些现象（这个现象或许我没有上学前就有了，只是当时没有在意）：我的同学，无论男生还是女生，他们见我总躲躲闪闪，没有一个愿意跟我玩，好像我是濑桥镇上传说中的麻风病人一样。课后，同班女同学在操场上跳牛皮筋、丢手绢、踢毽子。她们正玩到兴头上，见我过去，匆匆收了玩具。一个个也斜着眼睛，眼角闪着讥诮的笑，从我身旁溜过。

有一回放学后，因为铁箍表哥去县城参加高年级广播体操比赛，我只能一个人独行。走到镇东街屠宰场后面那条阴暗潮湿的小巷时，后面赶过来两个高年级的男生，他们相互勾肩搭背，迈着阔步，雄赳赳气昂昂地横行着过来了。我没来得及躲闪，一下子被他们撞趴在流淌着恶臭猪尿水的墙边，前额蹭在水泥墙面上，鲜血流了满面。我吓得哭了出来。个子矮一点的男生看到我脸上的血吓得撒腿就跑，那个撞我的高个子男生却不慌不忙地蹲在我面前，从我书包里掏出我的课本，撕了一张，两只手搓巴搓巴，给我擦着脸上的血。我站了起来，哭着说："你为什么要撕掉我的课本？"高个子男生见血还在流，便抓了一把墙角的尘土，往我脸颊流血的地方一按，小声嘀咕道："没想到劳改犯的女儿的血还是红的？"我申辩说："你是坏蛋，我不是劳改犯的女儿，我爸在新疆支边呢。你撕了我课本，赔我课本。"

高个子男生这时站了起来，嘻嘻笑着，说："我帮你擦伤呢。你要感谢我呢，我怎么是坏蛋呀。我爸说你爸爸写流氓诗，在新疆劳改呢。"他故意把"劳改"两字拖长音，又说："劳改犯的女儿读什么书？难道还要像你爸爸一样读了书去写流氓诗？"说着，他把手中没撕完的课本顺手往宰猪场后墙的下粪池一扔，扬长而去。

我不相信我父亲是劳改犯，要母亲带我找父亲去。母亲先是哄我，说等到过年时拖鞋厂放了假再带我去找父亲。见我死活不依，母亲脱下脚上的拖鞋，高高扬着，没想到我的闹声比她举拖鞋的手还要高。母亲才放下拖鞋，搂着我，也不说话，陪着我嘤嘤哭泣。母亲的哭声告诉了我，高个子男生说的是对的：我从未见过面的父亲，因为写了流氓诗，而在遥远的新疆劳改。在我的印象中，只有濑桥镇街面上的二混混才劳改。

我不知道父亲写了什么样的流氓诗而劳改，但从那时起，我为自己有一个劳改犯父亲而感到耻辱，心里开始莫名地抵触诗歌，认为它是不洁的，给人带来厄运的邪恶东西。

我的书本被高年级同学扔在宰猪场后墙的下粪池的第三天晚上，我在梦里被一阵接一阵的叫骂声惊醒。推开窗户，我发现我家院子里聚了好多举火把的人。这里需要说明一下，南皮坡的石堡洞是当年新四军阻击日本兵西进时修筑的秘密防御工事，用麻姑山上的青石垒成，经风雨侵蚀，仍岿然不动。据说父亲当年的反动诗就是在石堡洞和麻姑山的龙树庵里秘密抄写的。火把将母亲围在院子中央。火光中，我看到一个胖胖的妇女在母亲面前拍着手，跺着脚，不停在说着什么，唾沫一直在火光中飞溅。因为人声嘈杂，我什么也听不清。出于好奇，我从后门溜出石堡，绕过石堡后墙的坡面，悄悄躲在一群举火把的大人后面。大人们正将注意力集中在院子中央我母亲和那个胖妇女身上，没有人在意我。这时我听清了院子中央那个胖妇女的说话声，她双手拍得大腿"啪啪"作响，蹲下身体盯着我母亲，露出的牙齿像要切进母亲肉里，她蹲着的身体像碌碡，几乎可以把我母亲碾成饺子肉馅，她双手在空中挥舞着，嚷着："你家女流氓呢？交出来。"拍了两下大腿，又说，"居然叫了一群小流氓袭击我家儿子，看把我家小子打得，站都站不直了，还把他的书包扔进下粪池。这么小就干出这般龌龊的事，长大了还不杀人放火？"她的声音也和她身体一样粗壮、毛糙。

我看到我母亲在火光中缩成一团，两只惊恐发白的眼睛死死盯着火光中晃动的人影，却找不到一根攀缘的稻草。她低垂着两支蜡像一样无力的手臂，几乎以哀求的口气对着火光中的人群说："不是的，不是的，我家丫丫还不满八岁呢，当女流氓还不够格呢。"当年那个不顾一切跟一个"黑五类"青年钻麻姑山，躲龙树庵的热血文艺女青年，居然在那个晚上灰飞烟灭，我甚至看到了母亲的可怜相。火把中传来一阵哄笑，他们显然认为流氓不分年龄。那个胖妇人这回站直了腰，手指戳着母亲的脸："什么叫不够格，龙生龙凤生凤，老鼠生的孩子会打洞，劳改犯生的孩子就是女流氓。你也不是什么好东西，你和劳改犯在麻姑山龙树庵里做了丑事，你以为濑桥镇的街坊都是瞎子、聋子？"这时，我看到母亲的身子抖得厉害，她的整个身体几乎要瘫倒在地。终于，火光中有人说话："胖师母，别扯远了，还是说正事吧。"说话的是镇上副食品店的徐经理，我去他店里买过"称心糖"。胖妇人是镇上供销合作社主任的老婆，镇上的人都巴结供销社主任，称他老婆师母。我不知道镇上那么多男人合伙举着火把过濑水桥，找我母亲说什么正事。我从男人们的胯下往院子中央挤着，那些举火把的男人像铁箍表哥在濑水河滩放养的鹅偷吃生产队的稻子，脖子长长地伸向院中央，一个个显得十分亢奋，他们全然不理会从胯下钻过去的小女孩子才是今天晚上的主角。

胖女人得了提醒，双手揽着我母亲，将我母亲轻轻松松提了起来。"别装蒜了，我儿子让你家女流氓叫人打了，书包也让人扔下粪池了，说说吧，怎么个赔偿法？"这时我看到，三天前将我撞倒撕掉我课本的高个子男生木鸡一样立在胖妇女边上，额上缠着纱布。而在人群另一边的碌碡墩高处，铁箍表哥正用一双麻姑山雪飞岭上的灰鹰一样锐利的眼睛，死死盯着高个子男生。

母亲双手在空中乱划着，挣脱着，像一只落水的无助的小母鸡，胖女人就像老鹰抓了小母鸡，双手掐在我母亲胳肢窝，将我瘦小的母亲拎起来，在手里颠来倒去。突然，胖女人双手一松，我母亲"扑通"一声扑倒在地。伸鹅脖子举火把的男人终于看到了他们想要的高潮，一个个缩回鹅脖子，兴奋地抽着烟，晃动着手里的火把，场面有点骚乱。

母亲年轻时听力特灵，一颗绣花针落地，一家人找不见，她只要耳朵贴着地面，用扇子在地面上一扇，准能找见。母亲说她能听到绣花针在地面舞蹈的声音。

自从那次被胖女人摔晕后，我母亲的听力越来越差，她听人说话时总要将一只手搁在耳边挽成喇叭形。为这事，我姨曾多次鼓动我母亲找胖女人讨个说法，实在不济就叫二弟帮忙，每次都被我母亲阻挡了。我姨骂我母亲胆小怕事，纵容恶人。我母亲其实是个不愿结怨的人，她这样没有原则地跟别人和平相处，在我看来就是懦弱。

6

十年后的一个秋天，父亲提前释放，我终于盼来了父亲。

从濑水桥那头走过来的父亲，已经不是母亲少女时不顾一切地热恋的那个穿着雪白衬衫，鼻梁上架着金色镶边眼镜，拉着手风琴的高挑的文艺青年。我们都不知道父亲在遥远的石河子劳改农场究竟经历了什么，但有一点可以肯定，他传说中的浓密头发，中央已经掉光，地方冒出的一圈毛发由于营养不良而稀疏、枯黄，被他盘到中央，像是偷吃饷银的溃军，稀稀拉拉，不成体统。现在，那个陌生的中年男人留着长长的胡须，走路有点佝偻，却挺着腰杆走出六亲不认的步伐。

镇上的人听到他喊翠芬，纷纷搁下手中的活，下巴搁在锄杆上，仰起脖子，把目光投向濑水桥。半晌，镇上上了一定岁数的拖拉机手阿明拍着脑门说："早年那个写流氓诗的活兽回来了。"

那天，镇上的居民居然像过节一样开心地谈论父亲。街坊们这样隆重地谈论一个劳改回来的人，在濑桥镇怕是第一回。可想劳改犯父亲当年在濑桥镇该是怎样一个轰动人物，他该留下多少让人们值得记忆的故事。

父亲没有带来我盼了十多年的哈密瓜。那个陌生男人，随着秋日下午金属色的阳光，一路滑稽地走进我和母亲的石堡洞世界。

本来，我和母亲在石堡洞的生活虽然艰辛，但也平静。父亲的突然闯入，让石堡洞一下子热闹起来。也不是一家子过日子的那种烟火气的热闹，是与过日子无关的喧嚣和折腾。

回到石堡洞，父亲常常追溯自己在牢狱里面如何挥斥方遒，言语间透出一种滑稽的英雄迟暮气息，好像他不是去劳改的，而是去劳改农场当教授的。吃着晚饭，父亲会突然放下筷子，跃上楼梯间的一处石磴，大声地背诵诗人惠特曼的诗：啊，一首新歌，一首自由之歌／飘啊，飘啊，飘啊，伴着各种声音，伴着更为清晰的声音／伴着风声、鼓声音／伴着旗帜之声音、孩子之声、大海之声、父亲之声／飘至洼地，飘至高空／飘至父亲和孩子立足的地面／在他们仰望的高空／一面黎明的旗帜在飘扬。

母亲吓得赶紧小心翼翼地关上石堡洞那扇铁门。父亲却把手臂扬在半空，言辞凿凿地说国家都号召百花齐放百家争鸣了，可以甩开膀子写了。母亲一下子找回了少女时的勇敢，她"噌"地一跃，跳上石磴，用胸前的围裙去捂父亲的嘴。

有一段时间，进麻姑山劳作的农民，经常看见父亲一个人坐在雪飞岭，两只胳膊架在膝盖上，双手捧着脸，眼睛盯着山际流云，静静地发呆。谁也不知他在山谷间柔和舒缓的旋律中找寻着什么？

父亲因无一技之长，从劳改农场回来后无事可干而整日赋闲在家。赋闲在家也不是像麻姑山的篾匠在自家编织箩筐、筛箩、笐笓，再不济可以编一些簋子、背篓、凉簟、簾器卖钱贴补家用，麻姑山上毛竹、藤条、柳条等原材料多了去。父亲不屑于做一个像镇西街篾匠店花二拐那样的篾匠手艺人。黑漆漆的石堡洞里，父亲伏在一块光滑的过门青石板上，白天黑夜燃着一盏煤油灯，没日没夜地写着，样子比高考考生还紧张。写完了，他还要溜到濑桥镇逮住路过的乡民，非要朗诵给他们听。母亲劝他，父亲反驳，当年李白写诗就是先读给村野老妪听，如果连村野老妪都听不懂，辞藻最华丽的诗也是狗屎。他要么埋在石堡洞写诗，要么整天漂在外面去会他的诗人朋友。父亲曾骄傲地说，他的诗友五湖四海，遍及全国各地。每次出门少则十天半个月，多则一年半载，常常衣兜底连一个铅角子（硬币）都掏不出时，才悻悻回到石堡洞。隔不了几天，他一准会偷偷卖掉母亲养在石堡洞后院的黑猪，或者生蛋的母鸡，拎着他的藤编箱，匆匆消失在濑桥镇的夜色。

最让母亲不齿的不是这些，因为家里日子过得窘迫，他便经常去濑桥镇上的街坊家"溜饭"。"溜饭"是濑桥镇上的街坊给父亲的专用词。比如，他们在大街上碰到父亲，会说："'眼镜'昨去药铺店郑老四家'溜饭'了，一看发亮的额堂就知道，郑老四家境殷实，油水足。"意思是说父亲在郑老四家吃了一顿好饭。说白了"溜饭"其实就是蹭吃蹭喝，比叫花子要饭听着稍顺耳一点。只是，父亲溜的是街坊四邻家的饭，熟头熟脸，其实比叫花子还要丢人现眼。每到吃晚饭的时辰，父亲看到家里灶上还是那碗青菜萝卜，他便会一个人悄悄从后院溜到镇上——父亲还是顾及母亲面子，出门"溜饭"总还瞒着母亲。过了濑水桥，往街面上一站，闻到哪家肉香，他就将脖子伸进哪家院子。濑桥镇上的街坊不管心里有多少不情愿，嘴上总是好客的。正好到了饭点，主家总要热情地邀着："吃了吗？就家里吃呗，也不是专门为你，添双筷的事。"父亲也不客气，接过筷子，端过酒盅，屁股一扭，落在了主家上首，倒成了主家最尊贵的客人。有一回，他在姨父家"溜饭"，酒喝高了，就跳到他家供神龛的香炉长台上，拉着他们一家听他朗诵诗。铁箍表哥的奶奶吃斋念佛，最不容他亵渎神灵，侮辱祖宗，抡起拐杖满院子撵着父亲抽。母亲是极要面子的，她带着我在石堡洞的那些日子，无论遇到如何艰难的生活，都不曾向娘家伸过手、张过口。倒是有一段时间，母亲冒着被大队干部割资本主义尾巴的危险，偷偷在石堡洞后院半山的竹林里养了母鸡，收了蛋让我悄悄送到河对岸的姨家，说姨家孩子多，正长身体，需要营养。母亲忍不住，嘀咕了父亲一回，意思是让父亲顾及面子，不要再去街面上出洋相。没料到父亲第二天招呼不打，拎着他的藤编箱去了远方。我不知道他的远方在哪里，那次他一走就是一年多。

父亲的出走，倒让我一阵窃喜，我不指望父亲再回来。我情愿那颗疖子还是长在心里捂着，不碰它，就不痛也不痒，就当是肠子里的息肉。

　　父亲一次次出走，又一次次回到石堡洞。有时，他也带着他的诗友来石堡洞。父亲从来不把他的诗友说成笔友。偶尔在镇上碰到写小说的小学祁校长，他镜片底下的两颗黑眼珠子会越过镇西郊教堂屋顶，盯着更远的麻姑山上的一座山峰，轻轻掸着肩上的阳光碎片，说："我的那些诗友啊，也有写小说特别棒的，还获过国家奖呢。"言语中就有了对祁校长的不屑、对他诗友的吹捧。父亲曾严肃地纠正我说："笔友怎能与诗友混为一谈？一帮写新闻的也可称为笔友。诗多神圣啊，它是文学艺术中的皇冠艺术，不是谁都能弄的。"父亲不把写新闻的记者当作无冕之王，他把诗歌看作超越音乐、超越美术的最崇高最神圣的艺术。

　　我从来不听父亲一派胡言，他说话常常自相矛盾，他一面吹捧他的诗歌、诗人，一面看不起活着的诗人。他曾在濑桥镇上与祁校长红着脖子争执，说他从来不读活人的诗，一副不可一世的做派。

　　父亲带到石堡洞的诗友中有男有女，也有看不出性别的。那天，他带回来一个扎马尾辫、钉耳钉的诗友。因为侧光，进屋时，我礼貌地叫了声"阿姨"，回过脸来，居然发现是个长着络腮胡的"阿姨"，把我臊得满脸潮红，无地自容。

　　母亲向来不是小气的女人，父亲每回带来的诗友，无论住多久，她总会赔着笑脸，让客人有着宾至如归的感受。可是，有一回，母亲还是给了父亲脸色。那次，父亲不知从什么地方远游回来，带来了七八个诗友。我之所以用七八个这样不确定的数字，是因为父亲那些诗友来去不确定：他们先来了八个，又走了三个，后来又来了两个，就像我家门前的香樟树上傍晚的麻雀，飞来一群，飞走一群，又飞来一群。这么多人一下子来到石堡洞，麻烦就大了。我当年已经是一名高中三年级学生了，再不是家里来了客人，就满大街炫耀的"人来疯"了。某种意义上说，一个女孩子到了懂得隐藏自己隐私的年龄，就会特别讨厌陌生人的闯入。参观过我们石堡洞的人都知道，石堡洞上下两层加一起不过五十来平方米，父亲的七八个诗友，加我们一家三人，差不多有十个人，五十来平方米的空间，怎么能容下十个人吃喝拉撒睡？父亲的诗友也不只是住下来这么简单，他们白天四仰八叉地睡觉，一到晚上生龙活虎，把酒论诗，一个个打了鸡血似的亢奋，几乎每天都要闹到拂晓。奇怪的是，父亲那个时候倒不嫌弃他的诗友们不洗脚不洗澡，脚气汗气臭气熏天。我说过我的母亲是特要面子的，父亲的诗友们若是当父亲面夸一句："老刘娶了个好嫂子。"母亲会激动得恨不能一下子跳进濑水河。濑桥镇上的人都说母亲死要面子活受罪。为了腾出地方给父亲的诗友，母亲在二楼阳台上搭了一个临时帐篷，晚上我和母亲就睡在帐篷里。

哪里能睡？母亲有时刚躺下，就被父亲叫下楼来办个烧水添茶的临时差事，而我这时也会被楼下的号叫声惊醒。醒了就睡不着了，只能仰望星空，数着从黑黝黝的麻姑山飞越而过的流星。那时，我正赶上高考复习阶段，找不到地方温习功课，只能躲到石堡洞后院的半间厨房里。厨房四面透风，时节已过霜降，又是山地气候，手脚常常会被冻得冰凉。父亲和他的诗友从来听不到我的沉默，而一个少女的尖叫只能是无声的。母亲更是辛苦，她白天要到拖鞋厂上班，下班后匆匆赶回家做饭。为了撑足面子，招待好父亲的诗友，她每天都要宰一只鸡或者鸭子给诗友们当下酒菜。久而久之，母亲养在后院的十几只生蛋的老母鸡和二十多只鸭子都宰光了。巧妇难为无米之炊，母亲愁得不行，又不能当着父亲诗友的面给父亲脸色看。母亲赶到姨家，向姨求援。用母亲的话说，她这样做其实已经给了父亲脸色，让父亲难堪了，哪有把丈夫的家丑外扬的。姨也犯愁了，她担心母亲继续好酒好菜地招待下去，父亲的那帮诗友们会在石堡洞扎下根来，打持久战。母亲犯难，说："我们家老刘也经常出门会诗友呢，也麻烦人家，我实在拉不下这个脸呀。"姨是担心父亲那帮诗友吃喝时间长了，我们一家人以后的生活过不下去，毕竟一家人的生活只靠母亲一个人在镇上濒临倒闭的拖鞋厂打工维持。母亲眉毛打结，说："吃喝倒是小事。丫丫再过半年要参加高考了，再这么闹下去，怕要影响丫丫学习。"姨着急，跺着脚说："妹拉不下脸，我去找刘鸣放。"母亲更着急，赶紧拉住姨，说："姐还是别去好，老刘这个人要面子，他心里也苦，大上海来的知识青年，好端端一个大诗人料，要不是我的拖累，也不会落在濑桥镇石堡洞。"母亲一直认为是她拖累了父亲。她认为当年要是不嫁给父亲，父亲也不会受牢狱之灾，早远走高飞，有了好的事业。母亲为此一直心里内疚着。

后来还是姨父出了个主意。他炖了一锅羊肉，拎了两罐烈性高粱烧，邀了早年的拖拉机手阿明和濑桥镇上酒量最好的同事，走进石堡洞犒劳父亲的诗友们。有连襟撑面子，父亲自然喜上眉梢。结果，那一顿酒喝趴了父亲八个诗友中的七个，有一个没醉的女诗人只抽烟不喝酒。听说姨父第二天还要来犒劳他们时，父亲的八个诗友已经吓走了六个，余下的两个躺在床上——还在醉酒中。

之后，石堡洞再没见父亲的诗友。

7

有一天，一辆黑色的轿车停在了南皮坡石堡洞对面的石拱桥边，下来一胖一瘦两个中年人。父亲以为是哪家出版社看中了他的大作，派编辑来与他洽谈诗歌出版事宜，或者是哪所大学来请他去做诗歌讲座。父亲先前投出去的一大捆一大捆的诗歌，都石沉大海了。

他喜出望外，将脖子长长地伸到洞外。来人到石堡洞里不东张西望，却东拉西扯。他们问父亲身体，问家里的生活，问我的读书情况，问母亲的工作。胖一点的在问，瘦一点的在认真地做着记录，两个人都一脸严肃，一副公事公办的样子。

绕了半天，我们一家才明白，两个人是省侨办派来的干部。他们不是来接父亲做诗歌讲座的，也不是谈父亲诗歌出版事宜的。他们说爷爷准备回国投资兴业，回报祖国，想给他的儿子——我的父亲一份家业。他们是接父亲去省城见父亲洽谈这件事的。去之前，他们需要与父亲就有关政策进行必要的沟通。

"一个资本家有什么好见的，早就断了父子关系。"明白两个干部的来意后，父亲像突然从一场甜美的梦中被人粗暴地叫醒，他几乎跳了起来。

两个干部倒有耐心，他们一直站着轮番给父亲解说国家政策。母亲也在一边劝说父亲，毕竟血浓于水，父子关系怎能说断就断，希望父亲慎重考虑。父亲突然对母亲吼道："你是通情达理的好儿媳，你去认资本家父亲。我一个流氓诗人去认一个早断了父子关系的资本家做父亲，去继承他的产业，岂不有辱纯洁的诗歌？"父亲将一场单纯的亲情相认与诗歌的纯洁性联系在一起，这样的想法真让人匪夷所思。我在一边偷偷地笑——那时我已经学会了偷偷取笑父亲。

两个干部却没有取笑父亲，他们似乎明白了什么，他们若有所思地退出了石堡洞。差不多三个月后，父亲接到了法院纠错通知书。父亲却不满意，我听他在黑洞洞的石洞里嘀咕道："明明是一宗冤案，怎么成了纠错？"

最终，父亲还是没有去与他的资本家父亲见面。倒是母亲瞒着父亲，拉着我去过一次省城，通过省侨办与爷爷见过一面，家长里短地说了半天。母亲绝口没提父亲对诗歌着魔和因诗歌被劳改的事。

我们私会爷爷的事还是让父亲知道了。父亲认为母亲侮辱了他，为此与母亲大吵了一架，扬言要与母亲断绝夫妻关系，与我断绝父女关系。后来，父亲了解我们去省城见爷爷只是续一段血脉亲情，并没有从爷爷那里索取一丝一毫的不义之财（父亲一直认为资本家的财富都是巧取豪夺压榨工人血汗的不义之财），他才停止纠缠。

后来，我们再也没有主动与爷爷联系。

爷爷临死前，他的好朋友找到我父亲，希望我父亲能最后看一眼爷爷，或者在灵前磕个头，也好让他安心上路。按理，这是天经地义的事，父子间能有多大的怨恨以致一辈子都化解不了。濑桥镇上的人都说，熬一辈子，一块铁都化了。可是父亲就是僵在那里了，说什么也不去。母亲劝他："你是他儿子，血脉相连，这是不争的事实，只有你在他灵前磕了头，他才能上路。"我也在一旁恐吓父亲："要是你不去，等到你死的时候，我也不来磕头。"父亲不为所动。劝多了，听烦了，他居然又拎着他的藤编箱远游去了。没想到一语成谶，父亲去世正赶上疫情，我也没能去他灵前磕个头。不知道父亲是否安心上路了。

8

我大学毕业那年，父亲得到一个差事——在镇文化站做图书管理员。他当然不知道，这是母亲唯一一次去县城找她二哥帮忙解决的。

那段时间，父亲像濑桥镇上教书的昌先生，每天一早，街面上的人总会看到他穿着干净的蓝衫，夹着蓝布裹包的诗稿，小心地走下濑水桥十三级台阶；穿过一条街，走过连接南、北街的和盛桥，在彭阿婆烧饼油条摊前找了位置坐下，买一根油条，又去牛二皮豆腐坊舀一碗豆腐脑，撒上葱花，安静地坐在边上，用勺子轻轻搅着豆腐脑，小口抿着，一脸笑靥地看着过往的行人，样子像是早年上海里弄的刘家少爷。

街面上的熟人见了，都会停下手里的活跟他打招呼。"眼镜早。""大诗人好。""刘管理员好兴致。"父亲总是一一颔首，微笑着还礼。

这是父亲一生中最平静的一段日子，也是我们一家最平静的一段日子。差不多有一年多时间，父亲没有偷卖家里的东西变钱去远方会诗友，也没有街坊吵到家里说父亲又去谁家门前骚扰——朗诵诗，连铁箍表哥二舅母家那条做了几回母亲的老黄狗，都拖着两排鼓鼓的奶子，在父亲脚边蹭来蹭去表达着亲热。外人眼里，我们一家似乎其乐融融地过上了太平日子。

乡镇文化站的图书管理员其实类似门卫收发员，只需每天把投递员送来的杂志按文学、科技等不同类别登记，贴上文化站的标签，摆放在书架上，再把从中央到地方的党报夹在报刊夹里，父亲一天的工作就算完成了。

每天来文化站读书看报的，也就是三五个固定的退休教师。来了也不仅仅读书看报，都端着个茶杯——他们嫌茶馆人多嘈杂，不如文化站清静。父亲倒像茶馆里跑堂的，拎个茶壶殷勤地给老先生们倒水泡茶。他把那些老先生聚拢在一起，成立中国麻姑山诗词社，自封为社长，每月出一期以麻姑山为主题的诗词油印刊物。还别说，一份小小的油印刊物后来居然吸引三十多位退休老人参与，成了全市唯一研究麻姑山文化的油印刊物。那段日子，把父亲美得花果山美猴王似的，跳上蹿下，屁颠屁颠，像个人物一样。

每周，父亲都要召集七村八坡的诗歌爱好者，在文化站举办一次诗歌朗诵会。父亲说，他要把麻姑山的文化通过诗歌传诵出去。尽管后来的听众往往只剩下文化站长家的小花猫，父亲还是认真地把每场活动搞得有声有色。

这事被当成笑话传到了市文化部门。恰逢全市推广文化下乡活动，文化部门主管领导正为送什么样的文化下乡才让老百姓喜闻乐见而发愁，濑桥镇文化站的诗歌朗诵既然能让小花猫都听得入神，必定有它的独到之处。文化部门主管领导觉得这是个活典型，值得挖掘推广。他们组织了一支庞大的考察团来濑桥镇文化站考察。这本来是让麻姑山文化远扬的一次绝好机会，也是让一辈子研究麻姑山诗词的父亲感到荣耀的一件事，可是文化站崔站长犯难了。文化站每年财政就那点拨款，要订杂志、订报纸，要养父亲那样的临时工，就像一个家庭一样，开门一天，水费、电费、房屋维修费，都是钱。要不是去年崔站长的一位同学整来一具两千年的木乃伊，陈列在玻璃柜里供人有偿参观挣了几个钱，怕是来文化站读报的老人的开水钱都没着落。现在，来一个考察团，怎么招待？虽然"八项规定"严禁大吃大喝，但客人来了总得泡杯茶，整点水果。

也不能将玻璃柜里租来的木乃伊卖了变钱。崔站长抱怨父亲多事。

父亲没有与崔站长争辩。他返回石堡洞，把母亲喂养的两头供我上大学开支的黑猪悄悄地卖了，拉起横幅，请来镇上幼儿园的娃娃，手持纸红花，站在文化站门庭两侧，喜颠颠地张罗着迎接文化考察团的事。母亲自然不答应了，她第一次不顾父亲颜面，冲到考察现场大闹了一场。一场热闹的文化考察被母亲搅成了一场闹剧，考察团成员个个心灰意冷，满是尴尬。

父亲理亏在先，倒是没和母亲争执，只是回石堡洞抱了他的被褥，提了他的藤编箱，住在了文化站停放木乃伊的房间隔壁的小仓库，任凭母亲如何劝说，从此再没回石堡洞。

我大学毕业后，留在市里，被分配到第三实验中学当历史老师。工作后，我回濑桥镇的次数就少了，有几年连春节都没回石堡洞过，倒是铁箍表哥节后返城打工，带来了母亲亲手做的麻姑山香肠、扎肝。其实也不是我向母亲推诿的工作忙，走不开。一个历史老师能忙个啥？我母亲好哄，她倒也相信我因为工作忙而不回濑桥镇，她们这一代人的思维习惯停留在老电影典型形象的宣传上，总认为老师会挑灯夜战给学生批改作业，或走街串巷地对学生家访，忙得上厕所的功夫都没有。她哪里知道，我一个星期五天才四节课，遇到月考、中考前，四节课也要被英语、数学的主课老师嬉皮笑脸地强霸了去。

我不去濑桥镇主要是怕见父亲。父亲不是原来说走就走的鲜活父亲，因为长期住在木乃伊隔壁，脸也越来越僵，老远从濑桥镇的一条街巷走来，就像考古刚发掘出来的古董。他突然走到你跟前，用冰冷的手拉着你，叫着你的小名，眼睛直盯着你，简直吓丢你半个魂。

父亲在濑桥镇上已经没有"溜饭"的去处。倒不是濑桥镇的街坊小气，他们主要是忌讳父亲身上的晦气，他们现在只要看到父亲的踪影，就会早早把门关上拴牢。

父亲越来越老了，走在大街上已经步履蹒跚，看着让人心酸。

有一次我回濑桥镇，父亲突然提出来，要带我去麻姑山龙树庵。我实在好奇父亲为什么会把我拉到这么一个诡异的地方来。是不是我四十多岁还未嫁，他狠下心来，送我到庵里当尼姑呢？旧庵的外墙已经风化剥落，门楣上悬着的一块风蚀的木板上，依稀还能辨认出"龙树庵"三个字的繁体字。踏入庵内，一股清凉扑面而来。父亲带我绕到后墙，在一垛旧墙边停下，从旧墙体上取下一块青砖，又从墙体内掏出一捆用旧报纸裹着的诗歌手稿。

父亲居然把他一辈子的心血藏在这么一个荒凉瘆人的旧庵的墙体里，这让我始料未及。

我工作二十多年，父亲只来找过我两次。一次是他来市里领奖。他的那位扎马尾辫，钉耳钉，我叫过阿姨的诗友牵头举办了一场长三角诗歌大奖赛，他的一首写麻姑山的诗获得了二等奖。那次，我还在教室里给同学们生动地讲北京周口店龙骨山的山顶洞人的故事，父亲举着红彤彤的获奖通知书，甩开学校保安的追赶，无所顾忌地闯进教室，像进菜场买菜的菜农，高声嚷着："丫丫，爹的诗歌获奖了，还二等奖呢。"他这一嚷像是叫醒了一个沉睡的菜市场，我的学生们都晃着脑袋，跟着"哇哇"地嚷开了。保安进来把他架走时，我才醒悟。那次获奖，终究因为要他交五千元的参赛费，而被父亲拒绝了。

父亲第二次来我单位是我从第三实验中学教师竞岗到市文联专职副主席职位三个月后的一天。父亲拎了一只蛇皮袋，说是市里的荡漾出版社看中了他的诗稿，要为他出诗集。我自然高兴，父亲多次在我面前提过，想把他毕生创作的诗歌出本专集，也好供研究麻姑山文化的后人参考。那天，我专门开了车，把父亲送到荡漾出版社。荡漾出版社一位主任接待了父亲，他告诉父亲，这是出版社为了扶持本地作家、诗人，专门划出的一块自费出书丛书号，留给热爱文学，又一辈子发表不了作品的作家、诗人的。像父亲这样的诗歌，书号费、印刷费、编审费、校对费、封面设计费杂七杂八加一起，自费出一千本书，费用大概是五万块钱。我记得那位主任还没说完，父亲把他的蛇皮袋往肩上一搭，招呼也没打一声，就走开了，边走边嘀咕："什么玩意儿？我自个儿生的子女白给了还叫我搭钱？什么玩意！"父亲一直这样傲气。

之后，父亲把他从麻姑山龙树庵旧墙体背来的诗歌手稿搁在我这里，从未提过出诗集的事。

9

母亲给父亲选择了麻姑山雪飞岭的一块高地作为墓地。

　　母亲说，你爸活着的时候喜欢来这块高地吟诗诵词，就葬在这里。我也觉得那是一块埋人的好地方，四周开阔，天高地远。死在这里，就像扔在田头的一块牛粪。来年春天，杂树生花，又是一派生机勃勃。

　　我把自费为父亲出的诗集题名为《父亲的远方》，我将那本散发着墨香的诗集静静摆满父亲的坟头。山风拂过，那书一页一页随风起舞，仿佛，父亲又禅坐在高高的雪飞岭苦思冥想，从草木葳蕤到落叶缤纷、雪舞轻扬。

国家使命

1

三个连队，三百多名年轻战士，五辆解放牌载重卡车，装运了两天，麻袋里的粮食颗颗饱满，粒粒金灿。每只麻袋都腰杆挺得硬硬的，整整齐齐、安安静静地躺在七节火车车厢内，就像平日里战士们整理的内务，棱是棱，角是角，线条是村子里张木匠眯着一只眼睛用墨斗弹出来的，横平竖直，对角成线，对边相等。中间那节火车皮留了五平方米左右的空间，两边垒了粮食，头顶架了木板，木板上方也垒了两层挺挺的麻袋，像战场上的一个隐蔽工事。这是战士吃喝拉撒睡的地盘。

粮食是运往国家的。国家在哪儿，连长没说。连长没说，下士王德贵也不好问。新兵连三个月，早就把保密条令记得滚瓜烂熟，不该问的坚决不问。但是，下士王德贵有自己的逻辑。他在农场生产二连三排四班担任水稻种植班副班长时，就曾想过，把收上来的稻子脱粒、扬净、晒干、装袋后，运到农场场部。连队的粮食对于农场场部来说，就是国家粮食。现在，场部又将粮食装上火车码得齐齐的，运往另一个地方。那么，毋庸置疑，农场场部的粮食对于另一个地方来说，就是国家粮食；而另一个地方对于农场场部来说，就是国家。现在，安安静静躺在闷罐车厢的粮食就是运往国家的爱国粮。

下士王德贵是南方兵，对于爱国粮，他最熟悉不过了。小时候，他最喜欢跟爹娘去镇上缴爱国粮。家乡缴售爱国粮是热闹、喜庆的事，像过年一样，热闹得满村子鸡飞狗跳，热闹得满院子欢天喜地。一个村子稻香飘逸，连家乡濑水河滩的上空都飘逸着满满的稻香。各家各户不分你我，你家帮我家，把收上来的稻子晒干，用风车扬净，挑上泊在濑水埠口的水泥罱泥船。摇橹的一准是他爹。缴完爱国粮，下午返程前，他爹总忘不了拇指捏着食指，吐一口唾沫，在两指间磨蹭着，点出两块钱角票，让他去镇上北街黄麻子的烧饼店烙上几块热腾腾的烧饼。烧饼就像黄麻子的脸，星星点点粘着白芝麻、黑芝麻、黄芝麻，中间还夹了白糖。一口咬下，香、酥、脆、甜，"嗞溜"融化了的红糖分明还在舌尖，却已甜到了心里。下士王德贵小时候最期盼的日子不是过年，不是过节，而是每年秋收后随队里的社员欢腾腾地去镇上缴爱国粮。后来，政府为减轻农民负担，不叫老百姓缴爱国粮了，他爹就围着满囤的粮食，来来回回走着，高高兴兴地犯愁："莫不是国家富足了？自古皇粮国税，咱种了国家的地，咋皇粮也不缴了？这是盘古开天都没有过的好时代啊。"他爹读过私塾，看过历史小说，对小说上的历史，略知一二。

提起"国家"两字，王德贵心中总会突然进出神圣、崇高、伟大、不可侵犯、值得献身，这些温暖而热泪盈眶的字眼。他当兵时，国家送来了"光荣人家"的匾。到底是黄灿灿的，是皇宫的色彩，一见到太阳就欢天喜地，就光彩炫目。那红彤彤的"光荣人家"四字分明是一腔热血，既高贵又激情还喜气。爹把它贴在门神上方，一村子的人都围过来看，都是羡慕的目光。他临行前，他娘拉着他的手，一再叮嘱："娃，当了兵，你就是国家的人了，咱可不能给国家丢脸。"能成为国家的人，自然无上光荣。王德贵不敢懈怠。

负责这趟国家粮食押运的有三个人——生产一连的上等兵刘大同，生产二连下士王德贵，生产三连代理排长、志愿兵张庆祥。场部政治处吴干事在火车站站台上列队宣布命令时，下士王德贵没敢相信自己的耳朵，他将身子直了直，耳朵侧了侧。他突然发现队列中，所有战友的目光都盯着他，这才意识到了什么。也就两三秒钟左右，他一下子想起刚才吴干事在队列前下达的命令——对，是关于粮食押运的事。莫非自己真的成了三名光荣的国家粮食押运战士之一？这样的话，这次任务可就是国家使命。和平时期，一个农场战士，能有机会承担国家使命，那是何等光荣。这兵算是没有白当。他想到吴干事在队列中点名后，面对即将担当的国家使命，自己应该有所回应。王德贵没有按照部队的条令规矩那样做：先立正，后答"保证完成任务"。他突然想到小时候，他爹前一天在饭桌上宣布，明天去镇上缴公粮由贵子跟着。王德贵在严肃的队列里跳了跳，"啪啪"拍了两下巴掌，觉得不对，才又立正，答"到"。他太激动了。喜从天降，以至喜跃抃舞，答非所问。

稍息解散后，连长走过来，一脸严肃地当胸给了王德贵一拳，啥也没说。王德贵干怔在站台上的风雪中，脑子一下清醒过来。连长啥也没说，就表示连长对他是有信心的，他慌乱地给连长远去的背影打了个立正。

2

货列是在飘着鹅毛大雪的凌晨，喷着浓重的烟雾，鸣着沙哑的汽笛，由东北边陲的一个小站出发的。根据往年的经验，一路顺利的话，押运完一趟粮食，需要半个月左右时间；再返回连队，需要三天时间，加起来十八天左右。连长说了，押运完这趟粮食，回来给王德贵放十天探亲假。王德贵当兵三年，还没探过亲。

王德贵做梦都想回趟家。回家一是为了看看爹娘和奶奶，虽然爹来信说了，爹妈身体都好，奶奶身体也好，家里收成也好，皇粮都不用缴了，日子越来越好。可是他还是不放心，报纸上都说了，今年夏天，他的家乡水灾严重，解放军都参加抗洪抢险了，还不知道家里灾后怎样了。他知道爹为了让他安心在部队工作，从来报喜不报忧，针眼屁股的好事会放大成卫星上天，天塌下来的事会捻成芝麻粒小。

他回家还有一个心愿，就是看看村后那条濑水河。看濑水河也不是为了别的，为的是再钻一回濑水河滩上的小树林。钻小树林也不是为了别的，为的是想想他与喜妹在小树林里的那些往事。

喜妹是他同学。当兵前，他俩就经常钻村后濑水滩上的小树林。有时你看我，我看天，天上的流云像绵羊，妹妹的脸蛋像花朵。有时只是静静看着濑水河里掠过的一片片帆船，"沉舟侧畔千帆过"，喜妹将头枕在王德贵胸前，时光美妙地过去。更多的时间是相拥着，对视着，一句话也不说地待上半天。

当兵后，王德贵下老连队被分配到东北某部农场的生产连队，当了从事种植水稻的兵。战友们都戏称自己是农民兵、庄稼兵。他写信没敢告诉喜妹真实情况。哪里敢？当兵前，他和喜妹想象着解放军战士应该手握钢枪，头戴钢盔，戍守边关，巡逻海防。喜妹曾经在小树林里吊着他的脖子，说她喜欢迷彩服装扮的兵营，喜欢兵营的阳刚、帅气、质感，就像兵马俑的庄严或者青铜雕像的冷酷。

农场生产连队战士虽然也是兵，离电影里的威武之师、雄壮之师的样子还是差远了。王德贵连他爹妈都不敢说出实情，别说喜妹了。可是，信还得通啊。按照老兵的意思，他把写往家乡的信上的回信地址写成某部后勤部，而不是水稻生产二连。年复一年，农场战士都跟场部通信员达成了某种默契：水稻生产一连战士回信地址写成司令部，水稻生产二连战士回信地址写成后勤部，水稻生产三连战士回信地址写成参谋部，而农场场部战士回信地址干脆写成机关。反正前面的省市和部队的番号没错，信总能收到。这样的信既大气又体面，家里人收到信哪个不抖巴抖巴？连能读《人民日报》，爱看历史小说的德贵他爹，收到儿子来信后，总谦虚地自称，斗大的字不识几个。他总要在村上人口集中的老枣树下，缠着村上在私塾教过书的朱老先生，当全村人的面再读一遍儿子的来信。儿子在部队上的后勤部当兵呢，光荣着呢。

谁知喜妹是一个好奇而性急的女子，通了两年信，耐不住了，竟招呼也不打，兀自追到农场，这不要命吗？她怎么知道，王德贵两年来给喜妹的信是全班集体创作的。班长说这种创作方法是集思广益的集体智慧，班长当然是一个班的权威。他一封信接着一封信地吹嘘，他们连队大院里停着一排排崭新的坦克，一辆辆绿色的卡车。他们天天坐在卡车里，唱着"瞄得准来，打得狠，一枪消灭一个侵略者"的嘹亮歌声去沙场拉练。这样的诱惑让喜妹心生疑惑，不是在后勤部门当兵吗，怎么大院里也停满了坦克？怎么也天天拉练？别说喜妹犯疑，换了春妹、冬妹照样犯疑。喜妹来到连队第一眼就傻了，盯着她贵哥的眼睛就泪眼婆娑。本来在家乡濑水滩小树林里让德贵亲了又亲的小嘴也噘得老高，碰都不让德贵碰。喜妹在连队住到第三天，趁着战士们下地干活时，一句话也没留，悄悄地走了。喜妹一走大半年，杳无音信。连长批评王德贵虚伪，排长批评王德贵荒谬。连一直提倡把集思广益，以集体智慧创作情书作为全班政治工作一项创新的班长，也跟着连长和排长一腔出气，急转风舵：在班务会上，当着全班战友的面，批评王德贵，后勤部门怎么会在大院停满了坦克？怎么也天天拉练？简直是岂有此理，虚伪透顶，荒谬透顶。王德贵在喜妹走后，又给喜妹写了十多封信，言词恳切、满含真情地给喜妹道歉了二十多次，那信却总有去无回。王德贵回家是想把喜妹再约到小树林，做最后一次努力。他要告诉喜妹，撒谎是他的不对，可农场兵也是兵，也是中国人民解放军中的一员。

3

人们都说三个女人可以唱一台戏，而三个男人也不是三根木杵，三根甘蔗，他们也有自己的话题。女人的话题一般从服饰，从化妆，从饮食，从丈夫、孩子、阿公、阿婆开头。男人的话题几乎千篇一律——从女人开始。五平方米的空间小了点，挤了点，可戏台不在大小，有戏就能穿越时空。话题自然是由志愿兵张庆祥先挑起来，他是三个押运战士中的"最高首长"。他在农场当了十三年兵，如今是农场生产三连四排代理排长。如果不出意外，完成这趟国家粮食的押运任务，他就该提干了。农场不是野战部队，不是技术部队，志愿兵提干的机会十分有限。政治处的吴干事私下说了，组织上把这么重的任务交给他负责，是对他的信任，也是考验。吴干事虽然没说提干的事，可没说比说了更明白，全农场近三十个志愿兵，不是随便哪个都能得到组织的信任和考验的。

张庆祥是四川兵，说话喜欢用锤子开头。"锤子。王德贵，听说你当兵前耍了个女朋友，撑那婆娘了吗？"张庆祥说的这个"锤子"其实不是骂人的话，他这一"锤子"，就像收音机里刘兰芳说评书《岳飞传》前敲的醒木。

火车刚走出小站不到十公里，火车车头的烟囱像是得了重感冒，正吭哧吭哧喘着粗气。车厢冰冷坚硬，王德贵和上等兵刘大同正在车厢里用棕垫铺着床位，他们准备捂在被子里取暖御寒。王德贵没想到排长打破车厢沉闷的第一句话是拿自己开玩笑的。他不明白四川话三声的撑是什么意思，应该不是撑船送人的意思。他从志愿兵挪揄的目光中，大致看出端倪——不是好话。不是好话也不能硬撞，张庆祥这一声醒木不是随便敲的，他是这次国家使命中的最高指挥官，又是"老革命"，得罪了，一路上相处就尴尬了。

王德贵毕竟也是当兵三年的老兵了，不再像刚入伍的新兵那样怯懦和畏缩。王德贵学着张庆祥的四川话："排长，啥子叫撑婆娘吗？是撑船送婆娘过河吗？"撑的第三声自然没有张庆祥说得顺溜，舌头翘了，也打卷了，可压得快了点，变成了唱腔。张庆祥一脸坏笑，也不搭理王德贵，一副占领话语高地的样子。刘大同却哈哈大笑了起来，毕竟年轻，耐不住搁下手中的活，插话了，"撑都不知道，就是搞的意思，排长问你搞到那女的了吗？"留有余地的笑话才幽默，才有回味。刘大同自作聪明的一张贫嘴，"咔嚓"一下就把谜底给揭了，同一话题再说下去就没有意思了。王德贵唾了一口刘大同："新兵蛋子，多嘴多舌，滚一边稍息去。"脸却红到了脖子。张庆祥卷着纸烟呵呵笑："俗话说，妹头就像庄稼地一样，犁过了，耙过了，就和你亲了。难怪你那妹头一走就不回头了，敢情你是没撑过。"王德贵不想说这个话题，感觉是对喜妹的玷污。就像一件漂亮的衣服晾在太阳底下，无端被飞过的鸟屙了一泡鸟粪——恶心、堵心。他跳过话题，问了一句没敢问连长的话："排长，咱们这趟给国家送粮食是不是送到北京啊？"王德贵认定国家就在北京，因为打小老师就说北京是祖国的心脏。爹妈当年缴爱国粮的时候也说粮食缴到祖国的心脏——北京去的。村上的文化人朱老先生也说北京是祖国的心脏。按王德贵的想法，国家不在祖国的心脏，会在什么地方？王德贵还私下计划着，到了北京，把国家的粮食缴了，完成了国家使命，他要向排长请个假，穿上那套刚发的军装，去天安门前神神气气地照个相，让喜妹瞅瞅农场兵的威风。

排长显然对王德贵跳过话题不太满意。他蹲在车厢旁的栏板边，悠悠地抽着纸烟，那呛人的青烟便随了火车外旷野吹来的风，在狭窄的车厢里毫无头绪地四下乱飞。排长又抽了一口烟后，才飚了王德贵一眼，说："锤子。你娃肤浅，北京虽然是首都，咱们国家陆地面积约960万平方公里，水域面积470多万平方公里，哪寸土地不是国家的心脏？就像娘生下的娃，哪个不是心肝？"排长究竟是人民军队培养了十多年的兵，说话有板有眼、有理有节。他似乎是回答了王德贵，可他仍然没说给国家送的粮食是不是送到北京。这多少让王德贵有点忐忑或者失望，忐忑是心里还有期盼，天安门广场的五星红旗还在召唤。失望是运往国家的粮食如果不在北京，而是在祖国其他心脏，那他就去不成天安门广场，照不成威武的相片，唯一可以给喜妹带来惊喜的事就会落空。

火车在风雪中继续前行。

王德贵郁郁寡欢地蹲在车厢一角，任凭烟雾在眼前缥缈。刘大同这个新兵蛋子不知天高地厚，搁下手中的活。因为"工事"高度不够，他将双腿屈成弓形，上身保持军人立正的姿势，在张庆祥面前敬了个礼："报告排长，政治处的吴干事临行时再三交代，严禁在车厢使用明火，满车厢都是国家粮食，一旦发生火灾，后果不堪设想，请您熄灭香烟。"

张庆祥显然被刘大同的举动懵住了，他看了一眼手中的半截烟，没舍得随手扔掉，骂了一句："锤子。新兵蛋子，管天管地，管起老兵抽烟来了。"

刘大同回顶道："吴干事说了，这一路上俺们三个押运员要相互监督，团结协助。"

连队还没有当兵第一年的战士敢回顶一个十三年的老兵。张庆祥伸过手在刘大同后脑壳上拍了一下，深吸了一口，把烟头在车厢踩灭，从列车栏板缝隙间弹了出去。

刘大同这才蹲下身子，凑近张庆祥，帮排长揉着肩，以一种讨好的口气说："排长，您别见外，俺这都是为您好。您想，俺们这趟任务执行顺利了，回农场后您就能提干了。若有闪失，俺们总归服完兵役滚回老家，顶多背个处分，您岂不毁了前程？"张庆祥嘴里嚷着锤子、新兵蛋子，心里却是暖暖的。刘大同的话在理，别看表面上这是一趟只需要吃喝拉撒睡的公差，可却是国家使命，责任重大，不得有丝毫闪失。他一下子竟喜欢上了这个爱贫嘴、有责任心、能替别人着想的新兵蛋子。把王德贵晾一边，他们开始聊着家乡的趣事和连队的逸闻。

时间就在列车的钢轮和铁轨的交欢声和两个战士的说笑中飞逝而去。

三个押运战士迎来了第一顿晚餐——压缩饼干加白开水。白开水在车厢一角的大铁桶内，还是上车前炊事班专门准备的，上面虽然加了盖，但也结了薄薄的冰。王德贵用刷牙的绿瓷杯帮战友舀水时，列车正穿越一条狭长的隧道。

4

过完隧道，时间就被隧道吃了去——天就黑了，黑得影影绰绰，恍惚迷离。一个逼仄的空间被越逼越近的巨大的黑紧紧包裹着，压迫着，像是养鱼池里放净了水，有生命，却缺少活力。三个男人蜷缩在车厢角落，像三只躲在黑暗角落偷吃农民粮食的老鼠，车厢里传来了咯哧咯哧的牙齿咀嚼的声音和咕咚咕咚的喝水声。喝水声是排长张庆祥和上等兵刘大同发出来的。王德贵只敢用嘴抿一些冷水湿润一下嗓子，或者含一口冷水和着压缩饼干在嘴里温热后，才敢慢慢咽下肚子。王德贵肠胃不好，受不了凉，喝下冷水不到半小时准会拉肚子。三个战士大小便都在车厢角落的一只塑料桶内解决，要到下一站停车后，机动组工作人员用对讲机通知了，他们才能下车清理生活垃圾和便桶。半夜拉肚子，一准会臭晕其他战友。

王德贵睡不着，他头侧仰在半袋粮食上，用军大衣盖着肚子。肚子呛了冷风，进了冷水，一直不安宁，叽一下，咕一下，又叽咕一下，也不是大闹，像是跟谁怄气的孩子，一点出息都没有，只是闹着小情绪，躲在门边嘤嘤抽泣，也没有眼泪，要赖了，拉也拉不走。一会儿咕一下，一会儿咕一下，谁见了都心烦。刘大同也睡不着，他闭着眼睛听铁轨和钢轮喀咔喀咔奏起的交响曲，悲怆而沉重。他在想柴可夫斯基的《悲怆交响曲》的灵感是否来自铁轨与钢轮的碾轧声。刘大同对声音特别敏感，他曾经说不当兵，他准能成为音乐家。刘大同知道排长张庆祥和下士王德贵都没睡，毕竟是最年轻的战士，精力旺盛。他坐了起来："哎哎，排长，醒醒。德贵班长醒醒。知道你们都没睡，要不俺们开个联欢会，消磨消磨时光？俺先给你们唱首歌。"听到刘大同唱歌，张庆祥噌就坐了起来。见排长如此迅速响应，刘大同真想越过中间睡着的王德贵，去拥抱排长。没有什么比认可更让人兴奋的了。刘大同试了试嗓子，正准备开唱。张庆祥懒洋洋地翻了个身，把身体侧向刘大同一面，说："锤子。闭目养神也是休息呀。不要闹。你那歌呀，等你复员回乡，去田头唱给你妹妹听吧。"张庆祥在场部联欢会上听过刘大同的歌，那一嗓门，竟把第一排专心听演唱的战士，震得滚到马扎下的操场上。刘大同自然不服气，他在黑暗中咧了咧嘴，做了个鬼脸，冲张庆祥挥了挥拳头，嚷着："排长，没这么损人的噢。"王德贵被肚子闹得很不舒服。他最担心的是，一边呛冷风，一边听枕下钢轨的碾轧声，肚子会不听使唤，会像门边倚着的小孩突然闹情绪。他现在想做的是分散肚子的注意力。他夹紧屁股，挺了挺腰，坐了起来："排长，这黑夜难熬，还不如让刘大同同志嚎几声，开场专题演唱会，热闹热闹。"

王德贵原本只是想听刘大同唱歌分散精力，让肚子安静一会儿。

刘大同不满意了，他噌一下坐到了王德贵对面，借黑暗滋生的力量和勇气，责问王德贵："王德贵同志，你也算半老不新的兵了，你有点文化好不？你懂不懂音乐？什么嚎？"

刘大同吞了口唾沫，又说："高音，啊——啊——啊——高音你懂不懂？帕瓦罗蒂你知道不？科莱里的歌你听过没？多明戈你知道吗？"

刘大同越说越来劲了："嚎？我是狼还是猪？你比排长还要损。"

两个老兵都被新兵蛋子训了，都被训得哈哈大笑。刘大同反倒愣在了一边，不知所措。张庆祥边笑边学着刘大同的腔，"咩——咩——"山羊一样叫了起来。刘大同突然意识到什么，他也不示弱，纠正着张庆祥的唱法，也跟着"嚎"了起来。王德贵被俩战友拉锯式的"斗歌"，逗得笑岔了气。黑暗沉闷的车厢一下子热闹起来，热闹得有点喧嚣，像南方小集镇上一早开市的茶馆里。被茶虫咬了一个晚上的老人们相互对骂，又毫无主题。王德贵最终受不了了，不是嘈杂声受不了，而是肚子闹得受不了，已经在隐隐作痛了，夹不住了。他嘴上说着对不起，人已经摸到便桶上坐下了。"噗——"一个绵长的声音响过后，臭气便长了翅膀的虫子，飞落在车厢的每个角落。那是一股动物尸体腐烂在臭水沟，经阳光曝晒后，夹杂着浓浓腥味的臭，强烈、刺激，你推我搡，毫无组织地汹涌在整个车厢。接下来，刘大同的胃就开始翻江倒海。他想吐，他赶紧捂住鼻子，捂住嘴。张庆祥则拉开了车厢栏板，把嘴和鼻子贴在了车厢栏板的缝间，风夹杂着雪花争先恐后地涌进车厢。他们都不敢张嘴骂王德贵，生怕臭虫子飞进嘴里。他们都在心里骂着王德贵。

嘈杂声一下子沉寂了下来，只有飘进的雪花，一团一团簇拥在车厢飞舞，回旋，久久不散。

5

凌晨的时候，熟睡中的三位战士被一阵"嗞嗞吱吱"的声音惊醒。起初以为是铁轮与钢轨的摩擦声，细听，不像。铁轮与钢轨摩擦的声音坚硬，有质地，而这种声音细碎、贪婪，是一种急不可耐的咀嚼声。张庆祥打开枕边的手电，光线扫过，角落里，两只老鼠瞪着惊惶的眼睛，盯着光线，也不退却。

天哪，闷罐车厢怎么进了老鼠？它们怎么上来的？什么时候上来的？其他车厢会不会也有老鼠？这一路十多天，要是每个车厢都有老鼠，它们要吃掉多少粮食？三个战友几乎同时伸出右脚踩向老鼠。两只老鼠并没惊慌，反而像两名出色的跳水运动员，做了一个高难度动作——步调一致地凌空翻腾，同时扑向光线射来的方向。张庆祥赶紧躲闪，还是晚了，左手手背还是被老鼠的利爪抓了一下。

三位战友同时将三束刺目的手电光照射到老鼠逃逸的方向，哪里还见老鼠的踪影？奇怪，一只一只麻袋扣得死死的，可以说天衣无缝，难道两个小动物有隐身法？

刘大同不服气，他用脚挨个麻袋踹着，嘴里还叫嚷着："滚出来！"他想让两个不劳而获的动物现身，可是毫无收获。三个战友分头在车厢的每个角落寻找，也毫无收获。莫非两只老鼠慌不择路，从栏板缝钻出后，被火车行驶的强大气流卷下了车？

三个战友悻悻地收了手电，继续躺下。

熄灭手电筒也就一两分钟，咯哧咯哧——牙齿咀嚼的声音，又断断续续响了起来，声音比原先还要响脆。闹鬼了不成？三支手电几乎同时射向发出声音的方向，两个尖尖的小脑袋同时抬了起来，两双眼睛盯着光线，嘴巴仍在咀嚼着，它们也不惊慌。其中一只竟半眼惺忪，倒有一种挑逗。刘大同受不了了，他悄悄取了手边一只大头鞋子，像小时候逮树下一只啄食的鸟，"嗖"地扔了过去。被砸中的那只老鼠"吱"地叫了一声，两只老鼠随即在"隐蔽工事"四周的麻袋上快速蹿着。当刘大同的另一只大头鞋扔去时，一个巨大的投影落下，两只老鼠竟在强手电光下逃逸得无影无踪。

直到天亮，老鼠再没出现。

6

早餐过后，对讲机的尖叫声传来。信号是火车机组车厢发来的，模糊不清。三个战士竖直了耳朵，"吱吱嗞嗞"的刺耳的电波声音，像一张老唱片经历了黄梅雨季。渐渐地听出，列车将要在一个叫尖坡的地方临时停靠，这是货运列车经常遇见的事。有经验的押运员知道，这是货列礼让对向过来的客列，或者遇到泥石流、山体滑坡，道路受阻。一条铁路线上，无数飞跑的列车，也跟现实中生活的人一样，分着三六九等，货列最不受待见了，见谁都要点头哈腰，礼让三分。一趟货运到达目的地，比原定计划晚两三天是正常的，延误三五天、一个星期，也不是大惊小怪的事。

张庆祥赶紧披了军大衣，摸出行军挎包里的行车日志。他临行时就跟前任押运员请教过，火车临时停车必须补充生活用水，清理生活垃圾，与列车机组人员沟通交流，检查车顶帆篷是否遮严，防止雨雪淋湿粮食。

听去年执行押运任务的战友说，押运粮食不怕一路天气恶劣，不怕路途遥远，不怕遇到山体滑坡、泥石流等自然灾害。最担心火车停靠小站，沿途老百姓像铁道游击队一样，悄悄地爬上火车，钻进帆篷，火车开动后，从火车上扔下一袋袋粮食。这样的老百姓很难逮到，即使逮到了，你也拿他没辙。军民鱼水情，你不能打也不能骂。再说了，捉贼见赃，你在"隐蔽工事"里，火车开动时，你也不可能将脑袋伸到车顶，也看不到人家从火车上扔粮食下去呀，说不定那些粮食是自己滚下火车的呢。去年押运粮食的三名战士中，也有一位满有希望提干的志愿兵担任负责人。任务完成得很顺，结果到目的地后，粮食交给负责接收的同志验收，少了二十袋。少了二十袋粮食是多大的损失？这是犯罪，是要坐牢的。老志愿兵的失责情况在农场大会上通报了，撤销志愿兵待遇，按战士退伍。这对于一个干了十多年的农村兵来说，简直是毁灭性打击。可这还是农场首长再三为他说好话，是处治得轻的；若是按渎职罪送上军事法庭，那这辈子就完了。

这次粮食押运还出现了一个让人头疼的隐患——老鼠。

张庆祥不敢马虎，王德贵不敢马虎，连新兵刘大同也不敢马虎。

火车停稳后，张庆祥宣布命令：刘大同负责清理车厢内的生活垃圾，如果停靠的附近有站台，与站台联系补充生活必需品；王德贵负责检查各节车厢的安全情况，特别要找根棍子，驱赶各车厢的老鼠；他与机组沟通了解下一段路程的路况，记录行车日志。行车日记是完成粮食押运后，向农场政治处汇报的工作任务中重要的一部分。

机组反馈消息：在一个叫尖坡地方，因为雪灾，火车轨道被两边的山体塌方堵塞。机组已经联系了附近铁路段抢险。

雪仍在漫天飞舞。熄了火的火车，像一条黑色的巨蟒卧在两山之间的夹沟一侧。这趟货运火车总共拉了三十五节货，包括林业部门的木材，煤矿部门的煤、矿石，解放军的粮食。每个部门都派了三到五个不等的押运员。火车熄火后，车上的其他押运员也陆续下了车。他们每个人都紧裹着脏得发亮的大衣，站在风雪中。他们有的在埋头抽烟，有的在迎着漫天大雪骂天，有的在伸懒腰活动筋骨，更多的人在冻得跺脚。

负责木材押运的一老一少出发前就准备了自然资源，取下木材，在火车旁架起木材，生起了篝火。押运员们都围拢在篝火旁。

篝火很有人情味，见押运员围拢过来，舔着满天风雪，"噼噼啪啪"叫嚣着，跳跃着，撒着欢，越烧越旺，越烧越兴奋。火光很快映红了半壁尖坡山。

押运员已经两天两夜憋在闹心的闷罐车厢，腿脚已经发麻，胳膊已经发酸，脖子已经僵硬。围在篝火旁的押运员，有的把双手伸向篝火尖，在篝火尖上相互搓着，取着暖；有的脱了一只鞋，一手提着裤筒，伸在篝火半腰处，左右摇摆着，烘烤脚丫子。那个年老一点的青菜脸木材押运员竟将后脑壳伸向篝火，说是肩周炎犯了，让篝火舔舔湿气。这些押运员都是这条路上的老押运员，像是武侠小说中的老镖师。他们经验丰富，知道一路上有什么风险，什么地方有风险，懂得一路上如何抱团取暖。

列车长在不断地通过对讲机请求押运员去前方帮助排险。排长第一个出现在排险现场，他借了列车机组铲煤的铁锹，清理着轨道上的黑沙。刘大同处理了生活垃圾，招呼在篝火旁烤火的押运员一起去排险，烤火的押运员连看都没看一眼刘大同。刘大同很无奈地一个人去了抢险现场。

列车长在对讲机那边再三呼叫着，却没有一个押运员迈一下脚跟。那个矮个子煤炭押运员，看上去才三十出头，背微驼着，两只外八字脚一走一画圈，每迈一步都像划船。"号个屁，没见大爷在取暖吗？"他干脆关掉了对讲机。

王德贵仔细检查了载有粮食的七节货车的帆篷，把松动的帆篷扣紧、扎实，又找了一根棍子，沿每节货车上上下下敲打一遍，把有可能藏着耗子的死角用棍子捅了又捅。他发现没有异样，正准备去火车前方塌方地段抢险。年老的青菜脸木材押运员一把拽住了他，一脸严肃地说："解放军同志，你的任务是押运粮食，不是抢险。你们三个押运员不能全部离开粮食现场。"

青菜脸的意思是必须留一个人在现场。

王德贵从小就看不惯这种自私的行为。险情面前，当兵的不冲在前面，愧为人民卫士。他扫了一眼拽他的青菜脸押运员，压住心火，说："老伯，大家都不去参加抢险，难道还要把火车滞留在尖坡过年不成？"

青菜脸押运员强调："解放军同志，抢险是他们的事。"他想说抢险是铁道部门的事，可是王德贵甩开他的手，他一个趔趄，差点摔倒。

黑矮个押运员喜欢凑热闹，他一走一画圈地划着船过来，在篝火旁眨了眨眼皮，用肘子捅了捅年长的青菜脸押运员一下，嘻嘻笑着说："老林头，这个时候，你拽着解放军同志，不让他参加抢险，岂不污辱他？"

"解放军同志抢险抗灾可以立功，你操那闲心干吗？真心吃饱了撑的没事干。"他拽了一下青菜脸，又说："俺们还是自己烤火取暖，莫闲操心。"

青菜脸押运员瞪了一眼黑矮个押运员："俺俩都是老押运员了，都明白，押运员的天职是看管好自己的货。这条路上的凶险你我都知道，不在自然灾害，而是劫货。解放军同志都去抢险了，这七节车厢上的粮食要遭劫货咋办？"

黑矮个押运员似乎很失望，他晃着脑袋，一走一画圈地来到篝火的另一个方向，边走嘴里边嘀咕："叫你个老林头狗拿耗子——多管闲事。"

王德贵心里好笑，劫货？还智取生辰纲呢。怕是武侠小说看多了。这社会主义的铁道上会出现劫货？打死也不相信。不过是几个不想参加抢险的刁民故弄玄虚罢了。

王德贵才不听这一套，他甩开了老林头，跑步去了火车前方的抢险现场。

由于地处偏僻山区，大型机械无法进入，铁道部门只好通过地方政府，雇用地方老百姓，利用肩挑背负的笨拙办法，将掉落在铁道上的碎石黑沙清除。

第二天晌午，道路疏通了。火车出发前，张庆祥指挥着王德贵、刘大同对七节粮食车厢再度进行了检查。

7

意外还是发生了。装粮食的七节车厢中，倒数第二节车厢的帆篷松动了。王德贵掀开帆篷，码得整整齐齐的粮食还是留下了空缺，不用数正好少了一袋，像整齐的牙齿，无端被人挖走了门牙，几分狰狞地盯着三位目瞪口呆的战士。

三位战士相互对视着，几乎同时尖叫了起来："粮食丢了。"

王德贵傻乎乎干怔着，满脸委屈，满心惊惶。

去抢险前，自己明明认真清点过每节车厢的粮食，一袋不少，怎么这回缺了一颗门牙？

王德贵仔细回忆着，篦子一样一遍一遍地梳理着每个细节。答案只有一个，林业部门、煤矿部门雇用的押运员嫌疑最大。当时，火车上的所有人员，都去一线参加了抢险，只有林业部门、煤矿部门雇用的押运员留在车厢旁烤火。

对了，王德贵突然又想起什么。他向排长报告，难怪他去参加抢险时，那个年长的青菜脸押运员会拽着他，说出劫货的奇怪话了。莫不是他们早有预谋？

一旁的刘大同听了王德贵的话火气冒了上来。他嚷嚷着要去找林业部门、煤矿部门的押运员讨说法。他从小到大最讨厌偷鸡摸狗的事，更不要说这回丢失的是一袋国家的粮食。丢一粒也不行，每一粒都是农场战友一颗汗珠子。

张庆祥阻止了刘大同："胡闹，没凭没据找谁讨说法？"

安排王德贵和刘大同再度巡视检查货运车厢，看是否还有丢失的粮食后，张庆祥跑去了机组。他想请求列车长延迟火车发车时间，容他和战友追查失窃粮食的下落。

这怎么可能？火车运行是由铁路运输调度指挥管理，调度权在地面，列车长哪有权随意更改火车运行时间？

列车长很无奈，用一种安慰的口气说："解放军同志，你的心情我理解，但是，我们的运行时间是受地面调度控制的，列车长无权更改运行时间。"

张庆祥恳求他向地面调度申请变更运行时间。

列车长呵呵笑了，说："怎么可能？一条铁路线上成百上千列火车在奔跑，为你一麻袋稻子，都停下来？"

列车长又说："我在这趟线上开货运列车十多年了，这一趟货运要走上二十天，丢一袋稻子是太正常的事了。货列到达目的地哪次不少这缺那的？"

点上张庆祥递上的烟，他又说："你还别不相信，有一回竟少了一节拉煤的货列。等机组发现往回找时，那一节货列已经空了，上面的煤早被劫货的老百姓扒光。看见没，那些老押运员，实在是老江湖了，列车遇险都不去抢险，死盯着押运货列，寸步不离。"

张庆祥着急了，莫非自己和战友去抢险还错了？他在连队属于温和的老兵，从不发火，甚至不大声说话。这次，他几乎跳起来吼道："说啥？丢一袋稻子是正常的事？你知道火车上的每粒稻子是怎么来的吗？"

张庆祥又说，这回压低了嗓门："列车长同志，麻袋里的每一颗粮食，都不会像跳蚤一样跳进麻袋。你得整地、育苗、插秧、除草、除虫、施肥、灌排水，育秧中的床土还要消毒、调酸、培肥，氮、磷、钾、镁、铁等这些微量元素还必须合理配比。成熟了，稻子黄澄澄的，可爱喜人。你还得把它们割下来，我们战友得一棵一棵地，把一望无际的、浩浩荡荡、点头哈腰的稻子割下来，再脱粒、扬晒、装袋，运往火车站，再从火车站运往国家粮库。这是我的战友起早贪黑，像生命一样呵护的粮食。"

列车长被张庆祥冷不丁的吼叫惊了个趔趄，他才听不进张庆祥抒情的述说。他一手扶住列车上车的铁栏杆，身子退缩到驾驶车厢内，探了个脑袋，说："这当兵的，神经兮兮的。"

列车长又说："我说的可都是实话。"他调整了一下姿势，似乎以一种调侃的口气说，"要不你留下一个战士查找稻子，反正火车再过几分钟就要出发了。"他抬了另一条腿，缩进了脑袋，关车门前又嘀咕了一句："这当兵的咋神经兮兮的。"

张庆祥愣了几秒钟，跳上火车驾驶室台阶，狠狠地拍了几下驾驶窗，没人搭理。他突然想到什么，又跳下台阶，抬腿跑去了后面的货运车厢。

两个战友正在跟年老的青菜脸木材押运员争执。货车上的其他押运员像村子上谁家出了事，都成了看热闹的群众，纷纷围拢来，大脑壳社员一样评论着，七嘴八舌。

火车已经喷吐了浓烟，拉响了汽笛，列车长已经发出了第一次出发警示。

年老的青菜脸木材押运员见张庆祥跑过来，以为找到了能说话的主，他火急火燎地拨开人群，直接走到张庆祥的面前，责问道："你是部队押运的指挥官吧？你评评，天底下有这道理吗？昨天，你们这位解放军同志去抢险，我好心劝他守好粮食，他不听。今天，粮食丢了，反来责问我了。"

张庆祥还没明白过来什么意思，那个黑矮个煤矿押运员又一走一画圈地划着船来了。他和青菜脸木材押运员是老相识了，他径自划到青菜脸木材押运员跟前，耸了耸肩，张了张夸张的嘴，嘻嘻笑道："老林头呀老林头，昨天我就警告你，不要多管闲事，你偏偏不听。这会儿摊上事了吧？他们这些兵娃子怎么知道一路押运的凶险？他们只知道好玩，只知道完成任务回去邀功领赏。"

这话说过了，在场的三个战士都生气了。他们是执行任务，是国家使命，怎么就好玩了？怎么就只知道邀功领赏了？张庆祥毕竟是老兵，他用手势制止两个鲁莽的战友，生怕他们忙中添乱，节外生枝。他知道当务之急是火车启动之前找到粮食，而不是要嘴皮子。他向青菜脸木材押运员拱了拱手，学着武侠小说中的侠客的样子，笨拙地做了个江湖中人道歉的抱拳姿势："这位老伯，我们是第一次执行押运任务，不懂道上的规矩，多有得罪。"

他又向围观的押运员拱了拱手，说："各位押运前辈，我们押运的是用于老百姓救灾的国家粮食，还求各位帮忙找出丢失的粮食。"

张庆祥的江湖不学倒罢，学了反而笨拙、拙劣，他仿佛成了舞台上的演员。所有围观的押运员都笑了。王德贵、刘大同也笑了，他俩只是偷偷笑，把脸藏在了军大衣的衣领里，一抖一抖的，像是刘大同唱高音时喉结上下抖动。

还是那个黑矮个押运员，他挺了挺驼着的背，没挺直，背反而更驼了。他说："解放军同志，昨天老林头就说了，跑铁路线押运是干啥的？就是要看好自己的物资，天塌下来那是天的事。地塌下去是地的事，可是你们那位同志不听，坚持去抢险。抢险是铁道部门的事，要知道，一路上稍有停顿，就会有劫货的歹徒上车。"

围观的押运员也在你一言我一语地说着他们押运生涯的遭遇和历险故事。

话头似乎都是针对王德贵。

这时，青菜脸押运员让大家安静，接过话："昨天我就感觉不对，你们三个解放军同志参加抢险连续作战，车厢上的粮食没人看守，难保没有参加抢险的老百姓浑水摸鱼。我就一直帮盯着，可这眼皮怎么能盯二十四小时？这不，还是在打盹那会儿丢了粮食。"

周围的押运员跟着哀叹着，无计可施地摇着头。

汽笛又一次长长拉响，列车长已经第二次发出列车出发的警示。按照惯例，列车再过三分钟就要出发了，押运员们嘟嘟囔囔着陆续上了各自的车厢。

青菜脸押运员帮张庆祥分析，这一天一夜抢修道路时，他们故意在货车旁点着篝火，就是怕劫货。铁路沿途专门有这样的老百姓，不务农事，专门蹲点货列。货列停车，他们就伺机爬上列车。这回，篝火这么亮，照亮半壁山呢，再说连着大雪，道路受阻，估计盗的粮食还没有拉走，保不准就藏匿在附近的山林中。不能干着急，最好火车启动后，悄悄留下一个战士。

张庆祥还没来得及向年长的押运员道谢，列车第三次发出了启程的汽笛声，火车头的热流像一群没长屁股的小孩子，特别淘气，一股一股地在尖坡的山涧翻滚、盘旋。

一旁的王德贵为自己的粗心，早已悔青了肠子，恨不得挖个地洞钻进去。

没有时间再犹豫了。王德贵没容排长答应，顺手拽了一件军大衣，跳下了启动的列车。

下车后，他一路追着列车，告诉排长，等他查到粮食，一定会追上队伍。王德贵没有听清排长说什么，火车的巨大气流已经将他撂倒在雪地里。

8

王德贵从雪地里爬起来时，火车的最后一声残喘已经消失，火车身后修长的铁道上，钢轮和铁轨摩擦的热气正在地表四散、消失。

王德贵孤零零地站在铁轨旁，大地只剩下低低盘旋的鹰、细细尖叫的风、迎面扑来的飞雪。

一只火红的狐狸从对面黑松林中的雪堆里钻了出来，做了一个优美的舞蹈姿势，仰了仰细长而柔软的脖子，用鼻子打量了一下雪的世界，又撑起前脚，站高了，顿了顿尖尖的脑袋，甩掉头上的雪花。狐狸一双小小的眼睛落在了王德贵身上，也就两三秒钟而已，它优雅地放下前脚，才迈着细碎的步子，不急不慌地穿过铁路。走进另一片森林前，又撑起前脚，站高了，晃了晃尖尖的脑袋，一双小小的眼睛落在了王德贵身上。也就两三秒钟而已，它又优雅地放下前脚，钻进了黑森林，留下一串错落有致的脚印。也就三五分钟，那脚印又被积雪覆平。狐狸在散着步，寻找着什么。突然，一棵松树上掉下一坨积雪，狐狸受到惊吓，倒退了几步，迅速而快捷地用后脚刨着积雪。前后十来秒钟，狐狸已经将身体躲进了自己刨挖的雪洞里。它将脑袋留在外面，两只眼睛滴溜溜地环顾着世界。几只灰色的野兔，也在狐狸不远处树林中的雪地上撒着欢，刨着坑。

王德贵越过铁轨，四周都是群山和白雪，看得人眼花缭乱，他不知道该往哪个方向去。这才想起，一念之间跳下了火车，他连一块压缩饼干都没带。万一三五天之后还找不到粮食，自己岂不要饿死、冻死在这个叫尖坡的莽莽雪原和森林间？青菜脸老押运员有经验，他不是说了吗？根据天气情况分析，粮食还没被拉走，保不准就藏匿在附近森林的哪一棵老树下。可是，尖坡这么大，这么大一片白雪茫茫的森林中，盗粮者又会将粮食藏在哪一棵老松树下？

唯一的办法是自己想办法，找一处藏身地，悄悄藏身，守株待兔，等盗粮者来取粮食时，人赃俱获。

王德贵想找村子通往山间的路，他想在村子通往山间的必经之路上藏身守着。可是铁路左边右边都有通往不同的村子、屯子的路，谁又知道哪个村子，哪个屯子的老百姓盗了粮食？

一列客车从身旁飞驶而过，强大的气流将王德贵推了一个趔趄。王德贵刚站稳身子，飞溅的雪渍和着脏水又泼了他一身。

跳下火车的一瞬间，王德贵只有一个念头：一定要找回丢失的粮食。现在突然想起，自己贸然跳下火车也没有得到排长同意，这叫擅离职守，是严重的自由主义。在连队，这是要被关禁闭、挨处分的。粮食找到了还好说，还可以将功补过；倘若粮食找不到，怕是自己给自己挖了坑。

王德贵感到无比疲倦。他蹒跚着爬上一个高岗。他想借高岗来观察一下地形，寻找有可能的蛛丝马迹。在雪地行走，双腿难以自如地活动，远不如狐狸、野兔、松鼠这些小动物敏捷。他好不容易才爬上稍高的半山腰。

雪仍在下着，铁路对面的群山影影绰绰，看不见村庄，看不到炊烟，而铁路这边山林逼仄，一座雪堆紧挨一座雪堆，不见道路，不见人迹。天色在飞雪中渐渐灰暗了下来，突然，王德贵发现有三只狗冲向对面野兔出没的黑松林。

按说，北方的老百姓大多是游牧民族的后裔，他们放牧狩猎，总有一群狗欢欢地跑在前面。王德贵暗自高兴，这是一种信号，没准狗的后面跟随着来取粮食的盗粮人。

王德贵悄悄地潜伏在一棵松树树干后，静静观察着狗的动向。

人一直没有出现，却又来了五只狗。与前三只狗会合后，像部队里的侦察班战士，队形整齐，尾首相顾，踩着雪地的步伐轻盈快捷。突然，为首的将两只蓝眼睛的光芒刺向天空，一声长啸，八只狗像八支飞舞的利剑，迅捷地将雪地里戏耍的两只野兔包围起来。一眨眼的工夫，两只天生顽皮的野兔，已经血肉模糊。

王德贵吓呆了。那哪里是乡民家中的狗，分明是野狼。

王德贵没见过狼，但从小在狼的恫吓中长大。奶奶说，再不睡，狼来了。娘说，看你还到外面去疯，小心被狼叼了去。语文课本上说，祥林嫂的儿子是被狼叼去了，还说得有板有眼：阿毛遭遇狼了，再进去，他果然躺在草窠里，肚里的五脏已经都给吃空了，手里还紧紧地捏着那只小篮。他对狼的恐惧来自奶奶的嘴、娘的嘴、祥林嫂的故事。

王德贵悄悄地躲在一棵老松树后。老松树上的积雪被风吹过，一团一团从树梢掉落。有一团正好砸在了他的脑壳上，突然的一击，把王德贵吓得一阵颤抖，脸一下煞白，魂都飞出了七窍。

铁路对面的树林中，牙齿滴着血的八只狼，仰着高傲的头，八双眼睛泛着绿幽幽、蓝莹莹的光亮，在白皑皑的大地追逐着，寻找着猎物。

王德贵四周找寻着可以逃生的出路，他看到身后远山那边，隐约有灯光。他在教科书上学到过，狼是惧怕灯光的。王德贵紧缩后颈，裹紧大衣，像松鼠一样，先将后脚从雪堆中拔出，整个人躺卧在雪面上，由山坡慢慢往山下退去。退到半坡，他干脆滚了起来。

山下并没有路，也不是没有路，是积雪覆盖，找不到路。

狼正按它们的队形，心高气傲地越过了铁路，"嗷呜，嗷呜"的叫声似乎越逼越近。

王德贵的步子已经无法迈开，也不只是心里紧张，害怕狼群，而是积雪太厚，他每迈一步，积雪都没过膝盖。

当然，说他不紧张、不害怕，那是谎言。埋在雪里膝盖以下的小腿已经发软，开始发抖。王德贵不断给自己打着气，为自己鼓着劲。

王德贵抬起头来时，狼群已经在雪地上形成一个椭圆形的包围圈，包围圈在逐渐缩小。

王德贵这时才注意到头狼体型中等，四肢修长，灰黑色的发毛在白色雪光的映衬下，晶莹剔透，根根发亮。

多么帅气的头狼。身临险境的王德贵，不知道为什么会想到这个问题。

这时头狼仰着尖尖的头腭，一声长啸，黄褐色的眼睛里泛出的蓝色光芒，像一道极地弧光，映蓝了一片雪地。

王德贵做着深呼吸，他没有与狼相处的经验，不了解狼的脾性。但他从小喜欢狗，了解狗的习性，狗是忠诚的动物，也是知恩图报的动物。只要你待它好，不伤害它，它也不会主动进攻你。这么想着，他反而不发抖了，他在考虑如何与狼和睦相处。

王德贵与头狼对视着，像一个好客的主人迎接远方陌生的来客，尽量保持着笑脸，他想给头狼传递一份温和与亲善。可是因为风像刀片一样刮在脸上，使他的脸无法松弛，他的笑很僵，使他看起来像风化的兵马俑。

头狼一副骄傲自得的态势，它根本不拿正眼看王德贵，它仰着高傲的头颅，任漂亮的毛发在风中飘逸。它才是尖坡黑森林的主人，它可以藐视任何突然闯进森林的陌生入侵者。

雪停了，夜黑了，夜空中的星星在云层里调皮地翻着筋斗，大地更白了，白得耀眼，白得炫目。毫无头绪的风，躲到了树梢上打旋。

时间在王德贵的心脏跳动中一秒一秒地过去。

头狼又是一声长啸，双腿优雅地向前迈了一步，又缩了回来，也就是活动一下筋骨。所有的狼都跟着向前迈一步，又缩了回来。看来头狼有的是耐心。

包围圈越来越小。头狼似乎听到了眼前入侵者紧张的喘息声，它在思考着，盘算着，它拿眼睛分别快速地扫视了一下左右两翼的群狼。右翼一头棕色的狼明显是个急性子，它似乎急不可耐，嘴里"嗷呜"着，像个百米冲刺的运动员，两只后腿屈成弓形，右前腿蹬足了劲，只等头狼一声号令，好让前左腿着力冲刺。

天地一片静谧，仿佛坠入了万丈深渊。

王德贵闭上了眼睛。

这一刻，他也许想到了作为担负国家使命的粮食押运员的神圣与光荣。也许他还想到了作为一名军人，死在狼的尖齿下，这样的牺牲是不是值得。是的，只要为国家而牺牲，怎样的死法都值，都是重如泰山。

王德贵这样想着，他被自己的想法感动着，居然没有一点害怕的感觉。

平日里，王德贵就特别爱胡思乱想，也常常会被自己的胡思乱想感动。

枪声是从狼群的左翼传来的。

9

王德贵被枪声惊醒。他睁开眼睛时，守林员和一条猎狗已经赶到他跟前。

现在，轮到守林员和他的猎狗惊愕了。一个当兵的怎么会在尖坡的黑松林里与群狼对峙？

听了王德贵的解释，守林员更不解了。难道是傻子，为了查找一袋丢失的粮食，连命都不要？知道尖坡一带是什么地方吗？黑熊、野狼出没的地方。这一带的老百姓都不敢走夜路，何况你一个不熟悉地形的外地人。

今儿要不是碰到守林员，怕是连骨头都没了。猎狗吐着舌头，在陌生的战士周围转着圈。

在王德贵的恳求下，守林员把王德贵领到靠尖坡最近的一个村的村主任家里。

村主任是个退伍军人，尖坡铁路发生险情时，他曾经组织附近村、屯的老百姓参加抢险，对王德贵有印象。他能理解一袋稻子在一个战士心里的分量。

村主任嘱咐爱人给王德贵做了手擀面，又嘱咐守林员把屯上的治保主任连夜叫了过来。治保主任是个年过半百的瘦小汉子，左腿有点瘸，走路一瘸一拐地跛拉着，但双目犀利，似乎一眼穿过肚皮，能看到对方肚子里的几根肠子。听说他年轻时为追一个盗牛贼，摔下悬崖，摔断了左腿。

村主任介绍，治保主任叫连又侠，是全县有名的治安先进人物，全村十几个屯的五百九十多名村民的简历都记在他心里，尤其对有过前科的村民，他甚至能说出他们的生活习性、活动规律、个人喜好。

连又侠俨然经常配合上面公安派出所的人来调查治安情况，夜半被村主任叫来，又见一位解放军同志坐在村主任一旁，不用猜，有案情。他掏出随身的烟袋，兀自点了一锅烟，烤烟叶燃烧后的烟碱味，顿时弥漫了一屋。

听解放军战士说尖坡排险时，少了一袋国家粮食，连又侠心里犯了嘀咕。一袋粮食死沉死沉的，又不值钱，会是哪个二杠子犯傻，干这种二呆子才干的事？

在王德贵的要求下，连又侠将村里平时被列为重点嫌疑对象的人仔细排查了一遍，找不出偷一袋粮食的对象。村里那些爱占小便宜、小偷小摸的主，尽是一些又懒又馋的二杠子。让他们顶着满天风雪，从十几里外的尖坡铁道边，盗一袋不值两百块钱的粮食回家，出这把力还不如毒死隔壁屯上的一只狗，卖给坝上黄胡子酱狗肉馆，又轻巧又来钱。

连又侠这个基层治保老先进犯难了。村主任出主意，不能让解放军战士因为一袋稻子困在村上，不如天亮后，叫村干部每家献上五十斤稻子，好让战士安心归队。

连又侠自然没意见。

王德贵不干。

他留下来是追查丢失的国家粮食的，那只麻袋上打着国家粮食的印记。让村干部凑一袋粮食交差，岂不是欺骗组织，岂不是扰民、掠民？

王德贵恳请连大哥带他去村、屯有过盗窃前科，被列为重点嫌疑对象的户主家查找粮食的下落。连又侠说，根据常识，大雪连着下了两天，尖坡离最近的屯子都有十多里路程，一袋稻子一百公斤，在雪地里，不靠雪橇这样的交通工具，单凭肩背是很少有汉子能做到的。再说，尖坡四周有五六个村，四十多个小屯。那天抢险，四周五六个村基本上都有老百姓参加，保不准是哪个村哪个屯的人偷了粮食。这样说来，粮食的下落就更是个谜了。

守林员也说，这两天他一直在林间转，没发现从尖坡往屯子的道上有人走过的痕迹。

村主任见王德贵犯愁，他又出主意，让连又侠天亮后带王德贵去坝上的派出所登个记，待公安破案后，再把粮食托运到部队上，也好让解放军同志及时归队。

村主任又嘱咐爱人帮王德贵烧了热炕。

王德贵已经两天两夜没睡了，头一挨热炕，竟连过门都没打一下，就进了梦乡。

王德贵醒来时，已经是第二天半晌午时分。他睁开眼睛时，村主任、治保主任连又侠，还有一个公安民警已经坐在他的炕前，估计已经坐了很久，地上横七竖八地躺了一摊烟头。

王德贵掀了被头，"噌"地从炕上跳了下来，急切地问："粮食找到了吧？"这才意识到自己还没穿外套没穿鞋。

公安民警站了起来，他告诉王德贵，部队把电话打到了当地武装部，武装部与派出所协商，希望他们协助查找一个在尖坡离队的战士。

公安民警要求王德贵立即归队。

归队？粮食没找到，就这么归队岂不让排长和大嗓门刘大同笑话。

王德贵到底有点一根筋，跳下火车的那一瞬间，就铁了心要找回丢失的国家粮食。

公安民警十分严肃地告诉王德贵："部队首长命令你，不要逞个人英雄主义，犯个人自由主义，立即从坝上乘车赶上战友押运粮食的货运列车。"

王德贵嘴上答应着公安民警的同志，心里却盘算着如何摆脱公安民警，单独去附近村屯查找粮食线索。

10

王德贵借上茅房的功夫，从村主任家后院溜走。

屯子的街道上，屯子的小巷中，屯子通往村子的道路上，已经满是村民流动和牲口蹒跚的脚印。公安民警、村主任、治保主任都无法甄别哪一行脚印是王德贵走的。

公安民警因为派出所还有其他事，所以要先返回坝上的派出所。他临走时一再嘱咐村主任和治保主任，要以政治的高度发动群众，务必及时找到解放军战士，劝其早日归队。

村主任和治保主任在镇上开会时，经常听到主席台上强调政治高度。他们知道，政治高度虽然没有标准，但是很高，有的甚至直接从《人民日报》发出来，马虎不得。

村主任和治保主任随即分头去发动群众。

王德贵其实并没有走远，他从村主任家茅房悄悄溜到村主任家马厩里，躲藏在马料草堆里。公安民警、村主任、治保主任在屋外的说话声，他听得清清楚楚。他听到公安民警与村主任、治保主任道别后，抖了身上的草屑，从村主任家马厩出来，再由另一侧的小巷，走进下一个屯子。

昨天，他已经听了村主任和治保主任对村、屯重点嫌疑对象的排查。他认为即使这些重点对象可以排除嫌疑，但从他们嘴里，也可以打听到有价值的线索。他从小就从村上朱先生那里得到教育：乞丐有乞丐一路，道士有道士一路。只要找到屯上曾经有过偷盗行为的，顺藤摸瓜，不信找不到那一袋粮食。

王德贵对自己的想法很有信心。

太阳又高又小，一把刀一样明晃晃地挂在天空，与大地上的积雪交相辉映着，让人眩晕。正是午餐时间，屯上几乎没有人走动。

王德贵走进了屯北低坡，门向朝东的一户是连双连家。这是他在小卖部买烟时，向小卖部老婶子打听好的。

这是王德贵决定走访的第一家，也是从治保主任嘴里听到的重点嫌疑对象中记忆最深的一位。

11

连双连是治保主任连又侠的同族侄辈。听连又侠说，他这个侄子父亲早亡，一个多病的老母亲跟着他过。他年轻时娶过媳妇，他媳妇是被坝上的一个叫九泡泡的男人从云南拐过来的。连双连卖掉了屋西的两间祖屋，凑了七千块钱，从九泡泡手里将云南姑娘买了过来。本来人家新媳妇想，拐都拐来了，都体体面面拜堂成亲，生米煮成熟饭了，也就好好地过下去吧。哪儿不是找个男人，哪儿不是活命。没想到连双连生性懒惰，地里的玉米、圈里的猪羊，好像都与他无关，他只关心谁家烤烟叶醇香，哪家窗户飘出了狗肉香。一个屯、一个村的乡邻都知道他好吃懒做，都避着他。既然光明正大地蹭吃不让，他干脆就偷，也就是小偷小摸、顺手牵羊的那种。娘管不住他，同族弃他躲他。媳妇要面子，不干了。劝一回不听，劝两回当耳旁风，再劝连双连就动上了手。媳妇也不劝了，趁他醉酒，跑到尖坡，爬上一辆货车，从此音信全无。

连双连的家就像治保主任嘴上说的一样，院子四墙漏风，院子里的农具像故意跟主人闹着别扭，东一耙、西一锄地倒在雪地里。

王德贵咳了一声，问了句："屋里有人吗？"

一个老人的声音响起："进屋歇着，外面冷。"

王德贵撩开油渍麻花的帘子，一股药味，随着空气中缓缓飘浮的尘埃，在屋中升腾。一阵风吹来，布帘子扑啦一晃，药味和尘埃相拥着，穿越而出。这是一间灶屋，屋内陈设简单，整个屋子被平日里的油烟熏得黝黑。

布帘子放下后，屋里又暗了下来。王德贵透过布帘子中间那条缝间射进的光线，看到一位身材瘦小的老妪正在往碗中倒药。

王德贵伏下身，帮老人倒了药，扶老人坐在一张吃饭的竹椅上，对老人说："老婶子，我找连双连。"

老人这才抬头看了一眼王德贵，愣了三五秒钟，说："原来是解放军同志呀，我还以为是邻居呢。"

老人摇了摇脑袋，又说："想想也是，哪有村邻会跨进咱这破败家院，怕是已经三五年没有邻居串门了，都是家里的孽障造的孽。"

老人把嘴伸到碗边沿，沿碗边沿吹了几口气，哀叹了一声，才想起了什么，小心地问："双连又惹事了？"

王德贵告诉老人，他路过屯上，想请连双连帮个忙。能帮上解放军同志，一定是好事。老人这才指了指隔壁一间屋。"怕是还在挺尸呢，我老婆子上辈子作孽了，生了这么个没出息的儿子。"老人家喝着药，唠叨着。

当年连双连与拐来的媳妇结婚后，把他娘分了出去，把灶间分给了他娘，又把通往灶间的门堵死。

去隔壁还要从屋外过去。一扇由县上扶贫时送给贫困户育苗用的地膜装订的门，半个肩一样耷着。巷子里的风吹来，塑料薄膜在风中"扑扑"作响，半个肩不停地颤着。

没有敲门就进来了。屋里一股呛人的烤烟叶的烟碱味。因为明暗光线的强烈反差，进屋后，王德贵一时没有看清屋里的情况。暗处的连双连先跟王德贵打了招呼，问了句："找谁？"

王德贵顺着发声的方向答："找连双连。"

连双连也不回他就是连双连，只是顿了顿下巴，让王德贵在炕上坐下。

炕是凉的——冰凉。

这老冷的天，咋连炕都不烧？王德贵心里犯着嘀咕。

半晌，王德贵才看清炕上的连双连。连双连身体消瘦、单薄，一张隔夜的脸上透着寒气。半侧身体躺在炕上，下身裹在被子里，上身披着一件民政救济的半旧大衣，一只胳膊伸到大衣外面，扶着一杆烟枪，也不拿眼睛看下进屋的陌生人。他眯着眼睛，一口连着一口地吸旱烟，一锅烟叶也就三五分钟吸完。

连双连往烟锅里续装烟叶时，才抬起头，挑了一下眼皮，扫了一眼王德贵。王德贵给连双连掏了一支小卖部卖的烟，开门见山地说出了找他的原因。他想让连双连帮忙排查一下，谁有可能在尖坡抢险时，盗了货列上的那袋粮食。

连双连眼睛直勾勾地盯着王德贵。突然，他把王德贵递来的烟扔在炕下，清了清嗓子。"扑"地一口浓痰钉在了耸肩的薄膜门上。单薄的塑料薄膜门，冷不丁地被一口飞速飞来的浓痰推了一个趔趄。浓痰几乎贴着王德贵的脸颊飞出，唾沫星洒了王德贵一脸。

王德贵擦脸时，闻到了一股烟臭夹杂着口臭的混合臭味。他"噌"地站了起来。连双连以为眼前的解放军要动武，慌慌地裹着被子，也跟着直直地站在了炕上。

王德贵整了整军帽，弹了弹大衣上的雪粒子，挺了挺胸，强忍着愤怒，复坐在了炕上，目光威严地盯着连双连，示意连双连也坐下。

连双连忐忑不安地看了一眼眼前这个喧宾夺主的解放军战士。在王德贵刀片般威严的目光下，连双连套上棉裤，走下炕。毕竟这是自己的家，底气还是在的。他在炕沿的水泥上敲掉烟锅里的烟灰，又用三个手指从烟袋里捏出一撮烟叶，摁在烟锅里，划亮一根火柴。

王德贵看着连双连完成一整套动作后，也跟着站了起来。他抱了抱拳，说："还仰仗大哥帮忙。咱们丢的不是普通粮食，是国家的粮食。"

王德贵又说："我知道不是大哥所为。我只求大哥帮忙提供线索。"

连双连抽了半锅烟，才抬起头来。他眼睛眯成一条线，边吐着烟边说："明知道不是大哥所为，干吗找我？"

他又埋头抽了一口，王德贵被呛得眼泪直流。

连双连这才敲掉烟锅里烟灰，也不看王德贵，说："一袋粮食，针眼大的小事找我帮忙，我媳妇丢了咋没人帮找？"

王德贵心想，一袋粮食躺在老百姓粮仓里，那叫口粮；一袋粮食躺在军运列车上，那是国家粮食。

"大哥丢了媳妇应该报案。"王德贵没有说出自己的想法，而是笑着劝连双连。

连双连的眼眉往上一挑，白眼珠子就泛了一地："报案？拐来的媳妇怎么报案？你让我自投罗网？"

王德贵发现连双连也算是个明白人，不是他想象中的那么傻。他诱导着："大哥，你这回是帮解放军忙，帮国家忙，功劳可大了。"

连双连乜斜着眼睛，对王德贵说："功劳大能帮俺找回媳妇？"

听话音，连双连应该能提供有效线索。王德贵心里为之一震。他接过连双连的话，说："功劳大就能受政府表彰，受群众尊重，到时还怕媳妇找不到？"

连双连一副老江湖的架势，说："尖坡抢险我都没参加，我哪有线索？"

他对王德贵做了个逐客的手势："这位解放军同志，我还要午睡呢，您哪来回哪去吧。"又低低嘀咕，"想套我连双连？还嫩着呢。"他明显没瞧上眼前这个年轻士兵。

王德贵尴尬地立着，进不是，退不是。

这时薄膜门晃了一下，连双连的娘用一根桑木拐杖撩开薄膜门，她一进屋就被屋里缭绕不散的烟呛得连连咳嗽。她用拐杖敲打着炕边沿，愤懑地说："双连啊双连，解放军同志叫你帮忙，是为你积德呢，你咋赶人家走？你看人家小战士比你小好多，都在为国家做事了。"又说，"你再看看你，过得叫啥日子？连个热炕都烧不起，你臊不臊？你这把年纪让狗活了吗？俺屯上还有哪户人家像俺家这样破败，你爹在地下要知道你把光景过成这般，怕他会掀了身上的泥土，跑回家敲断你骨头。"老人说着竟呜呜地哭了起来。

王德贵赶紧扶老人家坐炕上。

连双连在两人面前不停地来回走着。

突然，他停在王德贵面前："当兵的，你要向俺保证，可不准卖了俺。"

王德贵差点蹦了起来，没想到自己瞎打瞎撞竟撞了个正着——找对地方了。他认真地对连双连说："连大哥放心，我以军人的名义保证，绝不出卖你。"

连双连这才停下了晃荡的双脚，带着诡秘的神色说："昨天傍晚时分，小菜籽屯的胡三能找到我，也就是咱屯往东二三里的那个只有七八户人家的小屯。"

连双连顿了顿，靠近了王德贵，又说："胡三能让我陪他去趟尖坡黑松林运一袋粮食，说是事成后五五分成。我才不上他鬼当，黑森林离咱屯二十多里地，狼熊出没，再说又大雪封道，为一袋粮食丢了小命多划不来。"

王德贵着急地问："那粮食还没运回来？"

连双连笑了："你真是傻大兵，我不陪他去，胡三能就不能再找其他人了？"

连双连母亲听出了道道，她又用拐杖敲了敲床沿，伸过脖子："双连哪，儿啊，咱做人不能昧着良心，你可不能瞎说呀，胡三能在近乡可没有坏名声。"

连双连白了他母亲一眼，说："你知道啥？胡三能亲口告诉我的，他去尖坡帮忙抢险，在货运列车边出恭，发现列车上装着粮食，就顺手牵羊拉了一袋藏在黑松林的雪地里了。"

顺手牵羊？王德贵纳闷了，明明粮食装在列车上，怎么就可以顺手牵羊了。

连双连耸耸肩，说："俺们这旮旯好多老百姓有这个德行，俺平日也有这个德行。"又垂了一下眼皮，"顺手牵羊怎么能算偷，况且粮食又是国家的……坝上的二奎他们一伙都干扒车行盗呢。"

王德贵纠正道："国家的粮食更不能顺手牵羊啊。"

连双连狡辩："国家粮食不就是大家的吗？"

他还想说什么。他母亲着急催促道："还在贫嘴，赶紧带解放军同志去找粮食。"

连双连双手插进袖筒，一口拒绝："俺才不去呢，乡里乡亲的，俺又不是干部。你让解放军大兵去找俺又侠叔，他是治保主任。"

王德贵想，也是，既然粮食有了下落，就不愁找不到，别为难连双连了，他今后还要跟乡邻相处。于是他向连双连母子告别。

出了屋，王德贵突然又想起了什么，拐进连双连母亲住的灶间，从内衣里掏出出发前向连队司务借的五百块钱，点出两百块压在老人家刚才喝药的碗下。

12

宣布对下士王德贵的记过处分决定是在南方的叫白川州的铁路货运站。离它不到三里地就是白川州列车客运站，两年前，王德贵就是从这里登上军列走进部队的。

处分决定是吴干事从农场赶来宣布的。按理，吴干事是不过来的，可是不过来不行，张庆祥电话里说得很着急。王德贵在北方一个叫尖坡的狼熊出没的地方私自下车，找一袋丢失的粮食。

一袋粮食事小，一个战士的安危可不是小事。部队立即与驻地武装部取得联系，请求帮助寻找一个叫王德贵的战士。

找到了，又让他溜了。

农场场部决定让吴干事赶赴尖坡协助地方查找王德贵，同时也给擅自离队的王德贵，带来了记过处分的决定。

吴干事赶到尖坡时，王德贵已经从胡三能手中取到粮食，正准备赶上他的押运队伍。

现在，粮食已经送达该去的地方，支援遭遇特大洪水灾难的白川州灾区人民。王德贵做梦也想不到，原来他们所押运的粮食去往的国家就是自己的家乡。难怪张排长会说每一寸土地都是国家的心脏。

粮食已经交接，一袋不少，正由家乡人民从货运车厢，一袋一袋地装上停靠站台的卡车。王德贵找回的那一袋粮食也装上了卡车。

押运员正准备返回连队。突然，王德贵转过身，立正、挺胸、收腹，缓缓地举起右臂，庄严地向货列上的粮食敬了个标准的军礼。放下手臂时，他喉头发哽，两颗黄豆大的泪珠滚落在地。

七十五天

七十五天，只是人生长河中的一朵浪花，短暂、美丽，稍纵即逝。

阿爹从检查出肺癌到去世只有短短的七十五天时间。时间柔情似水，它一刻不息地静静地向前流淌；时间坚硬如铁，它分秒必争，毫厘不让。七十五天已成为历史，更多的七十五天扑面而来，更多的七十五天还将拂袖而去。当我站在时光的水面上，回顾阿爹住院的七十五天时，死与阿爹已经毫无关系。我看到的不是疾病和死亡本身，我看到的是悄悄躲藏在疾病和死亡背后，一个中国底层老百姓，一个农民，面对疾病和死亡时的真相。我想做的是让大家看见一个更广阔、更深入的现实，看见一个更具有现场感的无序状态，看到肉体与灵魂在疾病面前的挣扎。

而此时您读《七十五天》时，死亡，作为一个人的生命终点，已经被分解成若干片段，甚至成为一些表情或动作，慢慢消弭了死亡本身，消弭了痛苦本身。抑或它只是一场人生的对话。

——题 记

第一天

2015年12月18日　晴天

阳光和煦，是冬日里一个美好温暖的日子。

窗外，三五成群的黑鸟，在茂密的樟树枝叶间欢愉地跳跃着，喧嚣地打斗着，那金属色的阳光随着鸟粪索索地掉了满地。

上午10时许，我正在办公室修改一份材料，手机彩铃突然聒噪起来，是阿爹的来电。这是一个很普通很平常的电话，我和阿爹阿娘之间隔三岔五会不定时互相通话，风轻云淡地聊几句家长里短。然后是短暂的沉默，然后是互相说一声"挂了"。阿爹昨天来电话告诉我，家里春节前捉养的那条取名黑虎的黑狗，被偷狗佬偷走。村里人看到两个骑摩托车的偷狗佬，用毒肉把它毒走了。每年冬天，老家乡下的偷狗贼总十分猖獗。阿爹说，也不能怪偷狗佬，那条黑狗嘴巴太馋了……说完是短暂的沉默，我问，还有事吗？他说没事。又是短暂的沉默，然后几乎同时说"挂了"。

今天，电话那头，阿爹沉默了三四秒钟后，才语气低沉、略带忧伤地告诉我，他右胸钝痛，上午去镇上医院拍了X片。片子上说右胸第七根肋骨骨折。这个怪老头子，昨天通电话怎么就没说右胸钝痛呢？没等我问话，阿爹自言自语地说道："原想熬一熬、扛一扛过去的，实在痛得坚持不了了。"又说，"明明只搬了一袋稻子，又没闪腰，怎么就骨折了？"自怨而伤感。我在电话这边抱怨阿爹，年纪大了，不要再由着性子干重体力活了……这话我不知道跟阿爹阿娘说过多少回了。阿爹打断我的话，吼道："我才75岁，就年纪大了吗？当年，你奶奶95岁还担肥种菜呢。"

阿爹犟了一辈子，从不服输。

我劝阿爹不要急躁，镇上医院经常会出现误诊。我准备放了电话驱车接他进城复查。

记得七年前的一次，阿爹突然来电话，说他在镇上医院检查了，X光片显示他肺部有一大块阴影，怕是肺癌。我带他进城检查，结果虚惊一场，原来他在镇上医院拍X片时，没有解下皮带，那块阴影竟是皮带接头处的铁疙瘩。

这回，阿爹却没有放下电话的意思。他迟疑着，欲言又止，像在做一个十分艰难的决定。差不多一分钟后，他说："细伢呀，镇上医院的郭医生说了，骨折是小事，肺上怕有大事。"语调中夹了颤音，"郭医生是爹多年的老朋友，他不会骗爹的。他说肺的上部有一个拳头大小的肿块，下部还有积液呢。"

怎么又是肺上的毛病？我懵在电话这头，心想，我五月份才带着爹娘在县城医院做过全面体检，两位老人的体检指标都十分正常，爹只是血糖有点高（何况已经得到了有效控制）。一定又像七年前一样虚惊一场。我在心里默默祈祷，立即驱车去乡下。

老宅弥散着哀哀的气息，阿爹躺在门前的老藤椅上。藤椅的前两只脚跨在门槛外的阳光中，后两只脚缩在屋内的阴暗处，阿爹半个身子阳光灿烂，半个身子寒气逼人。一旁立着的阿娘像一个做错了事的小媳妇，怯怯地看着爹。她的鞋上、裤下摆、手上还沾着新鲜的泥土，很明显她刚从地里回来。

我看不懂黑黑白白、点点麻麻，山水画般的X光片，但检查结论却一目了然：一、右胸第七根肋骨骨折；二、疑似肺癌。

我斜倚在老宅门框上，脑袋里似有千万只蝴蝶在尖叫。……我努力克制自己，不能在一张镇级医院的X光片面前慌张，我必须镇静。我在心里一遍一遍地提醒自己。我借机让老娘烧中饭，一个人退到老宅后爹娘种的菜地里，迅速联系城里医院熟悉的朋友，约下午2点帮阿爹做CT。是的，我不太相信X片上的事实，我必须得到更权威的真相。

阿爹躺在CT机床上，任由电脑鼠标指挥着上下、左右、前侧后侧不停变换着方位。机房外，电脑屏幕前，我屏气凝神，听医生一张图片一张图片地分析着肿瘤的位置、大小，白茫茫一片混沌的脑袋里只有三个字：不可能。

阿爹走出CT机房前，那位操作CT的老医生表情凝重地对我说："你爹肺肿瘤是确定无疑的，但究竟是良性肿瘤还是恶性肿瘤还得穿刺做病理分析。"那位老医生凑在我耳根又说，"不过，根据我的临床经验，你爹肺下有积液，右胸肋骨剥落。镇上医院X光片的结果——第七根肋骨骨折是错误的，正确的结果应该是剥落。根据这些迹象分析，你爹恶性肿瘤可能性较大。"我嘱咐医生，万不可告诉阿爹真相，只需轻描淡写地说肺炎。我怕阿爹突然听到这样的噩耗会崩溃。

向单位请了假后，我驾车载着阿爹行驶在大街上，竟不知道该驶向何方。我不知道该掩饰什么，逃避什么，隐藏什么。我的下一步究竟该如何走？

在县城屁股大的地方兜了大半圈，坐在后座的阿爹终于憋不住了，说："细赤佬呀，你咋老兜圈，老子饿了。"我这才想起，中午在老宅时，因为跟阿娘怄气，他未吃一口阿娘做的午饭。阿爹有糖尿病，耐不得饿。

我家住在五楼，每次阿爹、阿娘来时总不忘从自家菜地里采摘几大兜新鲜蔬菜，扛上一袋子刚舂的新米。阿爹虽然身材瘦小，但84级的楼梯台阶，阿爹手拎蔬菜，肩扛大米，说笑间就蹿到了五楼。倒是阿娘，因为血压高，爬到五楼，总得气喘吁吁地歇几次，最后还要落得阿爹一顿数落。

今天，阿爹空手。他走前，我在后。阿爹佝偻着身子，步履蹒跚，左手捂着右胸，右手扶着楼梯扶手，每上一级楼梯台阶，腿脚都要打一个标点符号——一阵剧痛，一个停顿。我赶紧上前，想搀扶阿爹。谁知，阿爹腾出左手，使劲地将我的手甩开，双目圆瞪着我，吼道：

"做啥？老子还没有老得上楼梯都要靠人搀扶。"阿爹的脾气又臭又硬又犟，一辈子从不求人，这个时候你要帮他，岂不亵渎了他？

安顿好阿爹，我才悄悄溜进阁楼书房，关上门，给远在山西太原的妹妹打了电话，告知妹妹，阿爹得了严重的肺病，嘱咐她抽空尽早返乡。我又给在乡下老宅的阿娘打去了电话，告诉阿娘，父亲得了严重的肺病，需要住院，嘱咐阿娘把家养的准备过年吃的鸡杀掉，腌好。明日进城。

给两位亲人撒完谎，我又给在医院工作的好友S打了电话，告诉他我阿爹的CT检查结果，他嘱咐我不要紧张，晚上他过来看看片子。

晚上9点15分左右，好友S医生应邀来我家。像地下党接头一样，我赶紧拉他进书房。我打开所有的灯。怕不够亮，我又从女儿卧室悄悄取来台灯，然后取出下午刚做的CT片……我端着台灯，S医生仔细地看了CT片中的每张图片。看了五六分钟后，他戴上眼镜，说："像癌又不像癌。像是肺下有积液，不像是肿瘤因为四周比较光滑。如果是癌变，四周应该很毛躁。"他脱下眼镜又拿片子在灯下看了看，"不像恶性肿瘤。"我突然冲动地双手紧拽S医生拿片子的手，几乎吼出来："麻烦你，一定看仔细了。"眼泪却已夺眶而出。

S医生放下片子，坐下，说："这个我也拿不准。"又说，"这样吧，我先帮着联系县人民医院消化科，让老叔明天去消化科住院，减少他的顾虑。"联系人民医院消化科后，他又帮着联系了江苏省肿瘤医院，约定周一去做肺穿刺进行病理分析。

第二天

2015年12月19日

不到5点钟，阿爹已经起床，一个人神色忧郁、心事重重地坐在餐桌前。我起床时，餐桌上的烟缸里已经落了三颗烟头。见我起来，阿爹赶紧把点燃的烟撸灭在烟缸里，恓惶地盯着我，像一个做错事的孩子。

我第一次恼怒地冲着阿爹吼道："爹啊，昨天医生再三叮嘱你，不能抽烟。"

这回阿爹没有犟嘴，他垂下脑袋，嗫嚅道："细伢呀，爹心里好烦哦。"又说，"后半夜胸口痛得都没睡觉。"

我走到阿爹的身后，第一次拥着他的双肩，像待一个亲密的朋友一样，拍拍他，用一种客气得生分的语气对爹说："没事的，阿爹，咱们今天就住院消炎，过几天就能抽烟喝酒了。"

我心里清楚，早上一支烟，晚上一盅酒，白天扛把锄头田头转转，那才是他老人家想要的生活。

阿爹没有回答我，只是双眼空洞地望着窗外渐渐明朗的天色。

早上6点钟不到，阿娘已从二十公里外的乡下赶来。

屋外寒气逼人，阿娘额头上却散发着缕缕热气，她左手拎了一袋足够一家人吃一个星期的新鲜蔬菜，右手拎了一袋子她和阿爹的换洗内衣，神情惶惶，气喘吁吁。

阿娘来后，我们一家人吃了早饭，应约八点钟前赶到医院住院部消化科。

因为今天是双休日，S医生帮约的那位消化科的T医生，直到9点40分，才一手拎包一手抓着煎饼赶到科室。T医生进科室后，边大口吃着煎饼，边打开手机眉飞色舞、神情丰富地抱怨对方，说对方不够意思，昨晚上三个人灌他一个人。他说着，调侃着，哈哈笑着，煎饼碎星子喷了满桌子。

按常规住院前要做身体检查，一早出门时，我嘱咐爹不要吃早饭。爹有糖尿病，因为等医生，到近10点还未进食，饥饿加病痛让他额头上虚汗直冒。他蜷缩在走廊一角，瑟瑟发抖，看着让人心酸。

我一直站在T医生身后，像一个耐心的保险推销员。等他吃完煎饼，打完电话，才递上CT片，告诉他我们是昨晚S医生介绍来的病人。他缓缓抬起头，眼镜片后双眼血红，说："S医生真够哥们儿的，双休日也逮着不放。病人呢？"满嘴喷出隔夜的酒气，酸酸的一股消化不良的臭气扑鼻，"我今天休息哦，要不是看S医生面子，我是不过来的。"他一脸厌烦。我欠身答谢着，掏出早就备好的烟和钞票，他将抽屉拉开"半张嘴"，我将烟和钞票塞进它张着的半张"嘴"里。我以为他要推却，他却看也没看，熟练地合上"半张嘴"，将阿爹的CT片扬在半空，抖了抖，CT片在半空中顽强地挣扎了一番，又挺直了腰。他眯着血红的眼睛看了看。可能没看清，他又抖了抖，这回抖动的动静比上回大些，以至那张塑料CT片好一阵挣扎，才挺直了身子。他再贴上眼睛看了看，又把阿爹叫到跟前，摸了摸爹的痛处。他又叫来护士量了体温，测了血压，将爹安置在走廊尽头的一张病床上，嘱咐值班医生让我交钱办理住院手续。

我弱弱地问T医生："今天帮阿爹检查不？"T医生说："今天不检查了，等到星期一上班后吧，先消炎。"说完，他锁了抽屉，提着拎包走了。想起爹还没有吃早饭，我赶紧叫妻子下楼去给爹买几个包子。我去办住院手续。

办完住院手续，挂上水，已是中午11点40分。用了止痛药、消炎药，爹已没有原先那么痛苦，但仍双眉紧锁。爹从昨天到现在都没有舒展过眉。

在医院伺候病人，阿娘经验比我丰富多了，先前外甥骨折住院，妹妹子宫肌瘤、阑尾炎手术都是阿娘在医院伺候。她趁阿爹挂水熟睡后，嘱咐我回家休息一下，早点送晚饭过来，自己却跑去邻床，和同样陪床的老太套热络去了。阿娘告诉我，病友之间和谐了，不仅互相有个照应，而且心情通畅了（阿娘这里用的是"通畅"两字），病也就走得快。

下午4点半，我做好晚饭送到医院。爹娘在乡间生活，有吃早晚饭的习惯。阿爹胃口好，只是右胸仍钝痛，低烧38.4度。饭后，阿娘用湿毛巾捂阿爹前额——物理降温。

晚9点15分，病房和走廊的病人，陪床的都已睡下，阿爹阿娘劝我早点回家。从医院步行返回家，大约五公里路程。大街上孤灯寒闪，枯叶翻卷。匆匆行走的男人和女人都将脑袋缩在脖子里，偶一露面的流浪狗，也害羞地将脑袋缩进了深巷。

第三天

2015年12月20日　寒风刺骨，细雨绵绵

一早，我熬了稀粥，买了阿爹喜欢的馒头、包子、酱黄瓜赶到医院。

走进病房，阿娘已做好了返乡准备。昨天晚上，邻居来电话说，阿爹阿娘喂养的五只准备过年杀了炖汤招待亲戚的老母鸡，钻出鸡栏，在村上四野跑。一夜过来，那些鸡怕被野狗或黄鼠狼叼走了。

阿娘心急如焚。

可能药物起了作用，阿爹的痛有所缓解，但只要侧身，或起身上厕所，仍会痛得龇牙。

吃了早餐，量过体温，测了血糖，阿爹开始挂水。

我与值班医生套近乎，问他，依他的临床经验来判断，我阿爹得肺癌的概率有几成？值班医生是个光头，团脸，脸上的表情像白大褂一样严肃、安静，毫无意义。他翻了翻眼皮，说："我不是肿瘤科医生，我是呼吸道医生，不敢做猜测。"说完，他的眼睛睐向电脑方向，修改一份住院报告。我尴尬地站着……

中午12点钟刚过，阿娘还未从乡下回来。我托邻床陪床的阿姨帮忙照顾一下阿爹，出医院给阿爹打来盒饭，买了他喜欢吃的土豆炖牛肉、豆腐夹肉、青菜。

看阿爹吃得开心，心里高兴，我默默祈祷：阿爹一定会逢凶化吉，渡过难关，健健康康再活十年二十年，看着他宠爱的孙女、外孙成家立业。

阿娘下午2点40分匆匆赶到医院。阿爹不断抱怨，竖着眼眉骂阿娘。阿娘委屈地解释，回家关了鸡，趁下雨给一亩七分地的小麦撒了尿素，洗了个澡，中饭还没吃就赶来了。

阿爹仍粗口大骂，阿娘憋屈，一边抹眼泪，我和邻床阿姨劝阿爹。

我的记忆中，阿爹阿娘磕磕绊绊、吵吵闹闹一辈子，几乎没有消停过。小时候，常听阿娘一把眼泪一把鼻涕地对我和小妹哭诉：要不是生下你们两个冤家，娘早离开你爹这个酒疯子、火爆子了。倒是年纪大了，反而越黏了，离不开了。阿娘偶尔一个人来城里小住，每日几次，总和阿爹把电话打得发烫，无非说说地上种的菜、家里养的鸡。有一回说到村

后承包鱼塘的事，他们竟聊了四十多分钟。

可是，这段时间爹不知咋了。听阿娘嘀咕，阿爹这半年多来，动辄就对她吹胡子瞪眼。今天，他甚至不给我面子，当我的面，在医院恶语相加。

难道这就是乡下坊间常说的，大病之前，人的行为、性格变化诡异吗？我临窗而立，心里五味杂陈。

在村上老前辈的嘴里，我阿爹阿娘的婚恋还颇有浪漫色彩。阿爹三十岁光景才娶了河对面的阿娘。那个年代，用于耕作的水牛由大队集体圈养，农闲时，再由社员轮流牵到野外放养。有一回，正好轮到阿爹阿娘在濑水河边放养各自大队的水牛，陌生的水牛河边相遇，牛眼珠子一瞪，便顶上了。七八只水牛顷刻间在河边激情混战起来。那年，我阿娘不过十七八岁的小姑娘，哪见过群畜相残的血腥场面，早在一边吓蒙了。听说阿爹用他那双老虎钳般强劲有力的双手，掰倒领头的公水牛，其他水牛才心有余悸地步步退去。后来，阿爹为了常常能与阿娘在河边"相遇"，竟说服了大队书记，承包了全部农闲时放水牛的活。在文人墨客眼里，我阿爹阿娘的恋爱也算是浪漫极了。你想，两个痴情男女，骑在牛背上，唱着古老的情歌，缓缓行走在洒满阳光、开满鲜花、春风送香的濑水河畔，一路翠鸟载歌载舞，该是多具古典浪漫情调的画面。只是好事多磨，外祖父早年中风瘫痪在床，阿娘家外祖母主事。外祖母嫌阿爹家穷，又是外姓，怕女儿嫁过去受委屈，始终不允这桩自由婚姻。阿爹年轻时家庭也确实贫穷，用他的话说，可以算得上赤贫了。他曾经告诉我，他结婚前，揭不开锅是常有的事，兄弟姐妹七人，睡一张床，翻下身要他这个长兄领头数"一、二、三"，然后一起翻身。夏天还凑合，最怕隆冬了，七个人盖一床旧的薄棉絮，睡在最边沿的他和大姑常常半夜冻得牙齿打战。

为讨得外婆欢心，阿爹先是在濑水河里摸了鱼虾讨好外婆。鱼虾外婆倒是收了，可就是不允这门亲事。为防止阿娘再跟阿爹接触，外婆甚至将阿娘锁进羊圈边的黑屋里。情急之下，阿爹找到大队部领导，恳求大队做做外婆的思想工作。当年的大队干部工作作风稳健踏实，他们随即联络了外婆那方的大队干部，两家基层组织十分认真地给外婆做了思想工作，但不见成效，才又严肃地给外婆交代了新社会恋爱自由、婚姻自主的政策，并告诉外婆妨碍自由婚姻是要受法律制裁的。大队干部是代表一级组织的，按说组织都下狠话了，外婆也该认识到问题的严重性了，可我的外祖母偏偏不把组织放在眼里，不吃这套。就这样，我阿爹阿娘的婚事从春拖到秋，又从秋拖到春，拖了一年又一年。不过，十里八村的小伙子谁也不敢找阿娘，他们心里明白，我阿爹阿娘的婚事是组织出过面的。那个年代，除了外婆这个倔老太，还有谁敢跟组织对抗？要不是外祖母家庭成分好，早就被扛枪的民兵绑了游街去了。在与外婆的抗争中，眼见阿娘已过了待嫁的年龄。执拗不过，外婆终于放出让步的软话来："想娶我的女儿也行，除非砌两间草屋，三担粳稻作聘礼。"阿爹怕的是外婆不开口，只要外婆开口，他就有希望。阿爹请村子上的同龄人帮忙，糊了两间泥草屋，又从生产队借了几十斤粳稻，分别铺在篓筐上层，而下层更多的是秕谷和沙子。等外婆发现这场"恶作剧"时，我的阿娘早随着吹吹打打的迎亲队伍回到了阿爹身边。四十多年来，家乡濑水河两岸就有了阿爹"三担秕谷换新娘"的经典故事。为这事，我的外婆临终时还没有原谅我的阿爹。

早年，阿爹酒酣耳热时说起过去的事，满脸狡黠。

现在，病床上的阿爹却双眉紧锁，心事重重。

叫了外卖给阿娘，见阿爹表情稍平和，我便返回家中，饿了才想起中饭未吃。泡饭时不知想着什么，我竟把色拉油当成开水，倒了半锅。我只能一杯一杯从锅里舀出，反灌进油桶，桶口小，溢得厨房满地。妻怨，我想，一个家庭，只要有一个病人，一家人的心理秩序、生活秩序就全部会被打乱。

我准备小眯一会儿再做晚饭送去医院，好友S医生来电话，告知原定明天一早去江苏省肿瘤医院给阿爹做肺穿刺手术，因预约的医生临时有事，改周二上午。

我提前做好晚饭送去医院，在值班医生下班前告知他：明天不去南京，白天仍要给阿爹用药。

下午5点40分左右，我从医院返家，天已经漆黑，仍然下着细雨，街灯惺忪地眨着眼，半睡半醒，半酒半酣。路过熟食摊，我买了几样熟食，想喝几口小酒理理思路。

我电话里告诉表弟建强，怕早上雾大有雾霾，难以成行，决定提前一天去南京住一晚。嘱咐他明天晚上开车陪我送阿爹去南京。妹妹来电说已订好明上午太原至南京的飞机票。

女儿来电询问："打乡下固定电话，爷爷奶奶为什么两天不接电话？"女儿孝顺，每晚必打电话向爷爷奶奶问安。我跟女儿撒谎，说爷爷奶奶在城里亲戚家喝喜酒，住亲戚家。女儿将信将疑，自言自语道："爷爷奶奶从不在外过夜，怎么这回一住两夜？"我不敢告诉女儿阿爹住院的实情，女儿是阿爹阿娘的宝贝疙瘩，要让女儿知道阿爹生病住院，她哪还有心思读书？岂不一万个不舍？岂不半夜赶回？

晚7时20分许，我又步行去医院，当面给女儿打电话，编了谎言让阿爹阿娘接。女儿仍质疑："怎么亲戚家这么静？"阿爹已经热泪盈眶。怕阿爹说出实情，阿娘抢了手机，告诉女儿："亲戚都睡了。"女儿仍质疑："亲戚都睡了，我爸在他家干吗？"阿娘机灵，答："明天降温，你爸来亲戚家送衣服给爷爷奶奶。"

深夜11时40分左右到家，毫无睡意，我不敢喝茶，怕茶叶提神让我整夜失眠。我打开书房所有的灯，在书橱里一本一本地挑着……没有一本感兴趣。我取了一支烟，也不敢抽，怕神经兴奋，放鼻子上闻闻，烟草味清香入鼻。

找出《现代汉语词典》一页一页翻。烦恼的时候，我最喜欢翻词典、《辞海》……

第四天

2015年12月21日　阴转晴

下午，妹妹坐飞机急急赶回。阿爹敏感，离过年还早，怎么突然返乡？

按原先商定的，妹妹忽悠阿爹，说工地上没啥事情了，早点回来准备过年，强伢（我妹夫）留着收尾。

女儿回来，阿爹心情好，双眉舒展，脸上竟有了笑靥。

晚7时左右，由建强表弟开车，S医生陪同，准备了茶叶、香烟等送医生的礼物，带阿爹去南京检查。

路上怕阿爹着凉，我备了一件大衣盖阿爹胸前、膝上。将手臂环在阿爹肩上，想让阿爹靠在我胸前舒服一点，安心睡上一觉。

即逝的星星、灯光，心情忐忑，一路无语。车在深邃的黑夜驶向更深更浓的黑暗。

9时许，我们赶到南京，在医院附近找了一家干净的小旅馆，安顿好阿爹。阿爹一再嘱咐我带好友和表弟出去吃点夜宵。

不是万不得已，阿爹从不麻烦他人，麻烦了也总会心存歉意，总要想法弥补。

第五天

2015年12月22日　晴　冬至

医院门口挂着的牌子十分刺目，红底的、黑底的整整六块，每块都与肿瘤有关，缩在最左边的最小的一块红底牌子写着"江苏省癌症研究协会"。

来江苏省肿瘤医院前，我骗阿爹说要切块肺化验下。怕精明的阿爹看到这些牌子上的内容，继而胡思乱想，进医院大门之前，我让身材高大的表弟站到阿爹右侧，挡着阿爹的视线，相拥着走进医院。

帮阿爹做肺穿刺手术的是一个白白胖胖的中年医生。人很和蔼，一脸笑意。

他告诉我穿刺部位、穿刺方式，又嘱咐阿爹不要害怕，穿刺前上麻醉，不痛……扶阿爹上手术床，帮阿爹解上衣时，看到胖医生拿来的筷子般粗的针时，我突然感觉心脏一下子蹦出了胸口，痛的感觉也像春天的茅草，疯狂地长了出来，血直往脑门上涌。胖医生叮嘱我不要慌。可是，我的双手仍不听使唤，怎么也找不到阿爹上衣的纽扣。

手术台上的阿爹一脸严肃，雄赳赳，气昂昂，似有革命烈士视死如归的豪迈。

因为穿刺手术前不能吃早饭，手术下来已是上午 9 点半钟，阿爹饿得心慌，一身虚汗，一口气竟吃了三个肉包子。

中午 11 时 40 分，我们返回溧阳，阿爹继续住院消炎，等候南京病理报告。表弟给阿爹 800 元钱让他自己买点东西吃。转身，阿爹硬塞给我，嘱咐我别忘还人情，又语气沮丧地说："钱对我来说又有何用？"

第六天

2015 年 12 月 23 日

一早，两只黑鸟栖在六楼的避雷钢筋上啼鸣，其声哀哀，其鸣切切。心烦，我提了晾衣竹竿驱赶。

家乡有说法，黑鸟在屋前鸣叫是不吉利的兆头。我心里更有几分担忧。

下班后，我直冲菜场，买了两条阿爹喜欢的野黄鳝，红烧，另配素儿、青菜。

阿爹仍低烧，胸部仍钝痛，情绪不佳，抱怨我烧的黄鳝太淡，无味，筷子拨弄几下，只吃了两小块。

我想替下阿娘，留在医院守夜。阿爹不允，借故吼阿娘不顾他死活。

第七天

2015 年 12 月 24 日（平安夜）

按照约定，明天去南京取阿爹的病理报告。心情格外沉重起来。我一直期盼着阿爹的病理报告早一点出来，好对症下药，好尽早治好阿爹的病。可是，我又害怕病理报告出来，害怕出来的是一个令人崩溃的结果。

天很晚了，大街上肆虐的寒风也已慵懒地躲进了云层。

我一个人在书房里，像一个孤独的孩子，长久地跪在奶奶的遗像前，泪流满面。我从不信神灵、上帝、菩萨、鬼魅，而此刻我又是多么依赖神灵、上帝、菩萨、鬼魅，祈祷逝去的先人能显灵。我像一个大考前临时抱佛脚的淘气孩子，一遍一遍地祷告，一遍一遍地祈求，祈求真的有神灵、上帝、菩萨保佑，祈求仁慈的祖母能保佑阿爹平安无事，祈求明日的病理报告的诊断结果只是炎症——有药可治的炎症。

除此，我不知道自己还能做些什么。

我分明能感觉到，阿爹的身体在痛，在撕痛，在割痛，在剧痛，在钝痛……可是，我却无能为力，我的心在疼。这是我这一辈子最不安的平安夜，谁又知道一个儿子在寒冷长夜里的疼——锥心的疼。

第八天

2015年12月25日

一早起床，我头脑混沌，干呕，眼睛红肿。我赶紧喝白开水，捧冷水敷脸、敷额，提神，我坚决不能病倒。

我在网上订好票，准备去南京的江苏省肿瘤医院为阿爹取病理报告。

向单位请假，这是纪律。

我去看阿爹时，阿爹仍双眉紧锁，精神萎靡，知道我去南京取病理报告，看我离开医院的双眼分明满含期待。

高铁下车后，坐地铁一号线至玄武门站，步行大约500米就到了江苏省肿瘤医院。

找到三楼病理科。早了，报告还未出来。我便下楼等待。门诊大厅挤满了病人和家属。从一张张脸上掠过，病人家属都满脸憔悴、焦虑，相反好多病人倒显得安静。

一个人蹲在医院大门左侧的报刊亭，时间在远处摩天大楼的紫酱色玻璃上慢慢滑动着，前行……发小广告的妇人、儿童、老人，或者少女不厌其烦地往我怀里塞着小广告，也不看我的脸色，猜我的心情，塞了就走。广告的大部分内容都是治疗各种癌症的秘方和各路专家的介绍。

10点钟，穿越医院长长的走廊，再度来到三楼病理科，我被告知下午2点才能取到阿爹的病理报告。

傻眼，我想着还有漫长的四个小时该如何度过。

妹妹来电话，询问病理报告出来没有，她说阿爹在跟医院的医生和护士争吵，在抱怨医生无能。堂堂的县级医院，一点低烧治了一个星期都治不好，明明是骗钱的医院。爹吵着要出院。

我理解阿爹的焦躁，记得十五年前，阿爹小疝气手术后才三天，吵着闹着要回家。怎么行呢？伤口还没愈合。谁知爹竟要赖，向给他动手术的主治医生提要求：不让出院也行，得允许他在病房里喝酒。岂不天方夜谭？哪有病人在病房里喝酒之理。可是阿娘拗不过阿爹，还是偷偷到医院外小卖部帮阿爹买来酒。主治医生发现后，怕出意外，让我签了协议，伤口的线都未拆，就让阿爹出院了。

这次瞒着阿爹病情，只告诉他肺上有点炎症，他岂能安心住院？阿爹一直自由心、自由身，怎会甘愿被小小炎症困住？

阿爹的病理报告终于拿到了，哪里是几份病理报告，分明是几枚引爆的炸弹。DNA定量细胞学检查报告显示：可见DNA倍体异常细胞。液基细胞学TBS检查报告显示：见分化差的恶性肿瘤细胞。病理图文报告……结论：左肺（穿）；非小细胞肺癌，建议免疫组化进一步分类。

我交了钱，进行免疫组化分类病理实验，约定下周三取实验报告。

妹妹让我用手机拍了病理报告通过微信发给她，她说医生需要。我没有应诺妹妹，怕她情绪失控，给阿爹泄密。

怎么办？要不要把实情告诉阿娘，告诉阿爹，告诉妹妹？能瞒得住吗？医生说了，阿爹体内有积液，肋骨剥落，表明癌细胞扩散，不能手术。那下一步如何治疗？在县城医院治疗还是去南京、上海的大医院治疗？我感觉脑袋里满是糨糊，整个人就像走进了黑暗无边的沼泽地里。

原乘高铁返晚点，女检票员看我着急，建议我改乘另一班高铁。

幸亏家乡溧阳通了高铁。我下车后打的赶到医院已是晚上 6 点 30 分，阿爹状态不佳，满身虚汗，额前的虚汗还在不停渗出。见我赶来，原本眯着眼佯装睡觉的阿爹睁开眼，侧过身，满眼希望地盯着我。我俯下身，用毛巾帮阿爹擦掉额前的虚汗，用我的前额贴阿爹的前额。阿爹在发着低烧，我俯在阿爹耳边轻声地告诉阿爹，检查结果出来了，肺部发现溃疡面积较多。我嘱咐阿爹要相信医学，积极配合医生治疗，争取早一天治愈回家。说的这番谎言，我从南京来的一路上想了一遍又一遍，背了一遍又一遍。

邻床的一位陪床阿姨说："你爹情绪烦躁了一天，吼你娘，吼你妹，吼医生，吼护士，你来了，你爹竟有了笑脸了。"

爹没吭气，只是傻傻地笑，可是我却分明看到灯光下，有一颗小小的亮点一直在阿爹的眼角闪烁，晶莹剔透。阿爹其实在哭，在痛……

我又与 S 医生联系，将阿爹的病理报告送去给他看，讨教下一步的治疗方案。

我找熟人与肿瘤专科医院联系，准备周一转院的事宜。

我与姑父通了电话，长辈中数他稍有思想。我告诉他阿爹的病情，请教他是否要告诉叔辈们阿爹的病情。

阿爹和我的叔叔们属于同母异父的兄弟。阿爹六岁、我的大姑姑十一岁那年，他们的阿爹——我的爷爷害痨病早逝。阿爹七岁那年槐树花飘香的季节，他随祖母续嫁到濑水河畔的北埂村。因养父家也一贫如洗，为了求生，队爹八岁那年冬日，祖母说尽好话，村子里的一个叫阿丘的人才同意带阿爹一起出门讨饭求生。据阿爹后来回忆，每讨到十斤八斤大米，兑换成粮票或食物，他们总要急切地找到邮局把粮票或食物往家里寄。五年的乞讨生活中，他们跑了安徽、河北、山东、浙江等地。有一年春天，阿爹在河北邯郸的乡村乞讨，不慎染上了伤寒。要知道，那年头得伤寒病就像现如今得了不治之症，是要送命的。阿爹说要不是当地一位老中医的几服中草药，他早就客死他乡了。大半个世纪过去了，阿爹至今对那位老中医都心存感恩，每每想起，总噙着热泪。每年祭祀祖先时，他总不忘多摆一副碗筷，以此纪念他的救命恩人。

乡间规矩，长兄为父。阿爹是家中兄弟老大，结束乞讨流浪生活返乡后，不足十五周岁的阿爹义无反顾地肩负了养家的职责。尽管那时的阿爹还是个孩子，双肩还稚嫩着，但是仍旧一担一担地挑着百八十斤的猪粪、羊粪，挤在生产队男劳力的队伍里，挣着满十分的工分。十八岁那年，阿爹应征入伍。

要知道那个年代，农村青年要想跳出农门，当兵怕是唯一的出路了，况且阿爹是"拖油瓶"，在北埂村属于外姓户，遭人冷眼和排挤。可是，阿爹把喜讯告诉祖母后，祖母看着十岁、八岁、四岁三个儿子，泪眼婆娑。是啊，阿爹是这个家庭的顶梁柱，他要去当兵了，这个家咋办？阿爹悄悄收起了入伍录取通知书，担上大粪桶又去了生产大队田头，之后就和泥土打了一辈子交道。而他同母异父的三个弟弟成年后都去当了兵，大弟还转了城市户口。

阿爹住院八天，村上陆续有邻居来医院看望，唯独不见他兄弟。

姑父回我电话，说："反正你会尽心尽力帮你阿爹求医，你叔他们又不是不知道你阿爹病了，既然没去看望，就没必要特地告诉他们了。"

从医院到家已是晚上 9 时 40 分。我扒了一口开水泡饭，上网查关于肺癌的资料。我心里一千一万个不信，昨日还在田头耕作的阿爹怎么得肺癌了？

突然接到女儿短信：老爸，家里有什么事你要第一时间告诉我，你这样一直瞒着我，我知道了更难受，再说你也没权利不告诉我啊，我也是家里的一分子。气死我了！！！

预感到女儿知道阿爹住院的事了，我打电话给医院的阿娘，阿娘说，丫头打电话打到她手机上让她爷爷说话，你阿爹说着说着没控制住，对丫头边哭边说："你爷爷快要死了，病治不好了。"担心女儿冲动，旷课返乡，我回短信给女儿：抱歉，爸爸知道你最爱爷爷奶奶，不是爸爸有意隐瞒实情，原本等你元旦回来再告诉你也不迟，再说家里有爸爸支撑着。你还小，学好功课，注意安全，保护好自己。何况人吃五谷杂粮，哪有不生病的道理？

第九天

2015 年 12 月 26 日

阳光灿烂，空气清新。若不是阿爹生病，这该是多么美好的双休日啊！起床后，我可以到小区对面的文化公园跑上几圈，跟院里打太极拳的老人学上几拳，然后到菜市场，买几样喜欢吃的菜，做一顿可口的饭菜，再在书房待上一天，读一本自己喜欢的书，或者去老宅与阿爹对饮一盅。

现在，如何面对阿爹，一直是我纠结的事情。我不能一直骗他，可我实在没有勇气亲口告诉他实情。况且阿爹连自己都在欺骗自己。有的病人需要生活在善意的谎言中，谎言一旦揭穿，精神力量也就轰然倒塌，阿爹也许就属于这种病人。作为他最大的精神支柱，我没有权利让阿爹的精神支柱轰然倒塌。

我一早去医院，阿爹的精神状态不佳。血糖空腹时13，饭后24。他想吃炖羊肉，医生说，血糖太高，不可以吃。

我向消化科主治医生交代了阿爹周一转院的事宜，并告知南京那边的肺穿刺病理结果。

阿爹腹腔积液过多，呼吸困难。上午，医生帮着从他背部抽取400ml积液。积液呈淡红色，被送去化验了。

下午，我把妹妹约到家中，告诉她江苏省肿瘤医院的病理报告结果及肿瘤专家对治疗的建议，商量下一步治疗方案。与妹妹分工，我负责与医生沟通，确定医疗方案，负责饮食。她和娘负责守护，我们共同对阿爹进行心理疏导，帮助阿爹渡过难关。

妹妹在一边低低嘤泣。

晚上我再去医院时，因为抽去了胸腔里的积液，减轻了负担，阿爹面色尚好，脸上还有了红晕，呼吸也通畅，可以拔掉呼吸机，一个人下床在医院走廊上到处溜达，但精神不佳，心理压力大，满腹心事。同病房的其他人聊天，他也不参与，一脸肃穆，似无意却有心地听着。他在同室病友、陪床亲属杂乱无章的闲聊中，咀嚼着与自己身体相关的内容。一个阿姨说，她老头子是老支慢，一年住半年医院，就是死不了。有一次，同室的一个病友以为自己得了肺炎住院，后来查出肺癌，只活了二十多天。阿爹听了这句话，随即侧过身，睁大眼睛追问："那我要是这种病也活不过春节喽。"陪床阿姨哈哈笑着打趣："老张头，你莫瞎想，看你整天心事重重，愁眉苦脸，没病也想出病来了。"那个阿姨是位心直口快的人，她又说："老张头呀，病是不会让人死的，多半病人是被自己吓死的。"

陪床的阿姨又嗔怪阿爹像老小孩一样，说他昨晚跟孙女打电话，说得好好的突然就哭了出来。

说到孙女，阿爹的脸上挤出了一丝笑意。

第十天

2015年12月27日　阴天

我上午替换阿娘和妹妹，去医院陪阿爹。阿娘和妹妹听了婶子的话，去一个懂法事的老婆子家做法事去了。婶这几年什么农活都不干，整天在家里烧香念佛，而且她们还成立了一个团队，分工明确，只要听说乡间有谁病了，先是派了托去忽悠病人家族，再由熟悉病人家族的人帮着请女巫师去病人家作法消灾。我明明知道这是自欺欺人，平日里这种事情我是坚决反对的，可是今天连医生对阿爹的病都无能为力，我要阻拦的话，阿爹一旦有什么不测，我岂不要遭家族中所有亲人的唾弃？况且又是婶子把持。

阿爹面色泛黑，说话无力、低沉。我问他哪里不舒服，他有一搭没一搭，仍怪医生无能，这么久没治好他的低烧，央求着我说想回家。我劝阿爹，已经联系了另一家医院，周一，也就是明天，转院。等低烧治好再出院。我坐在床沿，一手揽着阿爹的肩，额贴着阿爹的脸，劝阿爹要有信心，要相信科学，相信医学。我告诉阿爹，你痛，家里每一个亲人都痛；你开心一小时，家里亲人们就会快乐一整天。我央求阿爹一定要坚强，要战胜自我，战胜病魔。我像一个蹩脚的思想政治工作者，在对一个革命意志坚定者劝降，结果是可想而知的。阿爹沉默着，我却泪盈满眶。我这样劝慰阿爹是不是太自私了？阿爹在痛，在难受，身心在受煎熬，我却要让他保持沉默，装作若无其事。

晚上我陪阿爹，劝阿爹转院，阿爹佯装睡觉。我们聊他最感兴趣的孙女、外孙，他也不理睬。阿娘跟他聊他栽的油菜、种的小麦的长势，阿爹也不作声。

整个病房都没声音，只有空调在头顶吱吱作响，像蜜蜂尖叫。甚至爱说爱笑的邻床陪床阿姨也倒在其丈夫脚头，佯装睡觉。大家都怕把阿爹惹烦了，遭吼骂。住院以来，阿爹的情绪波动较大，或喜或怒或怨。护士例行来量体温，阿爹却别过脸，双手掖紧被絮，不理护士。

我俯下身子，用大拇指和中指轻轻地捏着阿爹两边太阳穴，一圈一圈地给阿爹按摩，以减轻阿爹的压力。阿爹住院十多天来，从未迁怒过我。

右手发酸，我便换一下床头，用左手继续帮爹按摩。大约四十分钟后，阿爹长吁了一声，应该是愉快的长吁，说："伢呀，早点回家休息吧，明天还要上班，还要帮爹料理出院和转院的事呢。"

阿爹终于答应转院了。

我轻轻地"嗯"了一声，眼泪却早已滑落双颊。我不知道泪是怎么流出来的，但那一刻，我最清楚，我需要找一个没人的地方淋漓尽致地痛哭一场。

阿爹啊，你会好起来的，会健健康康地扛把锄头往返于洒落露珠的乡野田埂上的。

我在安慰自己。

第十一天

2015 年 12 月 28 日

医生上班后，开出院小结，办理出院手续。我嘱咐医生不要在出院小结上出现"癌症"

字样，阿爹是敏感的小老头，怕他发现确诊肺癌后，他会拒绝治疗。他曾多次在病房中试探着说过，村上他的发小，前一年发现癌症不到一个月就去世了，这种病看了只能浪费钱。我认定阿爹只是试探着说给家人听的，因为除了镇上的检查结果他看到过，后来所有的检查结果都只有我和妹妹、医生知道。阿爹尽管在不断怀疑自己的病情，但总还是抱着希望的。

医生按照我的嘱托，出院小结上只写明住院理由为右胸第七根肋骨骨折。窗口新农合报销时，麻烦来了，按照阿爹的新农合医保，凡骨折住院的，新农合报销需要村委证明，怕群众骗保。先不管这些，我交了全额住院费用后转院。

在医院大门右侧拐弯，穿过急诊室、吸氧室、注射室，再右拐，上二楼就到了肿瘤专科住院部。长长的走廊上排满了一张张床位，护士和病人家属在狭窄逼仄的走廊上穿梭着，忙碌着。阿爹没有要人搀扶，他像我们小时候书本上读过的旧时代的收租老人，驼着背，弓着腰，双手倒剪，双眼犀利地掠过走廊上的每张床上的病人。

因为有预约，阿爹的床位被安排在走廊尽头西侧倒数第三间 34 床。

阿爹的主治医师 Z 女士是我认识多年、业务精湛的一位女医生，为人和善，说话细腻亲和。

安顿好阿爹，办理了住院手续后，我与主治医师 Z 女士交流，特别谈到了阿爹的脾气、秉性、生活习性，希望能对 Z 女士治疗有所帮助。我一再叮嘱她在治疗中要减轻阿爹的痛苦，保持阿爹的尊严。

我最担心阿爹不愿积极配合治疗。

撩开二楼肿瘤科的那帘塑料挂帘，酸酸的、涩涩的、甜甜的、黏黏的药味，伴随着药用酒精味，扑鼻而来。

病房里的另外两位病人，每天上午来，下午 3 时左右结束化疗回家过夜。阿爹在挂水，不知道是转院后有了新的希望，还是因为病房中只有我们一家，下午，阿爹心情格外好。见我进来，他坐直身子，告诉我，给他治病的医生特别亲热，说只要他配合医生好好治疗，一个礼拜就能出院。说着阿爹露出了满嘴焦黄的牙齿。

围着阿爹床沿的娘、妹妹和我也都开心，阿娘甚至喜得眼角溢出了泪水，妹妹递过手纸，示意阿娘擦掉眼泪。

阿爹又嘱咐我早点回家做晚饭。他说他感觉到饿了。

我满心欢喜地答应着，留下妹妹在病房，拉上娘，让娘去我家洗个澡。

其实，我把娘单独接到家里，是想跟娘谈阿爹的病情。阿爹住院十多天，娘陪伴次数最多，受阿爹抱怨、责怪也最多。她是阿爹相濡以沫五十年的老伴，她最有资格知道阿爹的真实病情。一直没有告诉阿娘，是因为我实在没有找到更好的时机。冷不丁地扔一颗炸弹，我又担心娘听了会受不了。而今天，阿爹已经转至肿瘤专科治疗，同屋的、走廊的、其他病房的都是肿瘤患者，病人之间、家属之间聊的都是肿瘤治疗方法，那些肩背手提、偷偷溜进病房的人，见缝插针地散发的广告宣传的都是治疗肿瘤的灵丹妙药、秘方和各路专家、神仙，跟我在省肿瘤医院门口遇见的一样。这样的环境下，精明的阿娘怎能不怀疑阿爹的病情？

我帮阿娘放满一澡盆温水，打开所有取暖设备，叮嘱娘随时加放热水。娘在乡间洗澡习惯盆浴，来我家也从不淋浴。

娘洗完澡过来帮厨，母子俩在厨房间有一搭没一搭地聊着阿爹的病、阿爹的心情、阿爹的脾气。鼓起勇气，我向娘讲述了乡镇、县、市和省会南京的医院给阿爹诊治的结果。

听完，阿娘倒也平静，说："人吃五谷杂粮咋不会生病？！"

阿娘又说："老头子知道你喜欢吃大蒜，在屋后院子里培植了一大畦，上次回去施了肥，下次回乡下捎一捆过来。"

阿娘又说："你抱去养了一年的黑狗被偷狗佬偷走后，你爹叹了一个晚上，老责怪自己没守护好。"

阿娘又说："阿爹这半年来脾气怪怪的，好端端就发起了火。"

阿娘又说……

我说："娘，你晚饭在家里吃，吃完咱再送晚饭给爹吃。"

娘说："不了，到医院陪老头子一起吃。现在就送吧，老头子平时晚饭就吃得早，这回一准饿了。"

第十二天

2015 年 12 月 29 日

上午，主治医生 Z 女士把我约到医生办公室，告诉我，根据检查结果综合分析，怀疑阿爹的癌细胞已扩散到骨头，建议做 SPECT 检查，并热情地帮助联系了常州二院，约定明早出发，8 点钟可以检查。她又将联系人和电话号码抄给我。

上午，我与妹妹搀着阿爹去市人民医院再度做 CT 扫描，听说那个扫描仪是全市所有医院中最清晰的。

姑父来看望阿爹，姑姑因系统性红斑狼疮英年早逝。亲属中，姑父和阿爹走得较近。

第十三天

2015 年 12 月 30 日　　晴

到常州二院已是上午 8 时。挂号，缴费，注射核元素针剂，然后在休息室静候一个多小时再进机房检查。

休息室另一位待检查的老叔十分健谈，他说他得的是淋巴肿瘤，九死一生了，然后一直在讲述自己治疗过程的痛苦、艰辛，接着不断追问阿爹得的什么癌。阿爹心烦，眉头打结，佯装眯眼睡觉。

因为检查前不能进食进水，9 点半进机房检查时，我见阿爹已经饿得双手发抖。进机房检查前要排尽小便，我便搀扶阿爹上厕所。小便时，他颤颤巍巍半天掏不出家伙，结果一半尿进裤裆。

医院的工作人员还是蛮讲人情的。考虑到我们从溧阳赶来，路途遥远，原本第二天取片子，为减少我们的麻烦，他们让我们一小时后取检查报告。

左肺 MT：静脉注射 99MTC--MDP，3 小时后行全身骨骼平面显像，取前位、后位全身骨骼平面显像。颅骨、胸廓、骨盆、四肢长骨诸骨骼及关节显影清晰，于 T9-10 右缘，右侧第 7 后肋近腋中线处见异常放射性浓聚区（右肘部放射性浓聚为注射所致，会阴部放射性浓聚为尿液污染所致）。双肾略显影，位置、形态、大小正常。

检查结论：全身骨显像显示，全身骨数处异常放射性浓聚灶，提示局部骨代谢活跃。

我看不懂，但能闻到其中的火药味，心情沉重。一直陪伴检查的老乡杜先生给阿爹买来包子。

返回溧阳已近下午 2 点。

不知是长途奔波劳累所致，还是其他原因，下午，阿爹躺在病床上一直说头晕，想呕吐，而且虚汗直冒，甚至浸湿头发、内衣。

原定明天化疗，因担心癌细胞侵犯脑部引起呕吐，医生建议脑部核磁共振后再确定化疗方案。

Z 医生又跟我约谈，说阿爹的癌症十分凶险；并说，化疗前应该告知病人真实病情，这样对他治疗有益；又说，这样老欺骗他反而不利于他治疗，他会认为医院治不了他的病而对医院、对治疗本身失去信心。

我实在没有勇气对阿爹说出真相。

Z 医生建议由妹妹对阿爹说出真相，女儿毕竟是爹爹的小棉袄，贴心。妹妹也开不了口，只在一边抹眼泪。

Z 医生是一位热心肠的医生，她见我们兄妹脸色凝重，犹豫不决。她毅然表态，还是由她以医生身份婉转告诉老爷子病情。

送来的晚饭，阿爹一口未吃，问他哪儿不舒服也不吱声，紧绷着脸，双眉打结，双眼盯着病房内苍白的天花板，似乎在思考，似乎在回忆，又似乎走进一片陌生的森林，找不到方向，迷茫、焦虑、无助、无奈……

我烫了把热毛巾，帮阿爹洗了脸，擦了身子。阿娘从护士那里借来剪刀，让阿爹将脚伸在被子外，帮他修剪脚指甲。阿娘像待老小孩一样哄着阿爹，说："明天元旦孙女放假回来了，咱见到孙女要干干净净、利利索索的。"

阿爹笑了，笑得很惨淡，像一张被水流推涌的白纸，随波逐流，毫无目标。

第十四天

2015年12月30日　晴　寒风刺骨

听主治医生的吩咐，我带阿爹到五公里外的另一家医院做脑部核磁共振。

候诊室内没有暖气设备，蓝色的塑料座椅冷漠无情，正在打寒战的阿爹裹紧大衣，坐在塑料座椅上瑟瑟发抖。妹妹解下围脖，帮阿爹围上。阿爹仍冷，双手不停发抖，整个身子像要飞出塑料座椅，看着让人心疼。

阿爹排在第五位检查，每位检查半小时左右。怕阿爹久等实在受不了，我便到窗口向医生说明阿爹的特殊情况，央求里面的医生先帮阿爹安排检查。那位胖胖的女医生头也没抬地在整理着桌上的检查单。我尴尬地在窗口立了五分钟，见那位胖医生仍把那十几张检查单抓在手里毫无头绪地往桌上敲着，便又低声下气地哀求那位女医生帮帮忙。不知那刻低声下气的我有多卑微、多可怜。这时，那位胖胖的女医生才抬起她苹果一样好看的脸，一朵桃花一样灿烂地浅浅地笑着，回答我："来这里检查的哪一位不是病人？每一位病人都不舒服呀，照顾了你父亲，其他病人呢？"

我呆呆地立在窗口外的候诊室内，感觉脸一阵燥热。候诊室内的病人及家属都脸无表情地巴巴地望着我。

阿爹前面的病人走进检查室时已经上午11点20分，检查出来该是医生下班时间——12点钟了。要是被拒绝检查，下午再来，岂不更折腾老爹？妹妹搀扶着阿爹，我焦急地守在窗口。

这时，门外走来一个穿白大褂的男医生，他身后跟着一个中年妇女。那男医生冲窗口内的胖女医生扬了扬眉，说："一亲戚，说有点头晕。"说着递过检查单，那胖女医生也分明冲男医生递了一个眼色，男医生才收敛起嬉笑脸，返身时瞟了我和我爹一眼，接着又以例行公事的口吻对胖医生说："急诊。"

前一个男的检查出来后，我正搀扶着阿爹准备进待检室。窗口那个胖女医生叫进待检室的却是刚进门的那个女的。

这下我急了，我敲着窗口的玻璃责问胖女医生。

胖女医生不急也不烦，脸上依然挂着苹果红的灿笑，说："人家急诊，病得不轻。"又说，"看，医生都陪护着呢。"

不管，我仍与胖女医生争执。胖女医生索性关上窗口，我一时失去控制，使劲地敲着窗口，吼叫着。

这时，阿爹哀求我，"算了，就再等会儿吧，反正都等一上午了，也不在乎这半个小时了。"

阿爹仍在颤抖，虚汗已经浸湿了线帽、围脖，衣袖口不断有一股股酸酸的热气冒出。我蹲下身子，紧紧拥着爹，心却像有一把利刃在割……

等检查完，返回肿瘤科已是下午1时40分。原本上下楼梯决不让人搀扶的倔强的阿爹，今天却像十足的醉汉，整个身体找不到平衡的支撑点。我要求背阿爹上二楼肿瘤科，倔强的阿爹仍用手推开我，眼睛瞪着我，吼道："滚！干吗要背？让人瞅见还以为你爹不行了，多没面子。"样子完全没有在核磁共振候诊室里那样谦和、卑微。

回到病房，我赶紧让阿爹吃了点中饭，又用热毛巾帮他擦了全身，换下早已浸湿的内衣、夹衣、小棉袄……

躺下后的阿爹第一句话就说："伢呀，下回不要检查了，是什么病就什么病，别没病也折腾出病来。"我才想起，做过核磁共振的人说过，躺在那里接受检查的病人听着机器鸣叫着，其实很痛苦。

我没有回答阿爹，病人只得一切听从医生吩咐。医生怎么说，家属就得怎么配合。

我还没有走出病房，阿爹把刚刚吃的食物吐得精光。

南京方面将阿爹的免疫组化结果发给我：AE1/AE3++；CK5/6+++；CK8+；P63+++；SYn−；P40+++；Ki67++40%；ALK（V）−；C9A−；CD56−；TTF-1；NapinA−；左肺穿刺组织；鳞癌，中—低分化。

下午取来脑核磁共振片子：头颅MPI显示，颅脑多发性腔隙性脑梗死；脑多发站位可能。

医生约谈，诊断结果如下：左上肺鳞癌，骨、脑、胸膜转移 IV 期。

我傻傻地坐在 Z 医生的对面，不知道该说什么。

下午，为阿爹化疗做前期准备。插化疗输液管时，总也找不到顺畅的血管，几经折腾，医生一头汗，阿爹全身汗湿，痛苦不堪……阿爹在呻吟着。

晚上我给阿爹烧了他喜爱吃的羊排。Z 医生告诉我，只要阿爹喜欢吃，什么东西都可以吃。上次那个医生却说阿爹有糖尿病，不能吃羊排。阿爹勉强吃了一块，仍呕吐；喝肉骨头汤，仍吐。我心里着急，便请来值班医生。值班医生是一位高大挺拔的帅哥，他套上听诊器，听了阿爹的心肺，鼓励阿爹要坚持，吐了再吃，再吐再吃，一定要补充体内营养……

医生走后，阿爹哀哀地说，站着说话不怕腰闪，吃得进谁不想吃，哪个不知道一小瓶营养液三四百块钱，半碗稀饭才五毛钱，一小瓶营养液还不抵半碗稀饭的营养呢。阿爹说话思绪清晰，逻辑严密。他把娘叫到床前，交代阿娘把我的同事、朋友、同学、战友看望他时所送的人情还给我，说："这个人情，儿子到时要还人家的。我们不能攥在身上，我这病已够拖累儿子了。儿子为我看病，精神和体力已经严重透支了……"

我没有再听下去，走出病房，一个人静静地倚立在电梯间的走廊窗口边。窗外，夜色里，乌压压的香樟树叶在寒风中索索起舞。阿爹一辈子对我威严，甚至有点苛刻，就像我是他眼里的沙子，无论我表现得多优秀，阿爹从不当面表扬我一句。我所看到的常常是他对我的一脸不屑，尤其是我做了错事的时候。记得我八岁那年，阿爹已被社员选举为大队的副大队长（今天的村委副主任），分管着大队的副业队。阿爹一个外姓人，能得到全体村民信任，当选为副大队长，这可是十里八村罕见的事。当年五月，我和村里的几位发小看到阿爹带社员在村东的湾塘里撑船放下一篮筐一篮筐的菱种。待阿爹和社员们走后，我不顾河水刺骨，率领小伙伴，一个猛子扎到河底，捞起一篮筐一篮筐的菱种。尽管菱种已经发芽发酸，饥饿的小伙伴们哪顾得了这些，填饱肚子才是硬道理。由于一个小伙伴没有下塘捕捞，上岸后冻得嘴唇发紫的同伴们一致决定，不分给不愿下河的伙伴吃。他却溜到副业队向阿爹告了密。傍晚时分，我割了一担猪草兴冲冲赶回家，以为阿爹要表扬几句。未料，我将一担猪草卸在羊圈里，还未进门，阿爹已从门后取出早备好的坚韧而柔软的柳条枝子，一把抓住我的头发，任由柳条枝子在我背上、腿上、脸上飞舞。一边站着的阿娘心疼得直跺脚，她知道阿爹的脾气，她要去拉阿爹的话，没准阿爹会打得更凶，更残忍。要不是闻讯赶来的奶奶将我从阿爹的手上拉走，那一顿准会把我打个半死。

我长大后，说起这事，阿爹仍一脸严肃，呵斥着："老话说得好，做贼偷菜起，再饿也不能做贼呀。一个小屁孩就敢偷集体财物，长大后还不成了挖社会主义墙脚的腐败分子呀？"

而今天，病了的阿爹居然说出体贴儿子的话来，倒让我不由得心酸和哀伤起来，泪不禁夺眶而出。

第十五天

2015年12月31日　晴

今天，是2015年最后一天。

我一早在微信朋友圈发消息：致即将到来的美好的2016年：想痛痛快快哭一场天昏地暗，想甜甜美美睡一觉酣畅淋漓，想安安静静读本书洗濯灵魂。祈求父亲早日康复。祝愿我的所有亲朋好友健康、快乐。

屋漏偏逢连夜雨，昨晚 11 时左右从医院返回家时，四楼邻居打来电话，说我家衣橱间，有水渗漏到她家卫生间。我家衣橱间原本是内卫，装修时改成衣橱间，已将全部水管堵死，怎么会有水渗漏到四楼？今天一早敲开四楼门，查看后发现，果然有水滴渗下，心生疑虑：水从哪里来的呢？

一直以来，我家与邻里和睦相处，每年都被社区、街道评为文明示范家庭。今天，因为自家水管出了问题，而影响到邻居的正常生活，我心存愧疚与不安，急忙叫来懂行的水电工，查找原因，一时无果。我又向四楼打招呼，请他容我再叫水电工检查。

上午我去医院，见阿爹面色红润，说话中气颇足。阿娘兴冲冲地说："你爹每天掐着手指在算，今天算到旗旗要回家了（旗旗我女儿的乳名），特别兴奋。老妖精了，一早起来叫我帮他剃了胡子，刮了脸，还自己蹑进卫生间刷了牙。"娘说话时，阿爹在一边傻傻地乐呵。记忆中，阿爹入院半个月来第一次这么开心过。

女儿和外孙从小在爹娘身边长大，被两位老人视为掌上明珠。女儿在外读书，节假日才返乡，十八岁的大姑娘了，还总要和爷爷奶奶挤在一张床上撒娇。平日里，她几乎一天打一个电话给爷爷奶奶，也没什么事，就是娇滴滴地在电话里叫几声爷爷奶奶，撒个娇。

下午 6 点 10 分，我在高铁车站接到女儿后，将车停在路边，告诉女儿她爷爷的真实病情。女儿抽泣着说："我就知道爷爷病得不轻，不然也不会住那么多天医院。"又说，"爷爷身体不是一直棒棒的吗？我上次去乡下还和爷爷一起搭鸡棚，爷爷这么一个好好的人怎么会得癌呢？老天好不公平啊。"女儿说着号啕大哭。我告诉女儿："想哭就在车上哭个够，一会儿去医院一定要镇静，要开心。爷爷的情绪波动很大，你要哭肿眼睛去见他，他一定会伤心，这对他的治疗不利。"

女儿懂事地点点头，擦干眼泪，紧拥着我说："爸，我相信你有本事，一定能想办法治好爷爷的病。"我轻轻地拍了拍女儿的脸颊，苦笑着对女儿说："擦干泪，看爷爷去。"自己的泪却无声地掉在了手背上。女儿一直以我为傲，她一直以为我顶天立地，可是，傻姑娘哪里知道她爹的无助、无能、无奈……

阿爹仍吃了就吐，但在孙女面前却强作欢颜。女儿搂着阿爹的脖子，脸贴着阿爹的脸，说着亲热的话，安慰着阿爹，一家人都强忍着不让泪水掉落，欢愉的表象遮掩的却是无言的悲痛。

在医院里吃了一盒盒饭后，女儿一直在说她学校的奇闻逸事，专门挑开心的事说，分散着阿爹的精力，减轻着阿爹的病痛。

好友小葛住医院对面的小区，每日吃过晚饭，总要来医院帮我照顾阿爹。我和小葛是三十多年的好友，他对阿爹视同父亲。所以他们夫妻来医院照顾阿爹我也放心。每回我都可以趁这个时间或一个人待在医院电梯间走廊里那条长椅上静静地坐着，理一理杂乱无章的思路，或者去澡堂泡一个热水澡，消消疲乏而疼痛的身心。

晚10点左右，肿瘤专科医院走廊安静了下来，只有几盏供照明的地灯，还睁着惺忪的眼睛。病房里偶尔传出几声呻吟声，传递着这个世界除了黑暗、寒冷，还有病痛存在的信息。女儿想睡阿爹脚头，陪爷爷、奶奶。阿爹和阿娘都不允，女儿巴巴地望着我，乞求我帮她。我看着阿爹，阿爹一脸严肃，佯装打哈欠，示意我让女儿回去休息。我告诫女儿，爷爷这几天很辛苦，睡他脚头会影响爷爷睡眠，不利于爷爷治疗。我再三劝阻才将女儿劝离病房。

从医院返回家的路上，女儿挽着我的手臂，依偎着我，父女俩走在冰冷的街石上。寒冷的风在街面上四处游荡着，呼啸着。远处绿化带丛中，一只无家可归的流浪猫扑闪着警觉的蓝眼睛，一声一声孤独地哀鸣着。女儿低声地问我："爸，爷爷真没救了？"沉默、沉默，我的耳畔只有那只流浪猫渐远渐弱的哀鸣，以及突然从身边飞驶而过的汽车引擎声……大约五分钟之后，我才对女儿说："爸爸不是医生，这个问题爸爸回答不了。"

阿爹得肺癌的这个事实对女儿来说实在太陌生，太让她接受不了了。上次去学校之前，她还住在乡下，和爷爷一起搭鸡棚。老爷子还用自行车载着她到集镇上逛集，遇到熟人还总要向熟人炫耀一番他孙女多有能耐，八岁就把歌唱到了北京城。癌症这个熟悉而可怕的病，对一个无忧无虑、在亲人百般呵护中成长的少女来说，实在太陌生了，她又怎么能相信她亲爱的爷爷得这个病？她又怎么能相信这是不治之症？她又怎么才能相信她的爷爷不久将永远离开这个人世间？

第十六天

2016年元旦

尽管中国老百姓没有把元旦当成新年，但一早传来的烟花、鞭炮声仍洋溢着喜庆，传递着吉祥。

昨晚通宵失眠，晨起双耳鸣鸣蝉鸣，耳鸣又严重了；脑袋也嗡嗡嘶嘶的，似有千万只蝴蝶在飞舞，在张扬，在撕咬……起床时，屋外仍漆黑一团，谁家在燃放烟花？五颜六色的烟花在夜空中绽放又熄灭，烟花的余烬透过玻璃窗落地，屋里白色瓷砖上，白色墙面上，仿佛整个房间落英缤纷，璀璨异常，倒像是舞台了。女儿已经起床，她昨晚答应阿爹，一早煮红薯白粥送医院。阿爹食欲不振，吃啥吐啥，女儿心疼，自告奋勇要熬红薯白粥。因为高压锅熬粥要一个多小时，我便叮嘱女儿再去休息一会儿。女儿倚在窗口，看着远处城市上空不时绽放的烟花，眼里闪着泪花，一言不发。我知道可怜的小姑娘也一夜无眠，一夜间她不知想了多少与爷爷的往事，她本来就是爱幻想的丫头。

早上，二叔打来电话，询问阿爹的病情。这是阿爹住院半个多月内，他的三个同母异父兄弟中第一个来电话的兄弟。尽管二婶早就知道阿爹的病情，还帮阿娘介绍了做法事的女巫，二叔不会不知道阿爹的病情。我详细地告诉了他，阿爹的病情和情绪波动。电话那边，二叔沉默片刻说，真不知你爹病得那么严重，听村里人说癌症……又说今天上午来医院看看你阿爹。他沉默片刻又说，你要照顾好你爹。我让二叔放心。我的亲爹我怎么会不照顾好呢？

今天阿爹要挂九瓶药水，值班医生说，药水中有护胃的、护肝的、消炎的、治痛的、防出虚汗的……为明天化疗做准备。

我和女儿照顾阿爹，让娘和妹妹返乡料理家务。家里腌了半个多月的准备过年时招待亲戚的六只咸鹅，也该出缸晒晒太阳，再给娘3000块钱，叮嘱她该备的年货也得准备了。另外六只托邻居照顾的正在生蛋的母鸡，也不知情况咋样，地里的小麦、油菜的长势也不知如何？这一切都是病床上躺着的阿爹和畔床的阿娘所时时牵挂的、念叨的。

在病房里，女儿坚持一勺一勺地喂阿爹吃粥，阿爹坚持自己吃，祖孙俩争执着，互不让步。女儿佯装生气，别过脸，撅着嘴，阿爹哄女儿，我在一旁偷偷乐。病房里另外两位病友看着祖孙俩嬉闹，也都开心地与阿爹打趣着。

临床也因肺癌正在接受化疗的周老师告诉我："你阿爹今天特别开心。"周老师说他今天一早进病房时，阿爹就滔滔不绝、神采飞扬地念叨他孙女，跟前几日比简直判若两人。老先生是语文老师退休，说话喜欢用成语。他和另一位病友不住院，每天化疗结束回家住。

另一个胃癌化疗的老人拿女儿开涮，说："姑娘，你爷爷是牛皮大王，说你唱歌拿过全国金奖。我们都没听过，那个全国金奖不能算数。"

阿爹着急，吼那位老人："瘌痢头（其实是老人化疗后头发都脱光了）尽说歪理，你没听到，那国家专家评出来的金奖就不算了？"

两位老人一再挑逗阿爹："要不让你孙女现在唱一首，眼见耳听为实嘛。"

阿爹是个要面子的人，女儿元旦放假前，他一直在病友面前炫耀孙女的能耐，其实也实在想让两位老人眼热，跟他一起夸夸他的孙女。这回他巴巴地望着孙女："这个……这个嘛，得看咱们家丫头愿不愿意。"又讨好孙女，"乖丫头，要不给那两位爷爷露一手？"女儿卖关子，搂着她爷爷说："要我唱也行，你得听我的。"阿爹佯装生气，腾出不挂水的右手，轻轻地拍着女儿的脑袋，嗔怪道："唱首歌都要讲条件，爷爷算白疼你18年了。"女儿撒娇："一码归一码嘛，爷爷你就答应了吗？"执拗不过，阿爹只好依顺女儿，女儿开心地拍着手，从保温杯里舀出半碗稀粥、几块红薯，硬要喂阿爹。阿爹直呼上当，最后还是接受了孙女的关爱。

女儿在病房为三位病人尽情唱着，病人家属在动情地打着拍子；三位病友在乐呵呵地听着；门窗外、走廊里走动的其他病房的病人家属翘首的翘首，贴窗的贴窗，踮脚的踮脚，连过往的医生、护士都要驻足顾盼一番。小小的病房俨然成了热闹的剧院。

阿爹的主治医师Z医生进病房，见此情景，把我拉到一边小声嘀咕道："你家女儿真是快乐天使，你看你家老爷子开心得嘴都合不拢，他转院到我这里，还是第一次看到他这么开心。"又说，"好现象，这种良好的精神状态对他下一步化疗十分有利。"她说着偷偷地向我女儿做了个胜利的手势。

接近中午的时候，二叔贴着病房窗玻璃张望。阿爹眼尖，或者说所有病人除了关心自己的治疗，更关心的是病房外的事，所以他们对门、窗特别留神。他们还留意着亲戚朋友第一次探视的时间和捎带的礼物。如果第一次来医院探视病人，超过中午时间，意味着日落西山，是不吉利的，是要被病人亲属吼出病房的。病人还爱计较捎带的礼物，我的一位战友看我爹时，给他捎带一束大红的花，战友一出病房，阿爹就生气地让妹妹扔掉，说花圈一样供在床柜上，看着就来气，弄得我立在那里尴尬不已。

这回二叔虽然第一次来医院探视未超过中午12时，但也已经晚了点，或者说不是今天的这个时间晚了，而是二叔根本就来晚了，亲哥哥住院第十六天才来看。阿爹明显不开心，他侧过脸，闭上眼睛，紧锁双眉，与上午的眉开眼笑判若两人。

二叔以为阿爹睡觉了，低低地贴着阿爹耳畔叫着大哥。阿爹也不睁眼，叫久了，可能阿爹烦了，仍闭着双眼，眉心在不住地跳动。怕二叔立在床前太尴尬，我贴着阿爹耳根，告诉他二叔来看他了。阿爹这才微微睁开眼，一声低一声高地呻吟着说，来了？说完又将脸仰到一边，闭上眼睛，一声长音一声短音地呻吟起来。谁跟他说话，他都不搭理。

二叔退出病房后，邻床的周老师和被爹唤作癫痫头的朱叔叔争相夸阿爹的天才演技。阿爹却苦笑着，眼里闪着泪花，呆呆地注视着一滴一滴往下跳动的药水。

我知道阿爹心里有好多话要说，可他却三缄其口，把满肚子想说的话一口一口地吞进肚子里。阿爹一定感到特别委屈，他作为大哥为了照顾弟弟妹妹放弃了太多太多，而弟弟们一个个成家后，却没有给他应有的尊重，甚至根本没把他这个大哥放在眼里。

第十七天

2016年1月2日　天晴

根据医疗计划和阿爹的精神、身体状况，今天要准备给阿爹下药（这里医生说的下药其实就是化疗）。

主治医生Z女士一上班就把我和妹妹叫到她办公室。她告诉我们兄妹，下药后，会引起病人多种不良反应——厌食、呕吐、恶心、萎靡……用药期间，病人的心态和意志力十分重要。她又说，根据她二十多年从医经验，跟病人讲清病情，让病人正确面对，积极配合治疗才是上策。Z医生又一次自告奋勇地担当起阿爹医生兼政委的角色。

Z医生安排好阿爹打点滴后，又安排了一名耐心细致的护士帮阿爹剃了须，修剪了手指甲、脚趾。Z医生专门端了条凳子，坐在阿爹床前，对阿爹说："张师傅，听您儿子介绍，您做过村干部、乡镇企业干部，是一位明事理、讲道理的老人。"又说，"您知道您的儿子、女儿为给您治病操碎了心。所以啊，您要积极配合医生治疗，争取早日康复出院。"语气凝重了一些，"今天准备给您用的药有点特殊，多西他赛、顺铂，这是杀死癌细胞的药，当然这个过程中有益的细胞必定也会受到伤害，用药后可能会产生呕吐、脱发等一系列不良反应。您要坚强，您邻床的两位师傅用了几个疗程……"Z医生尽量平和地向阿爹传递他的病情。我和母亲、妹妹在边上屏气呼吸，静静地听着，观察着阿爹的反应。两位化疗的大叔也在乐呵呵地劝着阿爹。阿爹眯着眼，一言不发，褐色的药水一滴一滴地往下滴着。"嘀——嘟，嘀——嘟，嘀——嘟……"整个病房回旋着一个声音，那声音清脆而明亮，像一个顽强生命在跳动、挣扎。

阿爹的眼睛殷殷地看着我，又问："我只想知道我的病是不是恶病？"见我不吭气，阿爹的眼里溢出泪水，他缓缓地抬起头，用失神的眼睛望着天花板。这个情景让我的眼眶瞬间湿润了，泪水无法抑制地溢出眼眶。我轻声地叫了声"爹"，紧紧地握着他干枯僵冷的手，一个男人的眼泪无声地滴落在另一个男人的脸上。

傍晚的时候，四楼邻居的父亲打来电话，说仍有水从我家衣帽间渗下，并口气严厉地说他女儿已与人家谈好将房子出售，若因我家漏水导致卖房子出现波折，后果由我负责。三天前，我已经找来了专业水电工，对家里的管道进行了专业试压，发现家中水管并没有破裂。那么水是从哪里来的？会不会墙面雨水渗进墙体，日积月累淤积在我家衣帽间的地板夹层里？五年前也发生过我家厨房间渗水到他家厨房间，找了几波水电工，查不出原因，结果将厨房间地砖凿开，才发现墙外雨水渗进墙体，由墙体渗到四楼。我们找物业和开发商理论，在事实面前，物业、开发商竟百般狡辩，万般抵赖。我们找来电视台曝光，才平息此事。开发商承担了四楼业主的损失，而我家的损失，开发商居然称没有得到他们同意，自行凿开地面，敲掉厨橱而拒绝赔偿。为此，我的心口堵了好一阵子。

今天又犯上这事，能不纠心？但不管怎样，都不能影响四楼正常交易房屋。我立即打电话叫来水电工，帮着再次检查。那位水电工已经被我叫来三次了，有点生烦。我便把他拉到一边，塞给他三百块钱，让他买点小酒。水电工推却着，嘟囔着："不是钱的问题，实在是麻烦大着呢。家装中水电都是隐蔽工程，就像医生给病人看病一样，查不出病因，怎么开方？你家水管试压没有破裂，没有漏水处，你让我怎么检修？总不能沿敷设水管的线道，将地砖全部凿开吧？"

可是，就再没有别的办法了吗？我更焦急。

见我抓耳挠腮，一脸无助，水电工燃了一支烟，凑上来说："要不叫一个疏通下水道的师傅来，将你家下水道疏通一遍，然后凿开与衣帽间一墙之隔的洗脸池下水道，看是不是洗脸池排的水渗过楼板流到四楼。"

经他提醒，我的眼睛一亮，立即找了一个疏通下水道的师傅；又借来电锤，凿开洗脸池下方地砖，在水管下方开槽口，利用水往低处流的原理，以便卫生间淤水通过槽口流向水管，流进地下管道。

干完这些已是晚上8点多钟，心里想着第一次化疗的阿爹，我扒了一口饭，蹬上自行车就往医院冲。

令人欣慰的是，阿爹第一天化疗居然没有过大的不良反应，听娘说，阿爹晚上吃了半碗牛肉面，还吃了一个肉包子。饭后也没有呕吐的迹象。

爹嘱咐我，家里有事就早点回去。我告诉爹，家里已经凿好了，漏水的事已处理好，一会儿回去清理一下就行了，让他放心。爹又说："儿呀，你也不要为我多操心，爹总归这个样子了。爹老了，不行了，你是家里唯一的男人，你要撑住。"

突然，突然……我的眼泪就滑到了双颊。我别过脸，走出病房，在医院电梯间，摸出一根烟，握在手里。电梯间有三个病人家属在吸烟，在窃窃私语。

我绕过电梯间，从楼梯走下，又绕道去了医院后花园。后花园没有路灯，没有行人，我找了张长石凳坐下，燃了一根烟，任凭那从天而降的孤独穿越灵魂，任凭满目的荒凉夺眶而出。

第十八天

2016年1月3日　阴转晴

上午，阿爹第二次化疗时，由阿娘、妹妹、女儿陪伴。邻床周老师第五次化疗，反应比较强烈，一直呕吐，精神萎靡，阿爹和朱叔两个病友逗他。一向乐观开朗的周老师强颜欢笑，回应两病友，说："我刚才眯了一会儿，去拜会了阎王老爷。他老人家让我坚挺一下，渡过这关就没事了。"

我回家清理了家中凿地后留下的杂物，一桶一桶地背到楼下，又买了菜，烧好中饭，送到医院。中午烧了素儿、豆腐皮炒肉、青菜、胡萝卜丝、大骨头炖油豆腐，还有阿爹最爱吃的红烧黄鳝。一家人在病房里围着阿爹吃得开开心心。阿爹已退烧，脸色红润，吃了一碗饭、喝了一碗汤，能看得出来阿爹今天全身轻快，心情颇佳。

下午，化疗结束，阴沉的天空竟出了太阳，照在医院窗玻璃上格外耀眼、温暖。阿爹提出让阿娘和女儿陪他到医院花园去散散步。我心里窃喜，但愿父亲有奇迹出现。

已经快二十天没有在书房里静静读书了，趁阿爹心情好，我下午躲进了书房。

突然，几乎这辈子第一次，二叔来电话，语气哽咽，嘱咐我一定要治好阿爹的病。我心里纳闷，不知道二叔说这话是什么意思。二叔告诉我，听说阿爹得了这恶病，心里一直非常难过，平日里居家过日子没有特别的感觉，这次突然害怕失去大哥，心里特难过。二叔说着在电话那头抽泣起来。二叔又问我，老二去过医院了吗？老二就是我大叔。大叔退休后返回村上安度晚年，兄弟偶尔在村巷相遇也避而不见。其实说起来两兄弟又有什么深仇大恨？或许只是心里互不服对方，可究竟什么地方不服气？其实两位长辈都说不清楚，为这事，我和大叔儿子穿梭两头，劝说两头，说和两头。或许被两个晚辈的真情打动，两兄弟居然真像亲兄弟一样友好相处了三年多，看了真叫人开心。但是前年为了祖上留下的几分田的种植权，谁都拗，谁都不服老，谁都想种植，结果又闹了个不欢而散。

我告诉二叔，大叔可能还不知道阿爹的病情，二叔在电话那头骂："装什么呀，我都跑他家跟他说了。"

我劝慰二叔，若大叔心情不好，即使来医院，也不利于阿爹治疗，还是不来的好。二叔在骂骂咧咧中搁了电话。

送女儿返校后，傍晚的时候，我正准备往医院送晚饭，四楼邻居她爹闯了进来，气势汹汹地质问我什么时候能解决他女儿家漏水的问题，并一把夺下我手中盛装饭菜的保暖袋，把我拽到四楼。

的确，有污浊之水沿着卫生间房顶的吊板缝隙，一滴一滴地往下落，声音清脆而响亮，就像阿爹在医院打点滴。我反复耐心地向大叔解释我已经采取的措施，那位大叔只是铁板着脸，毫无表情地告诉我："我不管你请了上海的、南京的还是德国的、美国的专家，也不管你采取了多少措施，我只要求你，不要让你家的水漏到我家。"是啊，水是我家五楼滴下来的，找不到原因不能怪人家呀。我立在四楼，尴尬而又无奈……送医院的饭慢慢地凉，阿爹等久了心里又要烦躁。而大叔站在他女儿家门口，大有不解决好不让出门之意。

我出不得，进又无计可施，只得掏出手机，又打电话给水电工，让他带上电锤、枪钻等工具，再叫上一个小工，立即来我家凿地砖、地板，挖地三尺也要找到漏水的原因。然后，我甩开那位大叔，从五楼到底楼，跟每家打招呼，请他们谅解夜间施工带来的不便。做完这些，留下施工的，我蹬上自行车，立即去医院送饭。

到医院时，阿爹阿娘不知聊着什么，可能观点不一致，正聊得起劲时发生了小争执。见到我进病房，阿娘嗔怪说："老头子，你还说儿子今晚不送饭来呢，我就知道儿子不会不来。"阿爹狡辩："你莫扯远了，我才没说这个。我是让你将上山百亩那八分地让给人家去种。"又对我说，"我的身体一时半会儿也好不了，也不能帮衬你娘了，你娘这个死老婆子就是不允，非要种那么多地，你还是劝劝你娘吧。"

我呵呵笑着，打着马虎眼，取出晚饭，看阿爹吃完，收拾了赶紧回家。家里还有一大摊子事等着我去收拾呢。

房间、衣帽间的地砖、地板被凿得张牙舞爪，满目疮痍。漏水的原因还是没有找到。

妻在清理满屋杂碎，不知道在骂着谁，埋怨着什么。我在一瓢一瓢地舀着淤水。

至晚上11点多，清理完毕，我满身疲惫。我不放心医院里的阿爹，又蹬自行车去医院。

医院走廊里亮着角灯，病房的灯几乎都已熄灭，我隔着门玻璃，看阿爹安详地睡着，阿娘在阿爹床边驾着小床，也已安然入睡。我不忍打扰，在门玻璃下观察了半个多小时，见病房内没有异样，才悄悄撤退。

第十九天

2016年1月4日　阴雨绵绵

今天是父亲化疗的第三天，听医生说，只要阿爹能坚强地挺过五个疗程的化疗，就有希望活上半年甚至更久。而三天还不到五个疗程的十分之一，我一直在心里默默为阿爹祈祷、祝福。

到医院时，妹妹也从乡下赶来，正在用热毛巾为阿爹擦洗身子。阿爹是一个极爱干净、整洁的小老头。在乡间生活期间，阿爹总嫌阿娘邋遢，一会儿抱怨灶间灰尘多，一会儿嫌弃卧室凌乱，一度怨阿娘衣着埋汰，言行粗俗。弄得阿娘心生疑窦，老在我们兄妹面前叨咕，怀疑老头子是不是有了小老太婆。老头老太着实别扭了一阵子。

同室的周老师和朱叔已经化疗完一个疗程，昨天下午分别办理了出院。今天住进来化疗的正巧是阿爹在乡镇企业工作时的同事老吴的老婆，阿爹干了多年村委会副主任后，于1982年初被镇政府安排到兴办乡镇企业水泥厂当保卫科科长，按理这也属于组织安排。当时老吴是水泥厂的装卸工。后来国家有政策，政府不能经营企业，红极一时、辉煌一时的苏、锡、常的乡镇企业也像许多国有企业一样拍卖给私人。一夜之间有人暴富，一夜之间更多的人失业下岗，阿爹和老吴这些工作多年的工人也回了村子，重新当了农民。好在阿爹之前也是农民，过渡起来也算平稳。老吴的老婆得的也是肺癌。

中午，我在食堂买了饭菜送医院，阿爹状态不佳。他见我进来，也不言语，蒙头装睡。我劝他吃饭，他也不搭理。听妹妹说，上午化疗时，阿爹血糖增高至24，发热，虚汗直流，一上午全身擦了三次。中途停止化疗，改用其他药物。我跑去医生办公室，想咨询改用什么药，正好中午用餐时间，值班医生说要等主治医生上班后，才知道改用的什么药。

前两天化疗后，阿爹还精神杠杠的，胃口也好，脸上也泛红晕，说话中气也足。才化疗到第三天怎么就……焦虑。

我下午又去了医院，阿爹仍紧闭着双目，不停地呻吟。阿娘在一旁急得直搓手，嘴里不停地叨咕，你送来的早饭一口也没吃。护士为阿爹量体温39.5摄氏度，阿爹仍虚汗淋漓。我再找医生，值班医生嘱咐护士加一瓶退烧的药。

我蹲在阿爹床前，抓着阿爹右手，轻轻拿捏着他的手指，分散着他的注意力，减轻着他的痛苦。

白色的液体在我头顶的输液管像一个个音符，在艰难地跳跃着……

第二十天

2016年1月5日　阴转多云

今天是女儿的生日，我一早给她打电话。女儿最关心的还是爷爷的病情。

我告诉女儿，爷爷化疗后好多了，每天都在医院的花圃边散步呢。女儿嗔怪我又在撒谎，她说昨天打了三次电话，都是奶奶接的。我说，爷爷挂水不方便接，或者正在睡觉。我安慰女儿放宽心。女儿嘱咐我照顾好自己身体，便挂了电话。

嘱咐女儿放宽心，可是，我又怎能放得下心？昨晚，等阿爹挂完水，退了烧，也不出虚汗了，在阿娘再三催促下，我返回家。可坐进书房，我却怎么也放心不下，心想，万一阿爹半夜又开始发烧，或者疼痛，或者出虚汗……尽管有值班医生、护士。然而，阿娘岁数也大了，怎又经得起折腾？我心神不宁，坐立不安，复又起身下楼，蹬着自行车赶到医院。

阿娘已经睡了，阿爹也睡了，同病房的陪床的老吴也睡了。

我悄悄地找了一张医院备用的折叠椅，又悄悄坐下，静静地看着熟睡的阿爹阿娘。病房里静静的，静得能听到头发舞蹈的声音，偶尔传来阿爹或老吴爱人的一长一短的呻吟，更让人感受到白色的恐惧和死亡的气息在岑寂中汹涌袭来……

大约凌晨两点，阿娘醒来，见我坐她对面的折叠椅上，吓了一跳，赶紧催我回去睡觉：

"回吧，伢，别跟着折腾了，一早还得上班呢。"娘又低声哀求，"儿子呀，你要倒了，这家就完了。"

尽管阿娘声音极低，几乎是从牙缝里挤出来的，可还是惊动了阿爹和老吴。病房里有了窸窣的响动，老吴爱人的呻吟声就更加绵长了。

第二十一天

2016年1月6日　阴

四楼的渗漏问题仍未彻底解决，听邻居来电话说，滴漏时缓时急，时疏时密，我的心也随着邻居的通报跌宕起伏。

早上，正准备去了医院后再上班，我拎着熬的粥，刚出门，四楼邻居她爹已经堵在门口。这次他不恼也不闹，对我说："知道你爹生病住院，诸事缠身。可你这漏水问题解决不了，我闺女的房子就卖不出好价钱呀。她已经跟人家约好了，就这几天来看房子，要是买主找了漏水的碴，少卖了十万八万，你看着办吧。"说着，他倒剪着双手，返回四楼。

我傻傻地怔在五楼楼梯间，足足四五分钟后，才掏出手机，给我一个做装修的战友打电话，嘱他组织人尽快来我家凿地砖，准备堵死原来的自来水管道，改道并重新敷设新的水管。战友犯难，劝我冷静："既然试压后水管没问题，那就不应是水管的问题了。""我不考虑这么多。我只想五楼的水不要再漏到四楼，我太累了。我受不了邻居每天几个电话的警示，每天路过四楼她家门口时提心吊胆。我每回下楼梯时都蹑手蹑脚，生怕惊醒他们那根激动的神经，把我堵在门口，一顿奚落，让同一楼道的邻居看笑话。"我在电话里吼起来，我让战友不管想什么办法，就在这两天，一定要找出漏洞，解决四楼的渗漏问题。可能我在楼道的吼声过大，邻居以为我在跟谁吵架了，纷纷开门探出脑袋张望。事后我想，幸亏电话是打给战友的，换了别人，早把我拉进黑名单了。

因为熬夜和一早的遭遇，到医院时我的脸色灰青，嘴唇发紫，像大病在身。这下把阿娘吓坏了，她把我拉到走廊，双手紧紧搂着我的胳膊，用忧郁的眼神盯着我，劝慰我："伢呀，你没事吧？你看你脸色多吓人，你爹反正这样了，只要尽心尽责帮他治疗，也就无怨了。倒是你呀儿子。你可不能倒下哦。"

我向阿娘撒谎说凌晨回家后失眠，补一觉就没事了。阿娘还是不放心，腾出一只手来抹眼角的泪。

走出医院后，我向单位请了两小时的假，去了离单位不远的小区寻找出租房。战友告诉我，凿开地砖后会牵一发而动全身，要是重新装修，就要有搬出去住半年的心理准备。我跑了三四个小区，都没有找到满意的出租屋。

　　我整理了家里的日用品，搬至阁楼，与妻子商量，暂不租房，在书房内铺一张席子，就睡阁楼小书房的地上，搬家实在麻烦。

　　上午，战友叫来的施工人员开始凿地砖，切地板。切割声、电锤声、敲击声……一片嘈杂。而切割地面飞旋起来的尘埃满屋舞蹈，硝烟弥漫。

　　中午时分，我正在医院陪阿爹吃中饭，小区物业打来电话，说家里切割声太嘈杂，影响其他业主休息，业主投诉了。搁下饭碗，我立即赶回家，已经有三位业主站楼下叫骂了。我赶紧向叫骂的业主道歉，并冲向五楼，告知装修人员避开业主午休时段。施工人员辩解，早上不让施工，中午不让施工，晚上不让施工，这一天还能干多少活，拿几块钱？怕是买盒饭的钱都挣不到。说罢他招呼同伴，准备收拾东西走人。这下我慌了，忙好言相劝，并应诺了额外补贴的条件。

　　我又何曾不想早一天完工？！

　　这边刚结束，妹妹从医院来电话，说阿爹又高烧至 39.9 摄氏度，而且持续出虚汗。我立马赶往医院。

　　我到医院时，阿爹正在呻吟，而且明显喉咙间有异物堵塞，迟滞绵长的呻吟声听了让人心酸。妹妹在一手巾一手巾地为阿爹擦着不断往外渗出的虚汗，我在一根一根地捏着阿爹的手指尖，帮他调节经络，减轻他的痛苦。阿娘眼泪汪汪地立在一旁束手无策。

　　我问阿爹哪里痛，他说插化疗输液管的那只手臂痛。我请来主治医生，医生告诉我那是药物反应，正常的，并说第一疗程化疗的药已用了三分之二，劝阿爹要坚强，并为阿爹放掉 800ml 的腹腔积液，减轻阿爹自主呼吸的压力，又给阿爹打了一针镇痛的药。

　　邻床的老吴爱人也在呻吟，拒绝吃药，央求老吴送她回家，让她早死早超生，她想死在家里……那份诉求凄凉、悲绝。

　　腹腔放水换药一小时后，阿爹明显轻松多了，脸色也红润了，能坐起来喝半碗粥。

第二十二天

2016 年 1 月 7 日　　晴，风大

　　村委按照保险公司要求打来了阿爹骨折的证明。

　　上午，我去办理阿爹住院花费的新型农村医疗保险手续。先前说骨折需村委证明的那位工作人员又说，新农合医保报销需提供阿爹本人的江苏江南农商行卡号。我告诉她，我阿爹一个农村老人平日也没多少积蓄，怎么会有江南农商行卡呢？并询问是否可以用儿子的江南农商行卡号，反正住院费用都是儿子付的，对方答要打父子证明。我笑出声来，几年前公安部门就全面清理了诸如打父子关系证明等多种不合理、不合法的证明，今天又让

我撞上了。工作人员说，不打也行，医生写的出院小结上不要出现"骨折"两字。我又解释道："我父亲的骨折是病理性的，上次让消化科医生写上骨折，是想隐瞒我父亲的真实病情。"窗口工作人员也笑着说："这个不是我管，我只审核报销新农合医保的真实性，以免骗保。"无奈我又赶到 12 楼消化科住院部，找阿爹的主治医生修改出院小结。主治医生打开电脑找到阿爹的出院小结说，已经被医院封存，不能修改了。

呜呼哀哉，我白跑半天。

第二十三天

2016 年 1 月 8 日

5 点 10 分左右，天还未亮透，四楼老先生敲门，说他女儿家卫生间仍有水渗下。我赶忙披衣，请老先生来满屋狼藉的我家参观，并告诉老先生："我已经采取行动。"老先生怨气满满，立在楼道间说："这个我不管，我只关心我女儿家卫生间什么时候不渗水。"

老先生走后，我孤零零地立在楼道间，不知所措。

阿娘打电话来，说阿爹早餐想吃油条、豆腐花，让我去医院时捎去。昨晚我从医院返回家前，阿爹明明嘱咐我今早给他熬红薯粥，我五点钟就起床将一电饭煲红薯粥熬好了……我赶紧买了油条和豆腐花送去医院，阿爹想吃什么是我最开心的事。

邻床陪床的吴师傅告诉我，有一种贝达药业股份有限公司生产叫"盐酸埃克替尼片"的药，在常州设专卖店，每粒 500 元，每天一粒，对肺癌有特殊疗效。

我立即找了阿爹主治医生 Z 医生了解情况。她上午很忙，周边围了一堆病人家属，让我下午去她办公室。

下午去时，围着她的病人家属也多，有一个剃着青皮光头，衣着考究的中年男子言语激动，一再要求医院为他父亲化疗。在他们激烈的争辩中得知，他父亲在上海某大医院治疗，人家拒绝化疗，而病人家属坚持认为得了癌症只有化疗才是最好的治疗办法。那位光头一边大骂医生没有一颗救死扶伤的怜悯之心，不给他爹化疗，就是放弃一个病人的生命，一边言辞激烈地一定要让他父亲化疗。医师在光影灯下认真地看着片子，大约十分钟后说，上海医院的做法是正确的，在一些西方国家，像你爹这样的病人，也是进临终关怀的康复医院。医生又说，病人癌细胞已经扩散，如果化疗只能加重病人的痛苦，无益于提高病人的生命质量。不料那个光头"噌"地上前揪住主治医生的衣领，说道："癌症病人化疗放疗是常规治疗。如果听你的保守治疗，癌症复发了你负责？"主治医师让他放下手，冷静地说："我不负责，但化疗副作用对年老体弱的病人来说危害更大。老人在化疗中免疫能力急剧下降，结果会导致更大范围的肿瘤转移，死亡也就来得更早。"这话刺激了病人家属。

原本走廊里看热闹的其他病人家属也渐渐向医生办公室围拢过来，七嘴八舌地指责主治医生没有医德，见死不救。吵声越来越大，不一会儿，围观的住院部患者家属已经堵满了医生值班室，指责声、唏嘘声、抱怨声、同情声……一片嘈杂。有一位情绪激动的病人家属拿起医生办公桌上的资料夹往地上扔去，挤进来的两个护士用瘦弱的身子护着主治医师。

主治医生无奈地立在围堵的病人家属中央，双手交叉，表情复杂。

警察过来后，驱散了围观的病人家属，协调了主治医生为青头父亲化疗。

坐在我对面的 Z 医生脸无表情，满心疲惫。她苦笑着说："盐酸埃克替尼片适用于治疗既往接受至少一个化疗方案失败后的非小细胞肺癌。病人应该没有吸烟史，并且低于 55 岁，而你爹入院前一天三四包烟，年龄已经 75 岁了。况且你爹为中—低分化鳞癌，且已向骨、脑、胸膜转移，其实入院时我已经跟你和你妹商量过放弃化疗的。这对提高病人生命质量，延缓生命有百害而无一益。你爹才化疗三天，精神状况却一天不如一天。"

医生又说："就像下午从上海转来的病人，影像片显示他的癌细胞已经全面扩散，半年前又动过手术，身体虚弱到了极限，家属却坚持要求化疗，岂不增加病人痛苦，早一天将病人往死路上赶？"

医生又说："这种情况下，病人完全没有自主权，听医生和家属摆弄，要是真心善待病人，就应该尊重科学，让病人在有生之年，生活得更有质量一点。"

我不是医生，我不懂医疗，但我知道中国老百姓的传统，家中有亲人得了恶病（阿爹语，即癌症），是不可能眼睁睁地看着他耗尽生命的。我告诉主治医生，在中国老百姓的眼里，有亲人得肿瘤，不能手术治疗，当然选择化疗、放疗，除非医学界有更先进的办法。主治医生沉默了许久，说："理是这个理，但事情不是这样去做。比如有人想给你推销盐酸埃克替尼片，说它对肺癌疗效多好，功效多神奇。你不试吧，心不甘，更觉得对不起你老爷子，也有可能遭到你家族中持不同意见的人指责。你若试吧，也只是浪费金钱而无益于治病。殊不知肺癌种类很多，患者体质也各有差异。"

傍晚的时候，大叔打来电话，口气严厉："你阿爹病了为什么不告诉我们兄弟，你心里还有叔辈不？弄得全村人都在指责你叔不近人情。"我懵了一会儿，回答大叔："阿爹住院已经二十多天，村上每个人都知道这件事，你不会不知道吧？事实上你是装着不知道，这又何必？村上谁家一只鸡丢了，邻居都去帮着找半天，况且你哥哥一个大活人呢？我不能打电话求你来医院看你大哥吧？"电话那头的大叔沉默片刻后，问："你爹住哪家医院？明天我和你婶婶过去看他。"我告诉大叔阿爹住院的地方后挂了电话。

第二十四天

2016年1月9日

阿爹昨天又挂了9瓶水，今天低烧退了，也无虚汗。一早村上邻居来病房看他，他也能坐起来与村上来看望他的人聊天。村上邻居跟阿爹聊了村上最近发生的故事，其实不过是一些日常琐事而已，阿爹听得入神，只是情绪低落，双眉仍锁，听大家热闹地说笑，也从不插话。

龙爷是村里长辈，也是性格开朗的老人，他遭遇三次车祸都死里逃生，他劝慰阿爹要想开些，生命不过一念之间，一定要坚定活下来的信念。他说到自己有一次车祸昏迷了三天三夜，医生告诉蹲在ICU外的家人准备后事，除非奇迹发生，否则醒来的希望几乎为零。他说："冥冥之中我去阴曹地府报到了一次，我嫌那地方太黑暗、潮湿、腐朽，我坚定信念要回来。第五天，奇迹真的出现了，我醒了。"龙爷笑谈着自己的遭遇，给阿爹信心。听同来的龙奶奶说，那次伤愈出院后，龙爷操起自己已经搁置多年的泥刀，在自家菜园地里，为自己砌了两层的水泥坟墓，他说要活着看到将来的住处。他更要提醒自己，人总有一天会死。

阿爹听着不由伤感起来，他嗫嚅地说道："龙叔啊，你车祸是硬伤，挺过来就能活下去了。我这病怕是好不了，阎王那儿怕是早就打了钩了。"

龙爷龙奶奶劝阿爹放宽心，来看阿爹的福新老书记、金富叔、仲发媳妇都在劝阿爹不要灰心，要拿出当年生产队当队长不怕苦不怕死的劳动劲头去面对病魔。金富叔是一个乐观的旧派文人，也是阿爹的发小，他竟当场吟诵了岳飞的《满江红》来鼓励阿爹战胜病魔："……壮志饥餐胡虏肉，笑谈渴饮匈奴血。待从头，收拾旧山河，朝天阙。"金富叔的吟诵抑扬顿挫，雄浑饱满。病房里一片寂静，我转过脸，盯着长长白色滴管的滴液。

晚饭后去医院，见阿爹精神状态竟比白天好了许多，能坐起来与邻床陪床的老吴聊他们年轻时在乡镇企业工作的趣事。

趁阿爹心情好，我便端了凳子坐阿爹旁边，告诉他，那天去的南京那家医院虽然门庭破旧了点，但那是全省权威的专科医院，不是私人诊所。

老吴师傅也在一旁帮衬着，说他媳妇也是在那家医院确诊的，并笑着劝告他不要怀疑自己儿子。

阿爹近半年来也的确老起疑心。因为有糖尿病，阿爹经常去镇上的私人诊所与他的糖友交流治"糖"心得，也经常偷偷吃一些糖友介绍的治"糖"药物。阿爹的治"糖"药物都是我从城里配好了送去的。不料，一段时间后，阿爹的血糖不但不稳定，反而升高了，人也萎靡不振。追究根源，原来阿爹有糖尿病的信息被骗子得知。一日，三个骗子乔装打扮成治"糖"高僧，追至老宅，推销一种能治愈糖尿病的中药。村上邻居劝阿爹不要轻易上当，最好电话告诉我一下，没承想阿爹像中了邪，毅然花 3000 块钱买下几包杂草，熬汤当药喝，结果喝得血糖不降反升。我得到消息后追到老宅，嗔怪阿爹病急乱投医，不相信科学。不料阿爹反驳我，并指责城里医院的医生给他开的治糖尿病的药，药效一般；三年用下来，钱倒是花了 10000 多元，却没能根治他的糖尿病。面对阿爹的指责，我哭笑不得：医生早就告诉过他，糖尿病只能控制，无法根治。他现在倒怀疑儿子没给他特效药根治糖尿病。

听了我对江苏省肿瘤医院的介绍，阿爹仍犯嘀咕，既然权威，怎么医院的房子都不如我们镇上卫生院？阿爹说的也不是没道理，江苏省肿瘤医院虽是老牌专科医院，院舍确实陈旧，墙皮剥落，且龟缩在深巷，而现在的乡镇卫生院虽门可罗雀，却往往是大建筑。

去开水间打水，正好碰上阿爹曾经工作过的乡镇水泥厂的厂长。乡镇企业改制给他个人后，他一夜间成了亿万富翁，而阿爹、老吴这帮老职工却被一刀切——回了家。更为冤枉的是，阿爹被镇政府分派进乡镇企业之前，曾做了十多年村副主任。他若一直担任村副主任，按照国家政策，到了退休年龄后，还可以享受每月 300 多元的生活补贴（尽管不抵退休金）。一刀切后，他只能返村重拾锄头、钉耙，与阿娘重返田野。

那位厂长的父亲因脑癌晚期住院，他过来看他父亲。听说我阿爹住院，他执意要进病房看望。按照乡下风俗，阿爹阿娘最忌讳别人下午来探望，更何况是晚上了。我赶紧阻挡，推说阿爹今天精神不佳，请他改日再来。他却说："没事的，我和你爹是老哥们儿了。我去了他只会开心，精神愉悦。"他也不顾我再三劝说和阻拦，推开了阿爹的病房门，近乎夸张地亲热地叫着阿爹阿哥，又近乎夸张地伸出双臂拥了拥坐在病床上的阿爹。沉闷的病房竟有了几分暖意。

第二十五天

2016 年 1 月 10 日　阴雨

早上送早餐时，我听阿娘说阿爹今天精神极佳，一早趁阿娘打开水时，一个人悄悄溜到楼下医院小花圃间去散了半小时步。怕阿爹着凉，阿娘拎了一件大衣在医院各走廊找了半小时。我赶到时，老两口正在斗嘴。老吴师傅也在帮阿娘批评着阿爹。见我进来，阿爹像抓到了一根救命稻草，拉我评理，说他今早感觉精神爽，出门在医院花圃走走，这个也是医生要求的，倒落得你阿娘一顿奚落。阿爹佯装生气，也不接我送来的早餐，蒙头便睡。

我冲阿娘和老吴师傅挤了挤眼，故意提高嗓门批评阿娘。阿娘倚门佯装委屈。听到我对阿娘的责怪声，阿爹掀了被子，坐起身子，劝我道："也不能全怪你娘。外面冷，你娘也是着急，担心我受凉感冒。"他说着接过我递上的早餐，盛了一碗，努努嘴让我送给阿娘。阿爹能想到照顾阿娘，证明阿爹对自己大清早的"擅自"出行已有悔悟。我便拉过阿娘，佯装劝她。一家人围在阿爹床前吃了早餐。

早餐后，护士还没有来帮阿爹挂水，阿爹让我坐在他床边，又一次问我："我到底得的什么病？南京、常州跑了那么多医院，究竟查出来了没有？"双眼满是质疑地盯着我。我看着一脸疑惑的阿爹，突然就心酸了起来。我的老父亲，你是真的不知道真相还是装糊涂？住进肿瘤科已经十多天了，而且做了三天化疗，你这么精明的一个老人，总不会对自己病情的严重性没有料想吧？我实在说不出"癌"这个炸脑的字眼，只能给阿爹打起马虎眼。我又一次撒谎，告诉阿爹他得的是肺炎中最严重的一种，叮嘱他放下思想顾虑，积极配合医生治疗，争取早一点出院。

不料半个脑袋埋在被窝里，整天呻吟，从不关心这个世界的老吴爱人，用不太清晰的语调断断续续地说道："张……师傅，你……也不要……自欺欺人了，住进这里的都是被判了死刑的……不……比死刑犯还不如。死刑犯只有恐惧，我们不止恐惧，痛……还有痛，难受……生不如死……"老吴爱人还要再说下去，老吴赶紧用手捂住了她的嘴，让她少说话，多休息。

突然，病房里一片可怕的沉寂，像抽干了空气，有种空荡荡的恐怖，压迫而来，令人窒息。

我发短信给在外当兵的外甥，告诉他外公真实病情。外甥从小在阿爹阿娘身边长大，被阿爹阿娘视为掌上明珠。他已经25岁了，是成年人了，有权知道外公的真实病情。短信中提示，若能请到假，可回来探视外公，一来可以愉悦一下外公的心情，增加战胜病魔的信心；二来倘有不测，也可以让祖孙不留遗憾，活着见上一面。

看阿爹精神状态好，跟阿娘和值班护士打招呼后，我回家整理清扫满屋打凿地砖、地板留下的垃圾和尘埃。漏水的问题终于找到了：水流由衣帽间的墙体下渗，淤积在地板至地平空间之内，再由地平的缝隙往四楼下渗。

我把垃圾一桶一桶地从五楼拎下，准备倒入垃圾桶。小区保安小跑过来，边跑边吼，说这个属于装修垃圾，不可与生活垃圾倒在一起。我手拎一桶死沉死沉的装修垃圾尴尬地立着，不知该往何处处理。保安提醒，不如花点钱，请物业保安用拖拉机帮你运到装修垃圾填埋场处理。好是好，可是我楼上几乎满屋的装修垃圾，就我一个人用两只塑料水桶得运到什么时候？

物业保安告诉我："花钱请人帮你运下来呀。"是啊，也许这段时间纠结于阿爹治疗的事，这么简单的事竟然不会操作了……

傍晚下起了细雨，我拖着疲惫的身子去医院送饭给爹娘，听阿娘说，妹夫昨天从太原回来后，来医院照了半小时面，今天一天没有来医院露过面。

我拨通妹夫电话，得到消息说他被朋友拉着赌点小钱，喝杯酒。我心里生气，原本指望他回来后能替我分担一点……

在家吃过晚饭后，我匆匆赶到金店，花3700块钱给阿爹买了一枚戒指。按照风俗，给阿爹戴手上避避邪。

晚上近8时，我到了医院。之前，每次陪床稍久一些，阿爹总要催我早点回家。听邻床的老吴师傅说，我今天稍去晚了，阿爹已经三次问阿娘："儿子今天不会来了吧？"见我进病房，老吴师傅和阿娘都取笑阿爹，说阿爹嘴上一套心里一套，其实啊，是盼着儿子时时在身边，他才觉得有安全感。

阿爹傻傻地笑，也不言语。

我为阿爹戴上戒指，他一辈子扶犁抢耙的粗糙手指还从未带过戒指。试了半天，阿爹总感觉戒指戴在手上多了一件沉重的物件，不习惯、不舒服，几次抹了下来又戴上。阿娘取过戒指，找了一段红线，绕在戒指四周，哄阿爹戴上。

返回家时，已是深夜。狂风斜雨，将清冷街道上的广告牌吹得张牙舞爪，狰狞可怕。

第二十六天

2016年1月11日　阴冷

一早起来，我感觉右腿酸痛。右腿已经酸痛了一个多月，很是奇怪，站着或者跑步时不酸不痛，坐着时酸痛得厉害。像吃了酸葡萄一样，一愣神间，一根神经一激灵，整条腿就突然抽搐一下，酸痛就让整条腿无处着落。CT检查说脊椎盘第五节突出，需要理疗或针灸。我哪有这个时间理疗或针灸？

我把一罐热粥挂自行车龙头上，一路骑向医院。十字路口，一辆出租车急急右拐，我赶紧转方向避让。龙头上吊着的一罐热粥由于惯性，重重地撞在我的左腿上。我又别了龙头，一罐热粥晃了晃，失去重心。我想用右腿支撑身体，奈何右腿发酸无力，继而"人仰马翻"，整个自行车和那罐粥都压在我身上。盛粥的罐虽然未碎，但一罐粥让我全身热气腾腾……爬起来时，出租车早已在寒冷的空气中喷吐着焦虑刺鼻的热气，跑得无影无踪。我起身用手抹去身上的粥。

我找了一家早餐店，重新打了一罐热粥。我到医院时，阿爹在呻吟。阿娘告诉我，半夜就觉得胸闷、难受，一直呻吟。知道我要问为什么没叫值班医生，阿娘嗫嚅着说，医生来了两回，叫护士打了一针，第二次回来时，说癌症病人都有这样的过程，医生也不是神仙，要等天亮上班后问主治医生怎么治疗。那么夜间值班医生究竟担当什么角色？起什么作用？我心生怒气，把粥给娘，出门找值班医生理论。

值班医生仍是那位高大的帅哥，他说话不急不慢，温文尔雅。因为早先认识，知道我一大早去医生办公室的用意，不等我问话，他从电脑屏幕抬起头说："你父亲胸腔积液过多，所以会有胸闷感，我会嘱咐主治医生让她白天注意这一现象。如果需要的话，今天上午安排引流积液。另外，昨晚上打的一针是止痛针，而不是减轻胸闷的药。目的是减轻他的痛苦，痛苦少了，胸闷也减弱了。"他抬了一下眼皮，又问我，"还有什么疑问吗？"

年轻的医生看上去比我小十多岁，我拍拍他道："没问题了，小伙子，谢谢你，辛苦你了。"然后悄声退出医生办公室。是啊，医生又不是神仙，何况哪家医院没有几个庸医？

中午，听妹妹打电话说妹夫在医院吃中饭，便从食堂多打了几样菜。

中饭就在阿爹床上架起的移动桌上吃，妹夫早就从衣兜里取出了一瓶烧酒。老吴师傅打趣道，酒的味道一飘出来，家的味道也就来了。妹夫又端了杯子让阿爹闻闻，问阿爹是不是闻到了当年水泥厂房边那个小吃店的味道。阿爹取下吸氧管，深深地吸了一口，又套上吸氧管，继而忧伤地说："可惜啊老吴，那阵子可能我挥霍生命太多了，怕这辈子再也体验不到以前那种生活了。"又感叹，"生活就是这样，过去了也就过去了，连气味都回不来了。"老吴师傅劝阿爹不要多虑，等病愈出院后，老哥俩再找曾经厂里一起的同事，去水泥厂旁的小吃店聚聚，让富强媳妇再烧一道啤酒鸭。阿爹苦笑："老吴啊，你就别再骗我了，我这个样子，即使能好好出院，也不可能再兄弟欢聚了。再说富强媳妇开的那个小吃店，早在水泥厂改制后就关门了。"老吴又逗阿爹，"看来你和富强媳妇还一直保持联系哦。"阿爹瞪了一眼老吴，吼道："吴烧箕（老吴的绰号）喝你的'骚尿'，少在小辈面前侮辱我。"

老吴忙向阿爹打招呼，一屋子人都在嬉笑中揶揄阿爹，阿爹取了一条毛巾蒙着眼睛佯睡。

这是阿爹入院来最轻松、愉悦的一个午餐时光，尽管短暂，但却甜美；虽然心酸，却令人回味。

第二十七天

2016年1月12日　阴冷

上午，妹妹来电话，说我早上从医院走后，阿爹一口都未吃。问他想吃什么，他说想吃炖鸡蛋，炖鸡蛋还是在乡下老宅跟阿爹学的。先前在煤气灶上炖蛋，要不炖扑了（像海绵一样），要不炖僵了（上面鸡蛋成蛋花，薄薄一层漂浮着，下面一坨成了硬块，口感不佳）。阿爹教我用一只碗，加适量菜籽油，把鸡蛋打碎，另一只碗加适量盐，倒开水。炖时将盐开水倒入鸡蛋碗中，搅匀。大火煮五分钟，温火煮十分钟，炖出来的鸡蛋味美、鲜嫩、光滑。

接了妹妹的电话，我心想，阿爹想吃炖鸡蛋，是振奋人心的好事。于是我立即请假回家炖鸡蛋，炖味美、鲜嫩、光滑的鸡蛋给阿爹吃，又买阿爹喜欢吃的猪肘炖蘑菇汤，花了近两小时炖好。我打的送到病房时，阿爹仍在输液，说是保胃的液。我在阿爹的腰后垫了枕头，扶阿爹坐起，舀了两匙炖鸡蛋让他喝。喝了半匙，阿爹眉毛打结，嘀咕着说没味道，仰过头，怎么劝也不愿再吃了。我又舀了半碗猪肘蘑菇汤，像待小孩一样，哄阿爹喝。经不得我和阿娘、妹妹轮番哄劝，阿爹才又像一个淘气的老小孩，仰起头，皱着眉，痛苦地喝了半碗汤。

见阿爹喝了半碗猪肘蘑菇汤，我们一家子开心得像寻到了一件宝，每个人脸上都灿烂如花，尤其是我，特有成就感。我收拾完吃剩的午餐，返程路上，竟当街五音不全地大声哼起歌，惊得路旁落叶缤纷，惊得与我擦身而过的路人，纷纷一脸惊愕地四下张望。

下午，得到一个好消息，外甥打来电话，说已经跟部队请到假，准备明天一早坐高铁返乡，大约晚上10点到。我告诉外甥，见到外公后不要说特意请假来看外公。外公生性多疑、敏感，别让外公以为他病得不轻。骗外公说部队大调防，调防前顺便返乡看看亲人。

又是一个单调沉闷的夜晚，病房里增添了一个不足60岁的食管癌患者。听说他儿子大前年车祸中丧生，一年前，儿媳妇丢下不足8岁的儿子，出门打工后杳无音信。他老伴在他儿子出车祸那年胃癌去世。这样的遭遇听了就让人唏嘘不已。老人与孙子相依为命。半年前，他吃饭老打嗝，进医院一检查，得了食管癌。老人原本想扛着不治疗，也不是不想治疗，谁有了病不想治疗？关键是舍不得花钱。虽然实行了新农合医保，可报销的部分也只有40%不到。他一个半老汉家，因为孙子缠手，平日里忙完责任田里的农活，也只能在附近的种粮大户那里帮些短工，挣些盐油钱，实在没有更多的可以用来治疗恶病的闲钱。后来老汉想，自己如果不治疗，撒手人寰后，孙子咋办？他也是因为放不下年幼的孙子，才向他侄儿侄女借了钱去南京动了手术。

老汉已经化疗了9次，是一个富有经验的病人。乍一见实在看不出他是一个病人，早先几天，老汉总是上午来化疗后，下午便赶三十多公里路，回家照顾孙子。后来医生建议老汉，化疗期间，不宜来回折腾，太辛苦了。老汉才将孙子托付给了侄子，住进了病房。

老汉的入住反而使病房更加沉闷。原本老吴会趁阿爹精神好一点的时候与他聊聊过去同事的趣闻逸事，现在突然住进一个陌生老汉，像冷不丁在老吴和阿爹中间砌了一堵墙，安了一个窃听器。一屋子的熟人都变得无所适从起来。

这个僵局还是老汉打破的，他像自言自语，又像在说给满屋子的人听。他说了他家这几年的遭遇，说了他的病，更多的是说他的孙子可怜、可爱。

老汉说的时候，阿爹无神地盯着病房门，看着一个个黑影在白色的玻璃门边穿梭而过。老吴眼神游离地瞟着往他爱人手臂下滴的褐色药水，老吴的爱人张着嘴，目光呆滞地呻吟着。阿娘打着毛线，唏嘘哀叹着。

我像是一个局外人，用毫无表情的眼神一遍一遍掠过屋内每张脸，恐惧、焦虑、无奈、无助……

我躲在楼梯间抽烟时，碰到单位同事。他母亲也是肺癌，他采取的是靶向治疗。我了解过所谓靶向治疗：是在细胞分子水平上，针对明确的致癌位点，设计相应的治疗药物；药物进入体内会特意与选择的致癌位点相结合发生作用，使肿瘤细胞特异性死亡，而不会波及肿瘤周围的正常组织细胞，所以分子靶向治疗又被称为生物导弹。可用药物包括吉非替尼、厄洛替尼（针对EGFR）等。我上次已经咨询过阿爹的主治医生，阿爹的肺癌已经扩散，不适合靶向治疗。

第二十八天

2016年1月13日　冷

昨晚从医院返回后，毫无睡意，我便上网查治疗肺癌的方案。不懂医学，查了也只得干瞪眼。我只好求助奶奶，给书房里的奶奶遗像焚香。黑暗中，我整夜跪奶奶遗像前，默默祈祷，祈求天堂里的奶奶在天有灵，保佑阿爹渡过难关。

一夜无眠，清早走出书房时，脸色发青，眼睛发暗。我想在阳台上活动筋骨，提提神，一股寒流袭来，脸上、手上像被细麻抽打，又似刀片划过……

下楼时，我突然感到胸闷，干呕，头晕目眩，虚汗淋漓，浑身无力，仿佛已经进入了另一个世界，然而意识清晰。我小心折回身，扶墙摸回床边，和衣静心躺下，冥冥中坚定不死的信念，深呼吸，再深呼吸。约二十分钟后，眼睛渐渐明亮起来，我伸了伸胳膊，强行慢慢活动下肢，让麻木的肢体活络起来……我慢慢坐起，兑了一杯温开水喝下。怕是低血糖引起的反应，我又嚼了一块巧克力。

重新下楼时，意识已经清晰，但眼皮沉重，双腿明显乏力，腿肚似绑了石块。我不敢骑自行车，于是打的到单位食堂，打了稀饭、包子送去医院。阿娘追着我看了半天，问我为啥眼圈发黑，脸色发青。我不敢说出实情，敷衍说昨晚熬夜写个稿子。

阿爹只喝了两匙子稀饭，便又开始罢食了。我不能对阿爹过分言重，阿娘更惧怕阿爹，便用目光央求老吴师傅。老吴是外人，说话语气或轻或重了，阿爹都不会计较，我和阿娘都希望老吴能劝说阿爹多多进食。老吴可能一时找不到切入口，不知道怎么劝说阿爹，在一边不知所措。这时对床的老汉开口了，他边嚼着一块干面包，边走到阿爹床跟前，说：

"老张啊，你也莫矫情了，跟我比，你是幸福到天上了。你有老伴照顾，有子女在床前孝顺，你该知足了。你不吃不喝跟谁怄气呀？跟你自己生命怄气！没有营养进入体内，又怎么能抵抗得了体内的疾病？那你天天住在医院打针、挂水，还要一家人守着，他们岂不白白辛苦了？听老弟劝，硬撑也要吃些东西。半碗稀粥要不了五毛钱，挂一袋营养液可要四五百块钱，抵得上一亩地稻子一年的收成了，咱俩都是农民，这个账应该不难算。但是一袋营养液给人体提供的营养却抵不上半碗稀粥哦。"

我吃惊地看着老汉，我想整个病房的人都惊愕了，谁又能想到个子矮小的农民老汉竟能说出这番振聋发聩的话来。

阿爹也一定愕然了。他做村干部、乡镇企业干部可都是教育别人的，没想到今天让一个小老头教育了。他垂着眼皮，双眉仍紧锁，像一个做错事的孩子，又像一个不服气的老人。老汉将阿娘舀的一碗稀粥递给阿爹，说："听老弟的，别跟自己的身体较劲，你永远争不过身体。也别跟自己的亲人较劲，他们比你还痛，还无奈，还着急。"阿爹无声地从老汉手里接过稀粥。他颤巍巍地舀一匙稀粥往嘴里塞时，黄豆大的一颗泪"啪嗒"一声在碗里伤心地打了个滚。

上午，主治医生Z医生把我叫到她办公室，告诉我，阿爹的病情很不稳定，更加可怕的是他情绪不稳定，阿爹是她遇到的比较固执的一个病人。Z医生征求我的意见，建议暂时不要疗。又说，化疗只能加重病人的痛苦和恐惧。我同意Z医生的方案，并希望保守治疗几天以后，带阿爹回老宅住几天换下心情。

我转身又嘱咐妹妹给阿爹买一顶绒帽。医生的话提醒了我，上次虽然只做了短短三天的化疗，可是我发现阿爹的头发每天都会落一满枕。每次搀扶他坐起来后，我都会悄悄地掸掉他掉落的头发，以免阿爹看到自己掉落的满枕头发而伤感，而恐惧。

中午，趁一家人围在阿爹病床前吃中饭，我故作神秘地向大家发布了一条重要消息：外甥探家，今晚10点到家。外甥不愧是军人，保密条例学得好，用得也好。他回乡探亲一事，除了我，连他父母都不知道。这个突然的消息自然令全家惊喜不已，继而一屋子的人都将目光落到我的脸上。我赶紧解释（撒谎），外甥上午10点半左右上火车后，才发短消息告诉我，他因部队大调防，临时返乡探亲。又说他不知道他父母从太原已经返乡，发短消息给我是想让我去火车站接站。大家都信以为真，只有妹夫满脸狐疑地瞅着我傻笑。

阿娘提醒，晚上10点接了力力（外甥）后，就直接住他舅舅家，明天一早再来医院看他外公。

我前面说过，我们这里有乡俗，过了中午12点之后看病人有忌讳，更何况日落之后的深夜。要换作他人，阿爹肯定毫无疑问同意阿娘的意见。

可是，今天阿爹却不容阿娘说完，立即冲阿娘瞪眼睛，嚷着："就你个糟老婆子迷信，晚上有什么要紧呀？还真会日落西山呀？我一把屎一把尿拉扯大的亲外孙有什么好忌讳的呀。"又对我说："把力力直接从火车站接医院来。"

干怔在一旁的阿娘嘟嚷着："上次你弟弟中午的时候来看你，你不生了老半天气吗？"

阿爹啐了阿娘一口，说："那哪能是一回事，这回是亲外孙，从大老远的部队回来一趟多不容易。"

我接话道："听阿爹的，直接接回病房，咱没有忌讳。"

阿爹假装生气地吃了小半碗米饭。一家人围着阿爹开心、热闹、心酸地吃了顿中饭。

晚饭后，一家人在病房里等着时间。等着时间的到来，也等着时间的过去。晚风像水一样从后窗流了进来，白色的病房便水波荡漾。

外甥坐的那班高铁 21 点 38 分准时到站。去年春节，因为外甥所在部队要军事演习，没能回家探亲，这样算来，外甥差不多两年没有回家乡了。

阿爹唤阿娘给他取来电动剃须刀。阿娘要帮阿爹剃须，阿爹冲阿娘一瞪，断然拒绝。阿爹先摸到胡须位置，然后左手托着右手臂，颤颤巍巍地一下一下地往胡须上戳。阿娘取笑阿爹，骂阿爹老妖精。阿爹反而讥讽阿娘是糟老太婆、粗俗妇人，干净一点见外孙不是礼貌吗？

看着两位老人有一搭没一搭相互讥笑，我们心里也暖洋洋的。病房内难得有这般温暖的气息。

我倚在窗口，百感交集，多么期望亲情的暖意能让阿爹的内心更强大，能增强阿爹战胜病魔的信心。

接外甥到病房时，已近深夜 11 时，阿爹见到外孙就眼泪簌簌，一直拉着外甥的手，像一个柔情似水的老妪。

为不影响同病房的病人和阿爹休息，外甥在病房待了半小时，我便告知阿爹，外甥早上 9 点上火车到现在都未吃过饭。阿爹这才催我，快去给外孙寻点吃的。

我带妹妹一家人去了消夜店，点了羊肉火锅。毫不忌讳地告诉妹妹、妹夫，叫外甥请假返乡，只为能最后见到活着的阿爹一面，下次外甥探亲，不知道阿爹是否还在人世。

一家人心情沉闷地围着热气腾腾的火锅，无心下筷。

第二十九天

2016年1月14日　冷

阿爹早上吃了半碗稀饭、两块米糕，中饭未吃。外甥给他削了一个苹果，他只吃了两片，随后也不说话，眯着眼睛不知道想着什么。晚上我特意包了馄饨送来。再三劝说，他勉强吃了四个，便呵斥着仍劝他进食的阿娘，使劲向床下摔了筷子，怎么也不肯再吃。

正好阿爹的主治医生 Z 医生值晚班，我便与她商讨阿爹下一步的治疗方案。

返回病房时，阿娘在卫生间洗漱，老吴趴在他爱人床沿打着瞌睡，对床的老汉蒙在被窝里用一只小半导体在听戏。阿爹床上却空空的，我慌忙从卫生间叫出阿娘，问阿爹哪里去了。阿娘也慌了手脚，嘟囔着："刚帮老头子擦了身子，自己才去卫生间洗脸洗脚，这么一小会儿跑到哪里去了呢？"问老吴，老吴睁着惺忪的眼睛说不知道，问对床的老汉，老汉说一直在听锡剧《碧玉簪》，没听到屋内的动静。我赶紧和阿娘出病房寻找。可是，楼上走廊间、楼下小花园找了个遍，都不见阿爹的踪影。我问护士、医生，他们也说没注意。

这么个黑咕隆咚、寒风刺骨的冬夜，一个身体虚弱的老头会去哪里呢？真是急人。

这时，老吴追到走廊，拦住阿娘说："会不会去了 X 厂长他爹的病房？"那天厂长来找阿爹聊天时，他无意中听到阿爹打听到 X 厂长他爹的病房，还说要去看看老朋友。早年，在水泥厂工作时，厂长他爹经常去厂里捡废包装袋，阿爹是厂里的保卫科科长，逮到他几次后，就与他认识了，后来他们竟成了好朋友。

正说着呢，阿爹从 57 号病房探出了头，向病房两端张望着，见我和阿娘各守走廊一端，才又缩回了脑袋。我和阿娘从走廊一端走近他时，他才蹒跚着从 57 号病房里走出来。

家乡有风俗，病人去看病人是大忌，更何况在夜间。阿爹先前是特别忌讳的。可今天阿爹到底怎么啦，竟在夜间去看一个临危的癌症晚期老友？

阿娘自然要埋怨阿爹的冒失和鲁莽，阿爹也不搭理阿娘，也不用我和阿娘搀扶，只顾自己跟跄着一步一个趔趄地走向他的 34 号病房。

听烦了阿娘的数落，阿爹突然停下脚步，扭过脑袋，满眼凶光，是一种从黑暗世界射出的凶光，寒气逼人。他久久地盯着阿娘，吼道："糟老太婆唠叨什么，烦不烦呀？我都黄泉路上的人了，就不允许我去看看另一个黄泉路上的人，也好早点打个招呼，到了那里有个熟人说说话。"

原来整日沉默不语的阿爹对他的来日早有打算，我怔在走廊里无所适从。

阿娘眼泪汪汪地上前，连哄带骗地把阿爹搀回了病房。

第三十天

2016年1月15日

今天是周末，又是难得的一个晴好天气。阿娘一早来电话说不用送早餐，阿爹今早想吃医院门口小摊上的烤红薯。她已经从医院食堂打了稀粥，又买了两只烤红薯。

上午，我趁上班间隙请了假来医院探视。奇怪的是，阿爹昨天虽进食很少，但今天精神颇佳，居然一边挂着水，一边兴致盎然地与同村前来看望他的老友——根叔聊得欢快。

阿爹曾经跟我摆过龙门阵，说过他村上有六个铁杆哥们儿，其中有两个已经生病去世，一个搬进城，还剩三个，根叔便是其中一个。阿爹说，年轻时根叔就是没主见的跟屁虫，凡事都跑来跟阿爹讨主见。当年他娶了个媳妇，姑娘家嫌他邋遢，竟钻进了他亲弟弟的被窝，成了他弟弟的媳妇。为这，至今村上人都拿他开涮，说他们家娶媳妇二套马。不过，根叔邋遢人有邋遢福，他后来娶的，是离了婚带着一个女儿的根婶。他与根婶结合后又生了一个儿子，夫妻俩承包了原来大队的香水湾养珍珠、养鱼，日子过得红红火火。一对子女也争气，女儿考取大学留在省城工作，儿子当兵考取军校，现在在部队上已经是团级干部了。

在老家时，根叔有空没空就去我家赖屁股。根婶追上门来数落，根叔只是挪挪屁股，见根婶一个人风风火火地跑远了，又把屁股赖下。每回都要根婶来回催三四次，根叔才嘟囔着："这老婆子什么都好，就是急性子。"悻悻地离开。

不知道他一整天和阿爹有什么唠的，今天在医院病房里，根叔和阿爹竟回忆起当年濑水河竣拓工程的事。

濑水河竣拓工程实施正逢1961年大雪纷飞的冬日。那年，阿爹二十出头，血气方刚。大会战开始后，阿爹担任村团支部书记。爱出风头的阿爹，带着村上二十多个青壮劳力，组成青年突击队，与邻村的青年突击队开展劳动竞赛。根叔用佩服的眼神盯着阿爹说："哥呀，那时你可真能耐呀，赤着脚，撸着袖，站在满是冰碛的河床里，一锹一锹地往堤坝上抛河泥，那不停挥舞双臂的潇洒动作，我这一辈子都忘不了。"根叔见阿爹听得入迷，更来精神了。他一辈子都在听阿爹神乎其神地说东道西，今天，他反倒成了主角，竟得意忘形，忘了阿爹正在病床上挂水，竟忘了病房还有其他人。他夸张地扬着两只手臂，十只手指像开屏孔雀的羽毛，不停地在阿爹床前扑梭着，言语中明显带有了激情。"哥呀，那回我真的好崇拜你哟，河堤上挑淤泥的年轻媳妇、姑娘都齐刷刷地盯着你，连走路的力气都没有了。"

我和阿娘在偷偷地笑，阿爹也不恼根叔瞒天胡吹，他只是眯缝着眼，似睡却醒，仿佛又回到了久远的战天斗地的年代……

晚上7时左右，我从高铁站接回女儿，直接去了医院。女儿知道阿爹病情后，几乎每周回乡。

见到孙女，阿爹颇为愉悦，一个劲地向对床的老汉、邻床陪床的老吴夸赞孙女。女儿故作害羞，用冰冷的手去触摸阿爹的脸，阿爹避让着，祖孙俩嬉闹着……突然，阿爹又忧伤起来，神色严峻地对女儿说："丫头啊，爷爷怕是活不了多久了，以后怕没有爷爷跟你搭鸡棚，陪你钓田鸡喂鸭子了……"说着竟将脸埋在双手里呜呜哭了起来。

太突然了，谁都没有料到一天开开心心的阿爹会当着孙女的面如此伤感。女儿多日累积的伤感也在这一刻一下子喷发了，她抱着爷爷号啕痛哭了起来。

这下把我搞慌了神，不知该劝谁，该拦谁。倒是阿娘清醒，她敦促我，快带丫头回家吃晚饭。又劝阿爹，老头子，儿子接了孙女从火车站直接来医院的，他们还没吃晚饭呢。

这时我才恍然醒悟过来，赶紧拉着女儿走出医院。

第三十一天

2016年1月16日　晴天

我叮嘱外甥和女儿在病房守护阿爹，陪阿爹聊天。我则趁早送阿娘返回家，一来置办些年货，还有不到一个月就过年了，家里啥年货都没有置办；二来想让阿娘收拾一间屋子。我与医生商量了准备近日送阿爹返乡住几日，换一下空气，换一下环境，也好让阿爹换下心情，利于康复。

因为阿爹想吃自家包的馄饨，送阿娘回去后，我便赶到菜市场买青菜、肉、馄饨皮。阿爹喜欢馅里有肉渣，吃起来香。我便买了一斤猪板油，回家熬了油，把油渣剁在菜馅里。

下午，太阳很好，因为阿爹病房里有外甥和女儿当班，一个月来，我终于有一次机会躲在书房里读读书，整理一下心情。

外甥说要请全家吃顿饭，他去年从士官学校毕业后，一直说要请全家吃顿饭。所以，我今天不用烧晚饭，可以在书房多待一个多小时。

阿娘下午不到4点就从乡下赶到了医院。阿娘在老宅大半天，阿爹差不多给她打了七八个催促电话。阿娘在身边吧，阿爹嫌这嫌那，阿娘有一小会儿不在便会接二连三地打电话催问什么时候回来。这就是阿爹。我在饭店先烧了几个菜送去医院给阿爹阿娘吃。

饭后一家子又去医院，围着阿爹，抢着向他讲述饭店吃饭的事情。看得出阿爹听得十分入神，看着围拢在身边的子孙，阿爹脸上绽放着难得一见的笑容，满足、幸福，却又无法掩饰失落、恐惧。似乎还有一份空洞和茫然，随波逐流。阿爹深藏在心里的情感是复杂的、诡异的、多变的，也有对死亡的恐惧。死亡并不可怕，可怕的是对另一个世界的无知。因为无知，也因为被病痛折磨得疲惫不堪，而对另一个世界有了憧憬和向往。

第三十二天

2016年1月17日

上午，我与女儿赶到阿爹病房时，老家朱于村的堂伯和堂哥堂嫂已经坐在阿爹病房里了。朱于村是阿爹的衣胞地，离我的村子五六里地。堂伯今年已经92岁，他是阿爹的二堂哥。堂伯没有子女，也不肯搬进敬老院。堂伯一直一个人住在那间破旧的老屋里。老屋是旧式盖法，外砌青砖，内铺泥土碎石，墙面斑驳剥落。门庭上的一颗冬青树足有青瓷碗口粗，根茎直插入墙体内，枝繁叶茂，老远迎风招展，夜色里活像一位着长衫的老者，须发飘逸，仿佛恭迎远亲。怕根深毁墙，我几次去老家都想把它锯掉，都遭到二伯的坚决反对。二伯反复强调，那冬青树已是家庭的一分子了，如何能锯？老屋还有一个更大的毛病，就是屋基地势低。大晴天，打开那扇沉重的木门，扑鼻而来的腐朽气息，裹着满屋潮湿。下雨天便要蹚着水在屋里做饭了。奇怪的是，这般恶劣的环境下，堂伯居然好好地活到92岁，每年还要放养三五只草羊，养十几只草鸡。堂伯平日里每天背一个高背篮子，走五里多路，去集镇赶一趟集。

阿爹曾多次劝说二伯，提早搬进敬老院，生活起居也好有个照应。堂伯回阿爹："我都黄泉路上的人了，料不准哪天眼睛一闭就睁不开了。我才不愿死在外面，魂魄落在外面找不到回家吃饭的路呢。"

当年奶奶续嫁时，因为不舍年幼的儿女（我的大姑姑和我爹），想把他们姐弟带在身边，曾遭张家全体族人的反对。他们一致认为阿爹姓张，是张家后裔，理应留在老家。至于大姑姑，迟早是别人家的人，同意她带走。老家人选了大奶奶（二伯的母亲）专门照料阿爹的饮食起居，所用粮食、布、油由各家凑份子分摊；又推选二伯每日送阿爹去五里远的公社小学读书。二伯至今还保留着阿爹当年的课本和作业簿。我每回去老家看他，他总要爬上木梯，从楼上的乱草堆里取出一个塑料包，里面就有阿爹年少时用的课本、作业簿，还有一本已经霉烂、褪色的家谱。可是，这样的日子并没能维持多久，隔年春天，老家还是主动派人去找到我奶奶让她把阿爹领走。撵走阿爹不是老家人背叛诺言，也不是老家人养不活阿爹，供不起他上学，原因在于阿爹。阿爹小时候特淘气，用二伯的话说，稍微一个眼失花，他就溜出去闯祸去了，要不烧掉人家一堆草垛，要不拔掉人家地窖里的甘蔗，导致一地窖甘蔗因漏气而发芽或腐烂，搞得二伯家几乎天天有人找上门来讨说法。阿爹被奶奶领回濑水滩不到半年，就跟着村上的丘瞎子出门讨饭去了。

二伯随堂哥堂嫂蹒跚着走出病房后，阿娘在后面嘀咕了一句，老张家的人，个个拧得很。

女儿听了蹭到阿娘面前，说："奶奶，您说我也很拧吧？"

阿爹插话道："你奶奶哪能说你，她分明在指桑骂槐说爷爷呢。"

我怕又引起纷争，瞪了女儿一眼，告诉她，拧也不是坏事，拧证明有个性，坚持原则，凡成大事者都是坚持原则者。

谁知女儿根本不按我提示的思路走，而是仰起头，反驳我，爸爸，照你的逻辑，凡成大事者都是拧劲十足者。

我看阿爹脸色已经暗沉了下来。这段时间，阿爹特别爱生气，动辄晴转多云，多云转雷阵雨，咕咚掉下个脸，半天不吭声，也不搭理别人……我赶紧暗示女儿少说几句。

病房突然间就沉寂了下来……

因为下午要赶往常州参加某杂志创刊35周年纪念活动，我叮嘱女儿下午在病房多待一会儿，返校时自己打到火车站。

常州几位作家朋友特地设宴，我不好推托。

返回家时还不到晚上8点。汽车从医院门口路过，我请求师傅停两三秒钟，我顺道下车。师傅告诉我，长途客车都装了监控摄像头，没有到站，中途是不能下客的。无奈，我只得到客运总站下车，再打的折回来，这么一来一回折腾了近一个小时。守规矩是一件好事，但死板的规矩却害人不浅。

我到医院病房时，阿爹还没睡。听阿娘说他专门在等我回来。

我进病房后，阿爹把我叫到床跟前，问我常州开的什么会，为什么放在礼拜天开，在哪里吃的晚饭。我边回答边感到惊讶，今天老爷子怎么突然这么细腻起来，关心起儿子每一个细节来了。

继而阿爹又突然问我结了几次账，花了多少钱。我让他不要记挂着钱，钱没了可以再挣，但阿爹没了就找不回来了。阿爹却说，怎么不记挂钱？你的钱也是起早贪黑上班挣来的呀。我可能在常州与文友多喝了一口，明显有点话多，我没有按阿爹给我的思路与他聊。不料，阿爹扭过脖子，对睡在折叠椅上的阿娘说，叫伢早点回家，喝了酒在这里神神道道，一句正经话也说不上。

我尴尬地立在被沉重的白色压迫着的病房中央，头顶的白色光晕，在我眼皮下一圈一圈推涌着，弥散开去……

第三十三天

2016年1月18日　阴冷

停止化疗后，阿爹的精神状态有所好转，低烧次数已减少许多。原来每天都出现低烧，尤其傍晚时分，现在近一个礼拜没有在原定时间内发低烧。出虚汗的次数和量也比过去少了。

中午送饭去医院，因为单位临时有事而推迟了十多分钟。听阿娘说，阿爹担心我不送饭过来，三番五次催她到医院大门去迎我。

他可能真饿了，入院以来，难得看到阿爹吃饭时狼吞虎咽的样子，又可爱又心酸……

我叮嘱阿爹慢慢吃，告诉他现在不是饥荒年代，没人跟他抢食。语未尽，眼已湿，我赶紧躲进卫生间抹掉眼泪。

我告诉阿爹，已经与医生商量，准备明天出院，回老宅调养调养，换换环境。

听说医生同意他明天返乡，阿爹的眼睛陡然放光，端碗的手明显战栗了一下，手中的碗便跟着趔趄了一下，几粒饭便撒落到床单上。

阿爹用讨好的口气跟我商量："伢，明天回去的时候，在上桑百亩、秋家田、稻畦走走，我想看看咱家地里的蚕豆、小麦、油菜都长得咋样了。"

阿娘在一旁哀叹，抱怨着，因为没人料理，缺了一茬肥料，蚕豆和油菜的墒情还不如村上有名的懒鬼三炮家的更喜人。

阿爹劝阿娘莫哀叹，等他调养好了，再补墒情，还怕赶不上懒鬼三炮家的庄稼？

我答应阿爹一定带着阿爹在责任田旁走走。

看得出阿爹眼角和眉心间都是对即将到来的明天的憧憬。

病房里对床的老汉化疗结束，下午出院了。老吴师傅爱人的病情越来越严重，整天呻吟不止。

看着他爱人那种痛不欲生、生不如死的境况，一次和老吴在电梯间吸烟室吸烟时，我也试图劝老吴给他爱人留点尊严，不如早一点带她回家。

老吴笑着说："回家没有呼吸机的话，怕要不了两三个小时，人就没了。四十年夫妻了，哪能叫她说没就没了呢。"

我理解老吴的苦衷，但让病人这样生不如死，岂不是对病人更大的伤害、更大的侮辱？

老吴说："话是这么说，理也是这个理，可摊在谁身上，谁又能有勇气放弃对亲人的治疗啊？"

老吴又说："我也知道她痛苦、难受，可她哥哥、妹妹还有我女儿的意见都不一致。也只能在医院里拖着，这里还有医生、有药物、有生命。回到家里，就只能看着她痛苦、难受，看着她在痛苦难受中去世。"

也是，这事摊谁身上都是痛苦的抉择。

晚上9点左右，对面病房一片嘈杂，我仰着头贴着窗户瞧去，见对面病房挤了一屋的人，一屋子人都在手忙脚乱地进进出出。

因为无聊，也因为好奇，病人家属才拥在走廊上看热闹。原来，对面35号病房三天前从上海转院来（其实也不能叫转院，是被上海一家医院打了回头票的）的一位才31岁的在读博士生，不幸患淋巴恶性肿瘤，转辗北京、上海、西安——大半个中国，无奈无法挽回其生命。三天前他被上海某家医院打了回头票，家人不忍看着患者在乡下家中活活在疼痛的折磨中死去，才又住进了本县肿瘤科。家人边手忙脚乱地将患者往担架上抬，边一声声呼唤着患者的乳名，提醒着患者。家乡有风俗，病人的最后一口气一定要掉在家中，这样才不致成孤魂野鬼在外游荡，才有资格吃到亲人祭祀的庚饭。

每当一个病房有病人被医生下了病危通知书而拉回家时，当晚那个病房的其他病人，也一样会嚷着退出病房，或者在走廊床位上过夜，或者到熟人的病房内。因为阿爹对床的老汉下午化疗结束已经回家，对面病房一位与阿娘在电磁炉旁热饭时认识的病人家属，看准时机，将他老头子搬过来。

回到家已经深夜 11 时，我突然接到楼下邻居打来的电话，说他家卫生间又渗水了。打开屋内所有的灯，查看家里漏水处，发现凿开的地砖、地板都已干燥发白。回邻居，我家里无渗水点，叮嘱她查查自家水管、马桶、角阀……

这一夜，又是苍白、茫然的无眠之夜。

第三十四天

2016 年 1 月 19 日　冷

天气预报说，今年北大西洋的热量被冰岛的强大气旋式风暴带回北极，冷空气经西伯利亚进入我国。今年，长江中下游将有罕见的寒潮。

根据治疗计划和阿爹的身体状况，今天准备为阿爹办理出院，这是阿爹住院三十多天来第一次返乡。

外甥今天归队，早上先送他到高铁站。

主治医生 Z 医生再次与我探讨阿爹返乡后可能会出现的种种不良反应，做好预案，并根据痛、汗、冷、虚等各种不同病理变化的表现状况配了药。在每个药盒、药瓶上写明了服用时间、服药剂量，出现什么症状服什么药。我仍不放心，一再对 Z 医生说，若遇到特殊情况，无论什么时间，一定电话联系。

按照阿爹的心愿，回乡的车子特地拐进泥土路，绕经阿爹亲手栽下油菜，或撒下麦子的上桑百亩、秋家田、稻畦等地块。阿爹人生中差不多有 60 多年跟土地打了交道，每一块土地都像他最亲的亲人。方圆几十里，随便指向那一垄，阿爹只要抓一把泥块，在手里一揉，再用舌头一舔，就能说出这片土地的大致酸碱成分，然后指导乡民种什么样的谷物。听阿娘说，有一年，公社要在我们大队的水田中建一块千亩的样板方，种一种叫苏云 27 号的小麦。消息传到阿爹耳朵里，阿爹沿着这千亩地转悠了几天后，赶到大队部，阻止开发样板方。天真的阿爹向大队干部解释样板方内的土质不适合播种苏云 27 号小麦的理由，他怎么能理解，当时的大队干部正为公社将样板方选在本大队的田块里而激动得热血沸腾，他们哪有闲情听一个土老包信口雌黄。吃了大队干部的闭门羹，情急之下，阿爹又抬腿迈进了公社。按今天的说法，这块样板方是否是公社、大队某些干部的形象工程我们不得而知，但有一点却是事实，阿爹见说服不了大队、公社干部，竟背着阿娘和全村村民，偷偷地干了一件令全村人瞠目结舌，把公社、大队干部吓得直哆嗦的大事。他直接给省里的领导写了一封"告密信"，信中一字一句地谈了千亩样板方的土质和不适合大面积种植苏云27号小麦的理由。很快，省里就派专家组进驻我们村。这下娄子捅大了，专家组入住在村上的祠堂里，天天让阿爹陪着，一块地一块地地取土，化验着土质。那段时间，公社干部、大队干部也没闲着，他们背着专家组轮流在我家房前屋后转悠。我的阿娘吓得连粗气也不敢出，她索性不参加生产队劳动，大门不出二门不迈，像老母鸡呵护小鸡一样，白天黑夜地庇护着我和妹妹，生怕一个眼失花，我和妹妹被正在转悠的大队干部抢了去。而阿爹却一点心事也没有，他早上哼着山歌出门，晚上喝得醉醺醺的哼着山歌回家。据说专家组组长酒量也十分了得，每完成一天的工作，总要让阿爹陪他喝几碗，划几拳。那些天，酒是不用愁的，天天由公社供着呢。半个月后，专家组宣布了令全村人震惊的消息：经科学论证、测试，样板方内土质的确不适合种植苏云27号小麦。当时，这个消息在我们村上所产生的震慑力不亚于当年原子弹、氢弹成功爆炸。惊诧的村民们询问阿爹测试土质的秘方时，得到的却是令他们更惊诧的答复。阿爹平静地告诉村民，他用嘴巴嚼尝了千亩样板方内每丘田的泥巴，而测试结果是样板方土质偏酸，压根就不适合种植北方品种的小麦。阿爹用嘴巴尝泥土测试土质酸碱成分的事，在我家乡濑水两岸越传越神，甚至有人把阿爹当作农神。而阿爹在众人的吹捧下，开始变得飘飘然，仿佛自己真的是农神，一股人来疯相，人多时总喜欢撩着一条腿，登上村头三郎桥墩那棵老槐树下的石磨盘上，嘶哑着嗓子吹开了牛皮。我的阿娘却整日忧心忡忡，她担心省里的专家组走后，公社和大队会报复阿爹。由于那段时间神经过分紧张，阿娘落下了严重的神经官能症，常常半夜被噩梦惊醒。阿爹说，这算是他这辈子欠阿娘最大的一笔债。

由于阿爹对土地脾性的熟知，当年秋天，阿爹被村上的社员满票推选为村委会副主任。从此，阿爹竟在我们这个名不见经传的水乡小村，神神气气地干了十多年的村干部。

包产到户后，别的村干部有了失落感，阿爹却一度成了十里八村农民心里的香饽饽，他们常常将阿爹请去自家地头验土质，以保证来年所种谷物能产出"金娃娃"。阿爹自然屁颠屁颠的，乐此不疲。为此，阿爹这个土专家曾受到地区表彰。阿爹至今都珍藏着那次表彰会议的黑白合影照片。为防霉烂虫蛀，三年前，他还特地让我把照片拿到城里塑封了起来。现如今，阿爹还时不时地从衣橱里层取出照片看上一眼。常言道：即使是贩夫走卒升斗小民，都有他生命史上的鼎盛期。我想，那次会议一准在阿爹人生中留下了最深的烙印。一旁的阿娘却不这么想，她取笑阿爹："你阿爹呀，是泥疙瘩命，哪天让他离开土地，哪天就入土喽。"阿爹就凶阿娘："你懂什么，世间万物谁能离了土地？哪个不入土为安？

阿爹从乡镇企业下岗后，正逢村上的青壮劳力纷纷弃地外出打工。眼瞅着成块成片的肥沃良田杂草丛生，蹲在地头的阿爹心如刀绞。在他眼里，一块块荒地就是一个个弃婴，抛弃自己孩子无疑是这个世间最残忍、最罪孽的事，他就倔强地一次又一次地跑村委、跑镇政府，一遍遍地反映。而村委、镇政府因为弃地者上缴了各项税金，管不了，也只能眼睁睁地看着荒地现象越来越多，阿爹偏要管。这招不行，阿爹就在春节外出打工的青壮年返乡期间，一家一家地跑，要求承包他们的荒地。那些弃地者自然开心，原先土地闲置着，还得缴税，现在阿爹这样的傻子帮着种地，还承担各种税，岂不天上真的掉下了馅饼？于是，阿爹就一家一家地签订承包协议（阿爹和村人都不知道国家的土地是不能转包的），协议一签就是十年。阿爹心里自有盘算，10年后，他才70多岁，村子里70多岁的老人身体硬朗的可多了。那回，阿爹共收了47亩荒地，阿爹手里攥着47亩地的协议，象从人贩子手里赎回了47个婴儿，高兴得满田野哼着小调小曲转。阿娘可急坏了，"你爹疯了，收人家47亩荒地，加上自家3亩多责任田，共50多亩地。两把老骨头不吃不喝不睡觉，整天耗地里也忙不来呀。"阿娘打电话给我时嗓子有点哽噎。我也觉得事态严重，连夜赶到乡下劝说。

说实话，打小我和妹妹就惧怕阿爹，长大了就跟阿爹没话说了。见了面，彼此也只是用能读懂的眼神交流一下。我陪阿爹蹲在他从别人手里拾掇来的那块长满茭茇草、野芦蓬、菖蒲草的荒地上，阿爹只是埋着头，一个劲地抽烟。暮色四合时，那烟就在荒凉的田野上一明一暗地闪着。一旁的阿娘还在喋喋不休地埋怨着。听烦了，阿爹就凶娘："莫烦老子，怕苦，你就跟儿子到城里享福去，老子的事你莫管。"阿娘最清楚阿爹的驴脾气，他认准的事，莫说三匹马，就是三辆坦克也拉不回。阿娘就躲到一边抹眼泪，阿娘将我搬来当说客，着实让我为难：落荒而逃岂不伤透阿娘的心；若要劝解阿爹，依阿爹的倔脾气，他岂会把儿子的话放在眼里，弄不好阿爹会给我一巴掌把我赶出村子。为了稳定阿爹的情绪，我啥也没说，干脆坐在阿爹对面陪着阿爹喝起老酒。我知道平日里阿爹最喜欢别人和他对饮。每每饮酒，见有同村人路过老宅，他总要再三邀其共饮。酒过三巡，我正欲找话题来说服阿爹放弃收种荒地。阿爹倒先开口了，他说："大细伢，你也别为你娘当说客了，倒要劝劝你娘放宽心。阿爹已经在镇上的农技站订了一台小铁牛（手扶拖拉机），这四五十亩地有了小铁牛就轻松了。"我一时语噎，没说服阿爹，反倒被他邀了当说客。我阿爹65岁那年，竟成了村上的种田大户，而且种的田是不成块的、不肥沃的荒弃地。

不过事情远不是阿爹想的那么美好。五年前的春天的一个上午，我突然接到阿娘打来的电话。电话那头她口气急促，说阿爹为了承包土地的事跟村人干起了仗，村人警告我，若不尽早赶去，怕连阿爹最后一面都见不到了。阿娘的话着实吓出我一身冷汗。

我赶到时，田头已经聚集了上百号村民，村干部和镇领导都在场，不知谁把电视台也叫来了，阿爹正在与村上的年轻后生公开叫骂。阿爹说："老子是有协议的，这地老子种了五六年了，说给你就给你？"

镇领导劝他："老张，你莫恼，消消火。你们签的协议没有法律效力。"

阿爹的胡子都竖了起来，他像当年当村干部做报告那样神采飞扬地往一块高地上一跳，喝道："啥叫没有法律效力？当初像弃婴一样没人收养，长满荒草，你们咋不说法律效力？现如今长大了，养熟了，倒要说法律效力了，你这就叫为人民服务？这就叫公仆？混蛋嘛！"电视台正在录像，阿爹的固执溢于言表，即便是面对摄像机，他也振振有词，毫不怯场。倒是阿娘在一边吓得直哆嗦。

阿爹的意思最明白不过了，不管村民们愿不愿意，这地也得按照协议由他耕种满十年。原先弃地的村民也知道，于情于理，他们是斗不过阿爹的，他们纷纷表示愿意承担全部违约责任，并每年给阿爹一些补助。按说阿爹年纪大了，邻里乡亲低头不见抬头见，让一步也就过去了。可阿爹还是不让步，执拗不过，村民们才请出村委、镇政府，甚至叫来了电视台。阿娘哪见过这般架势。

阿爹蹲在地上，手里捏着一块初春的土疙瘩，那样子仿佛捏的不是泥土，而是抚爱他孙辈的脸庞和小手。"这些地一般人真种不出来，就跟人一样，我已经摸熟了它的脾气。"阿爹说着说着，竟潸然泪下。我的记忆中，坚韧的阿爹从未当我面掉过泪，无论受了多大的委屈，吃了多大的苦，他只要扛把铁锹，在田头转一圈，回到家就像五月盛开的油菜花一样，满脸释然了。见阿爹落泪，村民和村、镇领导纷纷四散，电视台也撤下了铁家伙。

后来，我了解到，如今"三提五统"没了，一亩田一年种两季，收入大约是以前的三至五倍，如果种植葡萄、蔬菜、草莓这样的经济作物，估计十倍都不止。外出进城打工既要遭人白眼，又怕拖欠工资。外面的世界虽精彩，可他们只属于乡村，土地才让他们踏实，才让他们有真正的归属感，所以他们才又返乡。然而，只有我理解阿爹种地不只是为挣钱，他爱土地，他的血液已经和家乡的土地疙瘩融在了一起。

无论谁劝说，都改变不了阿爹。看那架势，阿爹与弃地村民要强硬到底了，我又能说些什么呢？阿爹早年承包村民土地时，我就劝阿爹莫干，而如今真不让阿爹干，恐怕他是要憋出病来的。

事情越闹越大，这样的特殊案例经媒体一宣传，一时在我们县城沸沸扬扬。这事最终还是惊动了县委、县政府。县委派了分管农业的副县长来阿爹田头调解，村民们就跟到田头凑热闹。

县长是一位四十出头、富有激情的年轻干部。县长说，谁家娃娃想丢就丢，想捡回就捡回？县长又说，现在的年轻人就是不懂得上一辈人对土地的那份真感情，上一辈人把土地当成自己的娃娃呀。最后县长调解，土地还是由阿爹承包，各户愿意的话帮阿爹打工。土地事件在县长的三言两语中终于有了圆满的结局。

后来阿爹见村子里的后生是真心回村种地的，才又召集了他们，当面撕毁了协议。大伙儿感动，一致推举阿爹当顾问，这样阿爹才没闲得住。

路过秋家田阿爹栽的油菜地旁时，阿爹非要下车看看他栽的油菜的长势。这哪里行？车外是凌厉的寒风，一个病弱老人若是受凉受寒岂是小事？

阿爹在车上发飙，捶车玻璃，踢车门，嚷嚷着要下车。我让陪同阿爹坐后座的妹妹拽紧阿爹，停了车，在油菜地里选各种长势的油菜各挑了一棵，拔了捎车上，让阿爹坐车上分析、判断如何保墒。

尔后，我拿出纸和笔，将阿爹分析的情况记录下来，以便下一步或追肥，或理沟清水。

第三十五天

2016年1月20日 雪

今天是二十四节气中的大寒。

将阿爹安顿在老宅后，我返回单位上班。

是夜，经历了三天三夜的寒潮后，终于纷纷扬扬下起了大雪。而且一下就阵势吓人，不见天不见地，只有头顶一大片雪花，团簇着、相拥着，在寒风中飞舞着。

怕乡下会冷，我打电话给阿娘，阿娘说空调房间很暖和，只是阿爹傍晚时分又出现低烧，伴有虚汗。怕阿娘理不清，我叫妹妹接了电话，叮嘱她如何指导阿爹吃药。

第三十六天

2016年1月21日 雪

昨晚一夜飞雪，一早大地银装素裹。清早起床，雪花仍纷纷扬扬、潇潇洒洒，满世界乱撞乱舞。

单位年终工作较忙。

通过电话，我了解到阿爹的病情比较稳定，心情也颇好。

我跟阿娘、妹妹、妹夫商定，准备1月23日在老宅烧两桌饭，宴请去医院看过阿爹的亲戚中的长辈和村上的同族长辈。这是习俗，也是人情。

第三十七天

2016年1月22日　雪后初霁

　　本来今天女儿放假返乡，因大雪封道，从学校到高铁站的道路被封，故推迟到23日上午返乡。

　　阿爹不放心，打电话过来让我开车去南京接女儿。怕他不开心，我嘴上答应，可大雪封道，汽车又怎能前行？

第三十八天

2016年1月23日　晴

　　雪后天晴，阳光格外矫情，白花花一团团先扑向地面，又舞动着腰肢，升腾到半空，然后在半空中露出媚脸……

　　上午从火车站接回女儿后，我们直赴老宅。

　　逐户邀请了大叔、二叔、姑父、姨夫、舅母这些曾去医院看望阿爹的亲戚和村上的长辈来老宅吃晚饭。

　　大叔借故没来。

　　席间，阿爹硬撑着披了一件大衣，起床来到堂前向各位亲戚、族亲致谢。

　　有族亲逗阿爹坐下咪口小酒，有族亲给阿爹递烟。阿爹苦笑着说："等过几天，身子骨好些了，小酒还是要咪一口的。烟嘛，恐怕这辈子是抽不成了。"阿爹说着像是突然想起了一件事，折身进了卧室，取出一条好烟——阿爹病前我来老宅看他时给他买的。阿爹平日得了好烟，要不去集镇换成一两块钱一盒的孬烟，要不送给二叔抽。阿爹得了好酒也从不自己喝，有时我回老宅，父子俩喝剩的半瓶酒，他也总要藏起，待来了亲戚，再拿出来给亲戚喝，而他自己则喝两三块钱一斤的散装酒。每回还要在亲戚面前炫耀，说儿子多孝顺，总带好烟好酒来，只可惜自己抽不得好烟，呛口；喝不得好酒，烧心。

　　他将藏了两个多月的那条好烟拆开，给长辈每人发了一包。剩下一包，他又拆开，放鼻子上闻了又闻，然后递给我，示意我代表他给在座的亲戚发掉。

　　在亲戚的一片喝彩声中，阿爹返回卧室。转过身去的一刹那，我分明看到了浑黄的白炽灯光下，阿爹的眼角滚动着一颗晶莹闪亮的泪花。

第三十九天

2016年1月24日　晴，风大，寒冷刺骨

　　上午，我去医院配了阿爹治虚汗的药。怕阿爹痛，因为我生下来就对痛敏感，所以，

阿爹病后，我想的最多的是不让阿爹痛。我找了医生想给阿爹配止痛的药。医生告诉我，这个需要交阿爹的身份证、户口簿办理人的身份证再去卫生局某科办理"麻醉药品，第一类精神药品使用登记证"，才能供应麻醉药品注射剂。

没带阿爹的身份证、户口簿，只得暂时作罢。

坐便民公交车返乡，公交车在集镇刚建的车站停站。原来没有建站，老百姓真方便，随叫随停。现在要到站才能下车，从集镇车站到老家村上，走最近的土埂路差不多还有五里。我跟公交车司机师傅商量，请求他在离村近的濑河中桥村停一下，因为本来这就是农公车，便利。司机师傅根本就不搭理我，说到站停车是他们的规矩（又是规矩）。车上有乘客与他争辩，说："规矩不是人定的吗？便利才应该是真正的规矩。"另一个乘客嚷道："那些定规矩的人，整天在冬暖夏凉的空调房里，哪里能想到老百姓的冷暖！"

我怕事情闹大，没有接话，从集镇站头下了车。

田野里的风更肆虐，像老街巷走来的醉鬼，东一踉跄，西一趔趄，差点就推倒了路人，嘴里还要呜呜发着飙，不知道在咒骂着谁。我将棉衣的领口竖起，帽子扣好，侧身逆着风一步一步在田埂上蹒跚而进，走一步倒要让风刮退三步。五里的田埂路，平日至多也就走一小时，今天却足足走了两个半小时。

晚上，已返回县城的我接到阿娘的电话，说阿爹输液处的贴膜掉落，需换。又说，你阿爹下午起又低烧、胸闷，晚饭后又出虚汗。

我叮嘱阿娘给阿爹喂退烧药。

不放心，我驱车赶回老宅。阿爹正在呻吟，额上的虚汗不断渗出。

第四十天

2016年1月25日　晴

医生建议我去办理"麻醉药品、第一类精神药品使用登记证"，并把我拉到一边，严肃地说："像你爹这样癌细胞已侵蚀了骨、脑的病人，迟早会有难堪之痛，还是早一点做准备的好。"

为阿爹换好贴膜后，我先借了一针止痛药打了，又配了常规药，叮嘱表弟将阿爹先送回老宅。

去卫生局某科办理"麻醉药品、第一类精神药品使用登记证"，科室没人，我便向隔壁办公室打听，正好碰见熟人。熟人将我拉进办公室神秘地告诉我，计卫生局某领导涉嫌经济问题双规了，医检科的同事今天被检察院的同志叫去配合调查了。见我面有难色，熟人关切地问我找医检科做什么事，我便把为阿爹办"麻醉药品、第一类精神药品使用登记证"

的事告诉了熟人。熟人倒也热心，他让我把相关证件留他那里，等医检科的工作人员回来后，他帮办好再送给我。

这等好事自当感激不尽。

下午，那位熟人把办好的可供应麻醉药品注射剂，编号为010的"麻醉药品、第一类精神药品使用登记证"亲自送到我办公室，并告诉我，这个证只管两个月，病人撑过两个月后需要去续办一张。

难怪证件需要户口簿和身份证同时提供，原来需要在户口簿上阿爹的名字处盖"麻10"字样。看着，我心里特别扭，这一戳就像死亡被分解成若干件事情，而活着的人在干这若干件事的过程中慢慢死亡。

第四十一天

2016年1月26日

年终，单位诸事缠身。

我一天往老家打了十几个电话，阿娘说阿爹的状况很糟糕，越来越糟糕，吃啥吐啥，傍晚的时候竟吐了半盆红红绿绿的药丸水。

实在抽不了身返乡下，我告诉阿娘明天一早接阿爹进医院，让她准备一下。

我赶紧与医院联系，却被告知病房内没有床位，只能暂时住走廊里。我心想住走廊也比在老宅让人放心啊，老宅地处偏僻的村子，叫天天不应，叫地地不灵。

我实在不忍心让阿爹在痛苦中耗尽生命。

第四十二天

2016年1月27日

一早接阿爹重返医院时，阿爹脸色苍白，身体浮肿，眼皮下垂，无神。虽一口气接不上一口气，但他还挣扎着不愿去医院，那双泛着白光的眼睛巴巴地看着我，求援着，拒绝着……

安顿阿爹在走廊挂水后，我便去单位上班了。

中午，我从单位食堂买了可供三人吃的饭菜送到医院，阿爹此时已挂了两瓶水，脸上已有红晕，看人的眼神也不是早上那样慌张、游离。

下午，我又跟主治医师Z医生商量，希望晚上能让阿爹入住病房。阿爹睡眠不佳，稍有响声都会惊醒。走廊里人来人往，脚步声踢踢踏踏，常常整夜不得消停。Z医生同意协调一位化疗后晚上回家的病人，待他回家后，让阿爹入病房；第二天化疗病人入院前，让阿爹再搬到走廊。

这样也好，总比住走廊强。

晚上，本市作协领导年度聚会，席散后，我赶往医院，阿爹已经入睡，阿娘在一针一针地挑着毛衣。邻床是一位二十多岁的年轻人，正在大声吼着给他伴床护理的一位中年妇女。

实在看不下去了，我示意他小声点，不要影响到其他病人休息，年轻人冲我瞪了一眼，才在骂骂咧咧中消停下来。

第四十三天

2016年1月28日

同事爱人前一天送来荠菜团子，我一早煮了送医院。父亲脸色已红润，听阿娘说阿爹睡得香。

团子黏性足，病人不可多食，不利于消化。吃了一只后，阿爹还想吃，阿娘不肯。阿爹向我求助，样子可怜分分。我又舀了一只荠菜馅的团子，阿爹慢慢地一点点地吃，像我和妹妹小时候得到一块大白兔奶糖，舔着，尝着，有滋有味地吃着。

中午时分，27 号床位的一位中年乳腺癌患者化疗出院。换了床褥后，阿爹搬了进去。还是阿娘说得对，早上阿爹吃了两只黏性十足的糯米团子后，中午没有胃口，晚上也没有胃口，傍晚时出现低烧，又虚汗淋漓。

医生介绍，病人处于高代谢状态，自主神经功能紊乱，身体虚弱，可能引起肿瘤热。肿瘤热也就是肿瘤侵犯体温调节中枢，释放大量致热源物质而使身体发热。

医生建议阿爹多吃清淡、营养的食品，吃不下也得坚持吃。

我不能眼睁睁地看着阿爹不吃不喝，满脸忧郁、双目无神地盯着病房里苍白的天花板发傻。

返回家后我用高压锅炖好排骨汤送到医院。

与阿爹邻床的是一位 64 岁的老太太，也是肺癌患者，这是她第三次化疗了。老人话多嘴碎，乐观开朗。她告诉我们，她爱人是个退伍军人，啥都好，就是有点色。听老太婆又在揭自己伤疤，老头似乎早习惯了老太的揶揄，他只是乐呵呵地笑着说："哪个人年轻时没有一点故事呢？"又故意逗阿爹说，"老张师傅，你说是不是呀？"

阿爹只是无神地盯着天花板，既不搭理那位阿叔，也不喝一口我特意炖来的排骨汤。

医生白天告诉我阿爹再不补营养真的要扛不住了。

我劝阿爹趁热喝两口排骨汤，阿爹理都不理。

我端了半碗排骨汤要喂阿爹，阿爹烦，不知道他嘴里骂了一句什么，突然从被子里伸出手来。我以为他要接过排骨汤，不想他竟将手一挥，打在了我端排骨汤的手臂上，盛排骨汤的碗"咣当"一声就打碎在了水泥地面上。我怔怔地盯着满地的瓷碗碎片。阿娘惊慌地怔怔地盯着阿爹。病房里的阿姨和爱人也都面面相觑……阿娘取来扫帚，边清扫着满地碎片，突然就哭出了声，她边哭边骂阿爹。

阿爹竟也哭出了声，回顶阿娘："早上多吃了一个团子都消化不了，要再喝排骨汤不更加不消化？一会儿叫吃，一会儿不叫吃，医生放个屁就这么香？老子就是不吃。"

我梗在那儿。

第四十四天

2016年1月29日　雨天

今天上午未去医院。中午送饭去时，听说阿爹上午又发热，出虚汗。早上阿娘从医院隔壁的面馆买来牛肉面，阿爹拒绝进食，说闻到牛肉味道都想呕。中午从食堂打了几样清淡的菜肴，一个豆腐平菇汤，阿爹仍无食欲。我与医生商量，下午准备帮他挂营养液。

Z医生说，挂营养液是没有办法的办法，病人最好自主进食，增加营养。

Z医生又遗憾地说，你爹是我遇到的病人中特别固执的老人，你要做通他的思想工作，让他以积极的心态面对治疗。

我又何曾不想这样，先前我已经打出了女儿和外甥两张亲情牌，可是阿爹的思想工作谁又能做得了？不！实际上阿爹也许真的十分痛苦，他又何曾不想坚强地面对病魔？我坚信阿爹是坚强的，是勇敢的。

晚上，我帮阿爹用鸭骨头炖点咸泡饭，阿爹喜欢吃味道鲜美一点的咸泡饭。

我将饭急急送到医院，阿爹不吃。病房内，邻床老太的女儿、女婿、外甥、姐姐、姐夫一家六七个人在热闹地谈论着家庭琐事，或大声地打着电话，或看着手机上的笑话段子而大笑着，场面颇乱。我小声建议他们轻点声，不料那个脖子上挂根食指粗的金项链的女婿突然咆哮起来："这个病房是你们家的吗？说说话都不行了，有本事不要生病，不要住进来。"

无语，心塞，我退出来到电梯间静坐约半小时，听到邻床亲戚嚷嚷着走出病房，才又返回病房，帮阿爹热了半碗咸泡饭。我再三劝说，阿爹才坐起来。我想喂他，却遭到拒绝。他用双膝将碗夹在被面上，一只手握着勺子，颤巍巍地一匙一匙地往嘴里送饭，也不咀嚼，一口一口地吞下了半碗咸泡饭。

返回家后，我担心阿爹会吐掉吃下的咸泡饭，辗转难眠，又起床骑了自行车返回医院，一路上寒风刺骨。从走廊玻璃外往病房内瞅，见阿爹阿娘及邻床都已睡了，我轻轻地开了病房门，帮阿爹掖了掖被子，将他露在外面的手轻轻挪进被窝。阿爹不知是在梦境中，还是以为阿娘惊扰了他，闭着眼睛，嘴里面却叨叨咕咕不知抱怨着什么。

我退后一点，静静看着阿爹，他虽然紧闭双眼，但眉心、眼皮都在惊慌不安地抖动着，战栗着，恐慌地徜徉在他的梦境里。

第四十五天

2016年1月30日

今天是双休日。我一早先去了医院，买了油条、豆腐花。当班医生还没有上班，值夜班的医生和护士打着哈欠，脸上是那种隔夜的暗淡和疲惫。

阿爹一早心情还好，吃了一根油条，半保温壶豆腐花，还让阿娘取来电动剃须刀。阿爹拿剃须刀的手有点颤抖，老剃不到该剃的颌下的几根扎眼的白须。我上去帮忙，阿爹用手挡回，两只手用劲托着剃须刀，一点一点往那几根白须上戳。看着阿爹做这么一件小事都如此吃力，我心里不免酸涩。想不到，这癌细胞竟如此强大、可怕，仅一个多月时间，就把一个健康的爹折磨得弱不禁风。

上午留女儿在病房值守护理，让阿娘返回老宅。还有一个星期就到了中国传统新春佳节，因为阿爹生病，本该准备过年置办的年货都耽搁了。

我到菜场挑了一只肉鸭。今早送早饭时无意听阿爹提到鸭骨头咸泡饭味道蛮不错，我便想杀一只肉鸭红烧，再剔下骨头炖咸泡饭。

果然，阿爹中饭吃得甚欢，竟吃下大半碗米饭，还有三块鸭肉。

中午回家有种胜利感，心情倍爽，洗了个热水澡后，我一头扎进书房，看杂志社的小说稿。读了一篇47000多字的中篇小说，觉得人物、结构都不错，遗憾的只是这一类情感小说的稿子太多了，缺乏新鲜感。评论写好了，只是迟疑着是否建议发表……最后痛下决心，决定不录用。

读完稿，写完评论，发完邮件，一看时间，呀，快5点了。我赶紧跑菜场买新鲜蔬菜，烧鸭骨头汤咸泡饭。我6点钟送饭到医院时，天已黑，阿爹已等得焦虑，女儿见我来，抱怨我来迟了。我只得满脸堆笑，连连道歉，还好阿爹没有生气。照顾阿爹吃了晚饭，我才同女儿一起回家吃晚饭。

饭后晚上7时30分再去医院，我坐在阿爹的床沿上，与阿爹聊今天下午读的小说。阿爹常跟我说，他少年时流浪四方，一辈子经历了不少事，肚里的故事多着呢。见我平时发表一篇小说向他炫耀，他总不服气。以阿爹的文化水平，他完全能读懂小说，他喜欢读的还是现实主义作品。阿爹总要在我面前叹息一声，说："你写的那小说也像小说？没血没肉。你爹要再多读两年书呀，不知要比你强多少倍。"我和娘吃惊地看着阿爹，他一脸不屑。阿爹又自我揶揄道："你爹这辈子恐怕成不了作家，年纪大了。不过，我肚子里的故事可多着呢，待有空了讲给你听，说不定能让你写进哪篇小说里。"

今天聊的小说，阿爹可能不感兴趣，他接二连三地打着哈欠。怕他累了，我便准备起身告退，父亲却说："不累，不累，白天昏睡了好几个小时呢。"

见我坐下，阿爹才又眯着眼睛，问："俊呀，你爹住院这些天，花了多少钱？"

我答："不是告诉爹了吗？钱的事情不用爹操心。爹只要积极配合医生，把病治好，也好早一天出院，早一天端上您的小酒盅……"

阿爹打断我说："我已经很配合医生了，可怎么还不见好啊？"

阿爹睁开眼，盯着我，认真地一个字一个字地说："儿子呀，你们也别骗我了，我的病怕是治不好了，再拖下去，岂不苦了你娘，苦了你？眼瞅着快要过年了，爹知道你单位也忙，总不能老请假陪爹泡在医院里吧？再说了，这样泡下去，也于事无补呀。爹还是想出院，即使有个好歹，爹也愿死在家里。"

我几乎用哀求的口气对阿爹说："爹呀，您要真为儿子着想，您就该好好配合医生治疗，也好……"

不容我说完，阿爹抢过话头，说："你莫再指责你爹了，我说过多少遍了，我已经很配合医生了，问题是医生治不好我的病呀。……又干吗要浪费时间金钱？"

是的，阿爹的追问让我无言以对。

阿爹仍盯着我，他的眼皮稍微浮肿，双眸游离、飘荡，拿不定主意，不一会儿就招架不住又耷拉了下来……

第四十六天

2016年1月31日　阴天

阿爹的病情仍然时好时坏，脾气也时好时坏。为使他开心点，我让女儿陪阿娘在病房值班。

上午9点多钟，那个水泥厂厂长的父亲病危出院，阿爹竟强行支撑起身体要为他的老友送行。病房值守的阿娘和女儿不允。按我们当地风俗，住院病人送另一个出院病人出院是不吉利的。无奈阿爹执意要去，竟自己沿着床沿一步一挪地要去对面病房。阿娘怕阿爹恼她，不敢上前阻止。女儿上前阻拦，阿爹竟哭了起来，央求女儿道："我知道那位老友出院后就再没机会住院了，这可能是我们俩在世上见的最后一面了，难道这都不成了？"

阿爹这么一说，阿娘和女儿的心也就软了下来。由阿娘和女儿各揽一只胳膊，阿爹倚在病房门口和他的老友打了个招呼。可是，他的老友出院时都已经不能自主呼吸了，又怎能听到阿爹的招呼声？

见状，阿爹叹道："下一个该是我了。"

下午我来病房时，阿爹突然对我说："儿呀，咱也出院吧，别再看了，看不好的。那个厂长有上亿资产，他爹的病还是看不好，咱又何必浪费这钱呢？"

我对阿爹说："那不是一个道理，那不是钱多钱少的事。"

阿爹又恼我："怎么就不一样了？有钱人都看不好的病，没钱人还看它干啥？"

阿爹近来要么半天一句话也没有，要么说出来的话、做出来的动作令人匪夷所思。

比如，他会突然睁大眼睛，眼神空洞地看着一个木然的世界，伸出右手，张开五指在半空中抖动半天……欲言又止，最后一声叹息，喉结处咕咕几下，像鸭子吃了毛毛虫一样，随后放下手臂。比如，他会突然说出他一个发小的诨名，然后骂上几句，又兀自苦涩地大笑一番。

有一次，阿爹突然对我说："我死后，怕是村上抬棺材的也找不全了。"又说，"找不全也不要叫拖把鬼抬。"

阿爹是家乡濑水滩涂的兼职抬棺材佬，濑水滩的抬棺材佬都是由一个村的村民自发组织的一种免费丧服群体，书面语称收殓师。近年，村子里农民越来越少，往往谁家有了丧事，都凑不齐八个抬棺材佬。阿爹生病前，村子里的丧事服务一般由阿爹牵头。拖把鬼是阿爹的徒弟，不知道咋的，就得罪了阿爹。我问阿娘，阿娘说，怕是你阿爹生病后，拖把鬼一直未来看看你阿爹吧。

年少的时候，不谙世事的我，只要一听到村口有报丧的哭声，每一根神经都会突然亢奋起来。我会毫不犹豫地扔下一起玩耍的小伙伴，飞奔回家。隔着几条潮湿的老街，总能听到阿爹沉闷的吼声："伢，死哪疯去了？"听到我的回声，阿爹会说："赶紧去东厢间兔子笼上取一扎芝麻秆，跟阿爹去河对岸的谢家垛，谢家垛的谢腊狗昨晚上走了。"待我一路奔跑取了爹早先备在猪圈里兔子笼上的芝麻秆，赶到村后濑渡口时，爹和他召集的八个抬棺材佬早候在了渡口。

船过濑水渡，半晌没听到主家炸炮相迎的动静，领班的阿爹因为主家失礼而颜面扫地，他会在渡口跺着脚，大动肝火，呵斥着他的弟子："拖把鬼，干愣着干啥？死鬼谢腊狗的后代没有礼数，咱不能没有规矩，炸芝麻秆。"乡间收殓师不到村口就炸芝麻秆有点鄙视主家的意味。

按照家乡风俗，收殓师进村时，丧家的孝子孝孙要披麻戴孝，炸着鞭炮，远远跪在村口相迎，不然子孙会被乡下视作不孝。见到跪迎的丧家后人，收殓师会在村口点燃芝麻秆，领头的高喊着："芝麻开花节节高，炸得芝麻噼啪响。"其他人会跟着吼："子子孙孙代代旺。"走到丧家门口，领头的收殓师再用燃烧的芝麻秆点燃从死者床铺上扯下的蚊帐或床单。这个细节有点类似戏曲中的剧终落幕。

小时候，我胆子忒大。阿爹在给死者整容时，我通常会立在一边给他当助手。阿爹给死者挖耳屎，我会递上耳勺；阿爹给死者剃须髭，我会递上剃须刀；阿爹给死者理发，我会递上推子……一闪一扑、昏暗迷离的烛光下，阿爹在认真细心地为死者做着入殓前的每一道整容工序。遇有年轻女子去世，阿爹还要用手指挑些随身带来的大队里的朱红印泥，均匀地抹在死去女子的唇间。阿爹说："这女子命薄，该让她体体面面地走向阴间。"阿爹说的是邻村的翠红。据大人们说，翠红生前跟邻村一个有妇之夫在村后的水杉林里做见不得人的事，被巡逻的公社民兵逮个正着。二十世纪七十年代，在一片艳阳天的家乡，发生这种伤风败俗的事，岂不捅破了老天？半年之后，翠红抚着已显怀的肚子，自觉无颜面对家乡父老，竟喝农药以终结两条生命向乡人谢罪。阿爹在帮翠红姑娘整容时，翠红的眼睛鼓鼓地睁着，怎么也抹不合。阿爹的眼眶就湿润了。"这女子心里不知多憋屈呢。"阿爹自言自语。

我小时候之所以这般殷勤地做着爹的跟屁虫，更多的原因是为能吃顿饱饭。办丧事是件非常隆重的事，主家人再穷，子孙再不孝，在办理丧事时都会打肿脸充胖子，做得体体面面，办得风风光光。死者家属则会更加热情地款待收殓师。在死者入殓前的三五日，主家让收殓师吃好喝好。临走时，客气的主家人还会给领头的收殓师塞上一荷叶包猪头肉一类的荤菜，或者面包、粽子、馒头一类的当年稀罕的食物。

不过，收殓师并不是体面的活计，况且又无任何报酬。后来阿爹当了大队干部、乡镇企业干部，多少要顾及面子，所以我们一再劝他别再干收殓师了。起先，阿爹嘴上还答应，但一听到报丧的哭声，他又风风火火地背上高背篮筐，揣上那支埙，头也不回地跟着报丧的主人家走出村口。后来我们再劝他，阿爹就吼："人死了总不能烂在家里，总得有人收拾吧。"阿爹本来就犟驴脾气。我要是再劝，接下来就要自讨没趣了。

第四十七天

2016年2月1日

呼啸的风穿越巷陌，穿越尘埃，穿越树梢。

天气预报说近日仍有大雪降临，阿娘想在大雪来临之前给田里的小麦、油菜追施一次肥。我准备白天安排妹妹和女儿值班，让阿娘返乡施肥。我征求阿爹意见，他却在抱怨，人都快没了，还要小麦、油菜干啥？

阿爹一直视庄稼如生命，今天竟说出如此矛盾、丧气的话来。

中午时分，阿爹一直在电话中催促阿娘早点返回医院，几乎隔十分钟不到就打一个电话。约12时40分，见阿娘还未到，又拨了电话，他也不顾阿娘那头接了没有，劈头就骂。

半小时后，阿娘汗渍渍地肩背新鲜蔬菜，手提阿爹吃的咸粥（阿爹不愿吃电饭煲煲出来的粥，偏爱乡下大灶上熬的粥），赶到医院。跨进病房后，阿爹的第一句话就是："老子一个病人没有那块菜地重要吗？你是指望着老子早一天死掉哦。"

阿娘习惯了阿爹的抱怨、指责，甚至谩骂。在阿爹的抱怨声、指责声、谩骂声中，阿娘该干吗还是干吗。

第四十八天

2016年2月2日　阴天

阿爹今天仍要挂9瓶水。

上午，女儿担心奶奶整日整夜憋在病房里憋坏了身体，留下妹妹值守病房，她帮奶奶向爷爷请了假，带奶奶去逛大街，散散心。

我上班中途请假来医院时，阿爹正在熟睡之中。突然，他蹬着脚，一只手伸出被窝，在半空抓捏着，挥舞着，嘴里十分清楚地叫嚷着："快、快、快扶一把，缸要倒了。……那米缸要倒了。"

我和我妹妹惊慌地看着仍在睡梦中的阿爹，面面相觑。缸？米缸？倒……米缸会不会是阿爹借喻自己？而米缸要倒了，难道说他自己要倒了？是啊，阿爹一直对他的疗效不满意，一直对自己的治疗没有信心。阿爹心事重重，步履维艰，他常常上午退烧，下午低烧又袭来。他看不见明天，看不见希望。我能真真切切感受到阿爹在挣扎、抵抗，不甘心，但又无奈……

也许每个即将失去故乡的人，都会一次又一次地试图在梦境中再度闯入故乡。

在家吃过晚饭，我不放心，又冒着大雪步行来到医院。一路的风像泼妇一样，到处撒野，大雪更像乡野的顽童那样调皮。

我跟阿爹商量，明天陪阿娘去乡下祭祖，因2月4日立春，家乡有风俗，立春后祭祖就是隔年祭祖了，老祖宗们会不开心。

第四十九天

2016年2月3日

雪后一个大晴天，我带上女儿、妻子，接阿娘返乡祭祖。

家乡每年春节的祭祖是一件既隆重又烦琐的事情，需要配备5条或7条鲳鱼、3块红烧豆腐、1碗红烧肉、1碟白芹菜、1碟豆芽类的素菜。祭祖用的器皿要洗了又洗，擦了又擦，不落半点尘埃、一滴水珠。

老宅多日无人居住，灶台、堂前、香案到处落满灰尘。

先分工清理打扫屋子、做菜、烧饭。

阿娘教我，祭祖第一桌应祭阿爹亲生父亲那个方向的先人，等摆好桌，斟上酒（酒只需半杯），再将每个椅子拉成斜45度角方向，阿娘说这样先祖才能进来入座。然后，冲着阿爹出生地方向，大声吆喝，请老祖宗们过来用餐，一路喊着吆着进屋。待老祖宗们入座后，再将椅子拉直。老祖们在用酒之际，晚辈们上香、磕头、祷告……今年祷告最多的内容当然是保佑阿爹早日康复。

香案里的青烟在袅绕升腾，一缕缕穿越窗户飘向云端、飘向苍穹。"老祖们吃得十分开心，你看看那青烟升腾得多么欢快。"听了娘的话，我们晚辈也开心，我和女儿一个劲地磕头、祷告。

老祖先们大概喝了半小时酒后，开始撤酒、上饭。老祖宗们吃饭期间，晚辈继续磕头、祷告。约半小时后，将椅撤成45度角，让老祖宗们好返程。老祖宗们返程期间，晚辈们要放鞭炮欢送，也要朝着祖先返程方向的道口烧冥币。若是那纸灰青云直上，证明祖先走的时候不太开心，若纸灰盘旋着升腾上青天，那证明祖先们是开心的，若纸灰盘旋着飞舞，证明祖先们吃得欢乐，也可以理解为祖先对晚辈的"宴请"是满意的，开心的……

这样的祭祖饭总共做了两桌，一桌做给阿爹亲生父亲那边的祖上，一桌做给阿爹养父那边的祖上。

第五十天

2016年2月4日　晴

还有三天就是除夕夜了，肿瘤专科走廊里突然就冷清了起来，病房里只零零散散地剩下几个重症病人和他（她）们的陪床家属。

阿爹的邻床也于昨日返回家中准备过年了。

白天，医生为阿爹引流了600ml腹腔积液，又挂了消炎药水与止痛药水。我下午到的时候，阿爹的脸色居然红润起来，说话吐词也清晰有力。

我与医生商量，准备让阿爹明天出院，回家过年。

第五十一天

2016年2月5日　晴

我叮嘱医生配了备用的药——止痛的、防止出虚汗的、保胃的。

打点滴至下午3时，结账后正准备返乡，父亲突然说胸痛。医生给他打了止痛针，让阿爹躺下休息休息。4时，准备动身返乡，阿爹仍说胸痛，不停呻吟着，脸色灰暗，表情痛苦，跟昨天判若两人。

咋办？那位年轻的值班医生建议再打一针止痛针，又说，癌细胞已经扩散到了骨头、小颅脑的患者，疼痛是正常的，你父亲接下来怕是会更疼痛。

怕节日期间阿爹会突然疼痛，医生配了两张5mg剂量的芬太尼透皮贴剂和两支注射止痛针剂。

4点25分，阿爹稍好。妹妹、女儿扶阿爹，我和阿娘取住院的日用品。在回家中途，阿爹仍呕吐不止。

阿爹晚饭未进食，一直在低低呻吟，说心里难受，堵得慌，有一口气顺不过来。

阿爹的呻吟声低沉、迂回、凄厉、顿挫，让人听了揪心。

我与主治医师Z医生通电话，征询有无办法减轻阿爹的痛苦。Z医生说家属要有心理准备，说阿爹随时可能肺衰竭而终止生命。

第五十二天

2016年2月6日　晴

阿娘打来电话，说阿爹早上吃了半碗稀粥，中午没吃，仍整天虚汗淋漓，用药也不管用。

下午，我找了十多张阿爹的照片，去照相馆洗遗像，为阿爹准备后事。

第五十三天

2016年2月7日　除夕

我一早便带着一家人赴老宅过年。

除夕是中国人民最传统的团圆日子，为使老宅除夕之夜更加热闹、温馨，节日气氛更浓厚，我邀妹妹和妹夫也一起来老宅过年。

根叔和阿爹的发小也都坐在阿爹床前，聊着陈年往事，逗阿爹开心。

阿爹已无力气坐在堂前，不能陪一家人共进除夕晚餐。阿爹坐在床上，背倚着另一床被子，面色憔悴，眼皮耷拉，眼神低垂……

一家子心情沉重，无话找话，可怎么也找不到一个愉快的话题。妹妹他们吃完年夜饭，与爹告别后去了他们自己的家。

我放了烟火、鞭炮后关了门，叫了家禽（家乡风俗：年三十晚上，一家一户放了鞭炮后，抓一把稻子，"咯咯咯"从屋外吆进屋。据说，这样预示着来年家禽兴旺）。阿娘在煮年货，其实因为阿爹一直住院，家里也没备什么年货。阿爹已经睡下；女儿和她娘在看电视；我揣了包烟出门，去找邻家聊聊，感谢他们在阿爹住院期间来医院看望阿爹，感谢他们帮着照顾家里的鸡、鸭、狗，感谢他们帮着阿娘打理责任田……

10时左右返家时，家里已经乱成一团糟，女儿抱怨我不该出门，因为我的手机在村上一点信号都没有，无法联系上我。原来我出门后，阿爹一直在出虚汗，一直呼吸困难。

一家人着急地坐在阿爹床前，看着阿爹痛苦地锁着眉、咧着嘴在呻吟着，额上一股一股地渗着汗珠子。

万般无奈，我半夜打电话给阿爹的主治医师Z医生。万幸，他的手机居然是开机的。我把阿爹的情况告诉她，她说出虚汗是肿瘤热引起的正常的生理反应，并给我开了张处方，让我天亮后去乡镇卫生院取药请医生挂点滴。

阿爹的虚汗大约到凌晨一时消退，我不敢怠慢，陪伴床前至凌晨三时，才躺在阿爹脚头休息。

梦中惊醒，说阿爹已去世，却满村找不到抬棺材的收殓师；阿爹居然又坐起来指责我先前劝他不要帮去世的村人收殓。

第五十四天

2016年2月8日　晴

猴年大年初一，鞭炮声、祝福声连绵起伏，一早打开手机，已经有许多条短信、微信祝福。来不及回复，我只能在心里默默对祝福我的亲朋好友说声对不住。

我叫醒女儿，洗了脸，按习俗向爹娘拜了年。阿爹抖抖索索无力地从枕头底下取出早准备好的压岁钱给女儿。女儿不接，担心爷爷的身体。阿爹伤感地说："丫头，拿着吧，也许这是爷爷最后一回给你压岁钱了，来年怕是你要去爷爷坟上烧压岁钱给爷爷了。"

听了阿爹的话，女儿没有忍住，跑出卧室，一个人躲在厨房间号啕大哭。

阿娘过来数落阿爹不该大年初一尽说丧气的话，自己却忍不住躲一边抹眼泪去了。

大年初一是家乡最热闹的一天，舞狮的、跳财神的、跳马灯的、耍龙灯的、舞傩戏（神）的……齐聚街上。一大早，村东的迎神鞭炮就响彻云霄。家乡有规矩，凡有舞狮、跳财神、跳马灯、耍龙灯、舞傩神的进村，村里总要派德高望重的年长者去村口，端着红盘炸着响炮迎接。

往年，阿爹常被村民们邀了去村口迎接。听到鞭炮响，阿爹问我，今年派了谁去端红盘？我说根叔。阿爹咳嗽，说，你根叔端红盘，还太嫩了点。阿爹还在心里计较着这种事情。

村口的鞭炮响后，该给族亲里的长辈拜年了。我领着妻女匆匆向族里的长辈拜年时，已是早上8时左右。阿爹仍在床上低低呻吟，我赶紧驾车去镇上卫生院给阿爹取打点滴的药。

来早了，因为是年初一，镇上卫生院的医生还未上班。

取了药后，我又接了在镇上开私人诊所的一位朋友的父亲。年前有约，阿爹在家期间，若有需要，请他帮忙。

上午10时左右，阿爹挂上点滴，村子上的邻居来向阿爹拜年。阿爹难受，气喘不止，脸色苍白，满眼凄苦，令人心痛。

上午12时左右，上海的表哥金龙率姑姑、小姐姐及晚辈抵二叔家。近年，上海的姑姑每年大年初一总要催儿孙将她送来故乡过年。

上海的表哥表姐在二叔家吃完中饭时，大约下午2时左右。表哥代表他们兄妹四家，包了礼包，过来看他的大舅舅，叮嘱阿爹好生养好身体。阿爹腾出不挂水的左手，抓了礼包，使劲往大哥站立的方向扔去，并说："我有钱，多着呐。没有了，我儿子儿媳还有钱呐，不用你们的。"说完，他把头倒向床内侧，佯装休息。表哥金龙尴尬地立着，进不得，出不得……

我理解阿爹，把表哥和二叔拉一边告诉他们，阿爹其实是因为大姑，他的亲姐姐回老家了，都不来看他一眼而生气。希望二叔做做大姑的工作，让大姑来一趟。

其实，大姑的身体也不好，两年前脑梗死，一年前又得了胃癌，虽然还能靠着拐棍行走，但身体也极度虚弱。一家人又担忧，怕亲姐弟在这般境况下相见，因情绪激动而加重病情。

下午3时左右，三瓶点滴挂完，阿爹坐起身子，吃了半碗稀粥，仍喘不过气，说心里难受，面如灰土，毫无血色。

晚上，阿爹把我叫到床前，第一次用一种内疚的口气对我说："爹知道自己得的是不好的恶病，让你丢脸了。"难怪阿爹一直不愿承认自己得了癌症，原来他一直认为得了癌症是给子孙后代丢脸的事。阿爹啊，人吃五谷杂粮，岂有不生病的？生病岂有选择生什么病的道理？

我与家人商量后，决定第二天下午送阿爹去医院。是的，还是在医院让人放心。

第五十五天

2016年2月9日　　晴

今年过年的天气与去年很类似，大年初一开始，天气晴朗，气温迅速攀升至20摄氏度以上。

一早，阿爹吃了一碗稀粥，精神颇爽。

上午11时左右，上海81岁的姑姑，由表哥金龙搀扶着，颤颤巍巍地走进阿爹的卧室。这是阿爹没有料想到的，在他的有生之年还能见到他的亲姐姐。阿爹明显挣扎了几下，想坐直了腰，想让姐姐看到一个坚强的弟弟。我赶紧给阿爹腰间垫了一只加厚的枕头。

大姑叫着阿爹的乳名，阿爹应着，轻声地以几乎只有他姐弟俩能听到的声音叫着"姐姐"。

大姑在阿爹床沿坐下，一双枯萎的手突然抓住了阿爹颤巍巍的手，两双经历风霜的枯萎的手，久久地握在彼此心间，姐弟俩竟不知用什么语言相互安慰。我赶紧轻轻地抓起相机，而镜头里，分明看到自己泪流满面……

那天，我在我的微信朋友圈写道：81岁的病中老姐姐，看望76岁的病中弟弟。岁月无情，曾经相濡以沫、相依为命，而今互握一双枯萎的手，竟不知用什么语言安慰彼此。此情此景令人潸然泪下。他们一个是我亲爹，一个是我亲姑姑。相信仁慈的上苍会眷顾这对曾经饱受苦难的姐弟，会让他们早日康复。

中午12时，因为家中有客人，留下阿娘，我与妻子、女儿一起送阿爹住院。

第五十六天

2016年2月10日

一早，阿娘打来电话，说阿爹想吃豆腐脑、烤红薯。我便和女儿各自骑上自行车，兵分两路，顶着寒风，一条街一条街地打听着，搜寻着。豆腐脑在家乡只属小吃，不登大雅之堂。而烤红薯更是城管围堵、取缔、打击的小贩小摊上的吃食。

转遍县城所有饮食街巷，没有一家豆腐脑小吃店开门。烤红薯的小摊贩更找不到。

我打电话给认识的几个饭店老板，都说春节期间的菜谱是定制的，没有豆腐脑。女儿出了个点子：炖鸡蛋与豆腐脑品性差不多，不如炖鸡蛋代替豆腐脑。女儿去医院，我立即返回家里炖鸡蛋。

我将炖好的鸡蛋焐入保温杯内，迅速送往医院。

阿爹正在打点滴，我告诉他一早和女儿跑遍县城未找到豆腐脑，才去家里炖了鸡蛋，替代豆腐脑。我舀了一匙炖鸡蛋喂阿爹，阿爹原来闭着的眼睛，缓缓睁开半扇，也没看我一下，又闭上。突然，他又扇了扇眼皮，像看了我，又像看了白色的输液管。然后，他再度坚定地合上眼皮，伸出手，迅速将我递到他嘴边的炖鸡蛋连同那把瓷匙打落在地，那瓷匙的碎裂声清脆响亮……这一响惊了阿娘、我、女儿，而我只是木木地站在阿爹床前。

医生嘱咐，上午带阿爹去另一幢楼做B超和心电图，观察下阿爹的胸腔积液（因阿爹老胸闷，喘不过气），以便引流减轻阿爹的痛苦。

阿爹已无法正常行走，我找来一辆病人专用推车，将阿爹抱上推车，取条薄被盖上。我将推车缓缓拉进电梯房，下去一楼，再拉进另一电梯房，上四楼，先推进B超室。还好，因为春节，B超室没有别的病人候诊。B超显示，阿爹的胸腔积液已形成了一个一个隔窗，无法引流排出体外，难怪阿爹胸闷难受。我请医生想办法。

中午的时候，我返回家取饭，竟发现有一老汉在医院门口卖烤红薯，喜出望外、喜上眉梢、喜形于色……真不知道该用什么"喜"来表达了。阿爹喜欢的就是地摊上这个烤红薯的味道，我赶紧挑了两只烤得黄灿灿的大红薯送到病房。

那天，我遇到了这辈子最奇怪的一件事，待我送了红薯，从病房又返回医院门口时，那个卖红薯的老汉和他的烤红薯大炉竟不翼而飞，消失得无影无踪。我问门卫烤红薯老汉的去向，门卫竟一脸茫然地说他根本没有看到有卖红薯的老汉来，又用抱怨的口气说："神经病啊，哪有大年初三跑出来卖红薯的？"不知是嗔怪我痴人说梦话，还是骂卖红薯的老汉……莫非上帝托梦于老汉，说阿爹想吃红薯，而老汉特意送来红薯。

晚上送去骨头汤煮烂面，见下午买来的两只红薯仍在床头柜上。阿娘说阿爹已经两天未进食了。

我呼唤阿爹，阿爹也不回话，毫无方向地睁着双眼，无神而茫然，一脸沮丧。

第五十七天

2016年2月11日　阴天

夫人不到六点钟就往医院送去了红豆粥。我赶到医院时，阿娘兴奋地告诉我，今早阿爹竟吃了半碗红豆粥，而且没有要呕吐的迹象，甚喜。

阿爹让我坐他床沿，又一次认真对我说："我的病看不好了，不要浪费人力财力，不要再看了。"他又想回家了。

我劝阿爹要坚定信心，要相信现代医学……这番话我跟阿爹不知说过多少遍了，可能阿爹早就听烦了，他竟躺下，用被子捂住脸。

我找到阿爹的主治医师Z医生，希望她以医生的身份找阿爹多聊聊，增强阿爹抵抗疾病的信心。阿爹仍沉默无语……

我约了妹妹、妹夫到家中吃饭。阿娘来电话，说阿爹又呕吐不止。我匆匆地吃了饭赶到医院，叫来值班医生。听呼吸有杂音，心律也不齐，医生分析，脑部受到癌细胞侵犯后产生呕吐，需要加地塞米松磷酸纳注射液……

下午留在病房守护，我让女儿带阿娘去大街上转转，透透气。

第五十八天

2016年2月12日

我一早去医院，阿娘便告诉我，阿爹凌晨四点钟说饿，微波炉里热了半碗稀饭吃下，气色稍好于前日。

阿娘诉苦，说阿爹白天像一只懒猫，夜晚却一会儿叫醒阿娘，一会儿这事，一会儿那事。阿娘伤感道，不怕你阿爹精神不好，只怕我们一家子要被拖垮。

阿爹也向我诉苦，说阿娘、妹妹，还有女儿欺负他一个病人，都不搭理他。

我坐在阿爹床前，像哄小孩一样哄阿爹，让他多吃点营养品，多休息，这样阿娘、妹妹、女儿就都搭理他了。

其实，阿爹整天不吃不喝，家里的亲人故意跟他怄气，佯装在病房里说说笑笑，不搭理阿爹。

阿爹着急，吼我："老子哪里不想吃呀？可是吃不进，吃了要吐，咋办呀？"

我告诉阿爹，医生说了，哪怕吐，也要吃，吃进去就是营养。

阿爹沉默，女儿乘机给爷爷递上一片苹果。

第五十九天

2016年2月13日

我一早熬了小米红豆粥，并买了烤红薯送到医院。

二十多天来，我总感觉肚脐右侧平行处 2cm 部位隐痛，尤其是天气恶劣或精神疲惫之际，找内科看，医生先怀疑是慢性阑尾炎；找外科看，又说不像慢性阑尾炎，怀疑是尿路结石或肾结石。B超显示：右肾大小形状正常，包膜完整，表面光滑，集合系统未见分离，左、右肾内未见明显异常血流信号，右侧输尿管未见明显扩张，右下腹探查未见包块及积液图像。

也就是说B超没有查出毛病，可是不适和隐痛仍存在，这是一个令人苦恼的问题。

上午留下妹妹和女儿在病房里照顾阿爹，我让阿娘回乡下老宅料理家事。

下午我去医院见阿娘脸色黯然无神，她告诉我，二婶帮请的那个给阿爹看病的半仙，要求办祭祀仪式，怕我不同意。阿娘知道我最烦信神汉、半仙一类鬼神。这回为了不让阿爹阿娘失望，我告诉阿娘，她做的我不支持，也不反对，我只当视而不见。

阿娘安排妹妹、妹夫返回老宅料理祭祀事宜。据说要在夜深人静时，在老宅西南、西北、东南等方向的空旷地带，放上台凳，分别摆上祭祀供品……

我去照相馆取来阿爹的遗像，沧桑、冷峻，样子很凶，不甚满意，阿爹不是这样的性格，阿爹应该是严谨、善良的……我重返家中找到阿爹所有照片，在剪辑后的十多张照片中比对、选取，最后选中一张阿爹十年前在家乡天目湖风景区，随同外甥、女儿一起游玩时有着灿烂笑意的照片作为遗像。

阿爹虽一生艰辛，但他热爱生活，笑对困难，这样的笑容应该最贴近阿爹。

第六十天

2016年2月14日　雪后，冷，阴风怒吼

不知是晚上办了祭祀仪式后真的灵验，还是心理作用，抑或药物作用，令人惊奇的是，阿爹一天吃了三次饭，而且每次都一碗，一家人甚是开心。晚饭后我又去了医院，阿爹又在低低呻吟，仍说胸闷，心里难受。值班医生已经检查过，并打了一针消炎针……我的心情也突然变得糟糕。

第六十一天

2016年2月15日　晴

听阿娘说，我昨晚从医院走后，阿爹难受了半夜，几度让母亲打电话叫我去医院把他接送回老宅，说他想死在老家，不愿死在医院。

阿娘没听他的，没打电话给我，而是叫来医生，打了一针不知是止痛还是消炎的针。凌晨四时左右，阿爹安稳入睡。

今天是开春后上班的第一天，到单位燃放了开门鞭炮，与同事互相问好后，我赶赴医院。大姨、大姨父、金凤嫂子在病房与阿娘聊天，阿爹似睡非睡。

见我进来，金凤嫂子将我拦进病房卫生间，悄声劝我，应该帮阿爹准备寿衣了，让他活着时试穿一下。金凤嫂子是热心肠的好嫂子。

我又找主治医师Z医生咨询，Z医生说阿爹心理负担重，喜欢胡思乱想。

下午，阿娘回老宅为阿爹做法事，我在单位开收心会。女儿和爱人在病房值守，听女儿说，一下午阿爹都在低低呻吟，削的一个苹果，阿爹只勉强吃了两小片。

第六十二天

2016年2月16日

好晴朗的一个春天。

病房里住进一个食管癌化疗的老人，说半年前在上海打工时，发现吃饭老打嗝，一查就查出了食管癌。老人才 55 岁，正值中壮年，但一脸皱纹像青藤爬满木屋，进出病房总佝偻着腰，更像一个营养不良的小老头。因为他爱人在我们小区当保洁员，跟阿娘、我和爱人熟悉，所以，这间病房竟意外有了亲切感。

我一早从公司食堂打了三个包子，一保温壶稀饭带到医院给阿娘和阿爹当早饭。

邻床阿叔甚是坚强，每天一早，自己一个人揣了杯开水到医院化疗，中饭常常吃两个馒头，一般下午 2 点左右结束化疗，向我们道别后一个人回家。他在道别词中总幽默地感谢一下阎王，让他又赚了两个半天。两口子也经常上演滑稽幽默的一幕。老太婆不会骑自行车，不会骑三轮车，也从不打的，人长得胖，走路姿势甚是可爱，老头子干脆叫她老企鹅。她常常步行到医院给老头子送午餐（听她说家离医院有五公里左右）。有时她到医院时，老头子已经化疗结束返回家了。她不恼也不怨，只是憨憨地笑，干脆坐在老头子的病床上，一个人将两份饭慢慢吃了，才迈着老企鹅似的步伐回家。

第六十三天

2016年2月17日

晚上，阿爹又大量出虚汗，我协助阿娘帮阿爹擦洗身子，整个被子因虚汗而湿漉漉的，我咨询值班医生，医生说医院药房里没虚汗灵。我便去药店买药，有一种适合小孩吃的，但糖尿病患者禁止服用。阿爹有糖尿病。

我买了药，返回病房时，阿爹虚汗已消。

因虚汗过多，阿爹的身子发冷，加盖两床被子，仍蜷缩着身子在被窝里发颤。阿娘赶紧挤到阿爹脚头，把阿爹双脚抱在胸前，帮阿爹暖着身子。

窗外，一只蛾子一次又一次试图飞进光明而温暖的病房内。

看着微弱的灯光下，老两口蜷缩在一床，我的心不知被什么刺痛着，突然感觉到黏黏的血，还有咸咸的泪四处流淌……

第六十四天

2016年2月18日

上午女儿、妹妹守病房。早上，阿爹吃了半碗稀粥、一个小红薯，并大便一次，正常；

中午吃半碗面、一个梨子。下午 3 时左右，阿娘从乡下带来从大土灶上熬好的咸稀饭，阿爹又吃了一碗。

妹妹做 B 超发现有子宫肌瘤手术后遗症，需重新手术，跟医生协商，初步定于明日下午手术。

下午，阿爹心里难受，我约医生来检查。

第六十五天

2016 年 2 月 19 日

我一早去医院，听阿娘兴奋地说："阿爹昨晚上成仙了，断断续续吃了四顿，差不多满满一罐头稀粥。"又神秘地说："会不会前日返乡做了法事，显灵了。这么说，你阿爹还是有救的。"

阿爹果然脸色红润，眼眸传神。

我心生疑虑，难道真的菩萨显灵，阿爹要逢凶化吉了？

下午 2 时，妹妹子宫肌瘤后遗症手术。

阿爹住二楼肿瘤科 34 床，妹妹住三楼妇产科 32 床。

第六十六天

2016 年 2 月 20 日

因阿爹化疗插导管在右臂，阿爹平日又喜右侧卧，压迫到了右臂。我让他左右两侧轮流侧睡，他不理，以致右臂浮肿。

细微处观察，阿爹心中满是怨恨，对亲人的怨恨，对医生、对护士……尤其对阿娘。可他究竟在怨恨什么呢？

第六十七天

2016 年 2 月 21 日

因阿爹只吃阿娘从老宅老灶上煮来的咸粥，一早我和女儿分别在阿爹和妹妹病房值班守护，阿娘返乡煮粥。阿爹输营养液，难受呻吟，一整天始终紧闭双目。

第六十八天

2016 年 2 月 22 日

晚上我与阿爹交流，告诉他一家人的牵挂、母亲的辛苦。阿爹只是听着，也不恼我，也不搭话。

阿爹从不与同病房的病友聊天，他只是一个人默默地品味着、感受着自己的痛……

第六十九天

2016年2月23日

今天女儿返校，女儿向阿爹告别，阿爹仍沉默不语。等女儿走到病房门口，阿爹突然泪湿双眼地叫住女儿，看着女儿，一言不发，泪却夺眶而出。女儿捂着嘴冲出病房。

第七十天

2016年2月24日

上午大姨父、二叔来医院看望阿爹，阿爹已经不能回答亲族的问话，只顾自己眯着眼睛低声呻吟。

妹夫说他一早来阿爹的病房，见阿爹披衣坐在床上，架着老花眼镜，在一张纸片上写着什么。见女婿进来，阿爹跳过镜片的双眼满是凶光，十分怕人。

难怪几天前就向我要了笔和纸，阿爹一大早写的什么呢？为什么如此诡秘？又为什么见到自己女婿而满眼凶光？小纸条上究竟有什么巨大的秘密？

中午我在食堂打了饭菜，留二叔、姨父在病房就餐。下午妹妹出院。阿爹的痛有缓解，只是无神，眼神分明游离到了另一个世界，一片茫然，什么食物也吃不下。

夜里，阿娘休息，我值守在阿爹床前，输营养液至凌晨一时二十分。困倦了，我便走出病房到电梯间吸烟室抽烟三次。

第七十一天

2016年2月25日　晴

上午二婶来医院，阿娘将那天做法事时，领班"大仙"给阿爹的压岁钱还给二婶（因为"大仙"是二婶请来的），二婶推却。阿娘恸哭，说阿爹的病怕真的无法治好了，又说阿爹三天前就大小便失禁了，改用尿不湿了……

我请了假守候在阿爹床边，阿爹一直在呻吟，一直在向另一个世界致敬。

要抽血验炎症，阿爹的手背、手臂、脚、腿已无法抽到血液，护士忙乎半日无果。

阿爹的白细胞低于正常值，精神萎靡。

因为医院没有白蛋白，医生推荐我去私人手上购买。我开车绕了大半个小县城，终于找到一个缩着脖子，躲在一条小巷里的补药店，付2400元现金，购了5瓶。

下午，Z医生对我说，阿爹再无治疗的必要。我与阿娘商量，阿娘要求出院，不希望阿爹死在医院。

我尊重医生的决定，听从阿娘的建议。

我去住院部窗口结账，并给妹夫、大叔、二叔和堂弟打电话，让他们速来医院帮助办理出院。

联系乡镇医院熟人，租氧气瓶，我先要了两瓶。

一路上，阿爹还认识亲人，还能用迷离的眼神看着我，只是口齿越发不清晰，像一块石头压在舌根。

晚上陪夜时，阿爹一直呻吟，声音凄厉，我贴在他耳边问，他答："痛……难过。"吐词不清，一半要靠想象。我在他左臂贴了一张 5mg 的芬太尼透皮贴剂。5 分钟后，他回答不痛了，但仍呻吟，说闷，心里难过。一家人围在床前。

晚上我与大叔、二叔商量挑选阿爹的墓地一事。两年前，阿爹曾经告诉我，他百年归天后，不想葬在他老家朱于村的祖坟里，也不想葬在这边的祖坟里。记得那天我追问阿爹，究竟想葬在哪块风水宝地？那天，阿爹告诉我，还不到说的时候。那时，阿爹心想再活十年应该没问题。而阿爹住院期间，我怕他烦心，一直未能跟他商量墓地之事。

第七十二天

2016 年 2 月 26 日

上午我又去医院租来一只氧气瓶。

接着我叫上二叔、堂弟去定墓碑，并约请风水先生在选定的墓地定好方位。墓地选在庵门口，前面有一条河，四面是开阔的农田，104 国道蜿蜒而过。阿爹热爱庄稼，这里应该是他理想的归宿。

大叔、二叔开玩笑说，将来他们百年后归天了，也埋此地，兄弟们也好有个照应。我心里感到好笑，活着只知道互相抬杠，难道死了就能照应了？

这块地是大叔的自留地，按照常规，我将阿爹阿娘名下的一块良田与大叔交换。

夜里，阿爹的呻吟声响亮而绵长。闭目，听到响声能微睁眼，能通过声音辨方向。女儿从学校请假返回，见爷爷已神志不清，说话含糊，心里难受，一个人躲灶间恸哭。

我贴在阿爹的耳际，告诉阿爹墓地已经选好，并且告诉他所选位置，让他同意就点一下头。阿爹微微睁开潮湿而浑浊的双眼，只一会儿又闭了起来，只是微微地点了一下头。

趁阿爹还有意识，我伏在他身边，贴在他耳边，告诉他有关后事的安排，让他放心。阿爹微微点头，眼角含泪，对人间满满的不舍和留恋。

我打来热水，让妹夫和小震弟帮忙脱掉阿爹的衣裤，一遍一遍地认真帮阿爹擦洗了身子。

帮阿爹换上干净的衣服后，我给他修剪了手指甲、脚指甲。修剪脚指甲时，我故意挠阿爹脚心，没有生理反应，捏脚趾也没有反应。

捏手指，稍重会有轻微的反应，阿爹下半身可能已经失去知觉了。阿爹气数已尽，正跟跟跄跄独自走在故乡废墟一般的街道上，正一点一点地从人间消失……

一家子全力以赴、不分昼夜地帮助阿爹一起开展的一场艰苦卓绝的身体保卫战，72 天后将宣告失败而终，不觉黯然神伤。

我们提前为阿爹做寿衣、撕孝帽，避免阿爹一口气掉下去后手忙脚乱。

第七十三天

2016年2月27日　晴

一早请来的泥匠，按照风水先生划定的方位、线路开始埋设墓基、砌墓穴。

砌墓穴前须请开山菩萨，所用之物有三块豆腐、一块肉、三只酒盅、三双筷子、一把菜刀、一串鞭炮、三只响炮。听到响炮声，三四个唱春的老人从四面八方颠颠地跑来墓地唱春。其中一个瘦瘦的老人站立不稳，一个趔趄摔倒在麦田里。我给每位唱春的老人二十块钱，叮嘱他们走田埂路要稳，老人们不走，仍唱。听大叔说，不付上三五遍钱，这些唱春的老人是不会走的。

仪式结束后，泥匠在墓基地上锄了一镐土，让我用衣襟兜着往家走，不能回头，说是这样才会子孙兴旺。

阿爹白天不知是昏迷，还是睡着了，常有半个小时左右没有呻吟，没有痛苦，似婴儿熟睡。刚开始，我们还以为半小时之后，阿爹又会微微睁开双眼，开始呻吟。阿爹的呻吟十分吓人，呻吟声会突然停止，像一口气沉入海底，大约二十秒后，又突然像海底冒气一样，"咕咕"几下。尔后，"嘘——"随着一声长吁，一口海水终于吐出，紧接着浮出海面……本来我就神经衰弱，整天高度紧张地跟着阿爹的节奏，等待着，顾盼着，张望着……突然只能跟着阿爹长长吁出一口气。

第七十四天

2016年2月28日

氧气由鼻孔进，由嘴出。

嘴一直张着，在吐着出气，像一条在沙滩搁浅的鱼，吐着泡泡，发出了天真而诡异的扑哧声。

阿爹的呻吟声在渐弱渐远。上午呼唤他，眼珠子还能顺声轻微转动，只是眼睛半合着，茫然而毫无情感，无痛苦的表现。喂水，有吞吐意识，但弱，呛后咳无力，似一只雏鸡误食毛虫，咕咕地发着声。

下午，捏阿爹手指，他已无意识和反应。

整夜守候……我在阿爹的脚头和衣而眠，似睡非睡。我分明撵着阿爹，慌慌张张，一会儿在一条熟悉的石街上奔跑着，一会儿又在一条洒满露珠的田埂上轻盈飞奔。一个个熟人向我迎面而来，他们个个看不清脸面，如鬼魅一般从我身边飘过，飞速飘过。我却能把她（他）们一个个认出来，那个银发飘逸的是我的奶奶，那个长衫如旗的应该是我的爷爷，而那个一路踉跄的是我亲爱的小姑姑，她饱受病痛折磨，身心疲惫，去了天堂身体也是病恹恹的……已故的亲人，一个个飘过。

下半夜的时候，我正在似梦非梦、似睡非睡之间，突然，已经两天两夜不说话的阿爹，如释重负地吁了口气，口齿清晰地说，累死我了。就这么一句，之后什么也没说。

我赶紧披衣坐起，喜极而泣，心想阿爹恐怕不治而愈，要熬过一劫了。娘却将我拉出屋，未语先泣。娘说，你爹怕活不久了，准备后事吧，这是回光返照。

第七十五天

2016年2月29日　晴

阿爹只能全靠氧气呼吸。

喇……呼……喇呼，氧气从鼻孔进，由嘴巴出，低弱无力。嘴唇上下已无翕动之力。双眼紧闭，送水帮他润唇、湿喉，他已无吞吐意识。

在将死之人面前，活着的人永远都无所适从。已经三天三夜了，我们一家人寸步不离地围着阿爹，守护着一步一步走向生命终点的阿爹。阿爹眼睛凹陷进去，眉骨凸现出来，双眼紧闭，没有看一眼周围的欲望、力气，唯一想做的是艰难而吃力地喘着，顽强而坚韧地表达着对显示生命特征的呼吸的眷恋和不舍。

下午3时，阿爹去世。

在二叔的指引下，跪请收殓人员（抬棺材佬）……

按风俗，我用一只盆、一顶草帽，去河边舀水帮阿爹洗身子、穿寿衣……

铭旌在前，迎风猎猎。阿爹啊，您一路走好！

后　记

　　《遇见》收录了我近四五年发表在《青年文学》《清明》《雨花》《边疆文学》《广州文艺》《青春》《滇池》《脊梁》等国内公开杂志上的十篇短篇小说、五篇中篇小说。这也是我对家乡濑水河的一份深情回眸和崇高敬意。

　　2015年我出版了第一部中篇小说集《蝴蝶谷之泪》后，陷入了长达两年的沉寂。这份沉寂是夜深人静时面对十里空巷，自己投下的那道长长孤影的恐惧。是的，没有一种恐惧比怀疑更可怕。那种怀疑是对自己已建立的城堡的无情摧毁，它让你看到的只是硝烟弥漫、灰飞烟灭，只是残垣断壁。面对我的第一部小说集，我有的不是欣喜，而是怀疑。

　　2016年，江苏省电力作家协会成立，我担任秘书长。工作与文学的关系，使我与王啸峰主席建立了深厚的友谊。他知道我的困惑，推荐我阅读卡夫卡、鲁尔福、福克纳、伍尔夫等外国作家的经典作品。后来，我又参加了鲁迅文学院首届电力作家高研班，有了相对集中的一段时间来学习、思考，这段新的阅读、思考体验，恍惚给我接下来的写作拉开了一道窗缝。

　　《遇见》这个集子中的大部分小说，是我利用有限的业余时间，趴在这条窗缝的微弱光线下涂鸦的。这个集子里的小说，在叙述的技巧和结构、语调和节奏上，我都做了一些尝试。我知道，出完这个集子，也许我又会陷入长时间的自我怀疑。在这样折磨人的日子里成长、蜕变，是一件痛并幸福的事情，但我愿意过这样的日子。

　　感谢王啸峰主席热情洋溢的序言，感谢徐则臣大师挥毫题写书名，感谢好友天目传奇凄美传情的封面设计。感谢一如继往地支持我、关心我的读者、师友，有你们相伴、相随，人间真是美好。

黑凝

2021 年 5 月 5 日于濑水河畔